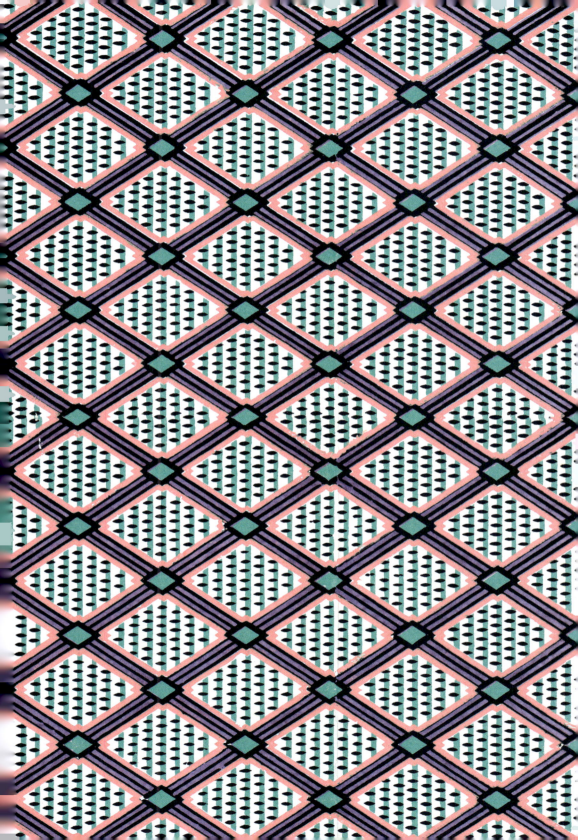

CRIME SCENE
FICTION

A POISONER'S TALE
Copyright © 2024 by Cathryn Kemp
Todos os direitos reservados.

First published as A POISONER'S TALE in 2024 by Bantam Press, an imprint of Transworld Publishers. Transworld Publishers is part of the Penguin Random House group of companies.

Tradução para a língua portuguesa
© Carolina Simmer, 2024

Diretor Editorial
Christiano Menezes

Diretor Comercial
Chico de Assis

Diretor de Novos Negócios
Marcel Souto Maior

Diretor de MKT e Operações
Mike Ribera

Diretora de Estratégia Editorial
Raquel Moritz

Gerente Comercial
Fernando Madeira

Gerente de Marca
Arthur Moraes

Editora Assistente
Jessica Reinaldo

Capa e Projeto Gráfico
Retina 78

Coordenador de Arte
Eldon Oliveira

Coordenador de Diagramação
Sergio Chaves

Preparação
Cristina Lasaitis
Rebeca Benjamim

Revisão
Maximo Ribera
Retina Conteúdo

Finalização
Sandro Tagliamento

Impressão e Acabamento
Ipsis Gráfica

DADOS INTERNACIONAIS DE CATALOGAÇÃO NA PUBLICAÇÃO (CIP)
Jéssica de Oliveira Molinari CRB-8/9852

Kemp, Cathryn
  Aqua Tofana / Cathryn Kemp ; tradução de Carolina Simmer.
— Rio de Janeiro : DarkSide Books, 2024.
  368 p.

  ISBN: 978-65-5598-394-4
  Título original: A Poisoner's Tale

  1. Ficção britânica
  1. Título II. Simmer, Carolina

24-0339   CDD 823

Índice para catálogo sistemático:
1. Ficção britânica

[2024]
Todos os direitos desta edição reservados à
DarkSide® Entretenimento LTDA.
Rua General Roca, 935/504 — Tijuca
20521-071 — Rio de Janeiro — RJ — Brasil
www.darksidebooks.com

AQUA TOFANA
CATHRYN KEMP

Tradução
Carolina Simmer

D̶A̶R̶K̶S̶I̶D̶E̶

Para Leonardo

PRÓLOGO

Roma, 5 de julho de 1659

Tudo termina na forca. Cinco mulheres: vendadas, tosquiadas, trajando vestidos de estopa, tremendo diante do cadafalso. Cada uma usando a própria corda, agora frouxa, e então pesada ao redor de nossos pescoços.
  A feiticeira asquerosa Giovanna.
  A bruxa traiçoeira Graziosa.
  A vil e sedutora Maria.
  A meretriz do Diabo Girolama.
  E então eu, *a envenenadora de Palermo*. A mulher que começou tudo. Meu fim determinado nos *avvisi*, os panfletos da forca, apesar de eu ainda estar viva, ainda respirando, ainda esperando.
  Por anos, nenhum homem em Roma esteve seguro. Por anos, eu preparei minha poção, distribuindo-a entre as esposas e as prostitutas da cidade. Permaneci nas sombras, fugindo da Inquisição e do seu olhar de águia; os guardas se fincavam como garras nos bordéis e casas de tolerância pelas ruelas. Por anos, mantive minha filha e meu círculo de envenenadoras em segurança. E agora, por fim, nossa sorte inquieta acabou.
  Entortadas pelo *strappado*, ficamos paradas como cinco corvos pretos, encolhidas. O silêncio domina a multidão. Eu me imagino subindo no palco, a plateia esperando minha primeira fala, o calor das chamas em seus candeeiros derretendo minha maquiagem teatral. Eu poderia ser um *Arlecchino*, curvado e mudo antes de as palavras saírem dando cambalhotas da minha boca como acrobatas.

Mas isto não é uma peça. É aqui que minha história se encerra, em meio ao fedor dos corpos ladrantes e sujos que se aglomeram no Campo de' Fiori para assistir nossa irmandade padecer sob o brilho absoluto do sol do meio-dia. Os homens que escrevinham sua exultação libidinosa nos panfletos fazem isso sem mencionar minha vida ou meu coração. Eles não me conhecem. Eles não nos conhecem. Eles escrevem sobre minha história sem meu consentimento, sem minha voz.

Permanecemos de pé; silenciadas. Nossas vozes não são escutadas por cima da balbúrdia da cidade, das arranhaduras dos escribas, do ressoar dos sinos. Homens que nunca nos conheceram contarão nossa história para quem vier depois de nós. Eles se esquecerão de que somos mulheres de carne e osso que viveram, e que agora morrem, à mercê daqueles que nos julgam. Somos mulheres sem futuro, que encaramos a vida do nosso jeito — e que vamos morrer por causa disso.

Nossos segredos residem nestas páginas, e, ainda assim, nenhuma palavra verdadeira será escrita sobre nós, ou nem por nossas mãos. O tempo acabou. A multidão se agita. O sol alveja a praça. Os segundos vão desaparecendo conforme o momento final se aproxima.

O som dos tambores recomeça. As preces que sou instruída a declamar emudecem em meus lábios. A corda se aperta.

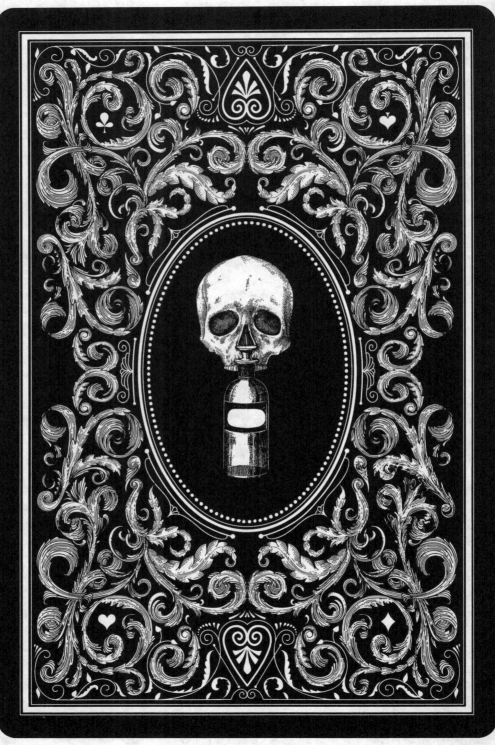

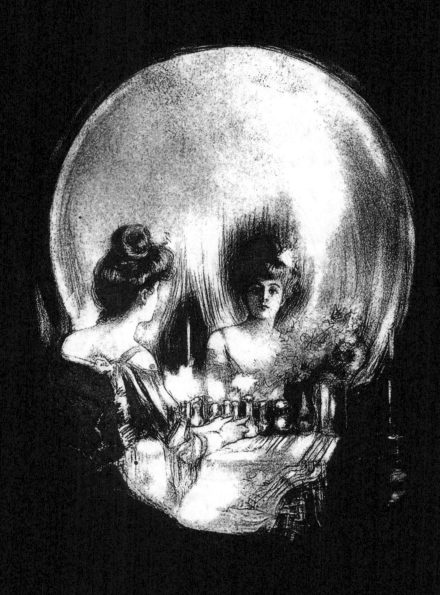

Extremis malis, extrema remedia.
Males extremos, remédios extremos.

1

Palermo, Sicília, 1632

Passos ecoam pelo chão de mármore. Eles se aproximam até a porta do meu quarto se abrir, revelando minha mãe. Ela parece hesitar; então, tomada por certa resolução, segue em frente, fechando a porta às costas.

"Mamãe", digo, feliz com a interrupção.

Meu bordado está emaranhado sobre meu colo, os pontos frouxos já soltando. Uma mosca solitária que zumbe no calor abafado do fim do verão bate contra uma das janelas.

A princípio, minha mãe permanece em silêncio. Fico olhando enquanto ela caminha de um lado para o outro, esperando enquanto seus saltos estalam e suas saias farfalham. Bocejo, morta de tédio pela tirania do bordado.

"Tenho um segredo", diz ela após um tempo. Ela para de se mover e se vira para mim, com as mãos dobradas sobre o corpete.

Há uma pausa.

Eu já sei disso — ou já cheguei a essa conclusão.

Enquanto a casa dorme, costumo caminhar pelos corredores e cômodos escuros de nossa vila particular; inquieta, agitada, incapaz de me acomodar na noite. Apesar de meu leite noturno ser esquentado com lavanda, resisto ao bálsamo sonífero. Bocejando, me levanto da cama, deixando para trás o dossel, os travesseiros e os confortáveis lençóis de linho para caminhar em meus chinelos de seda. Às vezes, vago pelos jardins, seguindo até as plantas cultivadas para uso medicinal. Sálvia, erva-doce, manjericão e limões — o aroma me reconforta. Sua natureza selvagem, escondida debaixo do nariz de todos em nossa vila, enquanto todo o restante é refinado ou arrumado, me acalma.

São nessas muitas noites que me escondo nas sombras e observo Mamãe sair pela porta dos criados. Ela se esgueira, sozinha, para a noite de Palermo. Espero até ela voltar, pouco antes do nascer do sol, para retornar a meus aposentos e refletir sobre o que aconteceu, aonde ela foi, o que isso pode significar.

Na missa, já a vi distribuir pequenos frascos de vidro com algo que parece água para mulheres que sussurram suas preocupações para que eu não as escute e trocam olhares de cumplicidade. Essas mesmas mulheres nunca mais voltam a nos cumprimentar, e apesar de eu perguntar quem elas eram e que assuntos tinham, nunca recebi uma resposta. Quando era mais nova, eu podia ser distraída por uma ameixa açucarada, esquecendo os questionamentos na mesma hora. Agora? Agora, que vi treze verões, parei de perguntar. Tenho outras preocupações.

Então, por que ela está aqui?

Puxo um emaranhado de lã cor-de-rosa enquanto espero. Pelo quê? Conforme os segundos passam, não sei se quero descobrir.

"*Mi amore*, você me perguntou muitas vezes sobre uma cura específica que preparo. Nunca lhe dei uma resposta, mas você já tem idade para saber a verdade."

Meu coração dispara. Meu corpo, como se tivesse despertado de um sonho, estremece e ganha vida. De repente, quero estar em outro lugar, em qualquer outro lugar além daqui. Acho que, talvez, eu saiba qual é o segredo de minha mãe Teofania. De repente, não quero esse conhecimento. Levanto meio que cambaleando, meu bordado arruinado se soltando do meu manto e caindo no chão.

Mamãe é rápida. Ela se aproxima de mim. Segura minhas mãos nas suas. Ergue o olhar para mim enquanto se ajoelha e eu volto a me sentar. Nossos olhos se encontram. Eles são tão parecidos. Verdes como o rio Oreto, que serpenteia das montanhas até o mar.

Talvez eu saiba disso há muito tempo. É impossível não notar que as mulheres que minha mãe ajuda passam a trajar roupas de viúva pouco depois.

"Você sabe, Giulia. Vejo que já adivinhou o trabalho que faço para mulheres que não encontram outra solução."

"A senhora dá algo ruim para essas mulheres", digo. São as primeiras palavras que profiro desde sua chegada. Minha voz falha. Minha garganta parece seca quando engulo.

"Você ficará sabendo de tudo hoje, meu amor."

As palavras pairam sobre nós como mosquitos acima de água parada. O *trinzale* de Mamãe brilha dourado sob a luz do sol que se esgueira pelas janelas. Um único cacho de cabelo cor de trigo escapou da rede delicada, e fico com vontade de prendê-lo atrás de sua orelha, enrolando-o, da mesma forma como ela faz comigo. Eu me concentro em uma linha frouxa. Puxo-a como se isso pudesse resolver alguma coisa, mas ela se parte. Duas pontas desfiadas.

Quando Mamãe ergue o olhar para mim, sinto um distanciamento estranho. É como se o quarto encolhesse, e começo a escutar um som agudo, ondulante. Olho para baixo, tentando me recompor, e em vez de minhas belas botas de couro espreitando sob as saias, vejo meus pés; descalços e ensanguentados. O fedor de água parada, de podridão e decomposição toma conta de minhas narinas, e fico com medo de desmaiar. Então um calafrio gélido percorre meu corpo. Quero sair correndo, fugir como um cavalo assustado. Com a mesma rapidez, a sensação desaparece. Meus pés voltam a estar cobertos pelo couro macio. O quarto volta a ser o que era, com o doce aroma de flores de jasmim e terra vindo do pátio.

Minha mãe continua me observando.

"O que você viu?", pergunta ela. "Foi a Visão?"

Ela se refere a algo que está além da nossa compreensão. Um conhecimento que não entendemos. Um presságio de algo que pode acontecer. Ela diz que isso é algo que me acompanha desde o nascimento. Não tenho certeza desse dom. O futuro espreita pouco além do meu alcance. Às vezes, capto leves vestígios e murmúrios, mas não passa disso. A clareza deste último tremor me deixa ofegante. É diferente, mas não me transmite confiança mesmo assim. Pode ser que signifique alguma coisa, e pode ser que não signifique nada.

"Nada, Mamãe, estou cansada", minto com meus lábios frios.

Ela baixa o olhar, e então se levanta, levando uma das mãos até o encosto estofado da cadeira em que me sento. Ela concorda com a cabeça, apesar de eu saber que não acredita em mim. O feitiço é quebrado. Voltamos a ser quem éramos: mãe e filha, esposa e enteada, e o dia deve retornar ao normal com as tarefas úteis adequadas ao lar de um mercador rico.

"Depois de terminar seu... trabalho... me encontre na cozinha, por favor. A Valentina vai precisar que você colha as ervas para o jantar de hoje. E, Giulia?"

"Sim, Mamãe?", pergunto, agora desejando ter compartilhado aquilo que a Visão me mostrou. Consigo sentir a distância entre nós, e ela se alonga até os cantos do quarto, onde vasos pintados ocupam mesas de nogueira.

O silêncio volta. Permaneço olhando para baixo. Eu me sinto vazia, como se carregasse um fardo duplo. Tive uma premonição, algo trêmulo, um vislumbre do que está por vir, e isso me assusta.

"Não devemos contar a ninguém sobre esta conversa. E hoje à noite..." Então Mamãe parece hesitar, como se desejasse voltar no tempo e recomeçar esta cena. Talvez no teatro, os atores possam se retirar do palco, possam voltar atrás em suas palavras, se empertigar e rir do próprio erro. Esse não é nosso caso. Agora, estamos presas em uma história que vai se desdobrar enquanto a plateia grita, enquanto os atores estalam os dedos e os personagens brigam e se estapeiam.

"Hoje, vou lhe ensinar o preparo."

2

É tarde quando Mamãe me acorda.

Esfregando os olhos contra a luz da vela, estou pálida, presa no espaço entre o sono e o despertar. Deve estar perto das Matinas. Não há qualquer barulho exceto pelos sons da casa estalando. O silêncio aveludado se estende até o alto dos muros que cercam todo o terreno da vila, indo da extremidade da cozinha, passando pelo jardim de ervas e pelos cômodos vazios que se abrem para o pátio central — tudo imóvel, tudo quieto, tudo silencioso.

"Levante, *mi amore*. Precisamos ir. Há trabalho a ser feito..." A voz de Mamãe é quase inaudível.

Tateio em busca do meu roupão, sem cogitar desobedecer. Com as mãos atrapalhadas, passo o material pesado por cima do linho amassado da minha *camicia*, enfiando os braços nas mangas cortadas de seda. Mamãe me espera com um manto. Ela o joga sobre minha coberta antes de se virar e amarrar com pressa meu corpete, apertando-o de forma desordenada.

"Venha, não temos muito tempo", ofega.

Eu a sigo para fora do quarto. Descemos na ponta dos pés pela escada, observadas apenas pelos quadros pendurados nas paredes. Francesco, meu padrasto, é um homem sem família nem posição social imponente, e muitos dos retratos exibem sua imagem. Os olhos pintados parecem nos conhecer; cada pincelada, cada borrão da mistura aguada de pigmento e óleo parece nos seguir ao andar de baixo, até pararmos.

Fazemos uma pausa. Prendo a respiração quando vejo movimento, um vislumbre laranja; o trote silencioso do gato da vila. Ele para. Vira para nos encarar sem piscar seus grandes olhos cor de âmbar. Então vira a cabeça e trota o corpo felino para longe, voltando a caçar seu jantar.

Solto o ar.

"Aonde vamos?", pergunto.

"Silêncio. Logo você vai saber, mas não se afaste de mim", sibila Mamãe.

Contornamos o pátio e chegamos à porta dos criados, que nunca usei. Sem uma vela, tropeço. Mamãe pega minha mão enquanto a maçaneta vira, e nos encontramos — inexplicavelmente — do lado de fora, paradas na viela estreita onde ficam as grandes portas da vila. Nunca estive na *rua* depois de escurecer. Nunca pisei nestas pedras hexagonais sem a proteção de guardas armados com alabardas. No geral, entro direto em uma carruagem, que costuma ficar empacada, já que a ruela é apenas um pouco mais larga do que ela. Estas ruas apertadas são um mistério para mim.

Sentindo minha inquietação, Mamãe me puxa para a frente. Seguimos andando, cada centímetro do meu corpo tremendo.

Tudo é preto como carvão enquanto atravessamos caminhos e becos desertos. De vez em quando, escutamos barulhos: tosses, risadas, brigas, então silêncio. Acordamos uma idosa que dormia no vão de uma porta. Ela estica a cabeça para fora de uma pilha de farrapos, resmungando ao nos ver passar. Às vezes, tropeço nas pedras desniveladas.

Em pouco tempo, paramos diante de uma igreja. É a Sant'Agostino, nas profundezas das vielas serpenteantes da cidade. Conheço este lugar. Costumamos vir aqui durante o dia, e de carruagem, para ajudar as irmãs leigas a suplementar sua renda. Costumamos vir como curandeiras e herboristas, com a permissão de meu padrasto. As habilidades que Mamãe me ensinou foram passadas por todas nossas mães; a sabedoria de plantas simples e remédios simples, ou pelo menos era o que eu pensava.

À luz do dia, eu e Mamãe entramos pelo portal principal, com a roseta de pedra sobre nossas cabeças. Ajudamos as freiras a prepararem tinturas e unguentos para vender, moendo ervas e temperos para remédios e poções contra males corriqueiros: febre e dor de dente, nas juntas e dos primeiros dentes. Preparamos cremes para deixar a pele macia e pomadas para curar machucados.

Há uma porta lateral na Via Sant'Agostino, perto da entrada, em que nunca prestei muita atenção. É nessa entrada que se encontra uma moça, sua cabeça coberta por um manto. Estou confusa, desconfiada. Fico desnorteada quando minha mãe, com um gesto silencioso, cumprimenta essa pessoa desconhecida para mim. Sigo-a apressada, me perguntando se elas conseguem escutar meu coração martelando no peito.

Minha mãe arranha suavemente a madeira três vezes. O som é baixo como o de um rato. Não parece possível que alguém seja capaz de ouvi-lo, mas a porta abre em questão de segundos. Lá dentro, a escuridão reina. É absoluta. Então um rosto surge, coberto pelo véu preto de uma freira. A mulher nos convida a entrar com um gesto, e reconheço a irmã Clara, que sempre foi bondosa comigo. Ela toma um susto ao me ver.

"Sim, Giulia veio hoje", diz minha mãe. "Vamos, precisamos correr antes de os sinos soarem para as Matinas."

A freira, que tem um rosto comum e a idade mais próxima à da minha mãe do que da minha, olha para um ponto atrás de mim.

"Alguém viu vocês?", pergunta ela enquanto fecha a porta. As dobradiças de metal rangem, depois ficam em silêncio.

Mamãe tira o capuz.

"Ninguém nos seguiu. Não se preocupe, Clara. Somos gratas por sua ajuda. Não faríamos nada para colocá-la em mais perigo."

A mulher encapuzada da entrada então afasta o manto, revelando o rosto.

"Faustina!"

A ajudante de minha mãe concorda com a cabeça, mas permanece em silêncio.

"Quieta! As freiras já se recolheram, mas muitas não dormem bem. Vocês precisam fazer silêncio", alerta a freira em voz baixa.

Agora somos levadas para as entranhas escuras do convento de Sant'Agostino. Não há qualquer som além de nossos passos pelo chão de pedra. No mesmo instante, sei onde Clara está nos levando.

Em um cômodo que sai de um claustro com teto arqueado, onde palmeiras foram plantadas para fornecer sombra no calor intenso do verão, fica a destilaria. O lugar em que remédios são preparados. Então é para cá que minha mãe vem enquanto seu marido sonha. De repente, quero empacar como um cavalo que nota uma cobra enroscada nos juncos do leito de um rio.

Este momento é a prova de fogo. É para ele que retornarei ao longo da vida, no qual tudo se mistura em alquimia, quando as ondas do destino alcançaram meus pés e minha sorte começou a se revelar. Poderia ter sido diferente? Mesmo agora, não sei.

As pedras estão frias sob meus pés. Jarros decoram a parede, abrigando resinas, cascas de árvore, plantas e especiarias. Livros de receitas, com as bordas das páginas se curvando, formam uma pilha. Então, nosso equipamento. Potes de vidro, o *alambicco* com sua cabaça e pescoço longo, tigelas de terracota, um grande pilão e almofariz; os objetos para destilação e preparo. Frascos com vinagres, óleos e álcool se alinham sobre as mesas de madeira.

Fico para trás, observando Mamãe decantar a água em um caldeirão de peltre. Então ela pega um pedaço de pano e o enrola ao redor do meu rosto, cobrindo o nariz e a boca. Ela não me olha nos olhos enquanto trabalha. Meu coração rufa como tambores em um dia santo. O que ela está preparando?

Mamãe joga pequenas pelotas cinza na água, então fecha tudo com uma tampa de cobre. Faustina acende o fogo embaixo, e as duas se afastam. Elas se viram para mim.

"Está na hora de você aprender nosso trabalho de verdade, Giulia", diz Mamãe.

Faustina concorda com a cabeça.

"O que vou lhe contar poderia nos levar para a forca, mas é um risco que corremos de bom grado."

Engulo em seco.

"Estamos preparando algo que liberta mulheres presas em casamentos ruins, ou de homens que as machucam", explica Faustina.

"Giulia, nós fazemos veneno."

Quando Mamãe fala, as chamas pulam, laranjas e brilhantes. A vela oscila, lançando sombras que dançam e se agitam. Demônios grotescos, observando com malícia, pairam nos limites do cômodo. O diabo em pessoa se posiciona em um canto, com o semblante assustador. Aqui, nossos assuntos estão fora do plano físico, as sombras espreitam, os sinos tocam, gatos selvagens se arqueiam e cospem.

Alterno o olhar entre minha mãe e sua ajudante, e não consigo encontrar palavras para responder. Não demora para o vapor metálico do chumbo preencher o espaço. Ainda não falei nada. Fico me perguntando se vou desmaiar. A sala abafada da boticaria, o calor noturno da cidade, as visões infernais: tudo se mistura para me deixar tonta, instável; embriagada. Com a cabeça girando, estremeço mesmo sem brisa. À distância, observo. Faustina me olha de soslaio e sorri. Ela está ocupada com outro preparo agora, hastes de jarrinha para ajudar com as dores do parto.

"Venha, Giulia. Chegue mais perto", diz minha mãe me fitando.

Respirar é difícil. Vejo que ela precisa da minha ajuda, mas não consigo me mover. Estou paralisada de pavor. Assim como meu sangue, o medo corre quente e líquido por minhas veias. E, ainda assim, também há fascínio dentro de mim.

"Giulia, este é um dos nossos remédios mais importantes. É o que uso apenas em ocasiões estritamente necessárias... é um medicamento que deve ser adotado com parcimônia e total conhecimento das consequências."

Olho para minha mãe; seu rosto está coberto por seus próprios panos, a saia de tecido caro escondida por baixo de um avental desbotado e manchado, os olhos escuros brilhando nas sombras. Eles me encaram como se conseguissem alcançar meu coração e ver o que está escrito lá; minha coragem hesitante, minha curiosidade crescente, minha completa confusão de sentimentos.

"Está com medo, filha?"

Não sei o que dizer, então empaco de novo, minha garganta seca, incapaz de arrancar palavras do ar.

"Giulia, *mi amore*, você deveria estar. Quando minha mãe me ensinou a preparar sua *aqua*, eu não queria aprender. Tive medo. Eu não queria encarar o perigo, e foi apenas a completa convicção dela de que fazíamos um trabalho bom — um trabalho de mulheres — que me permitiu aprender e seguir adiante. É por isso que estou ensinando para você. Este é o seu destino tanto quanto foi o meu."

Fico encarando minha mãe enquanto ela se vira de costas para mim, e eu processo a notícia. Somos uma família de fabricantes de veneno. Mal conheci minha avó — ela faleceu quando eu era pequena —, mas é claro que eu sabia de como era habilidosa com as ervas. Eu só não sabia que este também era seu legado. Mas será que este é um legado do qual quero fazer parte? Eu poderia voltar correndo para nossa vila. Poderia fingir que não sei nada sobre isto. Poderia contar a meu padrasto e acabar com toda essa história hoje à noite. Mas sei que não farei nada disso.

"Mas por que fazer isso, Mamãe? Por que fazer isso se é tão perigoso?", questiono.

Por um breve instante, ela permanece quieta. Do lado de fora, vêm os sons noturnos da rua. Um bode bale. Um bebê chora. Um cachorro late e então silencia.

"Preciso ajudá-las, Giulia. Não posso deixá-las desamparadas. Você, entre todas as jovens nesta cidade, deveria entender isso."

Eu.

Entre todas as jovens em Palermo.

"Eu entendo, Mamãe", digo. Minha intenção era soar insolente. Em vez disso, o medo me torna rabugenta.

Mamãe troca um olhar com Faustina, cujo rosto está coberto da mesma maneira. Tenho um vislumbre de seus olhos cor de oliva, de seus espessos cachos castanhos presos sob os panos, da leve ruga que surge quando ela franze a testa. Faz dois anos que nos conhecemos. Por que ela nunca tocou nesse assunto comigo? Faustina se vira de volta para seu preparo antes de eu conseguir fazer a pergunta em voz alta. Percebo uma sensação incômoda. Uma injustiça. Faustina sabia, e eu, não. Minha mãe faz algo que coloca todas nós em perigo, e eu não sabia. Ainda assim, as duas me trouxeram para sua empreitada, e agora sou considerada mulher suficiente para conhecer o segredo. Também reconheço um sentimento estranho; uma fonte de desejo dentro de mim, uma empolgação por algo que ainda não compreendo. Tudo é tão desnorteante.

"Temos um dever com o sexo feminino, Giulia. Não sei por que este é nosso destino, ajudar as mulheres desta cidade, mas ele cabe a nós. Sim, é perigoso, *mi amore*. E o que mais você queria que fizéssemos? Nada?"

Eu deveria gritar "sim". Em vez disso, dou um passo à frente, tremendo.

Mamãe concorda com a cabeça. Ela aponta para o armário em que ficam os ingredientes especiais, seu conteúdo trancado. Fico fascinada quando Mamãe saca a chave, enfia-a na fechadura e abre a portinha. Ela tira um pote de cerâmica. Nele, há um sinal, um símbolo que não reconheço.

"Nós fervemos o antimônio assim", ensina ela, virando-se de volta ao líquido borbulhante. Ela coloca o pote sobre a mesa ao meu lado.

"Ele se infunde na água. Cuidado, não encoste. Você não morreria por causa disso, mas é perigoso mesmo assim."

Enquanto a observo, algo se expande dentro de mim. Isto é a própria morte. É um líquido que terá o poder de decidir se uma pessoa vive ou morre, um poder que apenas Deus pode exercer. Estou extasiada, enojada, ansiosa, tudo ao mesmo tempo. Vejo Mamãe com novos olhos. Eu achava que ela era submissa, talvez até dócil, na presença do marido. Ela é o exemplo perfeito da esposa elegante de um mercador. Em tudo que faz, ela demonstra saber seu lugar — e ainda assim, aqui estamos. Esta rebelião é um segredo que agora compartilhamos, o ato que agora nos define; mãe e filha, envenenadora e aprendiz.

É inebriante para mim, uma garota cuja vida é limitada pela própria posição social que não veio de berço. Quando nossa presença no convento não é necessária, meus dias são dedicados a decifrar textos em latim, decorar salmos, fazer bordados ou seguir as instruções do meu professor de dança. É muito diferente da liberdade que eu tinha na infância, porém a minha é uma posição que muitos com suas barrigas vazias devem invejar.

A fumaça sobe. A temperatura, já abafada, se torna sufocante. Por um instante, a sala oscila diante dos meus olhos, e tenho uma sensação de familiaridade, como se eu já tivesse feito isso antes, como se já soubesse de tudo. A voz de Mamãe interrompe o feitiço.

"Passe o arsênico, *mi amore*. Não abra a panela. Saia de perto de mim depois que fizer o que te pedi."

Mamãe me dá ordens como se eu fosse uma criada.

Quando pego o pote de pó branco cristalino, algo estranho acontece. As marteladas no meu peito se acalmam e o pânico começa a se dissipar.

"De quanto precisamos?", pergunto. Não sou capaz de explicar por que não entrego o pote à minha mãe.

"Precisamos de meia libra",* responde. Ela olha para mim como se estivesse me vendo sob uma nova luz.

Assinto. Eu decanto o pó, tomando cuidado para não derrubar, na balança que está sobre a mesa de madeira arranhada, manchada de tinturas e destilações. Minhas mãos não tremem. Através da máscara grossa, consigo sentir o gosto amargo de metal enquanto o calor faz seu trabalho. Eu me aproximo da alquimia borbulhante, estremecendo um pouco agora que a tigela com o pó está nas minhas mãos. A vela treme-luz. Percebo que meu braço está firme quando sinalizo com a cabeça para Mamãe levantar a tampa.

Despejo o arsênico na panela, como ela me orienta. Observo tudo se dissolver, o conteúdo mortal se misturando; uma fusão potente e silenciosa.

Então, meus ouvidos detectam um som tão baixo que mal escuto.

"Está ouvindo isso, Mamãe?", indago, curiosa sobre o zumbido que parece se intensificar agora, reverberando ao redor do meu corpo; é uma vibração baixa, tão delicada quanto as asas de um beija-flor.

Minha mãe me observa como um pássaro prestes a lançar os filhotes do ninho, perguntando-se se eles vão abrir as asas inexperientes e voar ou se vão desabar no chão.

É a vez dela de dar de ombros.

"Não escuto nada, filha."

Piscando, percebo que ela diz a verdade. Parece que só eu consigo ouvir a voz do veneno enquanto ele se forma, enquanto borbulha, se infiltra e se infunde. Volto a olhar para o elixir, o condutor da morte.

---

*   O que equivale a aproximadamente 227 gramas.

"O que faço agora? Está pronto?", pergunto, relutando em dar as costas para ele.

Uma breve pausa.

"Você acrescenta a essência de erva-moura, a beladona. Algumas gotas bastam..." Mamãe tenta alcançar um pote que contém o suco de pequenos frutos que só crescem na escuridão. Porém sou mais rápida. Alcanço o jarro antes dela. Isto, estou acostumada a manipular. Moças, desesperadas para atrair um companheiro, vêm até nós em busca desta planta tão sedutora — e perigosa. Distribuímos frascos pequenos, recomendando apenas uma gota em cada pupila, para uso eventual e sem jamais ser ingerido, porque fazer isso causaria febres e dores.

Paro diante da mistura. Uma gota. Duas gotas. Três, então Mamãe murmura para que eu pare. As gotas giram e desaparecem no líquido. Dou um passo para trás, ouvindo a nota grave do líquido se modificando. O zumbido se torna mais agudo, sua frequência mudando — e com isso, sei, da mesma forma instintiva como sei piscar ou respirar, que o preparo foi concluído.

"Está pronto", digo, virando-me para fitar Mamãe ao meu lado. Mais uma vez, ela me observa com curiosidade.

"Sim, filha, está pronto." Um silêncio estranho cai entre nós. Algo está diferente. O equilíbrio de poder entre nós mudou.

Juntas, decantamos a solução. O aroma amargo e asfixiante preenche o espaço de paredes de pedra. Seguro cada frasco pequeno de vidro em minha mão, que treme só um pouco, até que cada um deles está cheio e selado com massa. Os frascos são escondidos dentro do mesmo armário que guarda os jarros de arsênico e suco de beladona. Dessa vez, conforme estico o braço, reparo em um grande livro com capa de couro na prateleira.

"Pegue. Traga até a mesa. Essa é a última de suas lições na noite de hoje", fala Mamãe. Pelo tom de sua voz, percebo que ela está cansada, e me pergunto sobre a diferença entre nós. Eu nunca me senti tão viva, é como se cada veia pulsasse e latejasse com uma nova intensidade.

O livro é pesado. Eu o deposito sobre a superfície de madeira traçada com marcas de faca e arranhões. Afasto os restos de jarrinha.

"Abra."

As páginas são de velino espesso, e mais da metade delas está escrita na caligrafia da minha mãe. Aperto os olhos. A luz é fraca e, a princípio, penso que é um livro de culinária, de receitas, mas então vejo os ingredientes, o nome das clientes, o custo destes serviços.

"Este é meu livro de registro, *mi amore*. Chamo de meu livro de segredos, visto que contém cada mulher que ajudei, cada remédio que dei a elas, seja para a saúde ou para a situação delas, e o preço da minha ajuda. Verá que muitos dos meus serviços são gratuitos."

"Mas, Mamãe, por que registrar tudo isso? E se cair nas mãos erradas?", questiono, virando as páginas. "Aconteceram tantos..."

"Porque esse é meu trabalho. É o trabalho de toda uma vida, desde que eu tinha idade suficiente para entender a sabedoria das ervas. Essas mulheres não têm nome, nenhuma lembrança de suas vidas, a injustiça, a desigualdade. É possível que elas nunca tenham seus nomes registrados em nenhum lugar, exceto, talvez, quando nascem, se casam e morrem. Nada nunca é escrito sobre a vida delas, sobre seus males e sofrimentos — a não ser aqui. Sim, é perigoso anotá-las, mas eu não negaria a elas a dignidade de ser marcada em uma página. Para tantas, talvez seja a única prova de que sequer existiram."

Então percebo a letra de outra pessoa bem na frente do livro. Mais tosca, trêmula, as palavras são menos legíveis.

"Quem escreveu isso?", pergunto.

Há um momento em que nada é dito. Então Mamãe responde, mas o timbre de sua voz mudou, está mais grave de alguma forma.

"Foi sua avó. Eu peguei seu livro quando parti. Foi a única parte dela que consegui carregar comigo."

A noite se enrosca ao nosso redor como a fumaça de uma chama se apagando. Passo o dedo pelas palavras que, agora, percebo que estão desbotadas, as páginas ficando amareladas.

"Está tarde. Giulia, precisamos ir", sussurra Mamãe. Fecho o livro. Eu o seguro com força conforme o devolvo ao armário para ser guardado, seguro e escondido, como desejamos que seja.

* * *

Mais tarde, quando estou sozinha no meu quarto, tiro o *tarocchi*; cartas de tarô douradas, esfarrapadas, presente de uma das meretrizes da irmandade de mamãe na terra que deixamos para trás.

O gato da vila, excelente caçador de ratos e meu único amigo, ronrona e se esfrega na minha mão enquanto movimento as cartas. Gattino se estica e se acomoda, lambendo as patas como é seu hábito. Ele deve ter comido bem hoje. Seu ronronado é profundo, gutural, saciado.

Como sempre, pareço sentir o *tarocchi* pulsar com sua própria potência secreta. Puxo a primeira carta no topo do baralho: *La Fortuna*, a Roda da Fortuna. Ela fica na minha mão, invertida; o infeliz que se arrasta, esmagado, é impulsionado para o topo de *la rota*, lançando a figura do rei para baixo. Aqueles que foram rebaixados agora seguem para o topo. Aqueles no topo agora são rebaixados.

Sinto um calafrio que indica algo, um conhecimento que ainda é indistinto, como a névoa se esticando sobre o mar.

3

Na noite seguinte, Mamãe vem me acordar de novo, mas já estou esperando.

Saímos de fininho, furtivas como raposas, pela vila suspirante. Enquanto Francesco ronca. Enquanto Valentina, nossa cozinheira, sonha. Enquanto o criado se revira em seu colchão de palha, coçando o traseiro, escapamos. Desta vez, Mamãe se vira na direção do porto.

"Por aqui", diz ela.

Caminhamos rápido, evitando as ruas principais, preferindo os *vicoli* decadentes, os becos que cruzam a cidade. Em um ponto ou outro, uma vela, uma chama em um candeeiro, mas, no geral, é escuridão, do tipo envolve o corpo. Do tipo que esconde aqueles que desejam permanecer escondidos.

Reconheço o nome de uma rua sobre a qual só ouvi falar por nossa cozinheira e suas fofocas. Estamos perto do porto, um local famoso por seus bordéis e tavernas. O cheiro fresco do mar, com o sal e o cheiro forte de salmoura, encobre o fedor de animais pelas ruas.

Homens, principalmente marinheiros e bêbados, passam andando. Eles fazem gestos grosseiros para nós, apesar de estarmos cobertas por nossos mantos. Dois árabes envolvidos em mantos de cores claras param e nos observam. Eles estalam a língua e murmuram algo que não entendo. O aroma de laranjeiras e limoeiros, aquecidos pelo sol, perdura.

De repente, minha mãe entra em uma ruela minúscula, um breu. Meu coração bate com tanta força que fico com medo de alguém ouvir.

Então, ela hesita.

"O que foi, Mamãe?", sussurro, olhando ao redor, sem ver ninguém. Antes de ela responder, uma porta se abre, jogando um feixe de luz de vela na parede ao lado.

"Entrem, rápido", diz uma voz.

Obedeço, quase tropeçando na saia dela.

Lá dentro, mulheres em vários estágios de nudez nos encaram dos cantos do pequeno cômodo. Algumas voltam para suas conversas sussurradas. Outras continuam olhando. Seus rostos estão pintados com riscos carmesins nos lábios; os olhos, escurecidos com kajal. Algumas usam algo parecido com togas romanas, e entendo, com certo atraso, que estamos nos fundos de um bordel.

No mesmo instante, me sinto reconfortada.

Cresci em um lugar assim, apesar de nossos aposentos serem os cômodos dourados nos palácios de Filipe da Espanha em Madri, e nossa família improvisada de párias eram cortesãs ganhando a vida com nobres pomposos. Minha mãe era uma dessas cortesãs. Enquanto ela levantava a saia em troca de dinheiro, eu era deixada vagando entre os cortesãos e criados, as meretrizes que me mimavam e me davam doces, os cavalheiros da corte que compravam fitas para mim, as cozinheiras que me davam tapas, rindo, quando eu entrava de fininho em suas cozinhas e roubava pão quente do forno.

Se eu fechar os olhos e me concentrar bem, ainda consigo sentir o gosto do pão borrachudo e fumegante. É o gosto da infância, da liberdade.

Sentada diante da lareira vazia está uma mulher, talvez da mesma idade de Mamãe, que permanece olhando para o outro lado como se não tivesse escutado nossa chegada. O ar tem resquícios de suor e perfume. Ela tem um cabelo que bate na cintura e maçãs do rosto proeminentes, passando uma impressão quase régia.

"Caterina?", chama Mamãe.

A mulher vira a cabeça, e não consigo evitar. Arquejo de surpresa.

Onde antes havia a curva da bochecha agora há um corte irregular. Ele vai dos olhos escuros até o queixo. A ferida é recente. Mesmo na luz fraca, consigo ver o sangue, que parece preto, escorrendo. Ela é — *ela era* — linda.

"As senhoras vieram", diz ela.

Minha mãe se aproxima, coloca seu cesto de remédios no chão. A mulher está sentada com extrema placidez, com extrema elegância neste pulgueiro com tetos baixos tortos e o som agitado dos ratos pelos cantos.

"É claro que viemos", fala Mamãe.

Ela pega a mão de Caterina e ajoelho ao seu lado. Uma única lágrima escapa do olho intacto de Caterina, escorre pela bochecha.

"Ele diz que vai me matar", conta ela. Mal consigo ouvi-la.

Uma das garotas cospe no chão.

"Bastardo", diz a garota. Ela não parece muito mais velha do que eu, mas sua expressão é amargurada; seu rosto, sofrido. Vejo meu reflexo em um espelho apoiado na cornija. Meus olhos estão arregalados como os de Gattino; meu rosto, pálido. Olhando de volta para a garota, acho que temos uma troca; talvez um reconhecimento de tudo que é diferente entre nós e nossas vidas. A ânsia de explicar quem sou cresce dentro de mim, mas fico quieta.

Um murmúrio de concordância percorre o cômodo.

"O que houve?", pergunta minha mãe, tirando um pano limpo do cesto.

No interior, estão nossos remédios: bálsamos, poções que acalmam, musgo para estancar sangramento.

Caterina se retrai quando Mamãe limpa seu rosto.

"Ele diz que, da próxima vez, vai cortar minha cabeça e me pendurar em uma das vigas", começa ela. Todas a encaram. Todos os corações batem mais rápido. Sua voz é baixa. Como a vida dela chegou a este ponto?

"Ele chutou minha barriga e matou o bebê. Então fez isto comigo para eu não esquecer." A mulher vira o rosto de volta para a lareira vazia. "Como se fosse possível esquecer..."

Ela leva uma das mãos à barriga.

Uma porta se abre em algum lugar no interior da casa, e o rugido de uma algaravia surge de repente; pessoas rindo, uma gamba sendo dedilhada, boemia e conversas. A porta é fechada com a mesma rapidez, e o cômodo volta a sua quietude ansiosa. A vela tremeluz, a corrente de ar fazendo a chama dançar.

"Ele se opõe à sua vida, Caterina."

Há um instante de silêncio.

Como se fôssemos apenas uma, todas nos inclinamos para a frente. Mamãe pega um frasco com um bálsamo grosso. Reconheço-o como a mistura de calêndula e cravo-de-defunto que preparei no dia anterior. A mulher concorda com a cabeça. Outra lágrima segue o caminho vagaroso pela ravina de seu rosto enquanto Mamãe aplica o creme na ferida.

"Ele diz que nenhum homem vai me pagar agora que tenho isto, então digo para ele, 'Como vamos comer? Como vamos sobreviver se eu não conseguir trabalhar?'. Nunca recebo uma resposta. Depois que ele gasta todo meu dinheiro em bebida, desaparece, às vezes por dias ou até semanas, mas sempre volta, e quando volta..."

Ela para. Respira.

"Ele diz que, se eu voltar a trabalhar, vou pagar com minha cabeça. Ele diz que sou dele e só dele." A voz de Caterina falha.

A vela se apaga, deixando o odor animal de gordura derretida. O cômodo é lançado na escuridão. Há um movimento, então um longo feixe de luz laranja quando uma porta é aberta, os mesmos sons repentinos, e uma mulher sai. Em segundos, ela volta. Diante dela, tremeluz a chama de uma nova vela, empunhada em sua mão. Ela a coloca ao lado da mulher ferida e volta a se sentar. Mamãe concorda com a cabeça.

A sala é tomada por imobilidade.

"Giulia, me passe outro pedaço de pano, obrigada", pede Mamãe.

Não hesito. Grata por receber uma tarefa, reviro o cesto e pego panos limpos. Minha mão encosta em algo pequeno, frio e sólido, talvez um frasco de vidro, e, com esse toque, sei por que estamos aqui, cercadas por meretrizes, em um lugar esquecido por Deus. Eu devia sentir medo. Eu devia me benzer, sair dali e abandonar esta empreitada profana, mas me recuso. Mais do que isso, me sinto calma e em paz, como um rio fluindo em direção ao oceano. Vejo com meus próprios olhos por que minha mãe distribui seu veneno. Vejo nos rostos chocados das mulheres que me cercam. Na pele ferida do rosto de Caterina. Em seus olhos brilhantes. Entendo tudo.

Posso ser jovem, mas consigo adivinhar como a história vai acabar; um cadáver massacrado, as saias flutuando ao seu redor enquanto ela boia nas águas do Papireto, onde antes era cultivado papiro e agora é o local onde caçadores de fortuna pescam os corpos inchados de mulheres como ela e de infelizes assassinados por suas bolsas. Talvez os oficiais da cidade a arrastem para fora, a saia pesada ensopada, o rosto azul e mosqueado, e tentem encontrar sua família para lhe dar a dignidade de um funeral. Muito improvável. Meretrizes mortas não valem nem um único *scudo*. Palermo ficaria melhor sem gente da laia dela, é o que eles dizem.

Então, estranhamente, uma mulher que até agora permanecia em silêncio se vira para Mamãe.

"A senhorita é feiticeira? Pode fazer uma magia para afastar esse homem?", pergunta ela. Seu peito sobe e desce com as palavras. Sinto seu medo como se fosse meu.

Olho de soslaio para Mamãe. Essa é uma palavra perigosa. É a questão da qual curandeiras se esquivam. Ficamos sentadas, presas entre respirações. O rosto da mulher é ocultado pela escuridão nos cantos do cômodo. Minha mãe balança a cabeça, mas sou eu quem encontra as palavras. Mesmo entre prostitutas, não podemos ser conhecidas como bruxas.

"Não temos feitiços. Não lançamos maldições", digo com a voz trêmula.

Todos os olhares se voltam para mim. Talvez elas não esperassem que eu respondesse.

"Qualquer medicamento que minha mãe traz é produzido com material que nos é dado por Deus, e apenas por Deus." Não sei se acredito nas minhas palavras. Nossa gente tem seus próprios deuses pagãos, divindades da terra e do mar, não um pai no alto do céu. Ainda assim, invoco a proteção Dele.

"Mas as senhoras têm remédios para curar a aflição de nossa amiga? Podem ajudá-la a se livrar daquele demônio?" A mulher se inclina para a frente e então consigo vê-la. Ela é magra, tem o cabelo comprido escorrido ao redor do pescoço. Seu olhar tem um ar determinado. Sinto Mamãe se remexer ao meu lado. Não sei dizer se ela queria que fôssemos capazes de enfeitiçar esse homem ou não.

"Ouvimos falar que as senhoras têm contato com mulheres místicas, as fadas...", comenta a garota com a expressão amargurada. Agora, ela parece esperançosa, tímida, curiosa. Eu a vejo como é por baixo dos cetins de meretriz e do rosto pintado: ainda uma criança, cheia de fantasias, achando que somos tocadas pelo sobrenatural. Eu me esquivo de seu olhar, com medo de novo.

"Não somos feiticeiras." É minha mãe quem fala agora, em tom autoritário. Ela aumenta a voz.

"Viemos aqui para ajudar a reparar as injustiças que vocês sofrem. Oferecemos apenas aquilo que é bom e natural. Não digam essas palavras. Elas têm poder próprio e vão trazer o terror santo contra nós. E quem mais vai ajudá-las além de nós?"

Há um farfalhar, resmungos, enquanto isso também é digerido.

Caterina segura as mãos de minha mãe.

"Ela fala a verdade. Só elas podem nos dar liberdade, e liberdade disso é tudo que quero."

Noto que ela me incluiu com minha mãe em seu pronunciamento.

"Vocês nunca nos viram. Nós nunca viemos aqui. Prometam", diz Teofania, olhando ao redor do cômodo apertado.

"Eu prometo, nós todas prometemos...", fala a mulher com a cicatriz para Mamãe.

Sem que ninguém me peça, volto a enfiar a mão no cesto de palha. Descubro que há dois frascos pequenos. Pego um, envolto em um dos pedaços de linho. Entrego-o para minha mãe, um pouco trêmula. Trocamos um olhar rápido de compreensão sombria. Não sou mais uma observadora, não sou mais apenas uma pupila; sou cúmplice. Mas percebo que o medo desapareceu, que as dúvidas sumiram. A tormenta da mulher fez com que este momento se tornasse tão claro quanto o sol em uma manhã de inverno. Ele é forte, brilhante, absoluto.

"Uma gota do remédio na cerveja dele hoje à noite, e então espere", explica Teofania, pegando o frasco de minha mão.

"Ele vai ficar enjoado, vomitar. Espere que o mal-estar se assente. Chame o médico. Faça tudo que uma esposa deveria fazer. Espere uma semana para repetir tudo de novo, na sopa dele, na água com limão. Siga este conselho e o fim virá rápido, mas ele terá tempo de fazer as pazes com Deus. Ele terá uma boa morte, e você ficará livre do seu atormentador."

Há um silêncio atento; uma exalação.

Então, um tremor percorre o cômodo como uma onda que atravessa o mar. A menina com quem compartilhei um olhar me encara.

"Ele vai saber? Se ele perceber, vai me matar."

Mal consigo ouvir Caterina. Em algum lugar, um gato ataca, um rato corre, um cachorro late. Em algum lugar, o marido dela se revira no sono, tateia o lençol, buscando pelo corpo dela ao seu lado, então volta aos sonhos, soltando um ronco e um suspiro.

"Não tem gosto. É igual à água, igual à água...", diz Mamãe. Ela se levanta, assim como eu. Desta vez, pego o cesto.

"Só algumas gotas, e seu problema será resolvido. Fique com ele. Cuide dele. A morte virá em menos de um mês."

Caterina enfia uma das mãos nas dobras de seu manto. Ela tira uma bolsinha de veludo, a estica na minha direção. Minha mãe balança a cabeça, então a afasto. Tenho muito a aprender sobre como funcionam essas negociações. É um comércio; porém, como aprenderei, é mais uma troca de segredos do que de moedas. Isso não é novidade para mim. Vivo em uma casa de segredos — e aprendi a guardá-los.

"Uma amiga que ajuda outra não cobra nada", afirma Mamãe enquanto alisamos nossas saias e nos preparamos para sair.

Está próximo do alvorecer. Lá fora, o céu agora tem riscos laranja. Caminhamos em silêncio: Mamãe até a capela da vila para começar as devoções do dia como ordena seu marido, eu para descansar em meu quarto antes de os sinos tocarem para a oração. Do outro lado da porta, há um montinho de ossos minúsculos. A asa arrancada de um pássaro, suas garras, a palidez de suas entranhas, tudo o que sobrou do banquete de Gattino. Aconchegado na cama, o rabo dele balança quando entro. Ele não olha ao redor, mas suas orelhas permanecem de pé. Ele está atento, como também devo estar. Entro embaixo da coberta, sentindo o calor de seu pelo, o peso lânguido de seu corpo, e sei que não dormirei.

Todas as noites, agora, preparamos o elixir na destilaria, observadas pela estátua de madeira de Santa Rita, a santa padroeira das causas impossíveis, ilimitadas. A notícia corre do convento até a praça, o mercado, os banhos, as habitações da cidade. Ela se move feito a brisa, aterrissando aqui e ali; em mulheres lavando lençóis, em mulheres curtindo couro, na cozinheira, na costureira, na mulher eviscerando peixes. Sussurros se infiltram feito fumaça, pairando por lugares sofisticados, por jardins aromáticos. Chegam atrás dos muros altos das vilas e dos palácios ricos até os ouvidos das mulheres de Palermo, que, mesmo trajadas em tecidos finos e rubis, estão encurraladas em seus casamentos arranjados por pais e irmãos assim como a mulher que fia tecidos, ou a casada com um brutamontes de taverna em seu casebre. Nenhuma mulher jamais teria a possibilidade de se divorciar, já que o privilégio é concedido apenas a um marido descontente. Portanto, ela precisa tomar outras medidas para terminar uma união infeliz, fazer outros planos para ganhar a liberdade que deseja, se puder enfrentar o risco.

A notícia sobre nosso veneno se espalha e é imparável; Faustina se certifica disso. Na missa, enquanto o padre entoa cânticos, ela fala sobre o veneno. Quando compra pão, azeite, tomates, ela acena para as vendedoras. Elas sabem sem perguntar. Ela sussurra nas vielas, nas tavernas, nas praças, até mesmo enquanto lava roupa. Suas palavras voam por Palermo feito um bando de pássaros, um ardil de corvos, bloqueando o sol enquanto eles batem as asas e gralham. Então, elas vêm.

Toda noite, o som de alguém raspando a porta, uma figura encapuzada, às vezes uma troca de moedas.

Toda noite, um frasco entregue, ou talvez dois — cada transação anotada no livro de segredos de Mamãe, seu registro abrigando cada nome, cada remédio distribuído.

Toda noite, um homem da cidade deve ter um sono menos tranquilo em sua cama, mas quem saberia disso? Ele continua grunhindo e roncando, coçando-se e murmurando, sonhando com a amante, o dinheiro ou as dívidas, com suas dificuldades ou tristezas. Ele vai girar e esticar um braço ou uma perna. Vai puxar o lençol, embolando-o em seu corpo pesado. Vai suspirar e se esticar; então, quando o galo cantar, vai acordar do seu sono, mijar na comadre, e olhar ao redor em busca de sua refeição, para fazer o desjejum antes de começar o dia. Ela o observará ir embora, seus olhos mirando o frasco de vidro sobre a cômoda ou no chão de terra batida. Talvez ela ainda não o tenha tirado da saia. Talvez, se ela for uma mulher abastada, esteja em sua penteadeira, camuflado entre os cremes para a pele, os perfumes e os unguentos. Depois de administrado e colocado nas mãos de outra pessoa, nosso veneno é imbatível; seu poder — e alcance —, desconhecido. Quem poderá dizer quem será a próxima vítima? Quem poderá adivinhar em qual cerveja ou sopa pode haver algumas gotas? É raro que moedas sejam trocadas. A maioria não tem nada o que dar em retorno.

Setembro de 1632 (na caligrafia de Teofania)

Caterina, buttana — pomada de calêndula e cravo-de-defunto para sarar feridas, um frasco de aqua (Teofania)
Sem cobrança

Alba, fiandeira — bálsamo de borragem para machucado na pele, um frasco de aqua (Teofania)
Sem cobrança

Hortensa, buttana — dois frascos de aqua para seu pai e seu irmão (Teofania)
Sem cobrança

4

Dizem que nascemos sob uma lua nova — um sinal de azar —, ou é isso que nossa cozinheira, Valentina, me fala quando está se sentindo vingativa.

"Ah, é o sinal potente de um mal poderoso quando a lua desaparece e deixa o céu tão escuro quanto o pau do diabo", diz Valentina, alegre com a própria malícia. "Só o mal pode vir disso", acrescenta ela e lança um olhar para mim, desafiando-me a contar aquilo para minha mãe.

Não repito as palavras ditas pela língua ferina da cozinheira, os fragmentos inconsistentes de fofoca que fluem da missa para o mercado e então para nossa cozinha como moscas que perseguem uma carcaça. Eu não daria à cozinheira o prazer de recitar a amargura dela para Mamãe.

Hoje é domingo, e precisamos sair para a missa daqui a pouco. O primeiro ar frio de outono me levou até a cozinha de Valentina, para me sentar diante do fogo. A cozinheira fez uma careta ao me ver chegar, mas a ignorei e peguei um *cannolo* e leite fresco para beber. Os resmungos habituais dela não devem estar sendo suficientes para aplacá-la, porque ela se concentra em me provocar. Ela limpa as migalhas da boca e me lança um olhar estranho.

"O que foi?", digo entre mordidas. Os *cannoli* de Valentina recheados com amêndoas, ricota e mel fazem valer a pena a viagem até sua fornalha — e seu mau humor inevitável. Ela ergue as sobrancelhas.

"Há boatos...", começa ela.

Dou de ombros.

"Sempre há boatos", retruco, mordendo a casca do doce.

"Não como estes, *bella*. Estes são o tipo de coisa com que mulheres como você, como sua mãe, deveriam se atentar..."

Mulheres como eu.

Mulheres como minha mãe.

Enquanto Valentina fala, seu queixo treme. É por indignação ou alegria? Não consigo determinar pelo que ouvi, então espero.

Seja lá o que está por vir, deve ser deveras lascivo.

No meio-tempo, não lhe darei a satisfação de perguntar o que ela sabe. Nada de bom virá desse conhecimento, pelo menos isso é óbvio.

O silêncio é interrompido pelo menino criado, ou o Menino Explorado, como o chamo, que está apoiado no canto da cozinha. Ele tosse e sorri para mim. E me encara por tempo demais, então fecho a cara, fazendo-o corar e afastar o olhar.

Com o tempo, suspiro. Vejo que Valentina está com dificuldade para guardar a informação. Ela é como uma represa inundada com a água de uma tempestade. Precisa falar, ou irá explodir. Tendo compaixão por ela, baixo meu doce (com relutância).

"Então me diga, com o que deveríamos nos atentar?"

Valentina tem olhos surpreendentemente pequenos em sua cabeça grande, que se torna ainda maior com o xale que ela usa enrolado no cabelo. Ela é uma mulher com porte para o trabalho brutal da cozinha: sovar pão, bater leite coalhado, carregar sacas de grãos, desossar costelas de boi, quebrar o pescoço de uma galinha. Seus braços são como os de um marinheiro, tão largos que ela se inclina um pouco para o lado para conseguir entrar nos cômodos. Seus olhos percorrem cada canto com uma inteligência aguçada, analisando tudo o que veem. Seus ouvidos são mais apurados do que os de um falcão. Ela sabe de coisas sobre as pessoas que as próprias mal desconfiam.

"Os boatos dizem que você e sua mãe são adoradoras do diabo, e que nenhuma mulher decente colocaria um pezinho delicado dentro destas paredes..."

A voz de Valentina é acelerada, empolgada. Então era alegria.

Suspiro de novo.

"Isso não é novidade", falo. "Somos forasteiras. Sou filha de uma cortesã que se tornou uma mulher respeitável ao se casar com meu padrasto. Todo mundo sabe disso. Que diferença faz para nós?"

Valentina parece decepcionada. Então, quase como uma reflexão tardia, volta a falar.

"Há um falatório sobre bruxaria na cidade. Um veneno lento capaz de matar homens saudáveis com poucas doses..."

Desta vez, suas palavras acertam o alvo. O impacto é ágil, cortante.

Ela faz o sinal da *corna*, seu primeiro e último dedos estendidos enquanto os outros se dobram, para se proteger de *il malocchio*. Ela poderia ser demitida de imediato por repetir fofocas ouvidas no mercado de Vucciria. Engulo em seco, limpo a boca.

Ela me observa, e há algo novo em seu olhar. Talvez esteja se perguntando se enfim foi longe demais. Faz dois anos que moramos em Palermo. Teríamos de ser cegas e surdas para não saber o que as esposas da cidade pensam sobre nós: a meretriz de um rei e uma bastarda sem pai içadas à alta sociedade. Seríamos tolas em pensar que poderíamos ser aceitas aqui, mas essas palavras vão além disso. Elas trazem desconfiança à nossa casa. Elas trazem medo. Para Valentina dizer isso tudo... sua ousadia em anunciar esses boatos é o que me assusta.

Não demonstro isso para a cozinheira. De repente, seu *cannolo* gruda em minha garganta e me sinto enjoada. Jogo o pedaço restante no fogo. Fechando a cara para Valentina, digo, "Então talvez você devesse prestar atenção na sua sopa!", dando-lhe o prazer de receber uma resposta atravessada. Saio batendo os pés, as palavras dela me perseguindo como vespas indo ao ninho; ferroando.

Uma lua escura. Uma vida amaldiçoada.

Mais tarde, na missa, descemos da carruagem para o chão de pedra diante da Cattedrale di Santa Maria Nuova di Monreale. O ar é frio e fresco neste ponto elevado das colinas, acima do fedor da cidade.

Os sussurros começam antes de pisarmos na grande catedral. Nós três paramos na entrada; Mamãe, o mercador Francesco, e eu, abrindo o mar de fiéis como se fôssemos Moisés no Mar Vermelho. Levanto a cabeça, aprumo a coluna, enquanto as esposas e as filhas dos grandes homens da cidade viram os rostos velados para longe de nós, enquanto seus maridos e pais tossem e arrastam os pés. Nem sempre foi assim. Em muitas ocasiões, murchei diante de seu desdém, mas me sinto diferente hoje. Ao longo das poucas semanas desde que comecei a ajudar Mamãe, descobri uma nova sensação de amadurecimento; um sentimento de ser confiada, de fazer parte de algo. É efêmero, esse sentimento, e apesar do aviso de Valentina — se aquilo de fato foi um aviso —, me sinto fortalecida.

O silêncio paira, interrompido apenas pelos passos de nossas botas de salto sobre o piso de mármore. Meu padrasto Francesco toca minha lombar, mas me desvio do contato enquanto seguimos para os bancos que ladeiam a nave. O barulho ecoa até o teto dourado, subindo aos anjos pintados sobre nossas cabeças. Saias farfalham, olhos analisam a congregação tão escandalizada por aquela família mal-afamada que consiste em um homem conhecido por ser religioso, sua esposa cortesã e a filha bastarda dela.

Era de se esperar que já estivessem acostumados conosco.

Saímos do navio — com gaivotas lamuriando sobre nossas cabeças, o vento batendo em nossos rostos — há mais de dois anos. Porém as memórias aqui são longas. Nunca seremos bem-vindas na sociedade. Minha mãe é bonita demais, escandalosa demais, para ser aceita por essas mulheres, enquanto seus maridos olham para nós duas como cães de caça presos em coleiras. Aprendi a dar de ombros para o desprezo. Por seus olhares amargurados, já sei que herdei a beleza de minha mãe, amplificada pelo brilho da juventude. Sei que tenho cabelo da cor de raios de sol batendo em um campo de trigo, pele que ganha tons de rosa-claro ao ruborizar, e uma boca como um botão de rosa vermelha que franze diante do descontentamento. Tenho tudo isso e estou aprendendo a viver com essa benção — e essa maldição. O que entendo é que entramos no ninho de cobras da sociedade de Palermo e que, enquanto elas se remexem e dão o bote, devemos encarar as serpentes, chiando e mostrando nossas próprias línguas bifurcadas.

Encontro o olhar da filha de um mercador rico. Ela se vira para o outro lado, tão soberba quanto a mãe, e sinto o peso da nossa exclusão, da nossa diferença. Ainda assim, hoje, isso me torna insolente. Olhem para cá, se tiverem coragem! Podem nos xingar! Nós temos segredos que deixariam vocês mais chocadas do que minha origem desprezível de uma mãe rameira.

Nós nos acomodamos em nossos lugares. Mamãe pega a Bíblia depositada ali, segurando-a entre as mãos enluvadas. Olho ao redor, para as mulheres em trajes elegantes, as joias brilhando, as gargantas cobertas por renda delicada e cara, subindo e descendo com sua respiração. O altar fica na outra extremidade, também dourado e adornado com joias vistosas, consistindo em uma grande cruz intricada e seis velas, três de cada lado. Maria, a Virgem, e seu filho são exibidos em um mosaico, cercados pelos arcanjos Miguel e Gabriel. Acima deles está o rosto de Cristo. Ele parece emburrado.

Olho de soslaio para Mamãe e vejo que ela encara alguém. Seguindo seu olhar, reconheço Caterina, apesar de ela ter escondido o lado ferido do rosto com um véu escuro. Ela está afastada da multidão, nos recônditos mais escuros da nave, meia cabeça mais alta graças a suas *chopines*, o cabelo escuro preso nos dois coques de estilo veneziano conhecido por todo canto como um símbolo da prostituição. Ela olha de volta para Mamãe, sorrindo.

Um calafrio percorre minha coluna.

O sorriso só pode significar uma coisa. O ato deve ter sido consumado; as gotas foram servidas, o remédio, ministrado. É então que me dou conta de que ela veste preto. Ela usa um traje de luto. É a primeira vez que vejo uma mulher que usou nossa poção. Sim, eu ajudei Mamãe a distribuí-la, mas, de alguma forma, há uma diferença entre entregar um frasco minúsculo a uma mulher ferida e vê-la semanas depois, vestida como uma viúva.

A luz das velas parece ficar embaçada. Sinto que vou desmaiar. Seguro o banco da igreja para retomar o equilíbrio. Mamãe percebe. Ela murmura algo que não escuto. Ela segura minha mão, e, com esse pequeno gesto, lembro que estamos sendo observadas, que estamos em público. Não posso desabar no chão. Não posso demonstrar nada além da deferência silenciosa esperada na missa. Ao mesmo tempo, sinto o poder de seu toque, que me fortalece. Eu me lembro da ferida de Caterina. Eu me obrigo a visualizá-la, cada corte, cada rasgo, o sangue coagulando. Apesar de estar enjoada agora, e assustada, o horror do rosto de Caterina, do homem que fez aquilo com ela, me deixa estranhamente entorpecida. Eu deveria sentir remorso ou culpa, mas, neste momento, enquanto nuvens densas de incenso preenchem o ar, descubro que não sinto nem um nem outro.

Conforme meu choque diminui, sinto uma pontada de algo como animação; talvez entusiasmo. A justiça foi feita, mesmo que nas sombras. A força disso me deixa sem ar, e apesar de a missa estar em andamento, e dos murmúrios e do arrastar de pés, dos risinhos e dos olhares dissimulados terem parado, me distraio com esses novos sentimentos, com essa euforia estranha, enquanto uma onda de silêncio percorre a congregação.

Cabeças baixam, como plantas murchando na sombra. Baixo a minha, sabendo que estou sorrindo.

Uma grande cruz incrustrada com joias, adornada com ouro e pedras preciosas, oscila sobre as cabeças dos fiéis, sendo levada até o altar. O padre a segue, balançando o incensário, assim como os outros homens de Deus em seu encalço.

Conforme meu braço se move de forma ritmada com o das outras pessoas, noto de soslaio que Francesco me observa, como sempre faz. Ele me encara como se quisesse me devorar. Isso me traz de volta rapidamente do meu devaneio. Mamãe está entre nós. Talvez ela também tenha percebido o olhar, porque se remexe ao se sentar, virando-se para sussurrar algo para ele. Vejo quando ele afasta o olhar, passando-o para a esposa, deixando para trás uma mácula. Ele avalia como faço o sinal da cruz para ver se me movo da maneira como prefere, da maneira correta, da maneira sagrada. Ele me vigia como se pudesse ver sob minha pele. Como se fosse capaz de rasgá-la para, em meio às estranhas sangrentas e pulsantes, confirmar que meu coração, de fato, é puro.

Olho para minhas mãos. Elas tremem, mas só um pouco. Na minha cabeça, me volto para dentro, para longe dos olhares dele, deixando apenas meu exterior, minha carcaça para distrair a atenção de meu padrasto.

Penso em Gattino, que se enrosca em si mesmo enquanto dorme em um dos bancos quentes de pedra no jardim ornamental, desaparecendo dentro de sua pele macia. De vez em quando ele ergue a cabeça, verificando quem está ali, farejando o ar, suas orelhas se movendo para trás, depois para a frente, antes de voltar a se acomodar, desconfiado, esperando. Como ele, sou adepta a fariscar a brisa, tentando prever o rumo que as coisas tomarão. Essa é minha única fonte de segurança — isso e o amor de Mamãe. Enfio as mãos na saia e encontro a bolsinha que levo comigo em todos os momentos. Lá dentro, estão os amuletos, os talismãs que carrego. Nenhum teria valor para ninguém além de mim. Uma pena de melro, oleosa e preta; uma concha que ganhei na infância de um vendedor de azeite em Madri; um ramo de alecrim, conhecido por afastar o *malocchio*, o mau-olhado; uma moeda de prata, que encontrei reluzindo em uma sarjeta madrilenha, no valor de quatro reais espanhóis, com o escudo do rei Filipe incutido no metal disforme. Tesouros pagãos. Tesouros proibidos, diz a Igreja, apesar de serem inofensivos. No meu coração, eles representam uma liberdade da qual mal consigo me lembrar da minha juventude na corte espanhola, pulando por corredores opulentos, passando por retratos régios pintados a óleo e emoldurados em ouro, andando por passagens ladeadas por grandes espelhos dourados.

Mais tarde, após a missa terminar e sermos dispensados com as bençãos de Deus, vejo Caterina de novo. Enquanto ela vai embora, o véu escorrega. A linha vermelha irritada que percorre seu rosto continua inchada, mas o creme de cravo-de-defunto acalmou a inflamação, fechando a ferida. O pescoço não exibe qualquer ornamento, e suas bochechas e olhos estão pintados. Ela me vê e sorri de novo antes de se envolver em um xale. Um menino, um africano que deve ser seu criado, a aguarda. Ele estica um braço, e a dupla segue a passos oscilantes até a pequena carruagem dela para voltarem ao porto, com Caterina se agigantando sobre ele.

"Mamãe... mamãe... é ela...", digo, aproveitando este momento longe do escrutínio incansável e inabalável, de Francesco, enquanto esperamos por nossa carruagem. Ele foi se juntar aos mercadores e nobres parados diante das portas da catedral, empertigados feito corvos. Ninguém ousa se aproximar de nós na ausência de Francesco. Mulheres nobres e esposas de mercadores, com os criados esperando às suas sombras, se reúnem em pequenos grupos coloridos, observando.

"É, sim", responde ela.

"Mamãe...", começo de novo, então paro, porque agora não sei o que dizer.

Minha mãe olha ao redor, e, com esse gesto, controlo a mim mesma e o começo do meu interrogatório. Sei que o que fazemos não é brincadeira de criança, e seria tolice falar mais do que já foi dito. Em vez disso, devolvo os olhares de desdém até que parem de nos encarar. Talvez seja pecado ter beleza e orgulho ao mesmo tempo, apesar de ambos sem dúvida terem sido presentes de Deus. Os presentes não são bem-recebidos pela sociedade de Palermo. Isso, pelo menos, é certo.

De volta à nossa vila, o Menino Explorado guarda os cavalos. Nós saltamos da carruagem, mas não antes de eu pegá-lo olhando para mim. Valentina já está zangada. Há carne de cervo no fogo. Francesco me espera, seu corpo magro próximo demais, como sempre. Quando seguro a maçaneta e desço, meu estômago se revira.

"Valentina, estou indo. Qual é o problema?", suspira Mamãe, seguindo a cozinheira truculenta enquanto ela segue a passos pesados para a cozinha. A voz de minha mãe vai se tornando mais distante. "... vou falar com o menino, fique tranquila..."

Está claro que o Menino Explorado e Valentina discutiram — de novo. Os dois não conseguem viver em paz juntos, assim como nós não conseguimos. Este é um lar de discórdia, de silêncios desconfortáveis e palavras afiadas. É um lar em que somos obrigados a nos cegar uns para os outros, a sermos surdos e mudos também. Francesco toca minhas costas. Quando saio da carruagem, sua mão permanece lá.

5

Eu tinha 12 anos quando meu padrasto me forçou pela primeira vez.

Poucos meses após a chegada em Palermo, por fim entendi por que o olhar dele me seguia, os lábios finos molhados de saliva. A paixão pela minha mãe pareceu esmorecer assim que pisamos em terras sicilianas, e foi então que ele voltou a atenção para mim. Eu já tinha algum conhecimento sobre os desejos dos homens. É impossível crescer em meio a meretrizes e permanecer cega ao que acontece entre homens e mulheres. Eu tinha visto membros eretos e seus nobres donos espanhóis no ato do coito quando espiava pelas cortinas que cercavam a cama de Mamãe. Fascinada, eu assistia à Mamãe dando um espetáculo de murmúrios e gemidos enquanto os cavalheiros, em estados variados de embriaguez ou tesão, a atacavam, as pernas dela abertas, seu rosto escondido das vistas ao diverti-los em um divã de estampa elaborada.

Na primeira vez em que percebi suas atividades noturnas, tive certeza de que ela estava sendo machucada. Acordei de supetão das águas profundas do sono infantil, desorientada e ainda perdida em sonhos, e ouvi gemidos. Alguém estava sofrendo muito! Alguém estava tão assustado que arfava e grunhia! Mamãe costumava dormir ao meu lado, seu corpo quente segurando o meu. Aonde ela fora? Por que eu estava sozinha e com tanto medo?

Atordoada, esfregando os olhos e apertando minha camisola, reuni toda minha coragem e abri a cortina para procurá-la. Nem imagino como devia estar minha aparência ao sair da minha cama escondida.

Meu rosto estava franzido contra a luz das velas. Meu coração batia disparado enquanto eu corria até o homem que atacava minha mãe, sendo agora sua defensora, pequena e determinada. O medo tinha sido substituído — ou talvez estivesse impulsionando — por pura raiva contra aquele que a machucava. O choque no rosto do homem que ousava tocar em Mamãe ainda permanece na minha memória. Choque, que logo se transformou em divertimento.

"Ela rosna! Amanse sua filha, *señorita*", falou o nobre de voz arrastada com uma sobrancelha erguida, a virilidade ainda roxa e entumecida na mão dele.

"Giulia, *mi amore*, está na hora de você dormir. Este é o trabalho da Mamãe. Estou bem. Ninguém quer me machucar", sussurrou ela enquanto se virava e me pegava em seus braços, levando-me de volta para o emaranhado de lençóis que eu havia abandonado de forma tão repentina. "Que sorte a minha tê-la lutando por mim, minha filha, mas você precisa ficar atrás da cortina, como sempre lhe disse." Mamãe fechou o dossel ao nosso redor e, me segurando em seus braços, começou a acariciar meu cabelo.

Não me convenci com tanta facilidade.

"Mamãe, vou brigar com ele!" Eu me remexi, puxando um pedaço da cortina e agora rosnando mesmo para o homem que sorria, recostado no sofá. Talvez eu tenha até mostrado os dentes. Com o tempo, depois que tive certeza de que minha mãe não estava em perigo, me acalmei.

Os grunhidos foram aumentando até acabarem de repente. O tilintar de moedas e o som de água correndo me indicaram que Mamãe tinha terminado por aquela noite. Quando a mesma sequência de eventos — suspiros, grunhidos, gritos, tinidos, água correndo — aconteceu na noite seguinte, e na próxima, logo entendi como era a situação entre mulheres como Mamãe e os homens que a compravam.

Então, muitos anos depois, quando acordei de supetão em uma noite escura no meu novo lar, com a mão grande de Francesco cobrindo minha boca, a outra remexendo a calça na escuridão, entendi no mesmo instante.

Finquei os dentes em sua mão, e ele gritou como um porco sendo enviado para o abate.

"*Buttana!* Fique parada!", xingou ele enquanto eu tentava lutar contra um homem acostumado a cavalgar rápido por terras estrangeiras.

"Não! Me solte!", gritei, já ofegante com a briga. Minhas pernas pequenas o chutavam. Eu me remexi e berrei, cuspi em seu rosto e o chamei de demônio, mas de nada adiantou. Ele era um homem, e eu, uma criança.

"Me solte..."

Meu choro entalou na garganta, e ele agarrou minha camisola e me puxou para perto dele na cama. Seu hálito era azedo de vinho, e, com um único tapa forte, ele me dominou. Então me encolhi embaixo de seu corpo enquanto seu joelho prendia minha coxa e ele fazia o que tinha vindo fazer. Gritei, em parte pela dor — era como se ele estivesse me rasgando por dentro —, em parte por indignação. Como ele ousava fazer aquilo! Mas esse pensamento logo desapareceu durante minhas tentativas de escapar, que só serviam para deixá-lo mais excitado. Era óbvio que ele ousaria. Ele era — *é* — o dono da casa, dono de sua esposa, meu dono. Ele podia fazer o que quisesse, e eu não tinha poder algum para impedi-lo.

Lembro-me da certeza que senti de que *alguém* viria e acabaria com o ataque. De que alguém escutaria e me salvaria.

Passos soaram. Então veio o som da porta sendo esmurrada. Então a voz da minha mãe, com raiva no começo, depois suplicante.

"Pare com isso! Venha ficar comigo, marido", gritou ela. "Fique comigo e deixe minha filha. Ela ainda é uma criança."

Francesco a ignorou. Ele resmungou algo inaudível, depois voltou a me atacar. Eu chorava agora, as lágrimas de uma menina assustada, tendo perdido as forças para lutar. Tudo doía: minha perna, onde seu peso me prendia; minhas partes íntimas, que pareciam destroçadas; e meu pulso, que ele apertava. Mais algumas estocadas, e ele terminou. Girando para fora de mim com um grunhido, ele não disse nada enquanto voltava a se recompor; a calça aberta, a camisa de linho amassada, o cabelo molhado de suor. Eu me encolhi para longe, tentando me tornar o menor possível, e esperei sua partida. Fiquei ouvindo enquanto a respiração dele se acalmava. Sem ter pressa, ele se transvestiu de volta em Francesco, o mercador. Francesco, o ricaço. Francesco, o cristão temente a Deus. A cama perdeu seu peso. Passos. Então uma chave sendo inserida de volta na fechadura. O som de metal arranhando metal. Então ele havia nos trancado. No meu sono profundo, eu não havia escutado. A porta se fechou, e, enfim, ele havia ido embora.

A voz de Mamãe ressurgiu com a porta aberta, depois foi abafada por trás das paredes quando ela foi fechada. Não me mexi. Fiquei deitada ali, sem forças para chorar, sem forças para sentir dor, apenas escutando. Ela se enfureceu. Ela chorou. Talvez o tenha atacado, os punhos socando o peito dele, as unhas arranhando seu rosto. Gosto de pensar que ela fez isso.

Os sons emudeceram. Eu me encolhi ainda mais. Deixei de escutar Mamãe. Não me perguntei como ele a silenciara. Talvez eu já soubesse. As contusões amareladas, chamativas, que marcavam a pele dela na manhã seguinte se assemelhavam às minhas, e entendi que minha infância, mesmo com suas limitações, havia chegado a um fim abrupto e violento.

Agora, sigo Mamãe até a cozinha, desconfortável em ficar sozinha com Francesco após a missa.

Valentina continua batendo panelas. O Menino Explorado está escondido em algum lugar lá fora, talvez no anexo usado para fabricar cerveja. A cozinha está quente. O fogo cospe; os líquidos da carne escorrem da carcaça sendo assada. Minha mãe amarra um avental de pano sobre seu elegante vestido de igreja, as mãos já brancas de farinha.

O Menino Explorado reaparece na porta, agora acanhado. Valentina fala um palavrão, e ele sai correndo, sorridente. Encontro o olhar de Mamãe e sorrimos. Valentina volta para a massa que forma uma bola redonda murcha sobre a mesa da cozinha. Com as mãos avermelhadas, ela a levanta, pega um punhado de farinha no saco de grãos e a espalha generosamente sobre a mesa de madeira, que está bagunçada com panelas, um pedaço de manteiga derretendo e um prato de ovos frescos, com tufos de pena ainda grudados neles. Ela esfrega a testa com a mesma mão, deixando um rastro de pó branco. Quando começa a sovar, continua resmungando. Não demora muito para o som dos resmungos de Valentina se transformar em uma melodia interiorana enquanto ela modela a massa, socando-a para domá-la. Mamãe quebra os ovos em uma tigela, e o Menino Explorado, vem, de costas, arrastando um novo saco de farinha pelo piso de lajotas.

Algo parecido com harmonia é restaurado.

Minha mãe empurra a tigela de volta para a cozinheira, limpa as mãos e remove o avental de suas saias. Ela gesticula para que eu a siga até a horta, onde colhemos tomilho e alho selvagem. Sacudindo as mãos para afastar uma galinha solta, Mamãe segue na minha frente para a luz do dia.

"Mamãe", digo enquanto a sigo.

"O que foi, *mi amore*?" Minha mãe senta em um banco sob a loggia. O sol está quente, mesmo depois de o verão se transformar em outono. Da cozinha, ainda vêm os sons da vida diária; a canção de Valentina, os assobios do Menino Explorado, os estalos metálicos do espeto girando. Não há ninguém aqui além de nós.

Minha ideia não surgiu durante a missa. Ela ronda os confins da minha mente desde aquela primeira noite no convento, quando aprendi a preparar o veneno de minha mãe. Ela foi crescendo dentro de mim desde então, com uma urgência cada vez maior, então as palavras saem apressadas.

"Nós poderíamos usar sua *aqua*, mamãe. Poderíamos ministrá-la em meu padrasto, e ele nunca mais iria aos meus aposentos..."

O ar do jardim parece se tornar imóvel, como se aguardasse por algo. As oliveiras estão silenciosas. A água que corre por uma fonte próxima parece se tornar mais lenta. Percebo que prendi a respiração.

Em uma voz que mal consigo escutar, minha mãe responde:

"Não ache que nunca cogitei essa hipótese, *mia figlia*. Em muitas noites, eu quis... administrar... a cura para os desejos desnaturados dele."

Parece que ela vai continuar falando, mas para.

"E por que não faz isso?", pergunto, virando-me para ela, segurando suas mãos. "Seria simples. Fazemos isso por outras mulheres, por que não por nós... por mim?"

Minha mãe me encara de volta. Sua beleza nunca deixa de me surpreender, de me pegar desprevenida, como acontece agora. Seus olhos são de um verde perfeito, da cor da água. Sua pele tem cor de nata, sua boca e lábios são vermelhos e carnudos. Ela tem o porte de uma rainha, as costas empertigadas, a postura tão nobre quanto a de qualquer uma das malditas que viram o rosto para nós durante a missa. Demoro um instante para perceber que ela me fita com pena. Sua mão se liberta do meu toque e acaricia minha bochecha.

"Giulia, nossa situação é diferente. Meu marido tem laços próximos com a Igreja. Ele pode ser um dos *inquisitori*. Na verdade, desconfio que seja. Se algo acontecer com ele..." Ela faz uma pausa. "Haveria investigações. Haveria inquisidores fazendo perguntas. Ele não é um curtidor de couro, um estalajadeiro, um trabalhador. Ele tem uma posição importante, e acabaríamos nos colocando em grande perigo, assim como nossas amigas. Isso poderia causar nossa morte, e eu não conseguiria salvar você. É por isso que devemos nos submeter. É por isso que não posso fazer nada. Se houvesse outra forma..."

"Precisa haver uma forma, Mamãe!", digo.

Mamãe me puxa para o seu lado com carinho. Ela me embala enquanto me conta a verdade sobre nossas vidas.

"Não podemos fugir, filha. Estamos presas a meu marido, somos posse dele. Se formos embora, ele vai nos caçar até o fim de nossos dias."

Imagino Francesco e seus homens como cães de caça, os dentes arreganhados, babando.

"Nós não teríamos nada, Giulia. Nunca mais quero sentir o vazio de uma barriga com fome, e você também não iria querer isso se soubesse como é."

Fico escutando em silêncio agora; uma lágrima abre caminho pelos contornos do meu rosto. Mamãe pouco me contou sobre seu passado antes da vida como cortesã na corte de Filipe da Espanha. Natural de Roma, ela se casou com um soldado espanhol, deixando a mãe para trás e se mudando para Madri. Era uma história comum, cheia de dificuldades, de escolhas difíceis, de uma vida difícil. Quando ele morreu após brigar em uma taverna, ela se tornou uma prostituta para sobreviver. Aqui, a história muda. Após um encontro fortuito com um nobre, ela cresceu na vida e se tornou uma das meretrizes do palácio. Há muito que não sei sobre ela, que só posso supor. Uma onda de emoções, surgindo como a cheia da maré, me atinge e me invade; uma confusão de raiva e impotência, e de algo mais. Algo difícil, algo que fraciona a luz como um diamante.

Vejo a angústia de minha mãe. Entendo o quanto custa a ela saber o que o marido faz com sua única filha. Deve ser insuportável, e, ainda assim, é algo que ela suporta. Vejo, em um momento de clareza intensa, amargurada, que devo fazer o mesmo.

6

Estou mudando.

Há semanas, meu corpo me diz que está diferente. Sinto uma ânsia por algo que não sou capaz de nomear. Uma nova percepção do mundo físico a meu redor. Quando me lavo todas as manhãs, esfrego os panos ensopados contra minha pele, sentindo cada toque, cada sensação; o calor da água, a leve pressão áspera do tecido, o frio do ar de inverno. Quando caminho pelos jardins, sinto como se fosse a primeira vez que os cascalhos estão sendo esmagados por minhas botas, a suave luz do sol em minha nuca. O mundo e tudo que ele oferece de repente parecem intensificados, mais vivos. Passo as mãos pelos limões que crescem no jardim, pelas laranjas também. O aroma, forte e revigorante, é um tipo de exploração sensorial. Ao mesmo tempo, a necessidade de escapar das minhas limitações apenas aumenta.

Os muros da vila parecem uma prisão agora que senti a doçura de nossas aventuras proibidas. Quero escalá-los, sentar sobre a pedra fria e pular para o outro lado, para as ruas cheias de vida. Talvez o fedor e a agitação me fizessem voltar correndo para minha jaula dourada. Talvez.

Minha barriga começou a se contrair em cólicas, e sei o que está por vir. Sei que minha transição de criança para mulher está acontecendo. Logo serei uma moça de 14 anos, e entendo que minhas regras estão começando. Não sou pudica nem assustada como as jovens de boas famílias que não sabem nada sobre como seus corpos funcionam. Eu sei de onde os bebês vêm e como eles chegam lá, para começo de conversa.

Sei que minha mãe meretriz passava uma semana por mês sem receber os cavalheiros da corte enquanto sangrava nos períodos em que a lua brilhava no céu. Meu tempo de transição — do meu estado infantil para o de uma mulher — terminou.

Minha mãe percebeu. Ela seria uma péssima curandeira se não percebesse. Estamos moendo temperos juntas na destilaria quando, de súbito, me sinto prestes a desmaiar. Francesco está viajando há um mês, na rota das especiarias, e só deve voltar daqui a semanas. Voltamos a viver segundo nossas regras, voltamos a viver tranquilas, eu e Mamãe.

"Sente-se, *mi amore*. Eu devia preparar um tônico para você. Funcho, valeriana e agnocasto vão acalmar sua barriga. Vai passar logo, mas descanse um pouco. Pegue alguns pedaços de pano do cesto. Você precisará deles quando o sangue vier."

Sorrio para ela.

Ela acrescenta: "Você é uma mulher agora".

Então ruborizo. Faustina, que carrega um cesto cheio de fardos de ervas secas apoiado no quadril, para e acaricia meu cabelo com a mão livre.

"Você será uma mulher linda. Terá muitos pretendentes, e deve escolher com sabedoria." Sorrindo, ela se afasta. Eu e minha mãe trocamos um olhar demorado, um olhar compreensivo, nervoso. De repente, a vida parece um novelo que se desenrola aos poucos, jogando seu fio para trás de nós. Onde ele vai parar?

Uma semana depois, não há sinal de Faustina.

"A mãe dela piorou?", pergunto enquanto nos preparamos para o trabalho. Está tarde. As freiras dormem, com exceção da irmã Clara. Não voltamos ao convento desde que minhas regras começaram. Clara enviou uma mensagem avisando que o convento receberia um visitante importante da Igreja e que não poderíamos arriscar sermos descobertas.

Minha mãe balança a cabeça.

"Mandei o médico, mas não tive resposta. Não é do feitio dela não avisar, mas talvez ela esteja ocupada e tenha esquecido de responder. Ela tem muitos irmãos e irmãs de quem também precisa cuidar, além da mãe."

Parece fazer sentido, mas, quando volto ao trabalho, há um zumbido em meus ouvidos. Ele permanece enquanto separo o pó branco. Balanço a cabeça, e ele diminui, recuando um pouco como a maré no litoral. Preparamos os remédios em silêncio hoje à noite. Se temos quaisquer pensamentos, eles permanecem em nossas cabeças.

Dois dias depois, Valentina está parada em uma extremidade do quintal, com as mãos na cintura, franzindo a testa.

Ela encara o Menino Explorado, que parece paralisado. Meus passos fazem os dois se virarem. Um galo solto cisca no meu caminho, e o afasto com um gesto. Gattino observa a criatura magra, mas decide seguir em frente, com o rabo esticado no ar.

"Mamãe me pediu para lhe ajudar." Eu a encaro com raiva, apertando os olhos contra o sol do inverno.

"A patroa precisa arrumar alguém melhor. O que eu vou fazer com um menino inútil como este?", diz ela, gesticulando com um braço para o menino que nos observa com um olhar desconfiado. "Fico com vontade de chorar só de vê-lo derrubando a madeira no fogo, deixando o leite talhar. Santa Mãe de Deus, por que fui amaldiçoada com um tolo desses?" Valentina ergue os olhos chorosos para o céu.

Por dentro, suspiro.

"Eu posso bater a manteiga. Vá buscar o restante da madeira", digo para o Menino Explorado.

Ele parte arrastando os pés, mas não antes de me lançar um olhar de pura travessura.

"Um dia, as senhoras vão ver. Vou voltar a Piana, para as montanhas. Vou morar com a minha irmã. Ela sempre me convida. Um dia, eu vou..."

A cozinheira não fala com ninguém em específico enquanto reclama e resmunga ao voltarmos para o calor da cozinha. Há uma névoa de aromas de comida: o leitão na brasa, amêndoas torrando na panela, sopa fervilhando.

Do outro lado das paredes vêm os sons das ruas que moldam nossas vidas: o vendedor de azeite, o herborista, os fazendeiros que chegam do interior, o mugido do gado, o tinido de sinos. Houve uma época em que eu podia vagar livremente pela cidade com Mamãe, passeando pelas avenidas largas de Madri, por suas catedrais e tavernas, mercados e lojas, comprando tecido ou renda, procurando pelos perfumes cheirosos que as mulheres do nosso convívio preferiam. Agora, sou tão engaiolada quanto os passarinhos na praça do mercado, atrás dos muros de pedra altos da vila. Há momentos em que anseio pelo que existe atrás deles. Sei que Mamãe nota minha frustração, talvez ela sinta o mesmo. Há dias, quando ninguém está olhando, que ela me envolve em seus braços com uma força repentina, como se tentasse usar seu amor para espremer essas ânsias perigosas para fora de mim.

A coalhada está empapada e leitosa, já cheirando ao queijo que se tornará. Seguro a manivela e começo a rodá-la, misturando o conteúdo do barril, olhando ao redor da cozinha em busca do que mais precisa ser feito. Valentina resmunga sobre o peixe já ter estragado, batendo a massa fresca de pão na grande mesa de madeira. A farinha infla no ar como um cogumelo selvagem cuspindo esporos, e ela começa a sová-la com violência. O Menino Explorado fugiu para o depósito de madeira. As cinzas estão escuras sob o espeto do leitão.

De repente, paro o que estou fazendo. O ar se reorganiza ao meu redor e percebo que ele voltou. Não há barulho, não há movimentação para anunciar sua chegada — por enquanto. É como se os deuses estivessem sussurrando no meu ouvido; sei, no fundo da minha alma, que ele voltou, mesmo sem ser esperado. Então vem o som de uma voz masculina, gritando por atenção.

Nunca me sinto pronta para ouvir Francesco. Solto a manivela e dou um passo para trás, quase derrubando uma grande urna de terracota cheia de grãos. A voz berra de novo, autoritária, inegavelmente masculina. Ele exige que o cavalo seja limpo e esfregado com feno. E onde está seu vinho? Onde estão seus criados? Sua esposa? Por que não vieram recebê-lo?

Valentina para de resmungar. Ela deixa a massa, limpa as mãos no avental e corre para fora da cozinha. Eu fico onde estou, com os olhos piscando Ele voltou mais cedo. Sua viagem de negócios deve ter sido um fracasso. O que isso significará para nós? Será que os criados serão açoitados? Será que Mamãe será açoitada? Ou ele irá se restringir ao desdém e suspiro, aos olhares penetrantes?

Tento engolir em seco, mas minha garganta resiste. Tento me mexer, mas meu corpo está paralisado. O cheiro pungente e fermentado do leite se torna subitamente avassalador. Então, a voz de Mamãe, como se viesse de muito longe. Ela surge alguns instantes depois, pedindo por pão, vinho, sal. Ela me lança um olhar. Um que diz: fique aí, não se mova, permaneça escondida — por enquanto. E, como se não tivesse me visto, ela segue em frente, sua expressão neutra enquanto bate palmas para convocar os criados para cumprir os desejos do patrão.

Muitas vezes, me perguntei como Mamãe se enganou tanto com seu pretendente. Se ela tivesse qualquer desconfiança das intenções reais de Francesco, jamais teria concordado com o casamento. Disso, pelo menos, tenho certeza enquanto permaneço parada na cozinha, tão imóvel quanto uma lebre capturada pelo olhar de uma raposa. Talvez as palavras afetuosas sussurradas por ele a tenham ensurdecido para a verdade, as declarações de amor emudecendo seus instintos. Talvez tenha sido a arrogância dela, exibindo o pedido de casamento dele como uma joia radiante e cintilante sob a luz do sol da Espanha. Ela havia conquistado uma grande vitória para alguém de seu meio e contra as esposas honradas e ignoradas, se casando com um homem de posição social superior, passando por cima de todas as regras da religião e da sociedade. Como ela não havia percebido os olhos dele me seguindo? Como ela não havia visto a forma como ele lambia os lábios feito um lobo prestes a devorar a presa?

7

Mais tarde, no jantar, Francesco mastiga devagar.

Mamãe está sentada imóvel, como uma mulher entalhada em mármore. Valentina paira atrás do patrão, alternando o peso entre os pés, incomodada. Baixo os olhos para meu prato. Não consigo comer na presença dele. O silêncio domina o espaço, incha ao nosso redor, interrompido apenas pela movimentação metódica da mandíbula do meu padrasto moendo a carne.

Sobre a mesa, está o leitão, ainda macio e com fumaça saindo dos ossos. A tarde foi tomada pela correria, a cozinheira ansiosa para preparar uma refeição adequada ao retorno dele. Pratos cheios de uvas e azeitonas estão ao lado da travessa. Um pudim gelatinoso e pálido balança.

Francesco ergue o olhar como se tivesse esquecido que estamos ali. Ele faz uma pausa e termina de beber seu cálice.

"Traga mais vinho", ordena ele. Sua voz ecoa, apesar de a sala não ser grande. Ele gesticula com a mão, acenando para Valentina sair.

Sem dar uma palavra, a cozinheira retira seu corpo grande da sala, afastando-se do silêncio tenso e ansioso, que ronda a mesa com seus pratos lotados, as cadeiras e seus ocupantes, até a cera amarelada das velas e seus pavios escurecidos.

Aguardamos em silêncio. Francesco engole.

Observamos enquanto ele se remexe no assento, o traseiro dolorido da viagem, as botas ainda empoeiradas.

Com o tempo, ele resmunga. Seu olhar vai do prato até a esposa, então segue para mim, do outro lado da mesa.

Olho para baixo de novo, mas não rápido o suficiente. Tenho o vislumbre de algo, talvez de certo prazer com meu desconforto. Um som metálico quando o garfo de Mamãe arranha o prato. Longos segundos passam antes de Valentina vir bufando com uma jarra, o líquido deslizando dentro dela imitando o movimento da cozinheira.

A bebida respinga na mesa quando ela serve o vinho, mas Francesco a dispensa com um gesto, parecendo indiferente. Agora recostado em sua cadeira de madeira entalhada, ele limpa a gordura dos dedos compridos, finos. Devagar, suas pernas se esticam, a taça segurada por sua mão recém-limpa.

"Como foi a viagem? Seus negócios ocorreram como o esperado?" É Mamãe quem quebra o silêncio. A voz dela é tranquila, musical. Não sei como ela consegue se dirigir ao marido como se ele fosse semelhante a nós, como se ele não fosse *ele*.

A princípio, Francesco parece não ter escutado. Então sua cabeça faz um movimento impaciente.

"Foi satisfatório." Ele dá de ombros, tomando outro gole. Ergo o olhar e noto o líquido que mancha os cantos de seus lábios; escuros nas sombras contra um brilho de dentes brancos. Nada mais é dito, e, por um instante, acho que o assunto foi encerrado. Quase respiro, porém Mamãe volta a falar.

"Perdoe-me, marido. Seu retorno foi inesperado. Podemos saber por que temos esse prazer?"

Não encaro minha mãe, mas conheço o olhar em seu rosto quando ela está com Francesco; é uma expressão propositalmente inexpressiva. É a mesma expressão que vejo nos rostos das esposas de homens ricos que acompanham os maridos à missa, sabendo que toda a sociedade está ciente do que quer que as envergonhe: a amante de seu cônjuge ou as dívidas de jogo dele. É a mesma expressão que vejo homens exibindo na igreja ao baixarem as cabeças para rezar em seus bancos entalhados. É um olhar que não revela nada, que não diz nada. É o olhar de segredos.

Meu padrasto a encara como se estivesse decidindo seu próximo passo. Todos os sentidos do meu corpo estão em alerta agora, como um rato escondido em meio à grama alta, vendo a sombra de um gavião que voa no alto. Arrisco olhar para ele e vejo sua boca carnuda, para minha surpresa, se curvar em um sorriso. Talvez seja uma boa notícia. Talvez ele tenha ganhado uma fortuna e esteja contente.

Ele lambe os lábios escuros.

"*Mi amore*, na verdade, fui convocado a voltar para a cidade. Palermo tem um novo inquisidor vindo da Espanha: Fernando Afan de Ribera. Ele recebeu a missão de expor os hereges e pecadores que sujam nossa cidade, então os homens de Palermo devem voltar para ajudar como podemos."

O sorriso dele aumenta. A notícia parece agradá-lo, mas há algo cortante nela, como uma faca recém-afiada. Sinto o aço gelado de sua lâmina. De repente, violentamente, anseio pelo retorno do silêncio, mas a caixa foi aberta agora, seu conteúdo transbordando. Eu me lembro das palavras de Mamãe: *Ele pode ser um dos* inquisitori. *Na verdade, desconfio que seja.*

"Ribera foi agraciado com o poder de Deus e com Sua força, então seu trabalho aqui já começou. Eles o chamam de 'Vingador do Pecado'. Ele está nos livrando daqueles que não escutam a palavra do Senhor. Ele está fazendo o trabalho sagrado de Deus, *madonna*."

A voz de Francesco é tão aveludada quanto o manto que veste. Ele estica a mão para o jarro de vidro e se serve de mais vinho. Com um gole, bebe tudo. Seus momentos mais animados ocorrem quando ele fala sobre pecado. Estranho, para um homem tão religioso. Não sei se ele percebe como nos encolhemos. Valentina continua no fundo do cômodo. Os olhos dela percorrem todos nós; vigilantes, alertas. Mamãe murmura uma resposta na qual não presto atenção. Estou ocupada demais me esforçando para continuar na sala. Todas as partículas do meu corpo se agitam conforme ondas de pânico me dominam.

É então que sinto um cheiro. É um aroma mofado, de folhas podres e água parada. Um aroma de deterioração e putrefação. Junto a ele vem um tinido familiar em meus ouvidos, um som que começa baixo e vai aumentando até se tornar proeminente, como um sino puxado por tempo demais, escandaloso. Ninguém parece escutar, e sei que é um aviso. Olho para minhas mãos. Elas estão aqui, acomodadas sobre meu colo. Elas parecem minhas mãos, mas estão calejadas, manchadas com algo, óleos e tinturas talvez, as unhas curtas e sujas. Então tudo se dissolve até a branquidão macia de minha pele retornar. Com a mesma rapidez, o fedor desaparece, o barulho some, e a sala volta a se formar ao meu redor. A carne aromática está sobre a mesa. A cera da vela exala seu cheiro quente, derretido.

"Mas sem dúvida somos uma cidade temente a Deus, não?" A voz de minha mãe é tranquila, controlada, mas seu rosto a entrega; uma palidez em meio às sombras. Sua resposta faz Francesco rir, apesar de eu não escutar alegria. Dou um pulo com o som repentino, e ele percebe. Seu olhar me encontra de imediato. De novo, sou lenta demais, e meus olhos encontram os seus antes de me forçar a olhar para baixo. Está difícil. Minha mão direita aperta a faca de carne. Seria tão rápido enterrá-la no coração dele, mas não tenho forças. Sou tão fraca quanto um recém-nascido.

Ele continua me observando como sempre faz, como sempre fez.

"Nossa cidade está abarrotada de pecado. A senhora, dentre todas as pessoas, com certeza é capaz de entender isso, não?" Ele enfim se vira para minha mãe com um sorriso malicioso. Ele gosta de provocá-la sobre seu passado, sobre sua profissão, apesar de também ter sido um de seus clientes. Não preciso ver a expressão de Mamãe para saber que o ataque não passou despercebido. Há apenas um milésimo de segundo antes da resposta dela; apenas uma leve hesitação.

"Claro, marido. Meu conhecimento sobre questões sagradas segue, como sempre, suas orientações."

Francesco resmunga de novo. Satisfeito com a resposta dela, ele se inclina para a frente e inala como se todo o ar da sala fosse seu.

"Também fui convidado a testemunhar um grande evento, e as duas vão me acompanhar. É importante que saibam sobre o que toda a cidade está falando, então vou lhes contar."

De novo, uma pausa rápida.

Enquanto espero, sinto minha pele formigar da nuca até o fim das costas. É como se eu já soubesse, mas tivesse me esquecido dos detalhes. Uma lenha cai dentro da lareira, causando uma chuva de faíscas vermelhas. Pulo de novo, um erro que agora faz meu padrasto soltar uma gargalhada.

"Sim, há muito a temer, minha querida Giulia, para aqueles que não seguem o caminho consagrado por nosso Senhor."

Eu me controlo para não estremecer quando ele fala meu nome. Tento pensar em suas palavras como gotas de chuva que escorrem por mim, levando embora como as tempestades de outono. Ainda assim, não olho para cima.

Com um suspiro, talvez já cansado de suas provocações, Francesco continua, apesar de seu tom se tornar mais prático.

"O Santo Ofício capturou uma mulher local que atende pelo nome Faustina Rapisardi. Uma bruxa."

Faustina.

Nossa amiga.

Essa informação, essas palavras vêm como em enxame de moscas no mercado. Eu as escuto se contorcendo e se retraindo. Olho para cima e me surpreendo ao não encontrar nada além da luz trêmula da vela.

"Ela é chamada de bruxa?" Mamãe repete a palavra. Por si só, é uma maldição. Não pode haver piedade, não pode haver redenção uma vez que uma esposa ou filha, mãe ou irmã recebe esse nome. A marca que ela carregará é tão eterna quanto a dos ferros quentes que fazendeiros usam para identificar o gado. Sinto minhas mãos começarem a tremer.

"É claro", diz Francesco, continuando sem parar para pensar, sem qualquer noção da crueldade e da injustiça que é nossa herança como o sexo mais fraco. Uma faísca de raiva se acende dentro de mim. Ela me assusta, tão acostumada estou em fingir obediência. Preciso respirar devagar, tomando cuidado no intervalo entre as palavras dele.

"Essa mulher, essa *bruxa*, produz poções diabólicas que foram vendidas e usadas para envenenar os homens trabalhadores de nossa cidade. Ela foi pega as distribuindo no mercado e foi presa. Seu pecado vai além da imaginação. Vou poupá-las dos detalhes descobertos no interrogatório dela." Francesco limpa o rosto com um guardanapo de linho.

"Os boatos correm há meses, é claro. Homens de todas as classes questionam se estão seguros. Eles vigiam as esposas, vigiam até as filhas..."

Francesco olha para Mamãe, então para mim. Nós duas baixamos o olhar com a deferência obrigatória e algo mais; um reconhecimento de que precisamos nos esconder. Ele prossegue, afastando o olhar enquanto fala.

"Ela será torturada e então encontrará seu destino na forca", anuncia ele, saboreando as palavras como um doce. Quase sem perceber o que faz, Francesco arranca um pedaço de carne do osso, a cartilagem branca desprendendo a carne escura. Separando-a em dois pedaços menores, ele as coloca na boca e chupa seu líquido.

Nossa amiga, Faustina.

Olho de soslaio para Mamãe, sabendo que meu rosto reflete o choque que ela também sente, sabendo que, com minha expressão, arrisco nos revelar.

O silêncio se torna mais pesado. A sala parece escurecer, mas é uma ilusão. As velas ainda tremeluzem. O fogo ainda queima.

Minha mãe se recupera primeiro.

"Então o Santo Ofício está fazendo o trabalho de Deus, amém", diz ela por fim. Desta vez, a voz dela soa fingida, mas seu marido não parece notar. Ele boceja, toma as últimas gotas do bom vinho renano em seu cálice. Sinto meu corpo começar a tremer. Não consigo me controlar. Fito minha mãe, em pânico.

Sem olhar de volta para mim, ela estica uma das mãos e gesticula para que Francesco a siga.

"O senhor deve estar cansado, marido. Venha para a cama. Seu trabalho exige uma mente e um corpo descansados."

Com um bocejo exagerado, Francesco aceita a mão de minha mãe.

"Com prazer", murmura ele, afastando a cadeira da mesa.

Enquanto os dois vão embora, sei que ele olhará para trás. Encaro meu prato, sem mover os olhos. Sinto o ar mudar e sei que este é o momento em que sua cabeça vira. Não olho para cima. Nunca olho para cima.

Então escuto o som da porta fechando. Solto o ar.

Estico as mãos sobre a madeira lisa e nodosa da mesa. Ela é fria sob meu toque, sólida, inabalável. Fico ali por mais tempo do que deveria, apenas respirando, esperando o pânico passar. A vela na mesa derrete.

Nossa amiga é uma mulher marcada como bruxa.

Nossa amiga está condenada à morte.

O pior, mesmo que eu sinta vergonha de admitir, é que estou com medo por mim. Com uma palavra, ela poderia acabar com todas nós. Ela poderia falar o nome de minha mãe. Ela poderia falar meu nome.

8

Naquela noite, muito depois de o vigia noturno passar gritando, escuto um som na minha porta.

Mamãe a fecha devagar, em silêncio, até o trinco se encaixar no lugar. Então, esperamos. Escuto a respiração dela, mais alta do que o normal. A luz da vela se aproxima de mim. Seus olhos estão arregalados; as pupilas, dilatadas.

"Mamãe, o que podemos fazer? Como prenderam a Faustina?" As perguntas transbordam de mim.

"Shhhh, *mia figlia*, você precisa ficar quieta. Não podemos arriscar que alguém nos escute."

Bufo de desdém diante da orientação, sabendo que Valentina estará roncando em seu colchão de palha, enquanto o Menino Explorado terá escapado para espiar os bordéis e tavernas. Nas noites em que não consigo dormir, saio de fininho do meu quarto e espero pelos passos dele. São os mais leves de todos. Ele surge das sombras do *palazzo* como um espectro fino, coberto por seu manto. Acho graça vê-lo agindo como a personificação da discrição enquanto o observo do meu esconderijo. Ele retorna quando os primeiros raios da aurora clareiam o céu. Não é de se admirar que caia no sono durante as orações matinais, comportamento que lhe rende surras de Francesco. Porém elas nunca o desanimam. Qualquer animal enjaulado anseia por liberdade, independentemente do preço.

"Não podemos arriscar que o *signore* nos escute", diz Mamãe em um tom irritado, puxando a pesada cortina adamascada do dossel ao nosso redor, como se isso fosse capaz de nos proteger.

"O que farão com ela?"

Mordo o lábio e sinto gosto de sangue.

Mamãe abre a boca como se fosse falar e então para. Ela faz uma pausa. Neste silêncio ofegante, percebo que ela não quer me assustar. Eu a encaro. A expressão no rosto amado de minha mãe é difícil de interpretar. A chama de uma única vela ilumina o espaço. Ela afasta uma mecha solta da minha trança grossa como se eu tivesse voltado a ser criança, prendendo-a atrás da orelha. Sou lembrada de que, não importa onde vivemos — e deitamos nossas cabeças em muitos lugares, desde barracos nos cortiços de Madri até o esplendor da corte espanhola —, permanecemos unidas, em nosso mundinho particular. Eu e Mamãe. Nosso próprio santuário. Até agora. Agora, os perigos onipresentes de um mundo confuso dançam ao nosso redor. Quase consigo ouvir sua respiração ofegante.

"*Mi amore*, não sei o que vai acontecer. Poucas conseguem aguentar a..." Aqui, ela faz outra pausa. "A severidade... dos questionamentos dos agentes do Santo Ofício. Devemos rezar, filha. Devemos rezar para Faustina conseguir se conter. Devemos rezar para que ela encontre a doce liberdade da morte depressa."

"Mas e se ela citar nomes? E se ela citar os nossos nomes?", insisto.

O medo desabrocha em mim como tinta manchando um pergaminho.

"E se vierem atrás de nós?", digo, apertando a mão de minha mãe. "Não podemos ficar aqui esperando nosso destino. Precisamos fugir. Precisamos ir para longe daqui."

Mamãe não responde. Percebo que ela não sabe o que fazer, e preciso lutar contra a frustração. Ela afasta o olhar de novo, mas não há nada para ver além das cortinas pesadas, nada para respirar além do ar sufocante. Talvez ela consiga sentir a forma escura desse pavor, sua massa espessa e imóvel.

"Giulia, não podemos fugir. O Francesco nunca pararia de procurar por nós. Ele enviaria um exército para nos capturar — e sua fúria ao nos encontrar seria um preço alto demais para pagarmos por um pouco de liberdade."

"Mas, Mamãe, podemos nos esconder. Temos mulheres leais a nós na cidade. Elas nos protegeriam..."

Mamãe balança a cabeça.

"Elas não fariam isso, e estariam certas. Elas também seriam caçadas, e se alguém as pegasse nos ajudando, suas vidas também estariam em risco. Não podemos fugir. Temos a proteção do meu marido — pelo menos, por enquanto. Isso deve nos servir de consolo. Reze, Giulia. Reze. É só o que podemos fazer — e ficarmos quietas. Não conte a ninguém. Não admita nada. Talvez tudo passe."

"Mas ela era — *é* — nossa amiga", insisto, me corrigindo ao perceber que praticamente já a condenei. "Deve haver algum jeito de ajudá-la."

"Ninguém tem amigos após entrar na masmorra. Rezaremos por ela. Giulia, *mi amore*, não podemos fazer nada além disso."

Não é suficiente. Abro a boca para argumentar, mas, antes que eu consiga, Mamãe assopra a vela, lançando-nos de volta à escuridão. Ela se mexe, afastando as cortinas, seus passos quase inaudíveis conforme voltam para a cama que ela divide com Francesco. A porta fecha com um clique. Nosso santuário foi desfeito.

9

16 de fevereiro de 1633

Hoje, assistiremos à nossa amiga morrer.

Amanheceu faz pouco tempo. O Menino Explorado traz água para o asseio. Por trás das minhas cortinas adamascadas, escuto seus passos desajeitados, a água transbordando do jarro enquanto ele se move. Não dormi. Passei a noite toda esperando. Espero não só pela execução de Faustina, mas para ver se nossos destinos estão entrelaçados. Espero para ver se nossos segredos irromperão como um saco de farinha aberto pela faca do padeiro. O *tarocchi* também está na cama, mas não toco nas cartas. Tenho medo do que elas podem revelar. Optei pela ignorância. É uma proteção insuficiente, disso tenho certeza.

Sei que esta será uma manhã longa, tensa, enquanto esperamos nosso sinal para sair. Fico me perguntando se estamos fadadas a esperar: se o destino de uma mulher é viver para sempre nos intervalos, nas pausas entre os atos dos homens. Gattino sente minha inquietação. Ele não para quieto, primeiro se esfregando em minha mão para receber carinho, então, em um instante, virando para trás para me morder em um borrão de garras e dentes. Com o tempo, desisto e o coloco no chão antes de voltar a deitar na cama. Ele vai embora, as orelhas jogadas para trás, o rabo erguido e balançando.

* * *

"Rezem por mim", diz Faustina por lábios ensanguentados. "Rezem por mim, pois pequei."

Sua voz é quase inaudível entre o rugido da multidão que veio assistir à morte de nossa amiga. É como se fosse uma peça. Entre os espectadores estão vendedores de nozes e homens apregoando *avvisi*. Não olho para eles. Sua empolgação me deixa enojada. Viro meu rosto quando passam, apesar de muitas pessoas esticarem uma moeda e pegarem o pergaminho fino.

É meio-dia, e o sol de inverno é morno sobre nossas cabeças. Há um clima de festa, como um dos muitos dias santos que nossa cidade fétida dedica a Santa Rosália, a destruidora de pestes. Dez anos antes, ao serem oferecidos aos céus, os ossos da nobre acabaram com a pestilência que tomava a cidade, apesar de as ruas estreitas terem passado meses apinhadas de cadáveres inchados e pútridos. Ou, pelo menos, foi o que Valentina me contou, seus olhos vivos com uma fascinação mórbida. De acordo com ela, o crocitar de corvos ecoava pelos becos, empoleirados em corpos escurecidos, comendo olhos leitosos. Ratos mordiscavam os rostos, as bolhas da peste supurando no calor. Sem se deixar abalar por sua morte quinhentos anos antes, a própria Rosália surgiu diante de um homem e rogou que ele desenterrasse os ossos dela, a mandíbula e três dedos, e levasse por Palermo em procissão. Isso fez com que a febre maléfica acabasse, garantindo sua proteção à cidade.

Hoje, o fedor de corpos sujos é avassalador enquanto plebeus e nobres se espremem dentro de Piano della Marina. Perto dali, fica o Palazzo Steri e suas masmorras, observando em silêncio meretrizes ocuparem o mesmo espaço que cavalheiros, lavadeiras, esposas de fazendeiros e freiras. Assim como nós, elas se reuniram para testemunhar o espetáculo da justiça divina, apesar de ser nítido que mais de uma forma de serviço será prestado hoje. As prostitutas anunciam seu trabalho entre a multidão, suas saias de cetim coloridas e os lábios pintados de carmim exibindo seus dotes, enquanto elas flertam e sorriem de forma sedutora para conseguir uma boa refeição hoje à noite.

"Não olhe, *mi amore*", diz Mamãe. Ela nota meu olhar acompanhar as mulheres pintadas empertigadas em seus *chopines*. Eu a encaro e noto seu rosto pálido sob o véu. Nenhuma de nós queria estar aqui, mas meu padrasto exige nossa presença. Não podemos desobedecê-lo. Ainda assim, não suportamos olhar para a plataforma erguida especialmente para a execução, o cadafalso apontando direto para o céu. Sei que decepcionamos Faustina; meu coração me diz isso. Ela era nossa amiga, *é* nossa amiga. Ela guarda nossos segredos mais profundos — ou rezo para ainda guardar. Ela foi destruída por agentes que agora seguram crucifixos que brilham com ouro e rubis.

Por sorte, não vejo meu padrasto em lugar algum. Se ele estivesse aqui, poderia perceber nosso choque; a maneira como ajeitamos nossas mangas, como tentamos olhar para qualquer outra coisa além *dela*. Ele se afastou para trocar apertos de mãos com dignitários, os homens que fizeram o trabalho que testemunhamos hoje; o cabelo dela arrancado de sua cabeça, seu corpo retorcido, atormentado por esses homens de Deus.

Estamos na parte da galeria reservada para os ricos. Daqui, vemos tanto quanto os pombos que mergulham no chão para pegar frutas descartadas, os restos de miúdos cheios de moscas, as sobras do mercado que costuma ocupar a praça. Vemos pessoas brincando e conversando, cuspindo cascas e discutindo. Vemos todo tipo de vida se apertando neste lugar.

Foi o rufo baixo de tambores que nos alertou para a chegada de nossa amiga, que agora será abatida como um porco para o jantar. Então vieram os gritos e uivos dos espectadores que correram junto à carroça de madeira que trouxe Faustina sacolejando para sua execução, sendo exibida pela cidade. Atacada com pedras e cebolas podres, ela deve ter sido agredida e atormentada pelo formigueiro escandaloso de pessoas que cercava a carroça durante sua chegada à praça.

Então a carroça parou e a observamos descer, seu passo desajeitado, cambaleante; o *strappado* fez seu trabalho. A multidão, que parecia aumentar a cada instante, empurrava e gritava enquanto ela subia devagar os degraus de madeira. Faustina usava o próprio laço ao redor do pescoço. A corda se arrastava às suas costas durante a subida. Por fim, ela ocupou seu lugar no cadafalso.

Agora, um silêncio momentâneo reina.

Nós esperamos; sem conseguir olhar, sem conseguir desviar os olhos. Levo uma das mãos ao pescoço e imagino, por um brevíssimo segundo, a sensação da corda áspera contra minha pele. É mais do que imaginação; é como se o peso dela também me assolasse. Meu corpo oscila um pouco enquanto a observo, a mulher que me ensinou a usar pilão e almofariz, que acariciou meu rosto com tanta doçura. Não sei se a mãe dela está aqui, se os irmãos vieram. Espero que não. Crianças não deveriam testemunhar algo assim, ainda que a praça esteja lotada por rostinhos corados e bochechas melecadas.

Enfiando a mão no bolso costurado em minha saia, seguro a pena de melro, depois a ponta do baralho de *tarocchi*, alguns dos meus tesouros, meus talismãs. Eu os aperto como se fossem capazes de me consolar.

É então que meu padrasto volta. Seu traje de veludo pretíssimo contrasta com as cores fortes das sedas das mulheres da aristocracia; os mercadores ricos em suas roupas ornamentadas, suas esposas abanando leques. Eu e Mamãe destoamos da cena em nossas saias azuis discretas, cada uma ganhando um olhar de censura dele. Francesco prefere que nossas roupas sejam suntuosas para exibir sua riqueza com sofisticação. Hoje, não conseguimos obedecê-lo. Estarmos arrumadas como se estivéssemos em uma festa nos deixaria enojadas. Sabemos que pagaremos por isso mais tarde.

"Rezem por mim. Rezem por mim, pois sou uma pecadora."

A voz dela, fraca, esganiçada, atravessa a multidão.

Então, de repente, a turba urra em uníssono. Faustina cambaleia, e há gritos de alegria, uma empolgação crescente. A fragilidade dela parece animar os espectadores. As pessoas se remexem e se movem, a multidão sinuosa e oscilante. Vozes se elevam, mas não consigo entender o que é dito. Sinto os tambores em meus ouvidos como se eles batessem ao meu lado. Olho para meus pés, esperando vê-los descalços e ensanguentados, como antes, mas só encontro minhas botas espreitando sob o vestido. Finco as unhas com força na palma das mãos para não desmaiar. Tento engolir, mas a poeira deixou minha garganta seca. Nossa amiga só tem segundos de vida.

Então, de repente, sua voz ecoa.

"Riam! Muitas de vocês virão comigo!"

O choque é imediato.

Ele reverbera pela multidão como as correntes que criam redemoinhos no rio da cidade. O Santo Ofício permite apenas algumas poucas frases penitentes dos hereges que encaram a morte. Essa demonstração de explosão é inédita. Um escândalo.

O carrasco olha ao redor em busca de instruções. Um gemido vem da praça. As pessoas escalam as plataformas, oscilando na direção da forca. Faustina parece triunfante, mas sua vitória dura pouco. Com uma brusquidão que não costuma ser usada contra mulheres em seu momento final, o carrasco agarra a corda e a coloca em posição, apertando-a em torno do pescoço dela. Faustina sobe a escada com dificuldade. A voz do padre agora recita o Credo dos Apóstolos. Os últimos segundos da vida de nossa amiga chegaram. Eles se esvaem. A náusea aumenta.

"... *soffri e fu sepolto...* padeceu e foi sepultado..." Enquanto as palavras saem da boca do padre, a escada sob os pés de Faustina é chutada para longe pelo carrasco. Ela cai com força, desajeitada. Ela engasga. A multidão mal respira, gemendo de novo, agora mais alto. As pessoas parecem se mover em uníssono na direção de nossa Faustina enforcada, os pés dela dançando, suas mãos agarrando inutilmente a corda grossa. O ajudante do carrasco pula para o chão e segura os tornozelos dela, puxando nossa amiga para baixo, acelerando sua morte. Um único ato de bondade entre tamanha crueldade. Mais preces são ouvidas, com som e intensidade elevados.

Um estalo alto ressoa. Confusa, olho na direção do barulho e vejo uma das plataformas ceder. As pessoas sobre ela demoram um instante para entender o que acontece. Outra parte da estrutura desaba, e agora há gritos. Os espectadores caem uns sobre os outros. As duas caixas de madeira, construídas com pressa e de qualquer jeito, se desintegram sob o peso da multidão que subiu em cima delas para assistir melhor. Talvez até digam que isso é obra de Faustina, obra de uma bruxa. As pessoas são esmagadas, caem mutiladas no chão, algumas sem se mover. O pânico impera enquanto elas tentam fugir, mas não conseguem se afastar. Crianças são pisoteadas.

"Uma maldição!"

"Uma maldição da bruxa!"

Os gritos aumentam. É como o som de cães de caça ladrando para a corneta, sentindo o cheiro de cervos na mata, fazendo força para se soltarem.

Atrás das pessoas, o corpo de Faustina se contrai antes de pender inerte, como um animal diante do gancho de um açougueiro.

"Precisamos ir embora. Rápido", diz Mamãe.

Meus olhos estão arregalados de pavor.

"Vamos. Agora." A voz de minha mãe é ríspida.

Deixo que ela me puxe para longe da carnificina lá embaixo. Não podemos ajudar, só podemos nos salvar. Nós nos juntamos aos cavalheiros, suas esposas, seus filhos e filhas, aos nobres e homens da Igreja que fogem, voltando para nossas carruagens.

Conforme nosso veículo se afasta com o trinco da porta fechado e Francesco gritando instruções para o cocheiro, um pensamento insiste em acompanhar as batidas do meu coração: *Ela falou sobre nós? Também somos mulheres mortas?*

10

Três meses se passaram desde que a mataram.

Três meses tensos, difíceis, conforme a primavera substituiu o inverno e, ainda, permanecemos esperando. O trabalho na destilaria foi encerrado. Francesco proibiu nossas visitas diurnas ao convento, dizendo que plantas e ervas não são um ofício divino. Mamãe proibiu nossas visitas noturnas, dizendo que agora era muito arriscado. Em vez disso, voltamos a nossos papéis de esposa e filha de mercador. Eu fazia bordados enquanto Mamãe comprava novos lençóis, uma travessa mais bonita para a mesa, arrumava flores cortadas logo após desabrocharem no jardim. Vagávamos pela vila de Francesco como dois fantasmas ilhados, nos arrastando pelos cômodos ensolarados, com partículas de poeira dançando nas faixas de luz amarela.

Todo instante parecia conter uma ameaça, ou a promessa de uma. Todo instante também parecia conter uma lembrança *dela*.

Ela não riu quando confundi um pote de tônico facial com o bálsamo para doença de São Fiacre, imitando uma velha passando leite de cabra, limão e ovos nos fundilhos?

Ela não chorou quando contou a história da mulher no quinto ciclo lunar, que perdeu o bebê, o pequeno montinho de sangue e cartilagem deslizando para fora de seu corpo, sem nunca respirarem o mesmo ar neste mundo?

Ela não tinha um toque gentil, um sorriso contagioso?

O luto é a memória do toque de sua mão manchada, cheia de calos de tanto lavar roupa e varrer o chão; a terra na sola dos pés quando ela se recusava a usar botas; a ruga entre as sobrancelhas quando ela se concentrava na dose exata de uma tintura ou essência. Está em tudo que ela significou para mim. Quando Mamãe me contou sobre o veneno, me senti traída por *ela*, incomodada pelo segredo não ter sido compartilhado comigo.

E agora ela se foi.

Sua ausência preenche o ar que respiramos mesmo enquanto seus restos mortais apodrecem em uma cova coletiva. Sua cabeça deve ter sido removida após a morte, separando sua alma do corpo e impedindo sua entrada no reino dos céus. Pelo menos é isso que os padres dizem. Mas eles dizem coisas demais.

Talvez nós a vejamos na próxima vez que passarmos em nossa bela carruagem pela Ponte delle Teste, que ganhou esse nome por exibir as cabeças decapitadas dos *decollati* recém-partidos, servindo como aviso. Talvez nós afastemos o olhar, como fizemos durante sua execução.

Francesco se tornou mais observador. Ele nos vigia com uma atenção maior conforme cumprimos nossas tarefas tediosas. Ele caminha pela vila sem fazer barulho, como se tentasse nos pegar desprevenidas. Há certo clima de submissão na casa da discórdia. É raro que Valentina apareça, permanecendo ocupada com sua fornalha na cozinha, enquanto o Menino Explorado vira o rosto como se seu interesse vago por mim, seus olhares furtivos, seus rubores, tivesse passado.

Meu bordado permanece embolado. Meu professor de dança teme que jamais aprenderei os passos certos. Meu coração permanece na destilaria, enevoado pelos aromas de nossos preparos, com Faustina a meu lado, cantarolando; com Mamãe por perto, decantando óleos ou juntando as plantas que estão secando.

Então, um dia, o ar inquieto e tomado pelo luto escapa dos meus pulmões, e percebo que ele está agitado, furioso, fumegante. Onde está minha mãe? Valentina não sabe. Seus olhos se afastam de mim e voltam para o coelho que vai esfolar. Ele está jogado, desfalecido e mole, sobre a mesa. Na mão direita dela, manchada com sangue marrom, há uma grande faca de açougueiro. Com um movimento rápido, ela golpeia, cortando a perna traseira direita na junta. Com outro gesto, a esquerda também é separada. Agora, ela abrirá o corpo, usando uma faca menor, mais fina, puxando a pele da carne rosa-acinzentada, descendo pela carcaça, as entranhas saindo, deixando um montinho de músculos e ossos para a panela.

O Menino Explorado não sabe. Ele está suando enquanto empilha madeira do lado de fora da porta da cozinha. Ele não faz nenhuma pausa para secar o cabelo escuro nem para beber água do poço.

Ela não está nos depósitos, no jardim de ervas nem na maltaria.

Enfim a encontro no abrigo escuro em que o falcão de Francesco se empoleira em uma estaca de madeira. O falcão se remexe e vira ao ouvir minha chegada, a cabeça coberta por um caparão. Meus olhos se acostumam com a escuridão e vejo Mamãe. Ela encara o pássaro, preso à estaca.

"Mamãe?"

Ela dá um pulo como se não tivesse escutado minha chegada.

"Giulia..."

Caminho devagar, tentando não agitar o animal, mas ele se mexe, assustado, afastando-se, a cabeça se movendo a cada novo som. As palavras passaram semanas ganhando força dentro de mim, e agora precisam sair.

"Não aguento mais, Mamãe. Estamos presas nesta casa! Por que devemos ficar aqui dentro, sendo observadas o tempo todo? Faustina odiaria isto. Ela teria continuado, Mamãe."

Teofania estala a língua para o pássaro. Ele move a cabeça, inclinando-a para o lado.

"Mamãe, me escute! Eles a mataram. Eles a humilharam! E por quê? Por nada! Porque ela ajudou a dar cabo de homens ruins? Eles pegaram nossa amiga e a destruíram na frente de todos." Estou chorando agora, um rio de lágrimas que não tive a oportunidade de derramar. Sinto a falta dela, porém não é apenas isso. Estou furiosa, horrorizada com o que fizeram com ela, com o que podem fazer conosco. Tudo está misturado, e, em vez do medo, estou tomada pelo fogo, por uma fúria tão intensa que queima meu peito. Também há outro sentimento, um que eu ainda não havia me permitido entender. É um outro luto, mas, dessa vez, pelo veneno. Sinto falta de fazê-lo. Sinto falta do ritual e do risco, do doce som da alquimia fervendo, da *aqua* se formando. É uma ânsia estranha, então quase não a reconheço, mas está lá, por baixo de toda a tristeza e raiva. É a perda de liberdade, também, da liberdade que eu não havia conhecido desde que cheguei aqui. Sinto falta das nossas excursões noturnas. Sinto falta do nosso segredo compartilhado, do perigo compartilhado. Sinto que estou vivendo uma meia vida.

"Giulia, basta. Já lhe coloquei em perigo, e não voltarei a fazer isso. É arriscado demais continuar preparando a *aqua*. Você não entende, *mi amore*?"

Ela estica a mão para prender uma mecha de cabelo solta, mas a afasto.

"Não, não entendo! Sempre foi perigoso! Nós temos a proteção de Francesco, e Faustina não tinha. É diferente para nós. Precisamos continuar por ela!"

"Giulia, você é uma tola se acredita que estamos seguras!", rebate Mamãe com rispidez.

O falcão se arrepia, eriçando a penugem, as penas marrom-avermelhadas manchadas voltando a se dobrar umas sobre as outras.

Dou um passo para trás, sem querer assustar o pássaro, mas estou furiosa.

"A senhora está errada", sibilo. "Não fazer nada é exatamente o que eles querem. Nossa obediência serve apenas aos eclesiásticos que a torturaram." O choro sobe por minha garganta. "Havia muitos *inquisitori* assistindo à morte dela, e nenhum sequer olhou na nossa direção! Precisamos continuar."

"Ah, Giulia, você tem tanto a aprender. Os *inquisitori* agem na surdina. Eles não capturam uma mulher em plena luz do dia, diante do seu marido, cercada pela família, pelos aliados dela. Não, eles trabalham nas sombras. Eles levam as pessoas à noite. Eles as levam para seus tribunais e suas prisões, e a prisioneira talvez nem chegue a descobrir quais são as acusações antes de subir a escada para o cadafalso. *Mi amore*, há muito a temer."

Eu a encaro. Não aceitarei esse veredito. Estou cansada de esperar, de viver esperando. Balanço a cabeça, me viro e saio batendo os pés. Depois que a porta da gaiola se abre, os pássaros lá dentro precisam bater asas e voar, mesmo que apenas por um breve instante antes de serem capturados de novo. Eu quero voar.

* * *

Naquela noite, a conhecida mão rastejante sobe por minha coxa, empurrando minha camisola mais e mais alto.

No começo, não entendo o que está acontecendo. Eu havia caído em um sono agitado após a briga com Mamãe, e agora estou enrolada, retorcida, presa. Desorientada, não sei bem que horas são, nem onde estou; até que o sinto, e então sei. Os dedos dele estão pegajosos, sua respiração é ofegante. Ele está no meu quarto escuro, mexendo-se sobre meus lençóis como se tivesse sido convidado. Demoro um instante antes de os sonhos desnorteantes desaparecerem, mas, quando fazem isso, reajo como se eu estivesse sendo assassinada na minha cama.

"Me solta, bastardo!", grito, repetindo o xingamento que ouvi no bordel. A dor aguda de um tapa vem logo a seguir.

Com o rosto latejando, palavrões voando, lutamos, apesar de ele prender meus pulsos com força. Miro, então lanço um glóbulo de cuspe no seu rosto. Isso só serve para deixá-lo mais excitado.

"Quer brigar comigo, sua selvagem?", arfa ele. "*I denti di Dio*, os dentes de Deus", sibila ele, "você está mais forte, pequena..."

Cuspo de novo, mas ele já está abrindo a calça. Tento chutá-lo, mas percebo que ele me prendeu. Estou arfando, não apenas pelo pânico, mas pela raiva que percorre meu corpo como lava, estrondosa feito um raio ao acertar um galho de árvore.

Não adianta. Ele ainda é mais forte do que eu. Tento atacá-lo de novo, mas não consigo mexer as pernas. Então, lembro.

Fico imóvel.

Isso parece agradar a Francesco.

"Ótimo, ótimo. Você vai aprender o seu lugar, senhorinha", diz ele, com o hálito quente no meu rosto. Viro a cabeça, analisando por um momento a estampa bordada no grosso dossel adamascado que adorna minha cama. O pano tem um cheiro embolorado, de poeira e sono. Eu poderia traçar a jornada da linha pelos planaltos e vales de flores e folhas que se entremeiam de forma tão bonita, mas não o faço. Em vez disso, meu braço esquerdo, agora liberto enquanto meu padrasto se força dentro de mim, desliza, silencioso e devagar, pelo lençol e se enfia embaixo do travesseiro de penas. Ainda com o rosto virado, cada batida do coração me levando mais perto, me concentro em respirar, apenas em respirar, conforme minha mão busca pelo que escondi. É o cabo fino que encontro primeiro, o crucifixo de madeira disfarçando seu verdadeiro propósito. Eu o puxo devagar enquanto Francesco se impulsiona.

O punhal de uma freira. Encontrado no convento, abandonado no muro baixo do claustro, em um dos arcos. Eu não devia ter pegado, escondido na minha saia, mas foi o que fiz. Prometi a mim mesma que o devolveria, mas não fiz isso. Não ousei usá-lo, até agora.

Francesco está ofegante. Sei que está quase terminando. Espero até seu rosto se franzir, e então tiro a lâmina de seu esconderijo. Entretanto, me atrapalho. Sou lenta demais. Francesco é muito pesado sobre mim ao desabar. Ele vê a arma antes que eu consiga usá-la, agarra minha mão, seus dedos grandes se curvando sobre os meus, e tira a lâmina de mim.

Só para transmitir a mensagem com mais clareza, ele me dá outro tapa na cara.

"Vagabunda. Demônia. Como você ousa? Fui eu quem lhe resgatei! Por que acha que me casei com a vagabunda da sua mãe? Para conseguir você. Você era o prêmio, sua pequena selvagem. Você."

Então Francesco ri, passa uma das mãos pelo cabelo enquanto puxa a calça para cima e tateia a cama em busca de seu gibão.

Com um último olhar, ele vai embora. Nem parece considerar a hipótese de levar minha arma. Não me importo. Suas palavras, como flechas, atingiram o alvo.

Foi por minha causa.

A culpa é minha.

11

Não preciso ler o *tarocchi* para saber o que vai acontecer, mas as cartas me dizem da mesma forma. Elas me chamavam aos sussurros de seu esconderijo, e as ignorei, sem querer saber qual seria o futuro. Mas agora? Agora, não tenho escolha.

Viro a primeira: *La Fortuna* de novo. Desta vez, ela está na posição certa, as mãos do destino colocando o sortudo de volta ao topo, o restante caindo para o chão. Minhas mãos tremem quando puxo a próxima, e estou certa em temê-la. A torre está de pé, mas por pouco. Ela está em chamas e ruindo enquanto é atingida por um raio dos céus. Tudo vai desabar. A carta fala de mudança, reviravolta, desastre.

Duas luas cheias passaram desde a última vez que sangrei. Mais uma vez, não tenho lençóis para lavar quando o quintal está vazio, nenhuma camisola para deixar de molho em lixívia durante a noite. Sabendo que os olhos desconfiados de Valentina descobrirão meu segredo, fui escondida até a câmara fria para pegar a tigela de barro com sangue de porco. É isso que lavarei dos meus lençóis, fingindo que minhas regras vieram.

Após a briga com Francesco, ele manteve a distância, mas sei que é apenas um alívio temporário. Eu esperava ser punida depois daquela noite, mas ele não disse nada. Eu teria aceitado uma surra como castigo pelo meu pecado de atraí-lo até nós. Talvez ele tenha entendido isso, e o silêncio, a pausa, seja minha punição. Se for o caso, ele me conhece melhor do que eu imaginava.

Não contei para minha mãe sobre o punhal. Francesco também não parece ter contado. Agora, compartilhamos um segredo. Esse pensamento me enoja.

Sei que está chegando o momento de contar para Mamãe sobre a criança que tenho certeza que está crescendo dentro de mim, porém ainda não encontrei as palavras.

No fim das contas, não preciso.

Sentada às sombras das parreiras que ladeiam o jardim murado, seguro uma pequena Bíblia, mas as páginas curvadas jazem ali sem ser lidas, abandonadas no ar abafado do começo do verão. Estou com calor, inquieta e enjoada quando Mamãe senta a meu lado no banco de pedra. Ela se abana.

"Mamãe...", começo, então paro. Mal consegui pensar na crise que virá quando minha gravidez for descoberta. Mal consegui pensar no medo que acompanha qualquer mulher diante da tarefa de gerar uma criança e sobreviver a seu nascimento. Minha vida, se ainda não tiver acabado, está entrando em território desconhecido. Não sei o que temer mais — as dificuldades do parto, o fim da minha juventude e virtude, ou a condenação que sei que receberei. É claro que Francesco negará ter tocado em mim. Como mulher, serei desacreditada, desonrada. Destruída.

Então existe o fato inevitável de que carrego o filho *dele*. A ideia de a semente de Francesco estar crescendo dentro de mim me faz querer fugir de mim mesma. Ainda assim, apesar disso, há esperança; uma delicadeza, um espaço em que algo dentro de mim se desenvolve com a criatura.

"Você está carregando uma criança", diz Mamãe em um tom prático.

"A senhora sabe?", pergunto.

O leque dela para de abanar. Ela me encara, depois transfere o olhar para os muros da vila do outro lado desta parte ornamentada do jardim; as folhas de palmeira, as flores caindo em cascata, os ciprestes. Tudo camufla a tragédia que se desenrola em nossa pequena parte da cidade.

"Eu temia que isso acontecesse. Era inevitável", fala. Não há choque, não há choro, não há trincar de dentes nem pânico. Não era o que eu esperava.

Eu me abano com o livro ignorado. Uma jovem como eu não deveria estar se preparando para o casamento, para um noivado longo com um pretendente escolhido pelo pai? Ela não deveria estar rindo com as amigas enquanto borda lençóis que farão parte do seu enxoval, sonhando com lugares distantes onde começará uma vida nova?

Eu tenho isto em seu lugar. Esta desonra. Esta separação. É um fim, não um começo. E ainda assim, e ainda assim. Existe uma sensação, algo sensível e delicado como a teia de uma aranha. Ela paira por perto; um fio tênue que me conecta à nova vida que cresce em meu interior. Consigo sentir meu bebê. Consigo sentir minha *filha*. Apesar de minha mente dizer que estou arruinada, perdida e destruída, meu coração se abre e me enche de alegria. Não consigo explicar.

"Filha, vou lhe ajudar, prometo", diz Mamãe. Ela sorri e acaricia meu cabelo.

"Hoje, coloque os panos dentro de você como faria normalmente. Você precisa fazer tudo que faria se suas regras tivessem vindo. Depois que Francesco dormir, partiremos. Não conte seu segredo para ninguém, *mi amore*."

Meu coração fica leve. Vamos partir. Hoje à noite. Fico alegre na mesma hora. Talvez as cartas estivessem erradas. Talvez a torre não fosse um aviso, mas uma oportunidade, um fim para esta existência e o começo de uma nova.

Quanto a contar para alguém, a quem eu contaria? A orelha felpuda de Gattino é a única na qual eu poderia sussurrar.

Minha mãe se levanta, alisa a saia. Ela está belíssima em um vestido vermelho-escuro, pérolas e rubis ao redor do pescoço, renda delicada cobrindo seu corpete, apesar de eu saber que, antes de o dia terminar, ela estará arrancando ervas daninhas da horta ou alimentando os porcos.

"E, Giulia, devemos tomar cuidado. A cidade está tomada por insurreições, as ruas não estão seguras. Precisamos nos manter nas sombras hoje à noite."

Valentina trouxe do mercado a notícia dos dízimos cobrados por nossos líderes espanhóis. Todo dia, ela franze a testa enquanto nos conta que fulano de tal quarteirão disse que viu barracas de pão vazias serem derrubadas, lama e pedras arremessadas em protesto. Estamos protegidos dentro desses muros. Francesco continua bebendo seu bom vinho renano. Ele ainda usa cálices de prata. Seus cavalos são cobertos pelo melhor couro espanhol. E comemos bem todas as noites. Nós temos sorte. Mas sorte, como descobri, é um conceito relativo.

"Mamãe, nunca estamos seguras. Sempre andamos por ruelas e becos escuros." Eu suspiro, me recostando no banco, sentindo a empolgação de uma nova aventura, um novo lar — ou, quem sabe, voltaremos para a Espanha, para a família de cortesãs que deixamos para trás. Nós éramos felizes lá, eu e Mamãe. Do jeito como as coisas eram antes de Francesco.

Levando uma das mãos à barriga, reflito. Dentro de mim está o começo de uma criança. Talvez ela já tenha pulmõezinhos para respirar. Talvez tenha unhas e dedos dos pés, cabelo desabrochando em sua cabeça, cílios se formando ao redor dos olhos verdes que talvez compartilhemos. Mais tarde, quando as corujas piarem, quando a luz desaparecer do dia, iremos embora deste lugar, entraremos em um navio e tudo voltará a ser como era.

Francesco empaca ao ver a bolsinha pendurada em meu pescoço. Ele me encara quando entro na sala de jantar, seus olhos logo atraídos pela pequena bolsa de couro com cravo, lavanda e pétalas de rosa esmagados para esconder o cheiro de sangue menstrual. Ele baixa o olhar como se até me fitar fosse pecado.

"Desejo-lhe uma boa-noite, enteada", cumprimenta ele, pigarreando, as pernas da cadeira arranhando o piso de pedra em sua pressa para ir embora. Por dentro, vejo graça em seu incômodo. Para um pecador, ele é a imagem da fragilidade envergonhada. Sinto uma pontada de triunfo, olhando para baixo como qualquer filha dócil e indecorosa de Eva deveria fazer para que ele não veja que me delicio com seu desconforto — e minha pequena vitória. Sou a imagem do fingimento.

Nenhuma de nós come muito. Eu e Mamãe ficamos sentadas em silêncio, cada uma perdida nos próprios pensamentos. Valentina resmunga e bufa de desgosto por nossa falta de apetite quando retira os pratos de prata em que a comida permanece quase intocada, apesar de ela vender na porta dos criados o que ela mesma não comer.

Depois que os resmungos de Valentina cessam e observamos a saída noturna do Menino Explorado — o manto balançando, a vela tremeluzindo, as moedas tilintando —, chega a hora de partir. Carrego comigo minha concha, minha moeda, um novo galho de alecrim, minha pena de melro e, é claro, meu *tarocchi*. Levo-os para me dar coragem e porque são os únicos tesouros que tenho.

"Venha", diz Mamãe. Nenhuma vela para bruxulear. Mantos escuros apertados contra o corpo. Moedas, talvez, apesar de não podermos permitir que tilintem. Não podemos fazer barulho. Somos duas mulheres andando sozinhas à noite em uma cidade que pode explodir em violência ou motins a qualquer instante. Da segurança de nossa prisão dourada, ouvimos gritos e vidro quebrando. Sabemos que os ânimos estão exaltados, mas teremos que desbravar as ruas escuras apenas com nosso bom senso.

Nesta noite, estou cheia de coragem. É apenas quando Mamãe vira na direção oposta ao porto que paro. Que a questiono.

"Por que este caminho? O porto, os navios ficam para lá!"

Minha mãe franze a testa.

"Venha, Giulia. Nosso tempo é limitado", avisa ela, e continua andando.

"Pare!", exclamo. Desta vez, minha voz ressoa. "Aonde a senhora vai? Se vamos embora, é melhor seguirmos de barco. Se viajarmos por terra, seremos lentas demais. Os guardas do Francesco vão nos encontrar em uma questão de dias, talvez até de horas."

Minha mãe parece perplexa.

"Não vamos embora, filha! Nós vamos ao convento. A Clara está nos esperando."

"Ah", respondo, pensando que, talvez, pegaremos as ervas essenciais, as necessárias para o parto, para a *aqua*, antes de embarcarmos no navio. Eu a sigo, e nos movemos com rapidez agora. Gritos soam nas ruas próximas, então mudamos a rota, entrando e saindo de ruelas, de passagens estreitas que um visitante poderia confundir com becos sem saída. É mais demorado, porém chegamos a Sant'Agostino sem nenhum incidente. Mamãe bate à porta com o sinal combinado, chamando a freira. De alguma forma, minha mãe conseguiu avisá-la para nos esperar hoje à noite. A irmã Clara gesticula para permanecermos em silêncio. Seu rosto parece pálido na escuridão. Da capela, vem as vozes baixas do coro enquanto as freiras cantam as orações noturnas. Corremos para a destilaria, que irmã Clara destranca, entregando a chave para Mamãe desta vez. Minha mãe a aceita sem encará-la, mas a freira permanece ali.

"Teofania, preciso voltar para as Matinas. Não posso demorar, minha ausência será notada." Clara fala com urgência, como se tivesse permanecido ali para nos dar aquele aviso. Suas palavras são apressadas, atormentadas. "Vocês não devem voltar aqui desse jeito, tão perto de nossas orações. Podemos ser descobertas, e, se formos, não poderei ajudá-las..."

Minha mãe, em um gesto que reconheço como essencialmente seu, segura as mãos da freira, acariciando-as com carinho, olhando para seu rosto enquanto fala. Nos meses e anos que virão, me lembrarei do cuidado instintivo de Mamãe, da atenção delicada que oferece à amiga. Sinto, mesmo agora, que testemunhei algo indestrutível, que existe apenas entre mulheres.

Sou jovem, mas já sei que nós, mulheres, existimos apenas na escuridão no fundo do palco, por trás das cortinas grossas. Enquanto homens se pavoneiam e se exibem, nós precisamos nos virar com o que temos, meras coadjuvantes no teatro da vida. Mas o que eles não sabem é o que desabrocha nos bastidores escuros; a irmandade entre mulheres, o conluio da feminilidade, a compreensão familiar que nasce longe do olhar ríspido dos homens. Mamãe leva uma das mãos à bochecha de Clara. A freira se retrai no começo, então sorri como se tivesse se esquecido de como fazer isso. Ela já está acostumada à privação do toque físico, o destino da mulher santa.

"Nós agradecemos, Clara. Sabemos que o risco para você é grande. Partiremos muito antes das Laudes, mas precisamos do máximo de tempo possível para completar nossa tarefa antes que amanheça", diz Mamãe.

As duas trocam um olhar, mas está escuro demais para interpretar o que pode significar. Por um instante, fico confusa. Antes que amanheça? Com certeza deveríamos ir embora muito antes disso, não? Mamãe começa a trabalhar. Observo enquanto ela reúne ervas; arruda, heléboro-negro, salsa, zimbro. Não são as que eu esperava que ela pegasse, e sei para que servem. Já ajudei minha mãe a usá-las. Sei que farão o feto sair do útero de uma mulher em um turbilhão de ossinhos minúsculos e restos amorfos, sem alma. No geral, são meretrizes que precisam desse tipo de serviço, mas nem sempre. Já vi mulheres dez anos mais velhas do que eu parirem uma criança por ano desde que começaram a sangrar. Cansadas do parto e de criar famílias grandes, elas nos procuram, implorando. Oferecemos as ervas com instruções para o preparo de uma tisana a ser tomada todas as noites para ajudar a criança indesejada a sair de sua mãe relutante, voltando para onde veio; para o cemitério, ou simplesmente queimada em uma boa lareira com alecrim para purificar o ar.

A cada segundo que passa, sinto um desconforto crescente. Eu não tinha certeza antes, mas tenho agora. Ao ver Mamãe pegar o pilão e começar a triturar as ervas, não consigo manter o silêncio.

"Mamãe, pare."

"Não há tempo, Giulia. Aqui, pegue o avental. Me ajude."

"Não", respondo.

Minha mãe se vira, mas volta a triturar.

"Pare." Dou um passo à frente e seguro seu pulso.

Agora, entendo por que estamos aqui. Não há navio algum. Não há volta para a Espanha e a vida que abandonamos.

Também sei que não tomarei esse remédio.

Minha decisão não faz sentido, não tem qualquer lógica. Se nosso plano não for ir embora, como eu queria, como sempre sonhei, então a criança não pode nascer. Deve ser enviada de volta para onde veio — e, ainda assim, não vou conseguir. Sim, estou com medo. Sim, sei que meu destino é incerto, que minha vida foi arruinada, mas, mesmo assim, não vou conseguir. Dentro de mim, há uma filha. Consigo sentir as batidas de seu coraçãozinho. Não compreendo como sei disso, mas eu sei. Podemos ser responsáveis pela morte de muitos homens dentro das muralhas da cidade, mas não condenarei minha própria filha.

Minha mãe me encara como se eu tivesse enlouquecido. Talvez eu tenha.

"Me escute. Não farei isso. É errado. É errado para *ela*..."

"Do que você está falando?", questiona minha mãe, impaciente. Se ela percebe que me referi ao sexo da criança, não comenta.

"Não farei isso."

"Giulia, essa não é uma possibilidade! Você sabe que não pode seguir com a gravidez! Nunca vão aceitar você — nem a essa criança. Você nunca terá a chance de casar e ter segurança."

Dou-lhe as costas.

"Não tenho chance de toda forma! Nenhum rapaz jamais irá querer minha mão em casamento; pelo menos, não aqui. Nenhuma família mercante vai me aceitar como filha. Eu sou uma bastarda, ou a senhora esqueceu? Mas, Mamãe, a senhora tem razão. Não posso ter essa criança aqui, em Palermo, mas talvez ela possa nascer em outro lugar, em outro lugar conhecido. Já pensei em tudo. Podemos comprar nossa passagem de barco para Madri. Podemos vender nossas joias, comprar cavalos e seguir para a corte. Eles vão nos reconhecer, tenho certeza. Terei meu bebê longe daqui, longe do Francesco..."

"Giulia!", interrompe Mamãe, largando o pilão e segurando minhas mãos. "Você está febril? Está passando mal? Você sabe que não pode ser assim. Nunca deixarão uma mulher com uma filha embarcar em um navio sem o marido ou o pai!"

Agora, perco a paciência.

"Mamãe! A senhora passou a vida sendo usada por homens, dependendo deles para ter segurança ou conforto! Não vou viver assim, nunca. Eu me recuso! Não me importa o preço que terei que pagar, mas seguirei meu próprio caminho!"

Minha mãe dá um passo para trás como se tivesse levado um tapa.

Ficamos imóveis, encarando uma à outra.

Estou ofegante de... do quê? Medo? Fúria? O desejo de fazer minha mãe compreender, ainda que eu mesma não compreenda?

"Você é uma criança, Giulia. Achou mesmo que poderíamos fugir? Achou mesmo que isso era possível?" Mamãe emite um som gutural. "Não, Giulia. Lidaremos com a sua situação agora mesmo. É por isso que estamos aqui..."

Puxo o ar de repente, como se estivesse engasgando, e levo uma das mãos ao peito para me controlar. O cômodo está quente com o calor do dia, mas o frio que sinto vem do fundo da minha alma.

"Minha situação?", indago.

"Usaremos os remédios hoje. Livraremos você desse... desse demônio que foi plantado dentro de você contra sua vontade."

Talvez essa seja a primeira vez que vejo a raiva que minha mãe sente de Francesco, agora direcionada a mim. Ela estica a mão para segurar a minha, como fez com a irmã Clara, mas me afasto. Estou trêmula, com frio. Saindo de algum lugar que não consigo discernir, vem um cheiro podre, o fedor de bile escura da mesa de um cirurgião. É pútrido e úmido, como uma cova aberta, acompanhado por um som agudo que parece aumentar em intensidade com o passar dos segundos. Levo as mãos às orelhas, sem querer escutá-lo, mas o guincho se intensifica.

"A senhora está errada, Mamãe. Não há demônio nenhum dentro de mim, este é meu bebê, esta é a minha *filha*. Sinto como se eu já a conhecesse; ela é forte e teimosa. Ela quer viver."

Sinto uma calma estranha agora, como se eu fosse uma árvore agarrada à encosta de uma montanha, sendo empurrada por fortes ventos. O som chega ao auge, mas pouco me importa agora. Estou lutando pela vida da minha filha. Agora é a vez de minha mãe me encarar, horrorizada.

"Você está dizendo que quer isso?", pergunta ela. "Giulia, até a criança começar a se desenvolver, sua alma imortal não corre risco se..."

"Se o que, Mamãe?", interrompo. "Se eu a matar? Se eu a abortar com nossas ervas potentes? Jamais farei isso!"

Estou gritando agora, sem me importar com o perigo em que nos coloco, arriscando que nos descubram aqui, arriscando a vida de Clara também.

"Nós temos uma chance de liberdade! Temos a chance de ter nossa própria família. Podemos pegar as suas joias e comprar passagens, com ou sem marido. Com ouro suficiente, podemos fugir de Palermo..."

"E não ter proteção alguma contra marinheiros, contra qualquer um que possa nos machucar durante a viagem e depois dela?", interrompe minha mãe. "Vão nos matar para ficar com as joias. Seremos afogadas no mar, nós e seu bebê teremos um túmulo aquático." Suas palavras me atingem, rápidas como uma víbora. "Você não pode ter essa criança. Imagine o escândalo. Eles já nos detestam. Agora, vão nos destruir..."

"Eles detestam a *senhora*!" Antes mesmo de terminar, já estou me movendo. Tento abrir a porta, batendo os pés até a chave virar na fechadura. Olho ao redor antes de sair. Vejo as ervas. Vejo um caminho diante de mim, um caminho que não tomarei. Um caminho em que matarei minha filha antes mesmo que o ar encha seu pulmão, pelo privilégio de continuar sendo posse de Francesco. Toda a esperança de liberdade, de viver uma vida longe daqui, enterrada. Não deixarei que esse seja meu destino — nem da minha filha. Afastar-me é loucura, mas é o que faço, minhas botas ecoam no chão frio e duro. Deixo Mamãe com suas plantas mortais. Eu escancaro a porta lateral, sem me importar com quem possa estar à espreita nos cantos. Inalo o ar noturno, meu peito ofegante. Sinto cheiro de esterco e espinha de peixe, de mijo e terra e estradas estorricadas de sol, além do sal do mar. É o cheiro do lugar que se tornou minha ruína. Aqui, serei condenada ao ostracismo. Aqui, conhecerei a desgraça, em vez de navegar rumo à liberdade pelo oceano.

A raiva fortalece minha coragem. Caminho pelas ruas escuras sem medo enquanto meu sangue corre agitado, como um cão de caça farejando um cervo. Trincando os dentes, começo a correr, de repente desejando meu quarto, desejando fechar o dossel da cama e esperar pela tempestade que está prestes a irromper sobre minha cabeça. Passos me seguem, mas não olho para trás. Corro como se eu fosse tão livre quanto a corça que sabe que é perseguida por cachorros. Talvez eles me peguem, finquem os dentes afiados no meu pescoço e arranquem minha garganta.

Talvez eu os morda de volta, a sede por sangue aumentando, os olhos brilhando, os dentes rangendo.

12

Francesco está aguardando quando retorno.

Ao abrir a porta dos criados, quase vou de encontro a seu corpo. Ele está de pé ali, bloqueando o caminho.

"Onde você estava?"

Dando um passo para trás, olho ao redor em busca de outra saída. As batidas agudas na minha cabeça são ensurdecedoras. Agora, elas parecem um sino badalando, frenético e incessante.

Não há outro caminho, então tento passar por ele. Ele agarra meu braço.

"Me solte! O senhor está me machucando!"

"Onde você estava? E onde está a minha esposa?" Sei que ele vai me bater, então abaixo, e sua mão acerta o ar, fazendo-o cambalear. Ele fede a vinho estragado.

"Verme imundo!", grito, repetindo um dos xingamentos favoritos da cozinheira.

Ele segura uma mecha do meu cabelo e me puxa na sua direção. Ele me arrasta, cambaleando, pelas lajotas, então pelo piso de mármore da vila.

"Que Deus o castigue", amaldiçoo, e ele responde:

"Ele já castigou, Giulia! Ele me deu você e a *buttana* da sua mãe!".

Viro a cabeça e tento morder a mão dele, mas ele me puxa com tanta força que fico com medo de meu cabelo ser arrancado da cabeça.

"Você me enoja", digo enquanto ele me joga em um cômodo onde nunca entrei antes. Sei no mesmo instante que é o escritório de Francesco. Há uma grande mesa de mogno com uma cadeira entalhada na mesma madeira. A lareira está acesa, e um cálice vazio ocupa uma mesinha ornamentada. Há pilhas de pergaminhos, amarelados e se enrolando. Há uma pena, com a ponta preta de tinta. Ao lado, está uma Bíblia com capa de couro cravejada com pedras preciosas. Esfrego minha pele onde ele me agarrou, o machucado já se formando sob a manga agora rasgada do vestido. Ele vai até a porta, vira a chave, guarda-a no bolso do gibão e nos tranca lá dentro.

"Por que o senhor trancou a porta?", pergunto, recuando para o canto do cômodo; o pânico aumenta.

Saio de mim. Francesco me encara com aqueles olhos brutos, e, quando me dou conta, eu mudo de rumo. Corro para a frente. Eu me jogo nele, chutando, tentando arrancar seu cabelo, sua pele, qualquer lugar em que possa machucá-lo.

"Me deixe sair! Me deixe sair!", grito. Ele ergue os braços e quase me levanta, me jogando para trás sobre um grande tapete turco diante da lareira. Derrotada, me lembro da criança em meu útero. Rezo para ela estar bem enquanto aperto a barriga, o coração disparado, a respiração rápida e ofegante.

"*Santu diavuluni*. Tenha consciência do seu lugar, demônia. Eu sou seu dono, ou você se esqueceu disso?", diz ele. Um sorrisinho estampa seu rosto. O calor da minha raiva se dissipa e se transforma no frio lento do medo.

Francesco remexe seus pertences, procurando por algo. Ele destranca um armário com a pequena chave que agora encontrou. Há uma pausa malévola. O cheiro volta, agora mais forte, avassalador. Levanto a cabeça como um animal para buscar sua origem, mas o entendo bem o suficiente para saber que é outro aviso. Pútrido, como carne podre desta vez. O odor se infiltra em minha pele. Ao mesmo tempo, o som agudo, dissonante, ecoa em meus ouvidos. Preciso reunir todas as minhas forças para não cair de joelhos, agarrando minha cabeça para acabar com seu clamor. Sinto vontade de vomitar, porém meu padrasto está voltando na minha direção, ignorante do barulho e do fedor, carregando em suas mãos o objeto que procurava: um flagelo, sua corda longa cheia de nós e franjas.

Com o chicote na mão direita, o rosto dele é inexpressivo. No começo. Então ele sorri como se fosse abraçar uma sobrinha amada. Ao fazer isso, leva o braço para trás. Francesco impulsiona as cordas unidas para purgar a carne mortal dos monges do pecado. A dor é imediata. A violência dos nós ao cortarem minha pele é horrível; precisa, eficiente. Sangue, quente e grudento, é absorvido por minha camisola. Não tenho tempo para reagir.

Ele me ataca de novo, e de novo.

Agora, me encolho sob os golpes, ouvindo o som de algo sendo rasgado conforme o instrumento retalha minha pele. Há tanto sangue. Há uma dor ardida, abrasadora. Quando estou prestes a desmaiar, com o cômodo oscilando e meus gritos presos na garganta, há um barulho repentino. A porta se escancara. Nenhum de nós ouviu a chave de Mamãe virar na porta.

Por um instante, nada acontece. Francesco, cujo rosto está distorcido de raiva, para. Ele me encara, refletindo minha confusão.

Então minha mãe corre até mim, me puxa para um abraço, e grito com a agonia de ser tocada. Francesco dá um passo para trás e solta o flagelo molhado de vermelho vivo, que suja o piso de mármore rajado, o tapete turco agora arruinado.

"*Mi amore, mi amore*", sussurra Mamãe enquanto tremo em seus braços. "Você é um monstro, Francesco! A mortificação da carne é pecado, a Igreja proibiu, então por que tem essa... essa coisa terrível?"

Como se despertasse de um pesadelo, meu agressor dá um pulo. Ele se vira e então vai embora, o som de suas botas ecoando pelo piso frio de mármore. Mamãe está no chão a meu lado, dobrando os braços com cuidado ao redor do meu corpo.

Ficamos ali por muito tempo, chorando. Ela acaricia meu cabelo e sussurra uma canção que costumava cantar para mim quando eu era pequena e não conseguia dormir. É uma canção triste, sobre um pássaro preso na gaiola de um caçador. O pássaro, imagine se puder, é um pardal pequeno, desinteressante e comum, com penas marrons sem brilho, olhos pretos ariscos e um peito branco, cuja única beleza está em seu voo. Ele foi enganado, preso em uma gaiola feita com galhos, e será levado ao mercado. Ele sabe seu destino. Ele não tem como escapar, então canta porque é a única coisa que pode fazer. Ele canta uma canção tão doce que o caçador se compadece e abre a porta da gaiola. O pássaro sai voando, livre, de volta aos céus, onde canta e guincha de pura alegria.

A música costumava me reconfortar, mas, hoje, parece uma mentira. A porta da minha gaiola está fechada e trancafiada, e fico me perguntando se morrerei nesta prisão dourada. Peço a Mamãe para parar, deixando o silêncio tomar conta. O fogo estala, solta faíscas e sussurra. A lua brilha forte por uma janela aberta.

Vou mancando até meu quarto. Minha mãe limpa os ferimentos com água de lavanda. Com cuidado, ela cobre os cortes com as pomadas que eu mesma preparei antes de enfaixar meus braços, minhas costas e ombros, meu pescoço e torso com panos limpos. Há cortes no meu couro cabeludo, que ela limpa, me fazendo gritar de novo. Enquanto ela trabalha, sei que há algumas feridas que nunca serão curadas. Entendo o que precisa acontecer a seguir. Antes de o pensamento se cristalizar, tomar forma, minha mãe ergue o rosto para me fitar.

Ela acaricia minha bochecha. Eu me retraio, mas não quero que ela pare. Ficamos nos olhando, as palavras não ditas.

Permanecemos abraçadas em silêncio. Em algum lugar, Gattino pula em sua presa, capturando um rato entre as garras, atacando até a criatura em espasmos parar de se mover.

13

Julho de 1633

Francesco padeceu como viveu: de forma ostensiva. Ele vomitou. Ele evacuou. Ele gemeu e choramingou. Ele gritou por Deus enquanto apertava a barriga, reclamando de queimações e muito mais. Mamãe me proibiu de entrar no quarto em que ele estava confinado, então era Valentina quem me dava notícias do patrão após subir pela escada de pedra com sopa e água, e descer com comadres fedidas. Pela primeira vez, as brigas na cozinha cessaram.

Dias ansiosos se transformaram em noites insones. Médicos iam e vinham, balançando a cabeça, entregando a conta após terminarem de usar suas sanguessugas e preparos. Eu ouvia as conversas sussurradas dos médicos nos corredores e escadas, todos dizendo como Francesco parecia bem, como parecia forte, apesar de estar morrendo. Se as suspeitas recaíram sobre minha mãe naquele momento, conforme os nobres da cidade faziam visitas apenas para serem mandados embora, não fiquei ciente disso. Eu passava os dias lendo enquanto esperava minha pele ferida se recuperar e a dor se dissipar, apesar de não conseguir me recordar de uma única palavra que li. Eu passava minhas noites sentada diante da fornalha escurecida de Valentina enquanto o silêncio estranho da casa se assentava mais uma vez a nosso redor. Junho se transformou em julho, e o calor continuava a aumentar na cidade. A névoa do quarto de confinamento parecia se espalhar pela casa, junto a uma sensação persistente de inquietação. Devia haver cochichos a respeito de Mamãe, mas nunca os escutei. Devia haver olhares e boatos murmurados, e, por fim, suspeita.

Francesco morreu na manhã do sexto dia de suas agonias. Ele era considerado um homem saudável e forte, que percorria as rotas de especiarias, comprando e vendendo mercadorias com lucro. Por que, então, seria ceifado em seu auge? Que maldade fora feita contra ele?

Quando Mamãe saiu do quarto de confinamento, o rosto pálido, a compostura habitual abalada, sabíamos o que ela diria. Estava feito. Nosso dono havia morrido, nossos futuros eram incertos, mas não lamentaríamos sua partida.

Os médicos vieram levar embora o corpo ainda quente. Mamãe não falou nada, apesar de ser provável que soubesse que nossos destinos estavam nas mãos deles. Era impossível que a morte súbita e inexplicável de um homem rico não gerasse suspeitas, mas meu alívio me deixava cega demais para perceber isso. Para mim, era como se uma grande tempestade tivesse passado, deixando em seu encalço o prazer de seu fim.

Como eu estava enganada.

Será que quando Francesco jazia sobre a mesa de autópsia, com o cirurgião amolando o bisturi, já haviam decidido a causa? O marido morto de Teofania, agora pálido e enrijecido, foi aberto e examinado. Mais tarde, a cozinheira me disse que não encontraram nada; nenhum escurecimento na membrana da língua, nenhuma corrupção ou putrefação dos órgãos, nenhum resquício de veneno, pois era por isso que buscavam. Como Valentina sabia dessas informações era um mistério para mim, porém, àquela altura, não importava mais.

O exame não calou as vozes que se tornavam cada vez mais altas, falando contra minha mãe. A morte inesperada de um homem proeminente deve levantar dúvidas, deve ter uma resposta. Um homem como Francesco precisa ser contabilizado. Era natural que as suspeitas recaíssem sobre minha mãe. Ela era sua esposa concubina. A beleza dela, sua ascensão da sordidez: nada disso continuaria sendo tolerado.

Vieram buscá-la antes do alvorecer, apenas dias após a morte de meu padrasto, do jeito como Mamãe dissera que aconteceria; de madrugada, em silêncio, encobertos pela escuridão.

Não ouvi nada enquanto os *inquisitori* entravam em nossa casa e foram guiados pela escada até o quarto de Mamãe. Eles a levaram para ser interrogada nas masmorras.

A cozinheira, sem a carranca costumeira no rosto, que agora é tomado por um tipo de choque aflito, busca por alguma coisa enquanto fala. Fico parada, oscilando na cozinha, incapaz de compreender que minha mãe se foi, que a tiraram de mim, apesar de as palavras serem bem claras.

"Eles mal fizeram barulho, mal fizeram barulho", funga Valentina. "Eles vieram e a levaram embora depois dos sinos das Matinas. Abri a porta para três homens com os rostos escondidos por mantos. Eles usavam cruzes grandes, então soube quem eram..." Sua voz emudece quando ela encontra o que estava procurando: um pedaço de pano usado para limpeza. Ela seca o rosto quase com delicadeza. O gesto é tomado por uma elegância que ela quase nunca demonstra.

"Eram inquisidores do Santo Ofício?", pergunto, apesar de já sabermos a resposta.

Os olhos de Valentina se focam de imediato em mim, e vejo que, por baixo das lágrimas, há um interesse brilhante, atento. Eu a encaro de volta e não digo nada. *Foi você?*, penso. *Foi você a informante? Nós tínhamos espiões em todos os patamares da casa? Ou Francesco realmente era um inquisidor?*

Antes de Valentina poder dizer qualquer outra coisa, lhe dou as costas.

Não mostrarei meu pavor a ela. Não desmoronarei diante dela. Eu e Mamãe nunca estivemos separadas antes. Eu a imagino em uma cela pequena e infestada de ratos por onde pinga água suja, deitada em palha imunda enquanto espera pelo interrogatório, e quero gritar. O luto e a fúria colidem e borbulham dentro de mim. Eu *preciso* fazer alguma coisa. Mas o quê? Estou sozinha, com exceção de dois criados — um dos quais pode ter nos traído.

A cozinheira chora pela perda do emprego, do sustento, do lar, agora que o patrão morreu e a patroa foi presa. *Se foi você, por que não pensou nisso antes? Sua perspectiva é pior, seu futuro é incerto*, quero dizer. *Como sua vida chegou a esse ponto, com uma patroa concubina trancafiada em uma prisão fétida e um patrão morto que teve uma morte feia?*

O Menino Explorado está sentado no chão de terra batida, em um canto da cozinha, ranhoso. Ele chora pelo emprego, pela perda das noites de prazer, pelo inconveniente de ter que recomeçar com outra família, em outro lugar.

Quando eu chorar, minhas lágrimas serão pela perda de tudo.

Valentina ergue o olhar de seu pranto. Ela se aproxima de mim e toca minha manga antes de eu chegar à porta da cozinha. É a primeira vez que ela encosta em mim. Em vez do azedume e do triunfo diante da derrocada de sua patroa meretriz que eu esperava ver, ela me fita com pena. Esse é o único gesto de bondade que ela já demonstrou por mim.

"Giulia, patroinha, não há nada que você possa fazer. Não há esperança depois que alguém é levado. Você precisa se preparar", diz ela.

Sua voz é surpreendentemente doce. Engulo em seco e me viro, suas palavras ecoando às minhas costas. Não há esperança.

Apesar disso, me pego procurando a densa fachada sem rosto da prisão. Fico por perto. Talvez eu possa enganar um dos guardas. Talvez eu possa suborná-los ou atraí-los para outro lugar, para que eu consiga entrar. Todo dia, vou à cadeia. Levo uma das mãos à pedra quente e rezo para Mamãe conseguir sentir minha presença. Todo dia, procuro por uma chance, por uma forma de entrar, sabendo, com o coração pesado, que não existe nenhuma.

Uma semana depois, Valentina, seu rosto pálido como sua fornalha vazia, bate a porta ao passar, seus olhos buscando os meus. Levanto do meu lugar à mesa, onde eu descascava nozes, sabendo que as próximas palavras formarão o fogo que reforjará minha vida.

"Diga", ordeno.

A cozinheira engole em seco.

"Diga logo", repito.

Valentina balança a cabeça, segura a barriga grande como se estivesse sem fôlego, mas não tira os olhos de mim. Seu queixo treme. Marcho até ela e agarro seu braço livre. Eu o torço, minha raiva surgindo do nada.

"Diga o que você ouviu!" Minha voz é ríspida. Eu bateria nela se achasse que isso apressaria a resposta.

"Estão dizendo... estão dizendo que sua mãe, Deus tenha piedade da alma dela, será..."

"Será o quê?", exijo. Meu rosto está a centímetros do dela. Vejo como tudo que ela quer é entrar em uma carroça e ser levada para as montanhas, para a irmã que ama e a vida simples com que sonha. Ainda assim, ela está aqui, nesta cozinha, seu cesto agora caído no chão, com o conteúdo — algumas cebolas, alho e outras ervas — derramado na terra.

"Senhorita, estão dizendo que ela é uma bruxa e uma envenenadora, que matou o marido, meu patrão... estão dizendo que, daqui a dois dias, no dia doze deste mês, ela será executada em Piano della Marina."

Solto o braço de Valentina como se eu tivesse recebido um soco no estômago. Curvando-me ao meio, escuto um gemido alto, como o de um animal preso em uma armadilha. É a minha voz, mas não consigo controlá-la. Não consigo respirar. Não consigo pensar. O cômodo ganha tons de amarelo.

Vão matar a minha mãe.

Vão enforcá-la como assassina, e não há nada que eu possa fazer para salvá-la.

Tudo fica preto.

É Valentina quem me faz recuperar a consciência com um chá de hortelã, muito doce, pressionando-o contra meus lábios.

Agora, há uma movimentação a meu redor enquanto me levanto do chão. A cozinheira saiu do meu lado e está tirando jarros das prateleiras, embalando instrumentos em panos, retinindo e se alvoroçando, bufando e resmungando. Percebo que ela está se preparando para partir. Eu não a culpo. Se enforcarem a patroa da casa, que garantia teremos de que não voltarão seus olhos de gavião para os criados dela, para a filha dela, mesmo se nossa cozinheira estiver mancomunada com os *inquisitori*? Que garantia temos de que não nos levarão para sermos enforcados como cúmplices? Meu chá quase intacto esfria em minhas mãos enquanto observo Valentina.

E lá vai a prataria. "No lugar dos salários", diz ela.

Dou de ombros. Não me importo com colheres ou facas ou candelabros. Ela pode fazer o que quiser com eles. Imagino que vai vendê-los no mercado para comprar uma passagem para fora da cidade.

"Leve. Leve o que você quiser", falo, afundando a cabeça entre os braços.

O choque do luto aparece primeiro. Passo horas andando pelo meu quarto, então afundo na cama, sem ver nada. Se eu um dia tivesse mergulhado nos mares revoltos pelos quais viajei, imagino que a sensação seria a mesma. A agitação impiedosa do frio. A oscilação das ondas. As correntes que mudam e puxam. Então, submersão. O luto me submerge. É domingo, o dia mais sagrado da semana. Preciso esperar até terça. Preciso esperar em uma casa vazia, imaginando o que vai acontecer depois disto, depois que ela morrer. Preciso esperar até o caldeirão borbulhar feito lava derretida, transbordando e queimando a todas nós.

14

Terça-feira chega.

Não dormi. Não me lembro da última vez que comi. É como se minha vida inteira tivesse me guiado até aqui. Há uma inevitabilidade, uma familiaridade.

Fiquei esperando os *inquisitori* aparecerem, sabendo que não poderia fazer nada além de obedecê-los. Eles não vieram, ou ainda não vieram, então levanto da cama com certa dificuldade, meus ossos doloridos como os de uma velha. Minha barriga ainda está plana, mas a seguro, seguro *ela*, como um gesto silencioso de consolo, porém não sei determinar para qual de nós. Não consigo acreditar que minha mãe jamais conhecerá a neta. Já sinto essa perda, da quebra na corrente da feminilidade. E minha filha jamais verá a beleza dela, jamais conhecerá sua bondade, sua coragem, sua força.

Escolho um véu preto fino que cobre meu cabelo. Não ouso ser reconhecida como a filha da envenenadora, a descendente da nefasta Teofania. Pode ser que tentem me prender também se eu me revelar. Meu coração bate forte. O calor é insuportável, e ainda é cedo. Eu me visto devagar, tomando cuidado, como se cada parte das vestimentas fosse sagrada: a combinação, o manto, o espartilho, o corpete. Então, o véu. Talvez seja assim que uma freira noviça se sente ao entrar na estranheza de sua vida santificada e nas vestes que a marcarão para sempre.

Hoje, testemunharei o fim da vida da minha mãe. Assistirei às multidões zombando e se empurrando enquanto xingam uns aos outros e se agitam, e não tirarei os olhos dela. Fazer isso seria uma traição. Ficarei com ela até o fim, até nossa história estar completa e eu ser obrigada a recomeçar. Não tem ninguém aqui para me ajudar. O Menino Explorado foi embora logo após a morte de Francesco. Não tenho a menor ideia de para onde ele foi nem onde está agora. Desta vez, ele não olhou para trás ao vestir seu manto caseiro e ir embora. O medo transforma todos nós em desconhecidos, até Gattino, que foi buscar a sorte em outro lugar.

Valentina também se foi. Ela deve estar a caminho de Piana agora.

O tempo passa, e escuto os vendedores ambulantes gritando enquanto a multidão começa a se reunir, então saio, sem me dar ao trabalho de fechar a porta atrás de mim. Tudo que tenho é uma bolsa cheia do ouro de Francesco, meu baralho, meus amuletos, e o livro de registros de Mamãe, que pesa dentro da bolsa de couro que peguei no aposento do meu falecido padrasto. É estranho que os *inquisitori* não tenham pensado em procurar por algo assim. Buscá-lo foi meu primeiro gesto tão logo me recuperei do choque pela prisão de Mamãe. Não estava bem escondido. Imaginei que Mamãe o teria removido do convento naquela noite em que fugi da destilaria. O perigo tinha se tornado demasiado; a discussão entre nós, muito alta; o risco a Clara e às freiras, muito elevado. Eu estava certa. Encontrei o livro dentro do colchão de penas; um corte no lençol de linho de boa qualidade, grande o bastante para enfiar a mão e segurar as bordas desgastadas. Qualquer clérigo burro poderia o ter encontrado. Mas não existem novas anotações. Nossos segredos ficarão escondidos no livro que guardarei. É tudo que tenho dela.

Não saio pela entrada principal. Este sempre foi o palácio de Francesco, seu domínio, enquanto a porta humilde no beco é uma saída boa suficiente para mim; uma escapatória quase invisível.

Piso nos paralelepípedos e quase de imediato sou levada pela turba que segue para a praça em que o Santo Ofício apresenta seu teatro de crueldade em nome da justiça. O ar já está pesado com o fedor de suor e esterco, enquanto burros zurram, bodes balem, e seus donos riem e gritam piadas grosseiras uns aos outros. O clima é festivo. Não há nada que a população de Palermo ame mais do que uma boa execução. Hoje, lhes foi prometido um espetáculo. Mantenho a cabeça baixa e o olhar no chão enquanto caminho. Pedintes esticam as mãos, ou os tocos onde as mãos costumavam estar. Soldados chiam para os transeuntes, exibindo os membros perdidos. Homens africanos em roupas coloridas cospem sementes de girassol. Crianças nascidas com deformidades imploram por esmolas. Prostitutas cambaleiam. Velhas mancam. Crianças pulam.

Lá em cima, um corvo solta um piado. Sua voz ríspida, rouca, é zombeteira. Faço o sinal da *corna* contra o pássaro como se ele fosse um mensageiro de maus agouros, sabendo que nenhum gesto, por mais sincero que seja, poderá mudar os acontecimentos do dia.

Ao meu lado, uma lavadeira carrega um fardo na cabeça. Ela pisca quando encontro seu olhar, mas viro o rosto. Ela ri, cospe e segue em frente, agora assobiando. Atrás de mim, escuto mulheres fofocando, homens rindo, uma cacofonia de idiomas e dialetos, crianças choramingando enquanto nos movemos para o local em que Mamãe encontrará seu destino. Cada passo me enoja. Quero me virar e sair correndo deste lugar de morte. Mas cada passo me leva para mais perto.

Parece que toda a cidade veio testemunhar a morte da infame assassina. Os vendedores de panfletos estão tendo um dia lucrativo. Vejo o brilho das moedas trocadas entre mãos, mas não olho para as mercadorias. Eu não suportaria ver o que escreveram sobre ela. Permaneço de olhos fixos no chão, forçando-me a seguir em frente. Ainda não chorei. Sei que chegará o momento em que farei isso. Quando acontecer, tenho medo de nunca mais parar.

De novo, o rufo baixo dos tambores ecoa das entranhas da cidade.

De novo, os gritos e uivos da multidão seguem a carroça pelas ruas de pedra.

No começo, não enxergo Mamãe. Em vez disso, sinto o cheiro de nucas; seu odor rançoso e fermentado conforme a temperatura aumenta. Escuto conversas, fofocas, gargalhadas, uma briga começando, alguém chupando os dentes. Sinto uma criança puxar minha saia para pedir moedas, o cotovelo pontudo de uma velha que me empurra para passar, o fedor dela me fazendo lembrar de coalhada podre deixada na desnatadeira por tempo demais. Por instinto, verifico a bolsa enfiada nas dobras de meu vestido e fico aliviada em encontrá-la ainda pesada. Todo cuidado é pouco em um dia de execução. Ergo o olhar para a plataforma onde ficamos antes. Vejo as damas e suas filhas que viravam o rosto para nós, seus maridos conversando. Sinto como se eu tivesse morrido e voltado do túmulo para testemunhar o que acontecerá.

Então, silêncio. Ou tanto silêncio quanto é possível em meio a tanta gente. Vejo os capuzes brancos pontiagudos dos *bianchi* se movendo devagar acima da aglomeração de pessoas. A sociedade de nobres sicilianos acompanha a condenada até sua morte. Antes, eles foram à cela dela, lavaram seus pés, ouviram a confissão e prepararam sua alma para o julgamento. Todos sabem disso.

Os *bianchi* entram em cena primeiro. Eles caminham em procissão diante da carroça enquanto ela sai balançando das vielas escuras e ameaçadoras, para a luz forte do sol. Sua presença inspira imobilidade. O movimento tortuoso e serpenteante das massas é interrompido. Agora, sou eu quem oscila.

Eu a vejo: sua cabeça foi tosquiada; as cicatrizes choram sangue onde antes havia beleza e resplendor. As costas, antes adornada com as mais belas sedas e rendas, são cobertas por estopa com o desenho de uma grande cruz preta. Ela está curvada, destruída, desconhecida. Penso em seus dedos delicados manchados com o amarelo das tinturas, as unhas agora arrancadas, deixando apenas pontas sangrando. Penso em sua elegância, dançando em Madri poucos anos antes, girando e pulando diante de um rei incapaz de tirar os olhos dela, mesmo com sua rainha, Isabel, sentada ao lado. Agora, as pernas cedem sob seu peso. Eu choraria, mas não tenho tempo, preciso testemunhar o momento. Preciso continuar olhando, preciso honrar a vida dela e lembrar, mesmo enquanto ela ainda respira.

Então, o som.

Entoando "Miserere mei, Deus", a fraternidade, seus olhos de obsidiana aparecendo entre as frestas dos capuzes brancos, parece parar, mesmo que o cântico continue. Não sei por que não o notei antes, mas percebo para onde olham agora: o cadafalso, a escada e a forca. Fico encarando como se hipnotizada.

Há uma movimentação. Observo de canto de olho. Teofania di Adamo, minha mãe, minha única família, começa a descer da carroça que a transportou pelas ruas da cidade como um aviso. *Vejam! Vejam a assassina! Joguem os restos do ensopado da semana nela, as cascas de cebola, as maçãs podres. Vejam como ela se retrai de vocês com vergonha! Pois esta é uma mulher que ousou matar o marido, Francesco, com veneno!*

Ela se move com muita dificuldade. Sua elegância foi destruída. Sua beleza foi eliminada. Eles cortaram pedaços dos braços dela com alicates banhados de sangue que escorre pela mão do carcereiro. Ele está ao lado dela, fazendo caretas para a multidão; carrancudo. Sangue escorre pelos braços de Mamãe, pingando da ponta dos dedos onde antes estavam suas unhas. Eles a brutalizaram, mas, ainda assim, ela permanece uma criatura de fascínio brilhante para mim. Mesmo agora, é impossível não a imaginar como uma jovem segurando minha mão enquanto me ensinava as danças da corte. Quase consigo ouvir a primeira nota aguda do alaúde do músico que ela contratou para me ensinar, ou das risadas que vinham de seus aposentos, sempre cheios de homens e mulheres nobres, de música e luz de velas, e até do rei Planeta, Filipe da Espanha, em pessoa.

Rápido demais, o feitiço é quebrado. De repente, a multidão vai para a frente como moscas seguindo na direção de uma carcaça em decomposição, e o ar é preenchido por gritos de fúria e palavrões, que abafam o som do cântico.

"*Strega! Diavulu! Buttana!*"

"Bruxa."

"Demônia."

"Meretriz."

Não sei se Faustina entregou o nome de Mamãe para os torturadores. Talvez os *inquisitori* estivessem à espreita, nas sombras, esperando Mamãe ser imprudente e se expor. Não sei se Francesco adivinhou, se Valentina nos espionava mesmo ou se Clara sentiu o chamado para confessar. Talvez Francesco escolhesse proteger minha mãe, então, quando ele morreu, não havia mais nada impedindo que os homens de Deus a capturassem. Não sei se alguma das clientes de Mamãe, as mulheres que ela ajudou, foi responsável. Talvez alguém tenha sussurrado no ouvido dos eclesiásticos.

Há muito que não sei, mas há uma certeza que vem das profundezas do meu ser; não estou segura aqui. Eles virão atrás de mim.

Fico em silêncio. Não caçoo nem empurro, não grito, cuspo nem reviro os olhos como as pessoas ao meu redor fazem. Já me sinto enjoada enquanto espero cada segundo passar. Eu me concentro nela e rezo para eu não desmaiar. Fico encarando sem piscar quando Mamãe tropeça, fazendo a multidão gritar ainda mais alto de prazer. A sociedade a guia até os degraus da plataforma de madeira. Consigo ver o esforço que ela tem de fazer apenas para ficar de pé. Suas pernas se arrastam quando ela se move, cada passo parecendo causar uma dor imensa. O sol, os odores e o barulho fazem minha cabeça doer. Finco as unhas na palma de cada mão. Não posso desmaiar. Preciso ficar com ela. Ela saberá que estou aqui. Ela saberá que estou assistindo. Nós somos unidas pelo amor, e ela saberá.

Agora, os *bianchi* rezam por sua alma. Uma ou outra cabeça se abaixa enquanto as palavras sagradas são ditas, mas não todas. Para cada pessoa que demonstra reverência, muitas continuam falando e empurrando, mastigando e bocejando. Os palavrões logo recomeçam, as preces são esquecidas. Minha garganta está seca. Meu coração parece estar funcionando, mas não consigo senti-lo. Não consigo registrar minha própria vida que continua de forma teimosa enquanto minha mãe perde a sua.

Uma mulher ao meu lado fala: "... dizem que foi um crime tão maléfico que inventaram um novo método só para ela..."

"... dizem que as autoridades ordenaram que ela seja morta por esganamento, não por corda, mas por mãos..."

Antes de eu conseguir reagir a isso, Mamãe cai de joelhos. Percebo a presença do homem que esteve lá o tempo todo; vestido de preto, robusto, com as mãos no quadril, um capuz cobrindo seu rosto.

O carrasco.

Bile sobe por minha garganta. Talvez o mundo tenha apenas mais um minuto de Mamãe nele. Ela beija os pés do homem que vai matá-la; desajeitada, como se pedisse desculpas. Eu a encaro o tempo todo, tentando encontrar alguma parte dela, mas destruíram tudo que era sua essência. Ela está irreconhecível, até mesmo para mim. Só vejo as provas do ódio deles, de sua carnificina.

"*Passus et sepultus est*" é o sinal, mas, apesar de haver uma corda pendurada ali, ela não é para minha mãe. Em vez disso, o carrasco para a sua frente. Conforme a oração termina, ele estica as mãos, ásperas e vermelhas. Ele fecha os dedos gordos ao redor do pequeno pescoço dela. A multidão emite um som de surpresa. Por um instante, ele mantém a posição, um ator no palco, sua plateia hipnotizada. Não consigo ouvir Mamãe engasgar quando, por fim, o toque do carrasco aperta. As pessoas se mexem e gritam, suas vozes agora aumentando no calor. Há brigas e empurrões enquanto elas tentam ver o que acontecerá a seguir; o clímax do entretenimento.

Sou condenada a assistir cada segundo ofegante daquilo. Minha cabeça parece leve. Minha garganta se aperta, como se eu também conseguisse sentir a pressão do meu último fôlego sendo espremido para fora de mim. É tão real que fico com medo de desmaiar. Mamãe agarra as mãos do homem como se tentasse impedi-lo. Alguém na multidão solta uma quase risada. Afinal, é um gesto inútil. Minhas mãos vão na direção do pescoço, mas preciso forçá-las para baixo. Não posso revelar minha identidade para esta multidão. Eles me destroçariam.

Então, de modo inesperado, ele a solta. Minha mãe cai no cadafalso. Um suspiro coletivo percorre a praça. O sol está alto no céu agora. Muitos protegem os olhos, piscando. Alguns até rezam. Mamãe está viva, mas por pouco; pronta para o ato final.

"Queime no inferno, bruxa! Você é a meretriz do diabo!", grita alguém perto de mim.

Com um grande gancho de metal, o carrasco, com habilidade impressionante, abre-a do peito à pélvis. A multidão se sobressalta de novo. Finco as unhas na pele com ainda mais força, tirando sangue quando os órgãos dela surgem. Não afasto o olhar. Esse homem, que esconde o rosto sob um capuz de couro, expondo os olhos apenas pelas frestas, se abaixa e, com um floreio, ergue as entranhas dela para a multidão que ladra. Continuo respirando, mas é difícil. O vômito sobe, então cuspo no chão. Está quase acabando. As mãos ensanguentadas dele, surpreendentemente vermelhas, agora seguram o coração ainda pulsante da mulher que escandalizou toda a Sicília. Ele ergue o órgão com cuidado para que todos o vejam.

Seu trabalho continua, triturando músculos e ossos, carnes e tendões, mas já vi o suficiente. Enquanto cambaleio para longe, empurrando os espectadores com uma força que me surpreende, faço uma promessa que se tornará meu legado. Continuarei o trabalho de minha mãe, seja lá qual for o preço, não importa o quanto seja perigoso, não importa o quanto seja imprudente. Farei as poções de Mamãe, e nenhum homem nunca mais estará a salvo.

Saio da *piazza* lotada, passando pelas ruas infestadas de doenças, seguindo para o porto e o restante da minha vida. Às minhas costas, sob o sol forte, em quatro partes brilhantes e sangrentas, está o cadáver da minha mãe. Dentro de mim, o coração de minha filha não nascida bate.

Ubi periculum maius intenditur.
Onde o perigo é maior.

(*Bula papal Ubi periculum*,
papa Gregório X, julho de 1274)

15

GIULIA

Roma, junho de 1656 (23 anos depois)

"*La Peste!*"
  "*La Peste!* Deus salve nossas almas!"
  As vozes sobem até o céu como um bando de estorninhos.
  "Misericórdia! Tenha piedade de nós, Deus Todo-Poderoso. Escute nossas preces!"
  Uma mulher grita. Um bebê chora. Homens resmungam. Então, o som dos chicotes ao serem erguidos, estalando no ar, depois descendo, as batidas pesadas quando a corda nodosa rasga a pele. Há uma pausa, uma retração quase audível, antes de eles estalarem de novo. Minha filha está ao meu lado enquanto olhamos para a estreita Via di Corte Savella. Ela é alta, elegante, com um porte orgulhoso, tão parecida com minha mãe. Sempre que ela se vira para mim, penso ver um eco do sorriso ou da testa franzida de Mamãe, e meu coração se restaura ao redor da tristeza que nunca foi embora, apesar de tantos anos terem se passado.
  Os flageladores, um grupo de doze homens, murmuram orações enquanto caminham, com as cabeças baixas e os pés descalços, arrastando-se pelos paralelepípedos. As pessoas fazem fila na rua estreita, ladeada por construções altas dos dois lados, benzendo-se ou rezando alto. Uma mulher puxa o próprio cabelo enquanto sua vizinha balança

as mãos em prece na direção do céu. Todas estão assustadas. Todas temem a fúria de um Deus vingativo que lançaria essa pestilência sobre Seu povo para expiar nossos muitos pecados.

Os homens — pois são todos homens — estão seminus e gemem enquanto se castigam. Eles não têm Santa Rosália, como tivemos, para acabar com a peste. Os chicotes flagelam. O sangue escorre. O suor espirra, enquanto o bebê chora sem parar. A visão deles me transporta de volta para aquele cômodo à luz de velas onde recebi os golpes que esses instrumentos de tortura conferem com uma precisão ardida.

"Entre, já vimos demais", digo para Girolama, tocando seu braço.

Minha filha usa um vestido do melhor cetim. Ela usa diamantes ao redor do pescoço. Ela é o suprassumo do luxo e da moda. Ao seu lado, tenho certeza de que pareço maltrapilha em meu vestido simples com um avental manchado de óleos de plantas amarrado com pressa ao redor de minha cintura ainda magra.

Girolama afasta meu toque como faria com uma mosca, e preciso morder a língua.

A chegada da peste não é surpresa, apesar de trazer medo e fome em seu encalço. Lavouras permanecem intocadas por toda a Itália, e o preço do pão aumenta a cada dia. Faz semanas que ouvimos falar que a peste está vindo de Nápoles. Ninguém fala de outra coisa nos mercados e nos riachos de lavar roupa, mas sempre soubemos que ela viria. Nós, as mulheres que praticam a arte secreta das plantas, do herbalismo e de outras coisas proibidas. Conseguimos sentir a pestilência enquanto ela se aproxima, como um miasma na forma de uma fera, bufando ar quente, podre, sobre as igrejas, os palácios, as ruelas e os mercados da Cidade Eterna.

Dando de ombros, minha filha voluntariosa, determinada, teimosa, cede. Dentro da boticaria, Graziosa, resmungona e impaciente, aquece o traseiro diante do meu fogo. Outra, minha amada amiga Giovanna, está na cidade ajudando uma mulher a parir em um cortiço que não deveria abrigar nem gado.

"O que me conta?" Aceno com a cabeça para Graziosa enquanto pego meu pilão e me estico na direção de um almofariz pilão de bronze. "Quais são as notícias sobre a peste?"

Graziosa tem um cabelo impressionante da cor do fogo com mechas grisalhas, um pescoço cheio de medalhas em colares e imagens de rostos de santos que tilintam quando ela se mexe. E seu gênio é difícil. Graziosa nos ajuda a distribuir os remédios, percorrendo a cidade todos os dias, sussurrando para mulheres na missa, batendo às portas daquelas que buscam nossas habilidades como curandeiras. Ela recolhe pagamentos, entrega ervas e unguentos, e encontra novas clientes com o máximo de discrição possível. Faz muitos anos que ela trabalha para mim, e ainda me pergunto por que raios a aguento. Com seu corpo mirrado, inquieto, ela me lembra um pardal, uma ponta de brilho em seus pequenos olhos castanhos, um dos quais é vesgo. Sua cabeça se move de um lado para o outro; nunca parada, vendo tudo.

Quando ela me procurou, meu negócio em Roma ainda era novo, apesar de minha reputação como uma mulher capaz de curar um casamento ruim já ter se espalhado do Sul, alastrando-se como fogo pela cidade.

"Você é aquela que dizem que pode afastar um marido com mágica?", havia perguntado Graziosa, parada a meu lado, quando éramos duas mulheres encolhidas na extremidade da nave da igreja de Santa Maria sopra Minerva, conforme a missa interminável passava despercebida.

"Sei quem é você", continuou ela quando não respondi, uma expressão sagaz em seu rosto envelhecido.

"E quem sou eu?", respondi, tomando cuidado para manter a voz baixa. Eu ouvi falar dessa mulher. As pessoas a chamavam de "a beata pedinte", e eu já sabia que ela se aventurava pelas artes ocultas, vendendo feitiços para ajudar a gerar bebês e amuletos contra *il malocchio*. As mulheres falavam sobre essas coisas abertamente na missa, longe de seus maridos e senhores. Outrora, a mágica simples era bem-aceita aqui, e muitas ganhavam a vida vendendo orações escritas como feitiços, misturas como pomadas para curar corações partidos ou impedir infidelidade do marido. Essa era — *é* — uma parte natural do nosso mundo. Tão diferente de Palermo, onde tudo era heresia e aquilo que estava fora da incumbência da Igreja era banido, já que a cidade era um posto avançado da Espanha. Roma tem sido mais tolerante, até agora, conforme o medo espreita casebres e *palazzi*, e a morte chama. Porém, as coisas estão mudando — e o que antes era simples, agora é considerado pecado.

"Você é aquela que estão chamando de *la Signora della Morte*..." A mulher de cabelo cor de fogo sorriu, revelando uma boca cheia de dentes podres.

"Não conheço ninguém com esse nome", falei, sentindo um frio súbito. Eu me virei, mas Graziosa agarrou meu braço e sussurrou ao meu ouvido.

"Conheço muitas mulheres que precisam do seu remédio. Posso lhe ajudar."

Encarei de novo o rosto da mulher mais velha, tentando interpretar sua motivação, sentindo uma atração instintiva por ela, apesar de seus modos. Seus olhos eram atentos como os de um falcão. Ainda são.

"Como sei que posso confiar em você?", perguntei, afastando seu toque ossudo, enquanto baixávamos a cabeça para rezar.

"Você não sabe." Ela abriu um sorriso cheio de malícia. "Então vou provar."

E ela provou.

Em poucas semanas, eu tinha mais clientes do que conseguia dar conta, e, desde então, Graziosa era tão parte do meu círculo íntimo quanto minha filha e minha amiga.

Nossa beata pedinte está sempre com frio. Mesmo no começo do verão romano, Graziosa se cobre em camadas de panos imundos, apesar de receber um salário bom o suficiente para uma cama decente, um vestido novo e seu jantar todas as noites. Quando ela ergue a saia rançosa para esquentar as pernas magras, o odor de tecido sujo preenche a pequena destilaria nos fundos de minha loja.

"Abra a cortina", digo para minha filha, "deixe o ar entrar."

"Apesar de ele estar nocivo e cheio de sementes da peste, é melhor do que a saia de uma velha", comenta minha filha.

Ergo uma sobrancelha para ela, que sorri de volta para mim, impenitente.

Girolama vai até a porta, sua saia balançando, suas joias brilhando. Seu sorriso aumentando enquanto ela afasta as grossas cortinas de veludo que separam a frente da loja de nosso trabalho proibido nos fundos.

"Vi cadáveres empilhados fora das muralhas da cidade", diz Graziosa.

"E como foi que você viu uma coisa dessas?", questiono.

Com exceção de dois, todos os portões da cidade estão fechados pelo medo de contágio. Ninguém pode sair ou entrar sem permissão. Então como nossa pedinte perfumada conseguiria escapulir quando nem os mais poderosos conseguem?

Sem esperar por uma resposta, volto ao trabalho que estava fazendo quando os flageladores passaram: triturando plantas aromáticas e amargas; alecrim, tanaceto e tomilho. Todas eficazes contra miasmas ruins e ar fétido.

Graziosa quebra uma noz com o restante de seus dentes escurecidos e abre um sorriso travesso.

"Ah, eu consigo ir a qualquer lugar, minha linda. Consigo desaparecer como fumaça saindo de uma vela. Ando por onde eu quiser. Ninguém presta atenção em uma velhinha."

"Nem uma tão charmosa quanto você?" Minha filha boceja como se provocar nossa amiga fosse cansativo. Ela ficou fora até tarde ontem à noite, voltando pouco antes do galo cantar. Esperei por ela, como sempre faço, como sempre farei.

Não importa quantas vezes eu lhe avise sobre brilhar demais, sobre exibir suas habilidades como astróloga, ela não escuta meus avisos, desmerecendo-os como se fossem apenas o medo de uma mãe. Desde que fugi de Palermo com minha filha na barriga, não parei de fugir dos *inquisitori*. Apesar de agora estarmos escondidas dentro de uma pequena loja em uma rua estreita no coração de uma cidade grande, nunca vou parar de fugir.

"Girolama, *mi amore*, me ajude a terminar estes remédios. Teremos muitos clientes precisando de tônicos nas próximas semanas."

Minha filha me lança um olhar preguiçoso, como um gato estirado sobre um feixe de luz. Eu me lembro de como Gattino fazia isso depois de comer um bom jantar.

"Mamãe, estou exausta. Havia tanta gente querendo ouvir minhas previsões ontem à noite..."

É a minha vez de levantar uma sobrancelha.

"Tome cuidado com suas condessas e seus duques. Podem oferecer moeda e generosidade, mas você não passa de um brinquedo para eles", digo.

Minha filha sorri, e vejo que minhas palavras não penetraram sua carapaça presunçosa. Ela parece ser uma dama nobre, mas não é. Nunca vão aceitá-la de verdade, e esse pensamento me faz estremecer. Girolama joga o cabelo preto como um corvo para trás e me ignora, como as filhas fazem. Rezo para que ela tenha razão, para que seus contatos, tão imponentes, sejam o suficiente para deslumbrar os clérigos que também circulam pela nobreza de Roma.

Sempre saio de nossa discussão sabendo que voltaremos a ela. Nosso trabalho já é imprudente, nosso caminho já é lotado de riscos, mas não vejo sentido em ostentá-lo. Afasto o olhar de minha linda filha, voltando a focar em Graziosa, que solta lufadas de seu fedor pestilento.

"Então, quais foram as notícias da missa?", pergunto. "O que nosso papa inquisidor fará para ajudar seu povo?"

Graziosa cospe um caroço. Eu o observo sair rolando pelo chão de terra batida antes de parar perto do sapato de seda de Girolama.

Roma e todo o mundo católico têm um novo papa: Alexandre VII, o famoso inquisidor de Malta. Dizem que é um homem que não teve qualquer reação enquanto assistia hereges gritando de agonia ao serem queimados, derretendo diante de seus olhos.

"Sua sublime majestade, *Il Papa*, não se dignou a me informar em pessoa", funga Graziosa. "Mas ouvi falar de um irmão dele, da família Chigi, que virá à cidade nos resgatar. Dizem que ele abrirá *lazarettos* e nos obrigará a padecer em camas estranhas, longe de nossas famílias e entes queridos..."

Girolama dá uma risada zombeteira. "Você sempre dorme em camas estranhas, velha", diz ela. As duas se encaram antes de a idosa rir de novo. "Minha mãe lhe paga bem, e, mesmo assim, todas as noites você se aconchega sobre farrapos no chão frio de pedra de uma igreja diferente. Como um *lazaretto* seria pior?"

Graziosa dá de ombros. "Prefiro uma cama dura e sagrada a qualquer outra", explica ela, resoluta.

"A sua devoção é surpreendente para uma mulher que vende veneno", comento, lançando um olhar bem-humorado para minha filha.

A velha coloca a mão dentro da saia e pega outra noz. Ela a quebra entre os dentes.

"Deus enxerga meu sacrifício ao renunciar uma cama quente, privando meus ossos e meu corpo de conforto. Quando o Dia do Julgamento chegar, tudo será reconhecido."

Tudo será reconhecido.

Há um silêncio agora, do tipo que pesa com todas as palavras não ditas, uma quietude saborizada e colorida por elas.

"Vi a morte do inquisidor Alexandre nas cartas ontem à noite. Os planetas também falam de turbulência e morte", anuncia Girolama, olhando para mim.

"É insensato prever o declínio de um papa", rebato, voltando a encará-la. "Modere suas previsões nas festas. Nunca se sabe quem pode estar escutando. E, de toda forma, a peste chegou. Muitas covas novas serão cavadas, não é preciso de planetas nem do *tarocchi* para saber disso."

Volto para meu pilão, os temperos ainda moídos pela metade, seu aroma preenchendo o espaço pequeno enquanto o fogo queima baixo.

16

GIULIA

Uma elegante carruagem de madeira envolta em cortinas de veludo e brocado passa fazendo barulho pelos guardas posicionados nos portões da cidade. As rodas chacoalham e ressoam pelas ruas de pedra.

Caminhando com minha amiga Giovanna, paramos quando a carruagem se detém de supetão, estremecendo. Dois fazendeiros, com as carroças bloqueando a rua, brigam em voz alta, gesticulando um para o outro.

"Eia!" O cocheiro puxa as rédeas. Enquanto as rodas estalam e os cascos dos cavalos deslizam um pouco sobre o terreno desnivelado, um homem abre a cortina, enfia a cabeça para fora em busca da calamidade que os aflige.

Leva só um mero momento, como o lampejo da asa de um passarinho ao levantar voo, mas, quando o homem se mexe, vejo outro sentado ao lado dele. Seria de se esperar que o nobre na janela fosse o que chamasse minha atenção. Em vez disso, a luz reflete algo dentro da carruagem — um broche ou alguma joia —, e meus olhos são atraídos para o homem sentado às sombras no interior. Por um breve instante, enquanto nossos olhos se encontram, sinto como se a terra se movesse sob mim, uma oscilação como a de uma onda passando por baixo de um navio. Cambaleio, e Giovanna segura meu braço, quase derrubando o cesto em minha mão.

"Giulia", diz ela. "Você está bem? O que houve?"

Os olhos dela, da cor verde-oliva das azeitonas, se tornam um borrão. Seu rosto, coberto por uma faixa de pano para filtrar *seminaria* invisível, parece estranho de repente. Ao redor do pescoço está um saquinho de ervas aromáticas para amenizar as inalações. Ele parece se mover como um pêndulo, para a frente e para trás, e, ao fazer isso, o som retorna.

Desde minha juventude não escuto essa nota aguda estranha, sua característica penetrante preenchendo minha cabeça até ela estar prestes a explodir. Levo uma das mãos à têmpora, tentando não desmaiar. Então vem o fedor. Desta vez, é um cheiro de queimado, como se tudo a nosso redor estivesse em chamas; as pessoas, suas roupas, sua pele. A grossa fumaça oleosa parece tomar meus pulmões. Arfo e tusso.

"O que houve? Meu Deus, não *la peste*...?" Os olhos de Giovanna analisam meu rosto, mas não consigo responder. Com a mesma rapidez, o momento passa, deixando um rastro sulfuroso conforme a carruagem se impulsiona para a frente, a briga entre os fazendeiros concluída, a rua livre de novo. Eu a observo se afastar sacolejando, meu corpo treme. Uma legião de soldados carrega alabardas e bandeiras que ondulam com a movimentação dos cavalos passando por nós. No pano, há o emblema de seis montanhas e uma estrela de oito pontas.

Quem é ele? E por que me sinto desse jeito?

Faz muitos anos desde que a Visão me visitou. Nunca mais desde Palermo. Eu tinha quase me esquecido da náusea de sua atração, as águas profundas de seu eco. Por que esse avistamento, o mais transitório dos olhares, me deixou tremendo?

"Venha, precisamos ir, temos trabalho a fazer", digo apesar de estar lutando contra a vontade repentina de gritar, de sair correndo. Do fundo da minha alma, quero fugir, escapar daquele brilho, daquele olhar escuro que não piscava.

Os sinos ressoam para indicar a Noa quando chegamos à casa a que fomos enviadas no distrito de Trastevere. Nós duas olhamos para a Basilica di San Pietro, que nos encara imponente do alto do burburinho e do calor de Roma.

Seguro meu cesto, que contém as ervas e plantas de que podemos precisar hoje, e levanto uma das mãos para bater. Olho para trás. Giovanna também olha por cima de cada ombro. Apenas uma mulher idosa com um fardo de roupa lavada e um homem vestido com trajes de *medico della peste* passam rápido. O médico usa um capuz de couro sobre o rosto, a bolsinha presa a ele soltando o aroma de ervas. Bato na madeira, apesar de minha mão ainda tremer. A porta abre e uma mulher aparece, gesticulando para entrarmos. Ela usa um vestido escuro e exibe uma expressão sombria.

"A peste chegou aqui?", pergunto. Olhando ao redor, não vejo cruzes desenhadas nas portas, nenhum sinal de que as habitações próximas foram corrompidas.

"Não, senhora. Rápido, entrem antes que meus vizinhos nos vejam."

É uma vivenda modesta, de forma alguma uma choupana, com uma entrada de bom tamanho e um cômodo confortável para receber visitantes, apesar de não sermos guiadas para lá.

"Ela está no quarto, esperando pelas senhoras."

Seguimos por uma escada que leva ao primeiro andar. A mulher que atendeu a porta, a mesma que foi à minha loja no dia anterior, nos guia até um quarto nos fundos, que está abafado e pouco ventilado enquanto o calor do dia fervilha. No cômodo, há uma cama relativamente confortável sobre a qual está uma moça. Ela parece ter a idade da minha filha. Perto da cama, duas moças mais jovens estão de pé, que presumo serem irmãs dela. Três conjuntos de olhos arregalados se voltam para nós, lembrando-me das corujas-do-mato que fazem ninhos pelas árvores de Roma. Corujas são arautos da morte, então silencio o pensamento, baixando o cesto. Talvez apenas uma vida pequena, um coração pequeno seja perdido hoje.

"Você está carregando uma criança que não deseja?", pergunto.

Giovanna já está arregaçando as mangas.

A garota concorda com a cabeça.

"Lucrezia, você precisa contar a elas o que me falou", diz a mãe. Um olhar é trocado entre as duas mulheres, mãe e filha, e imagino que esta não é a primeira vez que ela precisou de um serviço como o nosso.

"Minhas regras secaram, então eu sabia que tinha engravidado de novo", explica a garota, confirmando minhas suspeitas. "Tentamos interromper", acrescenta ela. "Minha mãe me levou para lugares com ar estagnado, mas não funcionou. Nem os banhos quentes e minha queda da escada, que só me deixou com machucados feios. Então, meu amado bateu nas minhas costas e deu socos na minha barriga, mas, mesmo assim, não soltou nada."

"Por que você não tentou usar ervas purgantes?", digo, indo para o lado da mulher enquanto Giovanna se prepara com faixas de pano e musgo para o sangramento. "Temos heléboro, zimbro, sálvia e arruda que fariam isso muito antes, e de forma bem mais segura. Eu prepararia um chá de salsa, que poderia ter feito esse trabalho sem risco nem lesões."

Lucrezia olha de volta para mim. Ela tem olhos do formato de amêndoas e uma pele que brilha com a juventude e a gravidez.

"Eu não tinha certeza", justifica ela. "Minha barriga doía, mas podia ser o fluxo. Então, quando o sangue não veio e comecei a ficar enjoada pelas manhãs, eu soube. O frade disse que o encantamento que ele me vendeu causaria o aborto, mas nada aconteceu…"

"Que frade? Que encantamento?" Franzo a testa.

A mãe de Lucrezia fala.

"A esposa do meu primo nos passou o nome de um frade que promete expurgar bebês indesejados com palavras sagradas escritas em um pergaminho e amarradas sobre a barriga."

Olho para ela e suspiro, sabendo que mulheres acreditarão em tudo com a promessa de aliviá-las dos seus fardos.

"Não sou casada", diz Lucrezia em um tom prático, "e meu amado é casado com outra. A senhora pode me ajudar?"

Eu e Giovanna trocamos um olhar. Estamos aqui para aliviar essa mulher da criança em seu útero e torcer para que ela não morra no processo.

"Vamos tentar", respondo.

"O bebê foi vivificado?", pergunta Giovanna, referindo-se à animação da alma do embrião, o momento em que ele passa de animal a criança segundo a lei eclesiástica. Quarenta dias para meninos, oitenta para meninas, que devem permanecer suspensas nos fluidos escorregadios do útero até encorpar e se tornar humano.

"Pois, se tiver, e for um menino na sua barriga, o que estamos fazendo hoje é um pecado mortal", anuncia Giovanna enquanto trabalha. O que ela não diz é que se matarmos a mulher como resultado do método que usamos, então todas nós estamos destinadas à forca.

"Abra os estores, já está quente. Lucrezia precisa ficar tão imóvel e confortável quanto possível", digo. Falando baixo e apenas para sua mãe ouvir, acrescento: "Se quisermos que ela sobreviva a outro aborto, precisamos fazer tudo que pudermos para impedir febre e dor. Seria melhor mandar suas filhas para outro cômodo. Elas não vão querer testemunhar o que vai acontecer".

A mulher concorda com a cabeça, o rosto empalidecido. Ela instrui as meninas a ir embora, os olhos delas ainda arregalados e lembrando os de uma coruja. Há uma pausa breve, um instante em que isto pode ser interrompido, revertido. Quando ninguém fala nada, começamos.

Giovanna trabalha rápido. Com a mãe de Lucrezia, seguro a moça até ela não estar mais grávida. Os gritos dela são abafados pela mão da mãe sobre sua boca, a confusão coagulada e sangrenta daquilo que não nasceu é deixada em um balde. Lágrimas escorrem pelo rosto de Lucrezia.

"Calma, menina, tudo ficará bem. Vamos lhe encontrar um bom marido, você dará muitos filhos a ele, e muitos netos a mim."

Rezo para as palavras da mãe serem verdade. Rezo para ela sobreviver à noite.

Quando vamos embora, o sol de verão já se escondeu. A casa está imóvel, com Lucrezia dormindo sob o efeito da papoula-dormideira que lhe dei para aliviar a dor. Seu uso é proibido pelo Santo Ofício como uma ferramenta do diabo, mas o Chifrudo e eu andamos em círculos, nos reconhecemos, e, assim sendo, desobedeço a essa regra, como a tantas outras.

"Ela vai sobreviver?", sussurra uma das irmãs de Lucrezia quando estamos descendo até a entrada. Eu me viro para ela, vejo a preocupação e o choque em seu rosto, e toco seu ombro.

"Reze por ela. Reze por todas nós. Use isto para ajudar a afastar infecções — é uma mistura de figos secos, arruda e mel. Lucrezia deve tomar uma dose toda manhã", digo, entregando um frasco pequeno a ela.

Pouco antes de abrirmos a porta, a mãe de Lucrezia manda as filhas embora e se vira para nós.

"A senhora é conhecida como *la Signora della Morte*. Não negue."

A mão dela está no meu ombro. Olho para Giovanna. O rosto dela, como o meu, está nas sombras.

"Preciso do seu remédio, o que mata em vez de curar. Não posso deixar o amante de Lucrezia a procurar de novo. Ele não a deixa em paz, apesar de já ter esposa. Por favor, senhora, precisa nos livrar dele. Ele não tem filhos. Apenas sua mulher sofrerá, e os boatos dizem que ela já tem outro amante, um curtidor de Florença..."

A voz da mulher está tão baixa que mal é audível.

"O que fizemos hoje já é um pecado mortal. Quantos outros pecados a senhora deseja na sua consciência?", indago, ofegante. O ar entre nós se torna pesado. Lá fora, a rua está agitada agora que as pessoas voltam para casa ou seguem com seus afazeres. Tenho um lampejo do broche, da carruagem sacolejante.

"Giulia, aborto é uma coisa, mas não sabemos nada sobre esse homem. Venha, já fizemos o bastante aqui hoje", diz Giovanna. Ela me encara, sem hesitar.

Olho para um lado e vejo a mãe, que agora chora. Olho para o outro e vejo minha amiga com a testa franzida.

"Ele bate nela? Ele diz coisas ruins para ela?", pergunto, desviando meu olhar de Giovanna e voltando para a mulher.

Ela agarra minha mão livre; a outra segura o cesto. Lá dentro, há dois pequenos frascos com um líquido sem cor. Neles, há a imagem de São Nicolau de Mira. Se alguém revirasse meus pertences, abrisse os pedaços de pano restantes, os encontraria. Águas de santo, ou pelo menos é o que parecem. Um óleo medicinal que dizem ser expelido do cadáver dele, que cura desde edemas à melancolia. Sempre carrego dois. Não sei por que, tirando que era um hábito de minha mãe.

A mão dela me aperta.

"Não, mas o que ele faz é pior. Minha filha está entre a vida e a morte. Se ela sobreviver, talvez nunca gere um filho saudável para um homem que possa torná-la respeitável. Isso é mesmo melhor do que uma surra?"

Giovanna chia. É um som discreto, uma mera passagem de ar por seus lábios.

"Giulia..." A palavra dela é um aviso. Puxo minha mão e a levo ao braço de Giovanna, apertando-a de leve.

"Está tudo bem."

O frasco de vidro é gelado ao toque. Entrego um deles.

"Seu pedido é incomum", respondo, "dado que não é de uma esposa que deseja ser viúva nem de uma meretriz que deseja se libertar. Se Lucrezia viver, então entendo que a senhora pode precisar disto."

Giovanna balança a cabeça. Ela está irritada comigo, mas continuo. Dou as instruções como faço para todas as mulheres que ajudamos: "Uma gota por vez. Uma pequena gota, depois outra uma semana depois. Dentro de um mês, seus problemas chegarão ao fim". Se eu prestar bastante atenção, consigo ouvir a voz de minha mãe dizendo essas palavras.

Com o coração acelerado agora, pego a bolsinha que a mulher me oferece para pagar pelo aborto. Ela enfia a mão na saia para pegar mais moedas, mas a interrompo.

"Cobro pelos meus tônicos, e por nossos serviços como curandeiras, mas não há cobrança pelo serviço extra hoje. Rezo a Deus para que a senhora precise dele, porque então sua filha estará viva e bem."

"Obrigada. A senhora é um anjo enviado a nós por Deus", diz a mulher, abrindo a porta.

Um anjo da morte, penso enquanto saímos, cobertas pelos mantos, primeiro verificando a rua.

Lá fora, Giovanna perde a compostura.

"Como você pôde fazer uma coisa dessas? A única coisa que sabemos sobre essa mulher é que ela foi à loja pedir por nossos serviços! Também não conhecemos esse homem."

"Fiquei com pena dela. Eu me senti mal por ela. Giovanna, a filha dela pode morrer hoje à noite. Eu não suportaria se Girolama acabasse da mesma maneira, tendo que tomar as mesmas decisões... perdoe-me, *mi amore*, por ignorar seu sábio conselho. Não vai se repetir."

O rosto de Giovanna se desfranze. Agora, ela abre um sorriso. Ela sabe tão bem quanto eu que essa talvez seja uma promessa vazia. Fito o rosto de minha amiga. Nas sombras, há quase uma ilusão de ótica. Por um brevíssimo instante, vejo a expressão de Francesco, sua atenção inabalável, indesejada, a atenção que atraí a mim e à minha mãe. Preciso engolir o gosto de bile, lembrando-me de que eu também não tive escolha. Sinto o ódio contra ele se inflar dentro de mim, e sei que sinto o mesmo sobre o homem responsável pelo estado de Lucrezia.

Estranhamente, Giovanna concorda com a cabeça como se entendesse. Com esse gesto, voltamos a entrar no mesmo ritmo. Então vem um novo lampejo. Desta vez, é um arroubo de preto, azul-escuríssimo e branco; duas pegas arqueiam as asas, guinchando ao voarem rumo ao céu. Paramos e observamos enquanto se afastam, lançando-se na direção dos jardins suntuosos do Vaticano.

Julho de 1656 (na caligrafia de Giulia)
Lucrezia Fabbri, aborto (Giovanna)
7 scudi
Um frasco de aqua (Giulia)
Sem cobrança

17

FABIO CHIGI, PAPA ALEXANDRE VII

Há uma movimentação quando os pássaros passam rápido pela janela dos meus aposentos no Palazzo Apostolico; pegas, suas asas esticadas. Por um instante, interrompo meus trabalhos, os papéis que analiso esquecidos por um momento no prazer, na alegria de seu voo. Aqui no alto, estou perto do céu ou, pelo menos, é o que gosto de pensar enquanto sento à minha mesa na suíte papal, ponderando os despachos do dia e minha resposta como Santíssimo Padre, o representante de Deus na terra.

Uma batida rápida à porta dos meus aposentos particulares me surpreende. Um de meus oficiais, dos quais tenho muitos, faz suas reverências e anuncia a chegada de meu irmão Mario.

"Deixe-o entrar", murmuro. Viro a chave na fechadura de um pequeno armário que foi acrescentado à minha escrivaninha, no qual guardo meus pertences mais íntimos. Guardo-a sob a crânio de mármore ao lado da pilha de pergaminhos e documentos na mesa. Meu grande amigo Gian Bernini entalhou um pequeno contorno, um declive sob seu trabalho magistral; um espaço apenas para esta chave, minha posse mais preciosa.

Aliso de leve o manto papal branco, ajusto o anel papal, toco de leve o solidéu papal, confirmando que tudo está no lugar; levanto-me.

Meu irmão surge na porta. Ele tira seu chapéu emplumado e se prostra, assim como o homem que o segue de perto. Lanço meu olhar para essa pessoa, depois para a cabeça curvada de Mario.

"Irmão", digo, erguendo a mão direita em um gesto de bendição. Eu a estico e ele se ajoelha diante de mim, seus lábios finos tocando o anel dourado. O desconhecido dá um passo à frente.

"Apresento-lhe o inquisidor Stefano Bracchi."

Meu irmão se afasta, e o desconhecido se ajoelha e beija o anel, feito especialmente para mim com o brasão de nossa família Chigi: seis montanhas e uma estrela de oito pontas entalhadas em ouro. A boca dele é carnuda, os olhos são rápidos e inteligentes. Ele caminha como um homem de nascimento nobre. Tem cabelo preto farto, o porte alto e forte de um homem acostumado a longas cavalgadas. Ele usa um manto simples, apesar de eu notar que o broche que o prende é incrustado de pedras preciosas.

"Você é bem-vindo aqui", digo.

Poucas semanas antes, escrevi para Mario ordenando que viesse a Roma para acabar com a pestilência da mesma forma que fizera em Siena. Lá, ele havia isolado os doentes e moribundos, fechado todas as instituições públicas com exceção das religiosas, e livrado nossa cidade natal dos cadáveres purulentos, das cruzes desenhadas em portas e da visão terrível das bolhas da peste. Dentro da minha carta havia uma mensagem adicional, uma mensagem secreta. *Traga seus espiões*, escrevi. *Traga seus carrascos e investigadores. A peste não é a única doença em Roma. Heresia e bruxaria se disseminam sem restrições como um cancro. A pestilência é o castigo de Deus contra Roma, e jurei arrancá-lo pela raiz, sem piedade. Traga o remédio capaz de curar esta grande cidade, e todos seremos obrigados a engoli-lo.*

"Vossa Santidade, obrigado por me convidar à sua presença." A voz dele é baixa, sutil, sua cabeça escura inclinada em súplica.

"E como foi a viagem? Árdua, imagino? Darei ordens para que levem uma refeição aos seus aposentos", digo, gesticulando para que se levantem.

"Não foi nada em comparação com o trabalho que teremos que fazer em Roma", afirma Mario. "Medidas imediatas devem ser tomadas. Meus homens entraram na cidade dias antes da minha chegada. Posicionei guardas em cada portão, e, agora, todos estão fechados para evitar que o contágio se espalhe. Identifiquei dois locais possíveis para *lazarettos*. Essas medidas serão implementadas imediatamente, ao seu comando, irmão."

Se sou tomado por uma leve alegria ao ouvir meu irmão mais velho, que era elogiado por nosso pai devido a suas habilidades na sela e com a espada, pedindo minha permissão, deferindo-se a mim como a autoridade, não demonstro.

"Sob minha supervisão direta, você terá tudo de que precisa para decretar medidas contra *la peste* a partir de agora. Você é o novo Comissário de Saúde de Roma e salvará nossa cidade. Entretanto..." Aqui, faço uma pausa. "Talvez o trabalho de Bracchi seja o mais vital. Pois Deus castiga esta cidade por seu pecado e corrupção, que cresce e aprofunda suas raízes há tempo demais.

"Stefano Bracchi, é seu trabalho caçar a heresia em todas as formas. Esse é um trabalho de Deus, mas também é um trabalho do Estado, assim como do Santo Ofício. Obediência e devoção devem caminhar juntas... o que me diz?"

Noto que ele não está nervoso. Não está impressionado com minha majestade nem com a do palácio e toda sua elegância. Ele parece um homem que nasceu com poder, apesar de eu ter investigado e saber que não passa do filho de um comerciante de couro, mas um comerciante que já foi próspero, talvez até rico.

"Todos os que se voltam contra os códigos da Igreja, todos os que trabalham com o demônio, que lançam feitiços e leem a sorte, todos que desprezam as regras da fé católica serão subjugados, Vossa Santidade. Meus espiões se infiltrarão em todos os lugares, em todas as grandes casas de Roma, lançando minha rede, que encontrará bruxas, feiticeiras e praticantes de magia oculta, assim como criminosos e infratores."

Concordo com a cabeça.

"Esse é um trabalho divino, sem dúvida."

Depois que observo meu novo inquisidor ir embora com aquela autoconfiança indefinível que nunca consegui reivindicar, apesar de ter nascido em uma das famílias mais proeminentes do território, vou até a janela de meu apartamento. As pessoas atravessam o espaço diante da basílica, porém uma se destaca; uma mulher. Ela para e olha para cima, quase como se procurasse por mim. Seu cabelo é da cor dos campos de trigo nas terras do meu nascimento. Os fios se alongam por suas costas, apesar de ela usar um *trinzale* comum que não consegue conter seus cachos. Indomados, eles escapam de sua proteção. Como se sentisse meu olhar, ela puxa o capuz e desaparece dentro dele, mas não antes de eu ter um vislumbre de sua beleza. Se eu fosse um homem inferior, talvez fosse tomado pela luxúria diante da visão de uma mulher como essa, mas me domino. Comparo a dignidade dela à de minha mãe — e os charmes; os estranhos olhos verdes, ou assim parecem apesar de ela estar longe demais para ter certeza; o brilho da pele; o cabelo caindo em cascata até a cintura; tudo começa a se dissipar.

Fecho os olhos. Respiro. Meu momento é este. Meu trabalho começa.

18

GIULIA

Eu me pergunto se estou sendo vigiada. Tenho a sensação estranha que sim. Puxo o capuz sobre meu cabelo, me sentindo exposta, apesar de ser apenas uma entre a centena de pessoas ou mais que atravessam a praça diante da Basilica di San Pietro e o apartamento papal. Olho para cima, e as janelas do palácio me encaram de volta; vazias, sem enxergar nada. Não há movimento lá dentro, mas não consigo me livrar da sensação.

Giovanna foi à missa após sairmos da vivenda de Lucrezia. Decidi caminhar por Roma. O ar parece diferente, como se o vento tivesse mudado de direção, trazendo transformações. É como se uma tempestade se aproximasse; o clima está carregado, intenso, expectante.

Há menos pessoas nas ruas do que costumava haver antes da chegada da pestilência, mas ainda somos muitos os que precisam continuar com a vida; comprando pão, rezando na missa, buscando trabalho. Pouco mudou, exceto pelas cruzes nas portas que aparecem diariamente, e os médicos da peste que vagam pela cidade, seus mantos pretos balançando, suas bengalas compridas apontando a direção para que seguem.

Toda noite, as carroças da peste passam. Seus cocheiros gritam: "Tragam seus mortos". O que os mortos diriam sobre serem jogados em cima de outros cadáveres apodrecidos, virilhas contra rostos, pernas misturadas com braços? Será que os mortos reclamariam? Ou ririam da visão incongruente? Membros escurecidos. Bolhas supuradas. Rostos pálidos acinzentados que encaram o nada. Eles interpretariam isso como sua última performance em uma vida passada nas beiradas do palco, como coadjuvantes de uma peça maior? Esses corpos imóveis são pessoas que antes conhecíamos: o padeiro do outro lado da *piazza*, o cervejeiro e o açougueiro; suas bocas agora silenciadas, seus corpos inchados pela doença. Eles achariam que essa foi uma morte boa? Olhariam para nós e sentiriam pena?

Para nós, os mortos são silenciosos. E talvez seja melhor assim.

Passo pelas ruas mais perigosas e estreitas após atravessar a ponte Sant'Angelo, aquela em que o arcanjo Miguel, entalhado em pedra, se mistura aos corpos dos executados. Não sei o que procuro, mas sei que preciso andar e continuar andando. De vez em quando, acho que escuto passos às minhas costas, mas quando paro, me viro e inspeciono o *vicolo*, não há ninguém, ou pelo menos ninguém que pareça suspeito. Há sempre mães com bandos de crianças imundas, batendo em um ou mais com a mão grande, avermelhada. Há sempre lavadeiras, bêbados, soldados ocasionais ou meninos levando mensagens. Enquanto caminho, sinto a poção cantarolando para mim, e apesar de eu ter preparado uma nova leva poucas noites atrás, decido fazer outra. Essa ânsia pela *aqua* de minha mãe é uma confusão e um conforto, e sempre me acompanha.

Mudo de direção, sabendo agora para onde sigo. Hoje, invocarei o espírito de minha mãe e dançarei com ela enquanto a poção borbulha, enquanto a coruja pia. Usando a peste como disfarce, me tornei ousada, procurando novos clientes e oferecendo minha solução para os males das mulheres de forma mais aberta do que nunca. Pois quem poderia dizer se a morte é uma coisa ou outra nestes tempos difíceis? Quem poderia dizer se uma doença foi enviada por Deus ou pelo demônio? A pestilência deu às minhas envenenadoras a oportunidade de espalhar meu veneno sem o medo de serem descobertas. Mulheres, impacientes para que *la peste* faça seu trabalho e mate os maridos delas, têm pavor de morrer também antes de alcançarem a liberdade. Deus pode não estar com pressa de livrar a cidade de homens adúlteros, resmungões, cruéis, porém elas estão. E sendo assim, elas me procuram, e ajudo de bom grado. Homens morrem todos os dias, e meus serviços passam despercebidos. Trabalhadores caem nos campos e sepulcros lotam enquanto preparo mais *aqua* e derramo minhas próprias lágrimas pelo que perdi.

Um menino para na minha frente, limpando o nariz ranhoso na manga da blusa. É como se ele tivesse lido minha mente e surgido como uma criança das fadas. Eu lhe entrego uma moeda e sussurro a mensagem que desejo que leve. Ele sai correndo, feliz com sua nova fortuna, deixando-me para trás.

Mais tarde, passo sob os arcos e as colunas do pórtico da fachada de San Pietro in Vincoli, um véu cobrindo meu rosto e cabelo. Vou até a estátua de Moisés, entalhada pelo grande artista Michelangelo, sentada como se esperasse minha chegada. Olho para os chifres de mármore em sua testa. Sempre que venho aqui, me pergunto se são chifres do demônio ao invés da luz de Deus, como se essa fosse uma piada feita à custa dos fiéis.

Assim como da última vez e da vez anterior, escuto os passos baixos do padre Don Antonio se aproximarem, sinto o sussurro de sua respiração e o movimento da sua mão enquanto ele se benze e murmura uma prece. Assim como sempre faço, me viro para ele, passando a bolsa de moedas para sua outra mão, escondida na batina. Quando nossos dedos se encontram, sempre fico surpresa com a frieza deles. Ficamos assim por um instante, conectados por um leve toque. Ele guarda a bolsa em suas vestes, retira um pacote pequeno. Eu o aceito, nossa pele roçando uma na outra.

"Deus lhe abençoe, minha filha", murmura.

Ele tem um olhar carinhoso ao me observar. Eu o retribuo, sincera e receptiva. Sinto que nos entendemos, apesar de pouco falarmos.

"Obrigada, padre", digo com devoção.

Padre Don Antonio tem o rosto de um homem bem alimentado, com uma pequena barba esculpida e cabelo cortado na altura das orelhas. Ele se move com as costas empertigadas e tem a aparência de um homem que carrega muito conhecimento. Seu rosto é marcado por um sorriso cansado, como se ele visse tudo, mas não se surpreendesse com nada. Ele concorda com a cabeça, mas não se vira.

"Senhora...", começa ele.

"Sim, padre?", respondo, um pouco ofegante. É uma longa caminhada até esta igreja que vigia os vestígios de nossos antepassados.

Ele sorri de novo.

"Tome cuidado", diz ele.

Eu baixo o olhar, sentindo minhas bochechas enrubescerem. Ele segue andando como se nada houvesse entre nós, como se nosso encontro fosse como o de qualquer paroquiana e seu padre. O pacote contém arsênico branco cristalino.

Faço uma mesura para o altar, para as correntes de São Pedro curvadas em seu relicário, um símbolo de aprisionamento, um símbolo de liberdade eventual. Penso no irmão do padre que fornece o veneno, trabalhando em uma botica em algum lugar em Roma. Se me pergunto por que os dois arriscariam seus pescoços por esse empreendimento ilícito, vedo meus pensamentos como a tampa que cerra meu vaso de barro. Não é da minha conta saber os segredos deles.

Vou embora. Não olho para trás.

Apesar da promessa que fiz à minha mãe enquanto eu fugia de Palermo, jurando continuar seu legado, tive certa relutância em retomar o trabalho dela no começo.

Eu me lancei nos mares inexplorados da minha vida, chegando à costa de Nápoles, carregando um bebê e nenhum centavo além do vestido de seda que eu usava. Passei meses fazendo pouco além de sofrer meu luto e sobreviver.

Preparar a poção significava aceitar de verdade a morte dela, saber que ela nunca mais estaria a meu lado, me observando, me ensinando, me elogiando. Eu era apenas uma criança, implorando por sustento, dormindo diante das portas de conventos enquanto minha barriga começava a crescer — e eu sabia que não conseguiria encarar isso. Ainda não, pelo menos. Uma freira bondosa se apiedou de mim, descobriu sobre minha habilidade com ervas e me acolheu. Elas eram uma irmandade pobre, um pequeno convento de freiras idosas, sem poder alimentar uma boca a mais. Eu não tinha dote para me tornar noviça, então lhes ensinei tudo que eu sabia sobre preparar remédios para febres, para irritações na pele, para problemas de digestão e muito mais. Não demorou muito para que me dessem a chave da boticaria, e comecei a preparar cremes e unguentos para vender. Ainda assim não toquei no arsênico branco cristalino, usado para embranquecer a pele e matar vermes. Não toquei na beladona, que alguns chamam de erva do diabo, florescendo sob a proteção da noite. Não procurei por vendedores de aves de caça e suas peles penetradas por balas de chumbo.

Os ingredientes me chamavam, no entanto eu fingia que não ouvia. Eu não estava pronta.

Então, um dia, uma mulher veio ao convento, perguntando pela jovem que preparava as pomadas tão eficazes. Seu rosto estava coberto por um véu, mas, quando ficamos sozinhas na boticaria, ela o removeu.

Machucados roxos floresciam ao redor de seus dois olhos, um mais amarelo do que o outro. Seu lábio tinha um corte feio, e manchas de sangue fresco cobriam as bochechas. Ela puxou as mangas e revelou os pulsos, pequenos e pálidos sob as marcas de dedos causadas por uma grande mão.

"É obra do meu marido, senhora. Não vim aqui para lhe assustar." Ela fez uma pausa. "A senhora é mais jovem do que eu imaginava. Preciso de seus tônicos. Apenas sua pomada foi capaz de restaurar minha pele sempre que..." Ela engoliu em seco. Recuperou a compostura. Então continuou. "Suas habilidades como herborista são admiráveis, mas não sei seu nome."

"Não tenho nome", falei. Quase me engasguei com as palavras. Eu não tinha nome agora que Mamãe havia partido. "Sou órfã e não tenho amigos ou família."

Os olhos dela eram escuros, e seu porte, elegante, apesar da dor que devia estar sofrendo. A mulher concordou com a cabeça, e vi que ela entendia. Notei que ela não parecia resignada, como muitas fazem ao sofrer com um marido bruto, e isso me chamou atenção, mesmo enquanto eu era esmagada por meus problemas e meu luto. Eu vi uma mulher que não tinha escolha além de aceitar sua situação, mas que havia chegado até ali, até mim, com os ingredientes da *aqua* mortal pulsando nas prateleiras.

Nós nos encaramos como se compartilhássemos um grande segredo, uma confidência que o restante do mundo jamais poderia saber, apesar de não ter como ela imaginar a existência do veneno que me fora ensinado. Senti Mamãe a meu lado naquele momento. Senti seu fantasma respirar em meu ouvido, seu espírito me observando, sua presença espectral próxima — e soube o que precisava ser feito.

Respirei fundo. De repente, eu me sentia calma. Sabia que caminho seguir, um caminho do qual seria impossível voltar.

"*Madonna*, tenho uma forma de ajudá-la, se a senhora tiver coragem."

Olhamos nos olhos uma da outra enquanto o ar ganhava peso ao nosso redor, apesar de também sermos tomadas por uma imobilidade, como um véu flutuando até o chão. Foi então que as preces começaram. As freiras enclausuradas ergueram a voz e lançaram sua canção ao céu. Era como se fosse o desígnio de Deus, como se Ele tivesse abençoado aquele caminho.

"Como alguém tão jovem pode me ajudar?", murmurou a mulher.

Não respondi àquela pergunta, preferindo dizer, "Tenho uma poção que pode curar os modos grosseiros do seu marido. Quatro gotas, cada uma oferecida em intervalos de uma semana. Cada gota deve ser servida com cuidado e em segredo no vinho ou na sopa dele. Ele vai sofrer, mas terá tempo de ficar em paz e resolver quaisquer pendências antes de sua partida, *madonna*. E a senhora, a senhora ficará livre...".

A mulher, cujo nome não descobri — tais coisas não eram importantes —, respirou fundo. O ar do convento era doce naquele dia; incenso e ervas recém-colhidas, misturado com sabonetes perfumados para lavar roupa, tinturas, bálsamos e tônicos; uma mistura agradável de óleos aromáticos e amargos. Ela voltou a cobrir o braço ferido com a manga, ajeitou o véu sobre o rosto, e concordou com a cabeça.

Naquela noite, após as freiras terminarem suas orações noturnas e as andorinhas voltarem para os ninhos, virei a chave na porta da boticaria, garantindo que ninguém me interromperia. Como Mamãe havia me ensinado, prendi um pano sobre a boca e preparei a *aqua* sozinha pela primeira vez. O trabalho me afetou, não pela fumaça pungente da destilaria, mas pelas memórias de Mamãe. Chorei por ela enquanto misturava o veneno devagar, com carinho, até acrescentar beladona suficiente para garantir sua potência. Eu me sentia em casa de novo, mas com uma perda tão profunda que quase me engolia por inteiro. Naquele momento, a sorte foi lançada. Não havia como voltar atrás.

"Obrigada, jovem senhora", disse a mulher ao voltar. Desta vez, seu rosto estava coberto por um grosso véu de renda. Pressionei o pequeno frasco em suas mãos e balancei a cabeça.

"Não é necessário agradecer, *madonna*, apenas tome cuidado. Siga minhas instruções. Administre o remédio aos poucos. Cuide dele como uma esposa amorosa faria", ecoei as palavras de minha mãe, cada uma causando uma onda de luto.

Ela pressionou um único *carlino* em minha mão. Balancei a cabeça — afinal, Mamãe quase nunca cobrava por esse serviço —, porém a mulher me encarou, e consegui enxergar a pena que estampava seu rosto mesmo através do tecido.

"Aceite. A senhora vai precisar", falou ela, olhando para minha barriga.

Talvez aquele dia tenha sido malfadado. Ou talvez tenha sido o dia em que as estrelas mais me iluminaram. Quem poderia dizer? Foi o dia em que iniciei meu próprio comércio de veneno; de justiça, liberdade e morte. Ao longo dos anos, aprendi a esconder a luz da minha vingança, minha sede por justiça, executando-as da forma que apenas uma mulher é capaz: em segredo, longe dos olhares de pais, maridos, confessores e amantes que se tornam nossos donos do momento em que nascemos até nossas mortes. Nunca tive certeza se minha necessidade de vingar a morte de Mamãe e a culpa que carrego são mais fortes do que meu desejo de salvar as mulheres que me procuram. Talvez isso não importe. O fim está escrito da mesma maneira.

Janeiro de 1634 (na caligrafia de Giulia)

Mulher machucada, um frasco de aqua (Giulia)
1 carlino

19

GIULIA

"Ela sobreviveu?", pergunto a Giovanna quando ela chega muitas horas depois, afastando as cortinas pesadas de veludo. Vestida em seus trajes desbotados de viúva, ela parece cansada. Deixando o cesto sobre a mesa de madeira, minha amiga me fita e abre um sorriso. Giovanna foi chamada durante a missa, e me enviou um recado, aqui para a loja, avisando que iria se atrasar e que eu não devia esperar por ela. Mas eu sempre espero, por todas elas, como se de alguma forma minha vigília fosse mantê-las a salvo.

"Foi um parto difícil. O bebê estava na posição errada. Ela sobreviveu ao nascimento, por pouco. O musgo estancou o sangramento, mas é difícil dizer se a febre puerperal não vai levá-la. Ela é jovem demais, fraca demais."

"E a criança?", pergunto, jogando outra lenha na minha pequena lareira, que está acesa para diminuir o frio da noite.

Giovanna suspira, puxa um banco e se senta a meu lado.

"Quando saí, o neném mamava no seio da mãe. Mas ela parecia meio faminta, e temo que o leite não seja suficiente."

Isso não é novidade. Muitas das jovens cujos partos auxiliamos são pele e osso. Bebês recém-nascidos morrem porque não têm do que se alimentar, e ninguém tem dinheiro para uma ama de leite. O preço do trigo aumenta conforme as pessoas arrastam seus mortos para fora de casa, conforme os cadáveres da peste se acumulam nas ruas e o *lazaretto* na ilha de São Bartolomeu se torna cada vez mais lotado.

"Vou mandar um pouco de leite de cabra para ela, e *posset* para fortalecer o sangue", digo.

Girolama solta um som irritado. Arqueio uma sobrancelha e a encaro. Ela está triturando cravos, gengibre e alecrim. Juntos, eles geram um aroma acre, forte. Talvez eu mande esse remédio para ela também. É um momento ruim para parir uma criança, a peste não mostra sinais de se dissipar. Nas ruas, queimam roupas e lençóis, livros e pergaminhos das casas dos falecidos. O ar é sufocante e denso.

"O que você tem a dizer, filha?", pergunto. "Não acha que devemos ajudar essas moças? Elas pouco têm além de um bebê em seus braços." Estou cansada, irritada, e o comportamento de minha filha me incomoda.

"Não tenho nada a dizer, Mamãe, tirando que eu não deixaria um pobretão colocar sua semente em mim em troca de um sorriso e uma refeição quente. Essas garotas são todas iguais. Elas fazem o próprio destino." Girolama afasta o olhar com um sorrisinho nos lábios. Vejo que ela está satisfeita com sua resposta. Ela acha que é uma *saggia*, uma mulher astuta, de fato. Se ela enxerga a ironia na própria declaração, tendo nascido de uma mãe que não teve escolha alguma, cujo destino foi determinado por seu pai, então a ignora. Minha filha sabe o que aconteceu. Não lhe poupei os fatos de seu nascimento. Não lhe ofereci uma fantasia sobre um pai bondoso que morreu quando ela era nova demais para lembrar. Eu só lhe dei a verdade. Ainda assim, ela pouco a utiliza.

Perco a paciência com ela.

"Então você é tão tola quanto. A pobreza não é culpa delas. O desejo dos homens não é culpa daquelas que eles desejam. Essas garotas, como você as chama, não conhecem outra vida. Foi nesse meio que elas nasceram. São elas que precisam alimentar um bebê enquanto *la peste* — ou a taberna — leva seus maridos ou amantes. Elas não são culpadas de nada além de tentar amar e serem amadas." Nesse momento, Girolama, que se autodenomina *La Strologa*, a astróloga, solta uma risada debochada. Sou obrigada a morder a língua apesar de minha filha me exasperar. Brigar não nos levará a lugar algum.

Girolama me lança um olhar, seus olhos escuros brilhando como fazem quando ela não concorda comigo, e perco o ar. Nesses momentos, vejo meu padrasto Francesco diante de mim como se ele houvesse saído do passado, de seu leito de morte, deixando o odor fétido do túmulo em seu encalço. Neles, como agora, não consigo respirar e preciso me afastar, me recompor, voltar para ela em outro instante para retomarmos nossas muitas pequenas batalhas. Minha filha é voluntariosa, determinada, impaciente. Talvez seja mais parecida comigo do que quero reconhecer.

Eu fiz uma poção para Giovanna, e quando fica pronta, gesticulo para que ela permaneça sentada e tome o líquido quente. É uma tisana, infundida com mel e camomila para adoçar seu descanso. Ela joga o cabelo castanho para trás e sorri de novo, apesar de eu enxergar em seu rosto a preocupação pela nova mãe e bebê. Minha amiga nunca passou pela experiência pessoal de um parto. Apesar de ter visto três maridos seguirem para seus túmulos, todos por causas naturais, nenhum jamais colocou um bebê em sua barriga. Ela me contou pouco sobre os homens, além de comentar que o terceiro e último era um amante displicente, que não conseguia ficar longe da saia de outras mulheres.

"Voltarei lá amanhã para ver como as duas estão. Levarei o leite e o remédio, e um pão se houver sobrando." Giovanna boceja. "Mas há outra coisa, Giulia, e seria bom você ouvir isto também, Girolama."

"O que foi, *mi amore*?" As chamas sobem, pequenas faíscas se impulsionando na direção da chaminé suja de fuligem.

Giovanna parece despertar. Seu olhar, ao focar em nós, é alerta.

"Inquisidores montaram uma barraca no Campo de' Fiori, convidando as pessoas a irem confessar seus pecados. Eu os vi quando passei, mesmo tão tarde da noite."

"Convidando...", repito.

Giovanna concorda com a cabeça, toma um gole da bebida quente.

Ela baixa a xícara com cuidado, mas noto um leve tremor. Ela está com medo?

"Havia dois padres, e as pessoas faziam fila para falar com eles. Um dos homens anotava o que era dito, e o outro caminhava pela praça, falando para as pessoas se arrependerem e confessarem, para contarem ao Santo Ofício tudo que sabem sobre seus pecados..."

"... e os dos outros", concluo. Na minha mente, enxergo a carruagem que vi esta manhã, o broche de pedras preciosas, os olhos escuros que perfuraram os meus. Sinto o tinido do som que só eu pude escutar, identificando a Visão e seu aviso.

"Giulia, conversei com a vendedora de ervas, e ela disse que há padres em cada praça da cidade. O que isso significa?", pergunta Giovanna.

Ela está me olhando com curiosidade, imaginando que estou distraída. Girolama também me encara. O momento desaparece com a mesma rapidez com que surgiu, como a luz de uma chama apagada. Minha filha limpa as mãos no avental que cobre seu manto de seda. Sua insolência desapareceu. Ela levanta e vai até Giovanna, segurando sua mão e acariciando seu cabelo. Minha amiga é uma segunda mãe para minha filha, ainda que as duas briguem como gatas às vezes. Mas não agora. Agora, vejo o amor que Girolama tem por ela enquanto Giovanna apoia a cabeça em minha filha, e as duas esperam que eu fale. Atrás delas, as fileiras de potes de barro lacrados e jarros de cerâmica quase são escondidas pela escuridão. Dentro dos potes, há plantas curativas; arruda, canela, tomilho, lavanda. Dentro dos jarros, unguentos, bálsamos, água de rosas. Seus aromas se misturam; fortes e doces, amargos e florais.

Eu me ajeito sobre o banco.

"Talvez não seja nada", digo, apesar de saber que isso não é verdade. Inquisidores sempre estão trabalhando na cidade, mas isso é diferente. Isso é o começo de algo.

O som da carruagem, suas rodas sacolejando ao parar, interrompe nossos devaneios.

Girolama alisa seu belo vestido do azul mais profundo e veste um manto de veludo brilhante da mesma cor, presente de um de seus mecenas da aristocracia. Ela finge fazer uma mesura para mim. Seu cabelo está trançado, agora coberto por um véu preto. Kajal está esfumaçado ao redor de seus olhos. Ela parece mágica de uma forma impressionante. Em uma das mãos, segura um baralho de *tarocchi*, envolvido em seda roxa. Na outra, uma bolsa bordada com estrelas douradas.

"Mamãe, não fique acordada. Não voltarei antes do amanhecer."

Já insisti para que minha filha resplandeça menos, porém ela é tão incapaz disso quanto o sol. Ela irradia sob o brilho do interesse da aristocracia, e não a culpo por desejar o esplendor naqueles cômodos de teto alto iluminados por boas velas de cera de abelha, cheios de luzes e cores, perfumados com o cheiro forte de almíscar e bergamota. Iguais aos palácios da Espanha da minha juventude. Porém, nestes tempos sombrios, devemos tomar cuidado. Devemos ficar atentas ao *malocchio*, para o caso de seu olhar malévolo se voltar contra nós.

Ainda assim, cuidado é uma palavra que minha filha ainda não aprendeu.

Não é a primeira vez que penso que três mulheres de gênio forte na mesma casa é uma receita para a discórdia.

"Vou esperar por você, *mia figlia*, como sempre faço." Quando a encaro, a Visão me foge. Fico me perguntando se é porque não quero ver o que está por vir. Nascida sob uma lua nova. Vivendo uma vida amaldiçoada. Pode haver muito que quero manter longe do meu olhar.

"Tome cuidado", peço, de repente incomodada, insegura.

"A senhora se preocupa demais, Mamãe", responde ela.

O fogo cospe. Girolama é resplandecente, sagaz, ousada. Ela tem ambição por coisas belas, por pessoas belas, por um mundo levemente fora de seu alcance. Quando penso nela hoje, seu rosto corado pela luz de velas, com uma taça de vinho na mão, as cartas espalhadas sobre uma mesa entalhada coberta por vidro, estremeço. Porém o que mais posso esperar? Eu a ensinei a ler o *tarocchi* quando era menina. Então, quando era uma moça, a ensinei a preparar o líquido pelo qual somos conhecidas, apesar de ela parecer indiferente à sua sedução, à sua atração. Talvez eu seja grata por ser assim. Minha filha deseja brilhar, enquanto minha poção deve permanecer escondida — assim como nossas clientes. Talvez essa indiferença a mantenha segura, e ela encontre outras formas de forjar seu futuro, longe da minha *aqua*, longe das mortes que causo, longe do capricho dos homens e seus desejos. Ela não se compadece das mulheres que ajudamos. Ela só quer ascender mais e mais alto. Mas será que acabará caindo? Ela acabará tropeçando? Será esse o destino de todas nós?

20

GIULIA

Tenho outro baralho.

Eu trouxe comigo de Palermo, quando era uma garota de 14 verões, com a filha de meu padrasto na barriga, e as cartas permaneceram comigo desde então. Espero Giovanna ir embora, então tiro o *tarocchi*, as bordas douradas já gastas, as cores agora desbotadas.

Elas parecem chamar por mim essa noite. Encaro isso como um sinal de que devo lê-las, então viro a primeira. O cômodo começa a girar diante dos meus olhos, e sou tomada por um pavor tão intenso que poderia desmaiar.

A Torre.

Raios ramificados atingem a construção que se despedaça, caindo no chão, sendo destruída. É um aviso de tumulto, desastre, ruína. A mesma carta que tirei na noite em que fugi de Mamãe na destilaria e acabei nas garras de Francesco. Com o coração disparado, tento de novo e viro a próxima. Desta vez, vejo a mesma carta que tirei tantos anos antes, que tirei muitas vezes desde então: *Il Papa*. O símbolo de autoridade, domínio, obediência. A carta final: *Il Diavolo*, o diabo. Mensagens contraditórias, confusas, que oferecem mais perguntas do que faço.

Minhas mãos tremem. As cartas não estavam chamando, elas estavam me provocando. Enjoo e choque entram em colisão, e me sinto desorientada. Com as mãos trêmulas, reúno as cartas e as guardo, desejando não as ter revisitado. Agora, sinto a força do futuro me puxando, desmoronando como a torre, incerta da minha sorte nas mãos do destino.

21

ALEXANDRE

Os passos de Bracchi ecoam pelo mármore polido.

Permaneço sentado, observando sua chegada do esplendor do trono papal. Sou ladeado por cardinais e emissários. Alguns seguram documentos, contratos que precisam da minha assinatura. Outros seguram artigos e teses que sussurram sobre a passagem da Terra ao redor do Sol e outras heresias.

"Vossa Santidade, Stefano Bracchi chegou para a audiência", anuncia o cardeal Camillo Maretti, fazendo uma mesura. O feitio sereno de Camillo, a dignidade de sua idade avançada e seu conhecimento sobre leis canônicas e civis o distinguem como um homem de honra entre as facções e rivais que competem a meu redor. Entre todos os homens a meu lado desde meu pontificado — e há muitos —, ele é o mais leal, confiável, calmo. Eu confiaria minha vida a ele.

Estico uma das mãos.

Bracchi ajoelha perante mim e a segura, beijando o anel em obediência.

"Vossa Santidade", diz ele.

"Obrigado por sua presença, inquisidor Bracchi. Como vai seu trabalho capturando os ratos pelas latrinas de Roma?"

O homem ergue o olhar para mim, e juro que vejo algo: uma inteligência ágil em seus olhos. Fico me perguntando se preciso investigá-lo, apesar de as verificações necessárias terem sido feitas meses atrás. Ele tem um histórico impecável.

Bracchi levanta, faz uma mesura e dá um passo para trás.

"Vossa Santidade, tenho muito prazer em reportar que mais de cem espiões agora trabalham na cidade. Eles se embrenharam em todas as regiões, todos os bairros e distritos. O Santo Ofício da Inquisição também tem uma rede de informantes trabalhando em Santa Maria sopra Minerva, e muitos já se apresentaram para confessar seus crimes."

"Que bom, Bracchi, muito bom."

"As prisões estão cheias, Vossa Santidade."

Olho para trás dele agora, para os embaixadores franceses, e para os espanhóis também. Eles se empertigam e exibem carrancas, resmungam e se remexem, e estou prestes a ordenar que o cardeal Mazarini, o lacaio de Luís XIV, se aproxime, quando Bracchi se dirige a mim mais uma vez.

"Vossa Santidade. Perdoe-me, mas preciso falar de uma questão que pode ser... preocupante... apesar de eu ainda não ter provas."

Ele não faz uma pausa nem espera pela minha permissão para continuar, como todos os outros. A opinião elevada que tem de si mesmo é bastante curiosa para um filho de mercador.

"Nossas investigações estão em estágio inicial", começa Bracchi. Antes de eu conseguir responder, ele continua: "Há boatos".

"Sempre há boatos", respondo.

"Homens estão morrendo em grandes números...", anuncia ele.

"Há uma peste em Roma. O que mais você esperaria?", rebato, prestes a dispensá-lo.

Penso na caveira que ocupa minha mesa entre as pilhas de cartas, penas e missivas, seu mármore branco brilhante parecendo osso. Penso no meu caixão entalhado, o sarcófago alojado sob minha cama, esperando a ascensão final de meu espírito.

"Vossa Santidade, sim, isso é verdade, porém *homens* estão morrendo. Muito mais do que mulheres, e muitos não mostram os sinais normais de *la peste*. Oficiais e cirurgiões-barbeiros por toda Roma relatam que homens saudáveis de repente sucumbem a uma doença para a qual não parece haver causa. Dizem que homens padecem dessa forma há anos..."

Há uma pausa. Os emissários pararam de se empertigar e exibir carrancas, de murmurar e se remexer, e encaram Bracchi como se o vissem pela primeira vez.

"Homens morrem o tempo todo. Muitas doenças são misteriosas para nós, conhecidas apenas por Deus", digo, gesticulando para ele seguir até o canto da sala. Levanto do trono e me aproximo, dispensando com um gesto os oficiais e clérigos que me seguem aonde quer que eu vá. Baixando a voz e levando um braço ao ombro de Bracchi, eu o incentivo a continuar.

"Seu antecessor, o papa Inocêncio, sabia sobre essas mortes, sobre como elas eram incomuns, porém nada foi feito. Escrevi para todos os cirurgiões, para todos que executam exames para determinar causas de óbito, e para todos os padres em Roma, ordenando que me relatem qualquer irregularidade. Dessa forma, temos olhos e ouvidos nas mesas mortuárias, assim como nos confessionários..."

Agora, Bracchi para e olha diretamente para mim. Ele agiu sem minha permissão expressa. Ele decidiu por conta própria que ordenaria meus padres a revelar confissões. Sei que ele me desafia a contestá-lo. A confissão é um sacramento, instituído por Jesus Cristo. Transmitir essas informações é quebrar o pacto sagrado entre pecador, padre e Deus.

Porém quebrá-lo é uma necessidade.

Não digo isso. Permaneço olhando para Bracchi. Por fim, ele tosse, baixa os olhos e espera minha resposta.

"Você está sugerindo que essas mortes podem ter sido causadas por forças diabólicas em ação? Pode ser feitiçaria?"

Por um instante, Bracchi olha ao redor da sala do trono. Ele observa tudo, como se tivesse acabado de notar o veludo vermelho pendurado atrás do meu trono dourado, os vasos antigos de valor inestimável, o mármore de veias grossas e o esplendor barroco das mesas e banquetas ornamentais. Ele observa, como que pela primeira vez, o forro vermelho macio do meu trono dourado, o trono papal; seu poder, sua majestade.

"Vossa Santidade, não sei, mas suspeito que um crime esteja ocorrendo. Iniciei uma investigação, se for da sua vontade continuá-la."

Quando ele termina, os sinos começam a soar, um repicando enquanto o outro retine; uma cacofonia anunciando a hora canônica da Terça. Preciso aumentar a voz para responder.

"É claro, você deve persistir. Mantenha-me informado sobre o progresso."

Estou prestes a me virar para preocupações mais urgentes, a pilha de papéis e documentos que exigem minha assinatura e aprovação, apesar de agora precisarem esperar até depois das orações. Porém ele volta a falar.

"Os relatos que recebi até agora dizem todos a mesma coisa. Os cadáveres estão em perfeito estado. Não há inchaço, não há membranas escurecidas, não há órgãos apodrecidos. Sob todos os aspectos, eles são a imagem da vitalidade e saúde, exceto por estarem mortos. Pode não significar nada..."

Por um brevíssimo momento, ambos ficamos em silêncio.

"Em perfeito estado", repito. É claro, isso é incomum, porém muitas causas de doenças estão fora de nossa compreensão, são inerentemente heréticas por poderem questionar a criação de Deus, o destino divino de Deus para todos nós.

Por fim, minha resposta vem na forma de uma dispensa.

"Confio que você descobrirá qualquer transgressão, Bracchi. Está dispensado."

Eu me viro, mas não para meu trabalho. Em vez disso, sou tomado pelo desejo de sentar com o crânio que Gian criou para mim, para observar sua precisão; o afago de sua superfície de mármore, a descrição forense de sua humanidade. Desejo acariciá-lo, beijar seus contornos, me deleitar com sua beleza fria.

E então, surgindo do nada, vejo o cabelo da mulher diante do Palazzo Apostolico. Vejo seus olhos se desviando, o capuz com que ela logo se cobre. Ela vem até mim como um fantasma faria, silenciosamente, e então foge para fora de alcance.

"Vossa Santidade está bem?", pergunta um de meus oficiais. Camillo segura meu braço como se eu estivesse prestes a desmaiar. Olho ao redor e vejo os homens importantes que me cercam, e meus sentidos voltam.

"Estou bem", respondo, permitindo-me abrir um sorriso discreto, um gesto para tranquilizar.

Deixo que me guiem até San Pietro, até os fiéis que me aguardam, meu coração batendo forte sob o manto pesado de seda.

22

GIULIA

Atravessando Campo de' Fiori, carrego meu cesto próximo ao corpo, minha mão em seu interior apertando o remédio que estou a caminho de entregar.

Ando rápido pelas ruas estreitas de Roma, desviando de galinhas soltas e roupas molhadas penduradas em cordas no alto. Sinos de um convento próximo anunciam a Sexta, o clamor reverberando pelos telhados. O cheiro de corpos sujos, incenso e excremento — humano e animal — já é avassalador.

Cruzes vermelhas estão pintadas de forma grosseira sobre as portas ao redor enquanto um padre lê o nome dos mortos. Faço um caminho tortuoso por vielas apertadas, onde mulheres chamam de becos escuros. A visão delas, com seus cabelos encaracolados e lábios avermelhados, me acalma, lembrando-me de dias passados.

Com a cabeça baixa, escondida pelo manto, sigo em frente, reconhecendo cada pedra e estátua, cada habitação e taverna na rota para meu destino: uma rua estreita nas margens do Tibre, onde vivem os curtidores. Antes eu olharia para trás, verificando se ninguém me segue, mas agora corro para frente, o medo de pegar as sementes de peste passando por cima de qualquer cuidado sobre a natureza do meu negócio. Tomo a precaução de manter uma echarpe cobrindo meu nariz e minha boca.

Faço uma pausa na Piazza di Ponte, onde os arcos ornamentados da ponte Sant'Angelo atravessam o rio que é nosso coração aquoso. Todo inverno, ele inunda as ruas e as construções a seu redor. Todo verão, ele recua, túrgido e brilhante. É este o lugar que peregrinos atravessam, passando pelas masmorras papais enterradas dentro das entranhas do castelo Sant'Angelo conforme avançavam.

Algo chama minha atenção.

Um movimento a meu lado.

Paro. Faço uma pausa. Espero o movimento se revelar.

Um menino pequeno vem pulando das sombras, sorri para mim, seus dentes brancos contra a sujeira do rosto. Jogo uma moeda. Ele se abaixa, rápido como uma das cobras pretas vendidas na praça. Vejo o brilho metálico da moeda sob a luz do sol antes de ela desaparecer nos recônditos de suas vestes imundas. Ele limpa o nariz, espalhando o ranho, deixando um rastro como o de uma lesma por sua manga. Noto que a manga está rasgada e costurada. Seu braço, onde coçou, está vermelho e machucado.

"Posso lhe dar algo para acalmar sua pele", digo, lembrando que trouxe o bálsamo de confrei no meu cesto. "Ou você pode esmagar folhas de manjericão com um pouco de água limpa e fazer uma pasta..." Antes de eu terminar, o menino me lança um olhar que não consigo decifrar e sai correndo.

Olho ao redor. Já é meio-dia e os peixeiros estão juntando as coisas, os restos da pesca começam a feder. Da mesma forma, os açougueiros preguiçosamente abanam moscas dos pacotes com manchas marrons que agora só chamam a atenção do gado; os porcos e cabras presos na grade da ponte. Duas carruagens tentam passar uma pela outra, os cocheiros gritando direções enquanto outro moleque berra um insulto. Na confusão, escolho meu momento para atravessar o espaço aberto, passando pelas pessoas, animais, barracas de madeira, as torres de produtos engarrafados e legumes descartados que apodrecem no chão.

Do outro lado da *piazza*, no ponto em que a rua que busco começa, vejo a prisão Tor di Nona. E enquanto caminho rumo à torre da praça, vejo três silhuetas caídas. Três homens condenados estão pendurados nas ameias como faisões em dia de feira. Sob cada cadáver apodrecido há uma placa rabiscada com seu nome e crime: *Cesare, o curtidor: herege. Horatio, o mercador de vinho: práticas ocultas. Nicolo, o marinheiro: herege.*

Mais uma vez, paro, apesar de me sentir exposta longe das sombras. Bile sobe por minha garganta e quero dar meia-volta. Daqui, consigo ver a porta escura do lugar onde minha presença é aguardada — o açougue —, mas meus pés não se movem. Não consigo passar pelos corpos pendurados ou pelas muralhas da prisão notória. Dizem que, à noite, é possível escutar os gritos dos prisioneiros. Se você ouvir com bastante atenção, enquanto a cidade dorme, escutará os fantasmas dos homens arrastando correntes enquanto eles tremem e gemem.

Um barulho repentino. Dou um pulo, quase derrubo meu cesto.

Eu me viro para a fonte do barulho.

Um estore foi escancarado. Uma janela na casa que devo visitar. Lá dentro, vejo o rosto de uma mulher e sei que ela também me vê. Escuto o som de facas riscando nas salas de trabalho no térreo, o som da labuta, de homens trabalhando. Meus pés se movem, e apesar de eu me sentir prestes a desmaiar, descubro que ainda consigo andar.

A frente do açougue está vazia, exceto pelos restos dos negócios do dia; uma mesa ensanguentada de madeira, as carcaças não vendidas já carregadas de moscas pretas apesar de estarmos no inverno, e o calor feroz do verão ter sido abrandado. Embora o cheiro da carne seja forte — bestial, doce e enjoativo —, espero. Sei que preciso me mover de novo, mas meu corpo me desafia, e sinto um sussurro em meu pescoço e a nota aguda que serve como um aviso. Ela é acompanhada pelo cheiro repentino de água suja, parada, como se o Tibre estivesse correndo a meus pés. O fedor se torna tão forte, tão fétido, e o som tão alto, que tenho medo de desmaiar.

O medo cresce dentro de mim. Sinto perigo. Não entendo como ou por que, tirando que minha situação é semelhante à de uma lebre que fareja o ar, notando a presença de uma raposa agachada em meio a arbustos. Estou prestes a me virar, enjoada com o fedor, mas há outro barulho: os passos de uma criança atrás de mim.

A mesma mulher de rosto pálido e expressão temerosa desce a escada do andar superior e para diante de mim, gesticulando e me chamando. Ainda assim, não consigo me mover. Cada músculo, tendão, osso e órgão se rebelam. Todos ficam imóveis.

"Venha, entre", diz ela.

Olho para trás, porém o dono dos passos desapareceu.

23

GIULIA

Na meia-luz do açougue apertado, a mulher aponta para a escada.

Sem emitir uma palavra, eu a sigo. Ao fazer isso, me sinto estranha, tonta. É como se as águas do Tibre estivessem correndo contra meus pés, puxando minha saia conforme começa a me afogar. Continuo subindo, apesar de ser um esforço. Ao chegarmos ao topo, olho para meu vestido e fico surpresa ao encontrá-lo seco, a barra salpicada com a poeira habitual das ruas.

Essa mulher, cujo nome desconheço, mas que parece ser a dona da casa, me leva a um cômodo pequeno e limpo. Há uma cama de solteiro e uma cadeira sobre a qual descansa uma Bíblia. Um rosário simples está pendurado na cabeceira. Os estores estão fechados, fazendo com a que a luz entre inclinada pelas frestas.

Por um instante, nenhuma de nós fala. Sinto a necessidade repentina de ir embora. Talvez ela perceba, porque agarra meu braço no momento em que sinto meu corpo começar a se virar. Seu toque é surpreendentemente forte para uma mulher tão magra. Ela me segura, mas puxo meu braço para longe.

"Perdoe-me", diz ela. "Não quis machucá-la."

Minha garganta está seca. Quando minha voz sai, parece engasgada.

"Os homens pendurados lá fora... quando começaram a fazer isso, exibir os mortos como carne no açougue?", digo antes de me lembrar onde estou.

A mulher olha para o lado como se eles estivessem pendurados em sua própria parede. Ela dá de ombros.

"Já faz um tempo, senhora. Os *inquisitori*..."

"Os *inquisitori*...", repito.

O ar, já abafado, parece ser sugado para fora do cômodo.

"O que lhe aflige, senhora? Por que me pediu para vir aqui?", pergunto, dando um passo para trás, para longe de onde os fantasmas dos homens pendurados suspiram. Essa mulher me puxou para um canto no mercado e me pediu ajuda. Giovanna a conhecia, já que mora na mesma vizinhança, então concordei em vir.

A mulher me encara. Ela tem um rosto anguloso, não feio, com olhos escuros e cabelos que se encaracolam por suas costas. Eu me dou conta de que ela é mais jovem do que parece. Ainda não sei seu nome.

Em resposta, ela levanta a saia. Suas pernas finas, suas coxas pálidas, estão manchadas de contusões roxas e amareladas.

"Meu marido é um demônio. Era ele quem deveria estar pendurado naquela muralha, senhora. Vê como ele me trata?"

"Sinto muito por sua situação", digo, comovida por seu dilema, mas ainda sentindo a necessidade de sair deste lugar. Olho ao redor. Ao que parece, não há nada que me desperte desconfiança, mas a Visão diz o contrário. Por que ela voltou após tantos anos? Por que agora?

Não há resposta. A visão de suas feridas, da pele arroxeada, me faz lembrar das juntas grumosas descartadas no térreo; nas gotas brancas de gordura, no vermelho escuro de um membro enquanto moscas voam e se fartam. Sei que estou sendo avisada, mas descubro, quase que para minha surpresa, que ainda sou filha de minha mãe. Sei que vou ajudá-la, apesar dessas visões trêmulas.

"Ele vai me matar, senhora. Um dia, ele vai fazer isso, tenho certeza. Perguntei às minhas conhecidas sobre alguém que tivesse conhecimento de ervas e plantas, alguém que pudesse me ajudar. As mulheres na missa sussurraram seu nome. Se a senhora não puder me ajudar, então é melhor eu começar a cavar minha cova."

De algum lugar do açougue, vem o som de algo caindo. Uma voz masculina grita. Um cachorro late. Suor formiga minha pele. Concordando com a cabeça, abro a boca. Que palavras posso dizer?

Minhas palavras não corrigirão o mal que foi feito, apenas minha poção tem o poder de fazer isso.

"A Igreja e sua família não lhe concederão um divórcio", digo, "então a senhora não tem opção além de aceitar esses castigos como seu destino ou escolher um caminho que colocará sua alma em perigo. Isso pode levá-la à forca..."

Não tenho a intenção de soar ríspida; pelo menos, acho que não.

"Pense com cuidado, *madonna*", falo. "Nós duas fomos avisadas. Os homens estão pendurados ali, para todos verem. Eles não podem falar. Mas, se pudessem, nos diriam para repensarmos."

A mulher baixa os olhos e parece refletir. Ela ergue as mãos, protegendo o rosto, e é então que percebo que está rezando.

"*Madonna*", digo baixinho agora, "cada momento que fico é um momento que podemos ser pegas. Posso ir embora agora, e nunca mais falaremos sobre isso, mas saiba o seguinte: não posso responder a Deus em seu lugar."

Ela ergue o olhar para mim. Seu rosto está manchado de lágrimas, porém a boca está firme. Penso em suas pernas machucadas, em sua escolha impossível, e tenho pena.

"Vou fazer isso. Não tem outro jeito. Se eu não fizer, então será sobre o meu túmulo que minha família vai chorar. É melhor que seja o dele..."

Já estou enfiando a mão no cesto.

"O remédio fará seu trabalho, mas não tenha pressa, eu lhe imploro, por mais desesperada que esteja para se livrar dele. Uma gota hoje à noite, outra em uma semana. Quatro gotas são o suficiente para acabar com seu problema. Não diga nada a ninguém, nem à sua mãe, nem às suas irmãs. Isto fica entre nós..."

"... e Deus", conclui ela, encontrando meu olhar. Seus olhos são determinados, ousados, sem qualquer sinal de arrependimento.

"E Deus", repito, a palavra entalando em minha garganta. "Que Ele nos perdoe."

Entrego o frasco para ela, fechado com cera, ainda frio do lugar onde os guardo no fundo da minha loja. O rosto de São Nicolau me encara de volta, seu braço erguido em oração e súplica, seu olhar direto.

"Caso o seu marido pergunte, essa é uma garrafa de água benta para santificar sua união."

Eu me viro para ir embora. Já passei tempo demais aqui, porém ela segura meu braço de novo. Antes que eu consiga afastá-la, percebo o que ela está fazendo. Em sua outra mão está uma bolsinha pesada com moedas, que afasto. Meus instintos me dizem para ir embora.

"Não me procure de novo", arfo.

Saindo para a rua, fico surpresa ao ver o sol de dezembro formando poças frescas de sombra perto das paredes das lojas e casas que levam de volta à Piazza di Ponte.

Aqui, paro por um momento. A água bate contra as margens do Tibre enquanto barqueiros e passageiros negociam, barcos balançam e gaivotas guincham. A feira quase desapareceu agora, guardada para o dia seguinte, deixando apenas os legumes e restos de animais fétidos para serem bicados por pássaros e recolhidos por crianças travessas.

Sigo um caminho diferente para voltar, contornando as ruas e vielas, seguindo por becos estreitos, porém, no meio do trajeto, escuto a voz de um homem.

"Senhora, pare."

Caminho mais rápido.

"Senhora, pare. Sou um oficial de Roma e ordeno que pare!"

Passos ecoam às minhas costas. Mais perto. Mais perto. Escuto sua respiração ofegante. Paro. Espero.

O homem usa um gibão feito de lã florentina grossa. O próprio Francesco teria se impressionado com aquele homem, analisando o preço de seu gibão, de suas meias, do chapéu de veludo e a pena branca espalhafatosa que se curva sobre ele, quase tocando a pele escura de sua bochecha. Ela se move quando ele fala.

"Senhora, meu nome é capitão Tommassoni. Tenho ordens para questioná-la sobre suas atividades hoje..."

"Minhas atividades", digo, imóvel feito um rato enquanto a sombra de um falcão se move nos céus.

"Bem, de todos os cidadãos e suas movimentações. Diga-me, aonde a senhora ia com tanta pressa?" Ele se aproxima, e sinto seu hálito quente em meu pescoço quando viro o rosto para o outro lado. Ele está perto demais. Parece gostar da proximidade. Ele sorri, acaricia o bigode, seus olhos subindo e descendo pelo meu corpo.

"Estou a caminho da missa em San Lorenzo in Lucina. Eu não queria me atrasar", respondo, afastando o olhar.

"A caminho da missa. Uma mulher devota, de fato... agora, diga-me, o que há dentro de seu cesto?"

Há uma pausa que dura o tempo da batida do meu coração. Engulo em seco.

"Fique à vontade para olhar — apenas alguns remédios simples para ajudar uma amiga com febre", falo.

Ofereço o cesto; meu coração dispara, meu peito se movendo para a frente e para trás. Ele o aceita, revira o interior. Pega um pacote de erva-santa em pó.

"Abra. Prove", diz ele, seus olhos me desafiando.

Abro o pacote pequeno e lambo a ponta do dedo, tomando cuidado para não erguer o olhar, para não ver esse homem me observando. Pressiono o dedo no pó e o levo aos lábios.

"Ótimo... ótimo...", é tudo que ele diz.

É então que alguém grita: "*Ladro! Aiutami qualcuno!*". Ladrão! Alguém me ajude!

Com relutância, o capitão olha para trás. Escuto mais passos, que se tornam mais rápidos, e mais gritos.

"Obrigado, senhora. Preciso cuidar disso", diz ele, se afastando enquanto o ladrão escapa pelas ruelas estreitas.

Por um instante, não consigo me mover. Olho para cima e, no canto da rua, há uma estátua entalhada no muro de pedra decadente. A Madonna e seu filho me encaram do alto; há pena em seu olhar. *Obrigada*, sussurro para ela, incerta, estranhamente reverente. Não tenho o costume de idolatrar essa mulher virgem que deu à luz um bebê. Ainda assim, talvez como mulher, ela, mais do que os outros, entenderia como é ser alvo da vigilância masculina, como é ter que ouvir quem ela mesma é e por que existe. Por um breve instante, somos cúmplices, e a agradeço por isso. Também agradeço aos deuses pela minha decisão no começo da manhã de não incluir dois frascos de *aqua*, como é meu hábito, como era o hábito de Mamãe. Fico com a sensação de que uma tempestade passou, deixando tudo bagunçado em seu rastro. Dessa vez, não confio nessa sensação. Dessa vez, estou alerta.

24

GIULIA

De volta à loja, temos uma visita.

Maria Spinola é a mais nova participante do meu círculo, uma que flutua para dentro e para fora da minha loja, dos bordéis onde trabalha, das tavernas e igrejas pelas quais parece passar dançando. Ela é conhecida por sair com o povo das fadas, seres sobrenaturais que ela afirma conhecer com intimidade. Ao olhar para ela, isso é perceptível de imediato. Ela usa o longo cabelo castanho escandalosamente solto. Entrelaçadas a suas madeixas espessas estão conchas, penas de pássaro e fitas coloridas. Seu rosto é estampado por uma expressão distante, como se ela não enxergasse nada além de seres mágicos. Sei que isso é falso. Ela é uma ladra prolífica. Maria é capaz de notar um relógio de bolso ou uma bolsa nos espaços mais escuros dos teatros, onde ela flerta com lordes, bispos e cavalheiros, aliviando-os de seus bens valiosos antes mesmo de conseguirem piscar.

Agora, ela está parada diante de meu forno, mexendo o caldeirão grande do qual emana um cheiro deveras pernicioso. Girolama passa por mim batendo os pés quando entro, empurrando as cortinas e me obrigando a inalar o odor denso.

"Não consigo ficar enquanto ela prepara essa poção nojenta de bruxa!" Minha filha passa irritada por mim, a saia balançando, os braços gesticulando. Ela faz o sinal da *corna*, e não sei se é por brincadeira ou se de fato tenta se proteger de *la sfortuna*. Eu a observo ir embora sem esboçar reação. Eu a ensinei a lutar como uma gata de rua, a agarrar as oportunidades da vida com unhas e dentes, a sobreviver e fazer sua própria sorte, como eu precisei fazer. Não é de se admirar que ela se sinta à vontade para expressar seus sentimentos a cada oportunidade, apesar de eu não conseguir evitar o suspiro que escapa de meus lábios.

"Maria, o fedor é insuportável", digo, puxando o tecido para que volte a cobrir a porta. "Em nome dos deuses, o que você está fazendo?" Engasgo com a fumaça. Não há um odor metálico. É um cheiro terroso, forte de algo natural, mas também de algo diabólico. "Você não deveria estar ajudando a Giovanna? Ela precisa fazer dois partos e seria bom ter um par de mãos para ajudá-la, mesmo sendo imprevisíveis como as suas..."

Maria me encara, seus olhos como os de um pássaro, agitados e brilhantes. "Giulia! Por que está tão aborrecida?"

Não digo que escapei por pouquíssimo da polícia, que todos sabemos obedecer aos *inquisitori*.

"Estou preparando um novo veneno para você. Não está vendo?" Ela estala a língua como se eu fosse tola. Arqueio as sobrancelhas e baixo o cesto. "Tantas estão nos procurando. Esta semana, três mulheres já vieram à loja pedindo por seu remédio especial. A mesma quantidade veio na semana anterior, e na semana anterior a essa. Devemos pensar em novas misturas..."

Quando me aproximo, cobrindo o nariz com a manga, espio a mistura borbulhante e vejo um sapo boiando no líquido fervente.

"Você está cozinhando um sapo? Meu Deus, Maria, você enlouqueceu? Giovanna sabe que você está fazendo isto?", arfo, afastando-me, lutando contra a vontade de rir. Se o Santo Ofício nos visse agora, sem dúvida seríamos arrastadas para a forca sem misericórdia. A visão de uma imagem tão perfeita de bruxaria, com essa meretriz meio louca e seu espírito familiar fervilhando no caldeirão preto, me faz querer cair na gargalhada. Maria olha de volta para mim e percebe meu humor. Ela explode em uma risada infantil e faz uma dancinha por precaução. Ao ver minha surpresa, ela vem dançando, pega minhas mãos, e começamos a girar, gargalhando como se de fato fôssemos *streghe*.

Quando Giovanna entra, largando o xale em uma cadeira com um gesto exausto, ela para. Encara. Sua boca abre.

Maria — o cabelo voando, as conchas tilintando, os olhos fitando o céu enquanto ela gira — estica a mão e gesticula para minha amiga se juntar a nós. Apesar das olheiras, minha amada Giovanna se permite ser puxada para nosso círculo. Ela pega minha mão, e, juntas, nos movemos e repetimos as palavras da canção que as mulheres cantam enquanto lavam roupa no rio. *Com quem vamos casar? Nossos amados serão fortes e ricos? Quando nossa sorte chegará?*

Nós rimos e dançamos e cantamos enquanto o sapo cozinha, a fumaça sobe e o fogo arde.

Graziosa é a próxima a aparecer, mas parece completamente inabalada por nossa alegria. Ela funga. Senta em minha cadeira. Ela cospe a casca de uma noz na lareira. O clima desaparece.

"Há notícias do inquisidor de *Il Papa*", diz ela, "o homem que sua majestade, Alexandre VII, soltou pela cidade. Dizem que ele é um homem inteligente, um homem devoto... dizem que ele ordenou que cirurgiões e até padres se reportem a ele, suas esposas e filhas também. Podemos considerar que ninguém mais está seguro."

Solto as mãos de Maria e Giovanna.

"E hoje fui parada na rua e questionada", conto.

Todas nós trocamos olhares, ofegantes da brincadeira.

"O que mais você sabe sobre o inquisidor?", pergunto, levando as mãos à cintura enquanto espero meu coração se acalmar.

Graziosa cospe de novo. Sem responder à minha pergunta, ela continua:

"Ouvi outra coisa na missa. O amante da Lucrezia morreu, e sua esposa está gritando por Roma inteira que ele foi envenenado...".

Meu olhar encontra o de Giovanna. Ela me avisou. Ela me disse para não dar a *aqua* à mãe de Lucrezia. Será que coloquei todas nós em risco porque não ouvi? Pelo menos agora sei que Lucrezia sobreviveu.

"Devemos tomar cuidado", digo, meus olhos voltados para o fogo. Penso na esposa do açougueiro e em seus machucados. Penso em Lucrezia e em suas coxas cheias de sangue. Estremeço e sei que eu lhes daria meu remédio mesmo agora.

Um corvo aterrissa tranquilamente no peitoril da janela, sua presença sombria preenchendo a pequena abertura. Então, de forma igualmente súbita, batendo as asas, piscando os olhos, ele vai embora com um grito estridente.

"Estamos sendo alertadas", concluo.

Dezembro de 1656 (na caligrafia de Giulia)

Esposa do curtidor de Lazio — Um frasco de aqua (Giulia)
Sem cobrança

Amante do vendedor de sal — Raiz-da-china para os pulmões (Graziosa)
2 scudi

Um frasco de aqua (Giovanna)
Sem cobrança

Esposa do açougueiro — Um frasco de aqua (Giulia)
Sem cobrança

25

GIULIA

Uma semana depois: passos.

Corro até as cortinas, respirando um pouco mais rápido, e as afasto. Apesar de estarmos nas horas mais escuras entre as Matinas e as Laudes, reconheço as silhuetas de duas da minha irmandade.

"Vocês foram seguidas?"

Essa é minha primeira pergunta nestes dias. Antes eu perguntaria à mulher como ela está, como foi, se entendeu as instruções. Agora há esta pergunta: vocês foram seguidas?

Maria balança a cabeça, distraída. Graziosa cospe.

"Se fomos, não conseguiram nos pegar", diz a mulher mais velha.

Elas estavam na rua, entregando remédios, contornando as muralhas da cidade para evitar as barracas dos inquisidores, que fervilham com almas arrependidas implorando por um espaço em uma de suas prisões fedidas. Eu, Giovanna e Girolama estávamos sentadas, esperando as duas voltarem.

"Não se preocupe, Giulia, eles vão nos proteger", afirma Maria, cantarolando para si mesma enquanto se move pelo cômodo. Apesar do cetim de seu vestido estar desbotado; a renda em seu corpete, remendada; e suas meias, puídas; ela tem o ar de uma dama, alguém nascido muito acima de sua posição social. Maria nasceu nos cortiços de Palermo, apesar de não termos nos conhecido lá, nem em Nápoles, onde ela viveu antes de se mudar para cá, para Roma. Passei anos ouvindo falar de Maria antes de perceber que ela poderia ser útil. É preciso sagacidade e resiliência para dançar entre os mundos que ela habita, indo de amante em amante, de igrejas para teatros e tavernas, de cavalheiros em roupas elegantes para estalajadeiros em trajes remendados, de freiras e mulheres de boas famílias para meretrizes, tudo com um sorriso no rosto e sua inteligência velada.

"Quem nos protege, Maria?", pergunto, prestando atenção nela.

Ela ri, então me lança um olhar que parece um desafio.

"Os seres, é claro! Eles estão perto de nós, mesmo agora. Não consegue ouvi-los? Eles sussurram suas bençãos. Olham por todas nós. Olham por minha filha para mim..."

"Você tem uma filha?", pergunto, certa de que nunca a vi acompanhada de nenhuma menina.

De repente, os olhos de Maria perdem o brilho.

"Isabella. Ela morreu, perto daqui. Estava em um orfanato, porque eu não tinha dinheiro para a sustentar. Um dia, eu a tiraria de lá. Prometi que voltaria para buscá-la."

Graziosa se vira para o fogo.

Sinto o baque da perda como se fosse minha.

"Meus sentimentos, Maria, eu não sabia. Perdoe-me, *mi amore*, falei sem pensar." Eu me aproximo para abraçá-la. Ela se dobra em meus braços como uma garotinha.

"Tinha 11 anos, era uma graça! As freiras disseram que seus pulmões eram fracos, mas nunca saberei o que a levou. Ela está segura agora, longe de toda dor. Às vezes, vejo Isabella de relance, e ela está sorrindo, rodopiando a saia, com uma coroa de flores no cabelo." A voz de Maria é abafada. Ela se afasta de meus braços, os olhos brilhando com lágrimas.

Graziosa olha de volta para mim.

"Ah, Maria", murmuro, "você deve estar tão cansada. Venha, vou preparar uma pasta de mel e figo para adoçar seus sonhos hoje à noite."

Giovanna toca meu braço.

"Sente-se, Giulia, está tarde. Eu faço a mistura."

Olho para ela com gratidão.

Maria se senta a meu lado. Graziosa parece estar rezando conforme um rosário estala entre seus dedos ossudos. Girolama observa todas nós, e noto algo em seu olhar.

Um brilho prateado. Com um movimento demorado, Maria puxa uma corrente de um bolso escondido no pano do vestido. No fim, há um relógio pendurado.

"Tão lindo, igual à minha garotinha. Vou guardar este para você, *mi amore*", cantarola ela.

Nenhuma de nós fala. Pergunto-me se as imaginações espectrais, a comunicação com o povo das fadas, começaram após a morte da filha. De muitas maneiras, Maria é como uma criança, ou talvez como uma pega: parte abutre, parte criatura iridescente com esse novo brinquedo brilhante que, de algum jeito, ela conseguiu afanar da roupa de um homem rico.

Maria tem talento para roubar, mas nunca vejo qualquer melhoria em sua situação. O marido aparece quando precisa de dinheiro e a abandona de novo depois de gastar tudo. Ela tem vários amantes, muitos dos quais fazem o mesmo; pegam suas moedas e desaparecem. Eles são bastardos cruéis que merecem nada menos que uma ou duas gotas da minha *aqua*, porém Maria sempre os perdoa, então eles acabam voltando depois de um tempo. O coração de Maria é bondoso, apesar de seus métodos serem duvidosos e seu humor, inconstante, errático, enlouquecedor.

Minha filha fala:

"Você devia se livrar dessa louca! Ela quase vive no mundo das fadas que tanto ama. Não sabemos com quem ela fala. Não sabemos se ela é leal".

Então era desdém o que vi nos olhos de minha filha. Se ela apresenta um bom argumento, não demonstro. Desgosto da crueldade de Girolama tanto quanto dos homens que se aproveitam de nossa Maria. Porém ela tem razão. Desde a chegada do inquisidor, nenhuma de nós dorme bem em nossas camas. Verificamos toda ruela por onde passamos. Olhamos por cima dos ombros a caminho da missa. É como se estivéssemos esperando o Santo Ofício e seus demônios virem baforar em nossos pescoços, exibindo a forca. Todas nós estamos alertas e desconfiadas, e esse tipo de briga se torna exaustivamente familiar.

Maria Spinola não parece escutar no começo e continua a inspecionar o tesouro que surrupiou.

"Vá se foder", diz Maria então, sem desviar o olhar.

"Girolama, por que precisa provocá-la? O que Maria fez para você?", brigo. "Deixe-a em paz."

Se violência pudesse ser causada apenas por um olhar, então minha filha já teria me assassinado muitas vezes. Ela me encara agora. Seu gênio explode, quente e instantâneo, como o de seu pai.

Girolama cospe no chão.

"Belos modos para *La Strologa*!", digo, ríspida. "Você cospe na frente de suas nobres, em suas carruagens douradas?"

"Não venha me culpar se ela trouxer problemas até nós." As mãos de Girolama estão na sua cintura como a esposa de um pescador na beira do rio.

"Silencie essa língua de serpente! Não sabemos quem pode estar ouvindo. Se muito, é *você* que nos coloca em perigo! Contando para todos sobre seus poderes, suas previsões. Você não passa de um animal de estimação das ricas", disparo, me arrependendo de imediato.

Girolama me lança um olhar de pura malícia e vai embora batendo os pés. Instantes depois, a porta da loja fecha com violência quando ela sai. Fito o caminho que ela percorreu, meio sem saber se devo seguir minha filha. Como se lesse minha mente, Giovanna balança a cabeça, sinaliza para que eu me sente, me acalme; mas sinto tudo, menos calma.

"Deixe-a ir. Logo ela volta", tranquiliza minha amiga, "e você falou a verdade!"

"Uma verdade difícil de ouvir", digo. Consigo sentir meu coração desacelerando seus estrondos, mas o amargor do arrependimento persiste.

Graziosa escolhe esse momento para quebrar seja lá o que está mastigando com o restante de seus dentes. O som me faz despertar, e percebo que esqueci de perguntar sobre a visita ao bordel na Piazza del Popolo, eu me viro para nossa beata pedinte, ainda abalada pela interação com minha filha.

"Como foi com a Celeste de Luna?", pergunto. A renomada cortesã, que trabalha em uma das maiores casas de prazer da cidade, com frequência pede por nossa ajuda. Foi Maria, que às vezes se vende lá, que trouxe a clientela de Celeste, e ela é uma de nossas freguesas mais generosas.

Graziosa engole antes de responder.

"Como você acha? Ela não estava coçando a boceta desta vez, então não precisamos de tinturas para tratar a doença francesa..."

Espero ela chegar à parte importante. Giovanna, que está se preparando para seguir para sua cama de estrado e colchão de lã, sorri para mim e leva uma das mãos a meu ombro. Seguro sua palma. Está fria, a pele grossa. Sinto seu pulso. As batidas estão constantes, mas fracas.

"Você está cansada, meu amor. Descanse um pouco", digo, e compartilhamos um pequeno sorriso.

"Dona Celeste é uma beldade renomada, porém nem ela é capaz de manter um homem quando quer", afirma Graziosa.

Eu a escuto como se ela estivesse em outro cômodo, um pouco afastada de nós. Eu e Giovanna sorrimos de novo, desta vez com algo travesso no olhar que trocamos, e me viro, porque as palavras da velha agora fazem mais sentido. Agora, elas parecem importantes. Elas contêm algo que preciso ouvir, apesar de não saber o que é.

"Ela perdeu a proteção de um cliente rico — poderíamos até dizer um cliente *santo* — e quer nossa ajuda para recuperá-lo."

Graziosa ergue o olhar de seu rosário. Ela olha para mim e Giovanna, e noto certa veemência, certa determinação em suas palavras, como se eu as lesse em um pergaminho. Algo se anuncia.

"Um cliente santo...", repito. Então: "O que você deu a ela?"

Todas as clientes continuam sendo anotadas no livro de registros de Mamãe. No seu livro de segredos, anoto cada nome e cada remédio oferecido, e por quem, da mesma forma como eu fazia enquanto aprendia a escrever. Sei que preciso anotar isto, o zumbido baixo em meu ouvido me diz que preciso, apesar de eu não saber o que significa para nós. Graziosa joga um saquinho de veludo sobre a mesa. O som é pesado, está cheio de moedas.

"Duas poções de amor; uma para aplicar no vinho do cardeal, outra para colocar na língua durante o ato. Nós ensinamos a ela um feitiço para trazê-lo de volta, que deve ser repetido todos os dias", explica.

"Um cardeal? Celeste mirou alto desta vez", murmuro, pegando a bolsa para dividir as moedas. O zumbido continua ali; a sombra de uma vibração.

"Teremos mais negócios", diz a velha, baixando a saia e se preparando para ir embora. "Muitas das garotas perguntaram sobre nossos serviços. Dissemos que, se elas precisarem de ajuda, devem nos procurar durante o dia sob o pretexto de comprar perfumes ou loções para clarear a pele. Elas virão. Seu ganha-pão pode depender dessas mágicas simples. Se não conseguirem clientes, elas vão passar fome. Precisam se curar do desejo pelo amor ou atrair seus pretendentes de volta."

Os remédios vendidos para Celeste são uma mistura simples de água de rosas e manjericão para incentivar o amor, e cardamomo trazido da Índia pelo mar para invocar o desejo. Juntos, os ingredientes foram fervidos no fogo e encantados pelas rezas pagãs de Maria.

Às vezes, me pergunto se esses encantamentos são de fato eficientes ou se apenas oferecem conforto ou esperança. Talvez não faça diferença. Talvez o encantamento esteja presente no desejo de cada mulher, na força de sua ânsia pelo resultado.

Graziosa, apertando o olho ruim, com o cabelo alvejado pelo uso do ácido de ruibarbo, despenteado e sujo, vai andando com movimentos bruscos até a cortina. Maria levanta, e, juntas, as duas se despedem, partindo para as ruas noturnas.

"Façam um caminho diferente", digo conforme elas saem, pegando o livro de registros e uma pena. As duas levam frascos de veneno escondidos em garrafinhas santas, para entregar as mulheres que nos procuraram; a tecelã, Cecilia, e a esposa do tintureiro, Teresa. Confio em todas. Desconfio de todas.

Quando as duas vão embora, eu me viro para Giovanna e a encontro me observando.

"O que foi?", pergunta ela.

"Como você sabia que estou preocupada com algo?", respondo, sorrindo.

Giovanna dá de ombros.

"*Mi amore*, eu a conheço há muito tempo. Me diga, no que está pensando?"

Eu me remexo. Puxo uma linha.

"Laura, a esposa do padeiro em Campo de' Fiori, me procurou. Ela quer comprar minha *aqua*." Minha voz é baixa. Em algum lugar por perto, um bode bale, um vigia noturno grita.

"Ela tem um novo amante e deseja se livrar do marido."

Giovanna franze a testa.

"Ele a trata mal? Bate nela? Ela não pode apenas se livrar dele porque deseja outro."

"Ela diz que ele a trata bem", respondo.

Há uma pausa agora. A ponta afiada de minha pena de ganso aceita a tinta, rabisca a página. Tenho que registrar o dia de trabalho, então, toda noite, enquanto escrevo, imagino minha mãe sentada a meu lado, observando minha caligrafia, a forma como curvo meus As e Es, como inclino demais meus Ls para a direita, como se eles estivessem correndo pelo pergaminho.

"Quero dar um frasco para ela, mas cobrar. A decisão e a consciência são dela", digo após um tempo.

O sorriso de Giovanna desaparece.

"Não, Giulia, eu não farei isso", diz ela. "É uma coisa matar um homem que merece, que é violento, que humilha a esposa exibindo suas amantes. É bem diferente matar a sangue-frio, só porque ela deseja..."

Pressiono demais, e a tinta sai rápido. As letras que formei se misturam à mancha. Ela é absorvida pelo papel, e observo as palavras sumindo.

"Há diferença? O resultado é o mesmo..." Agora encaro Giovanna, e ela afasta o olhar primeiro.

"Mas você estaria matando um homem inocente..."

A pausa agora é mais demorada. Ela se alonga entre nós. Dentro dela, há tudo que queremos dizer uma para a outra, apesar de as palavras ainda não terem se formado.

"Isso existe?", questiono enquanto a vela termina de derreter.

Janeiro de 1657 (na caligrafia de Giulia)
Celeste de Luna — Duas poções de amor e um feitiço para recuperar amante (Maria)
10 scudi
Cecilia, a tecelã — Um frasco de aqua (Graziosa)
Sem cobrança
Teresa, a esposa do tintureiro — Um frasco de aqua (Maria)
Sem cobrança

26

GIULIA

Parada no convés, protegendo meus olhos, meu cabelo voando às costas, sinto a força elemental do mar que brilha e se revolta sob meus pés, me levando para meu novo lar além-mar da Espanha.

O sal arde em meus olhos, mas vejo o homem me observar, ele está sempre me observando. Será que ele olha para todo mundo dessa forma? Seu olhar é onipresente, onisciente, mas sou tão atraída pela ondulação e movimentação do mar, pela empolgação do horizonte infinito, que logo me esqueço de sua atenção. Estou ocupada ficando encantada ao descobrir que o gato do navio me vigia com olhos salpicados de cinza por trás de uma corda enrolada; uma criatura magricela, digna de pena, que por fim se aproxima de mim, hesitante e tímida, e então se senta ronronando em meu colo. Ele devora os restos que lhe trago de nossas refeições parcas, e passo horas sem pensar em Francesco e sua atenção indesejada. Então o vejo, parado no convés, seus pequenos olhos pretos me seguindo. Ele é uma figura sombria, vestido por completo de veludo preto, sem jamais sorrir, porém sua presença não interessa no meu mundo ainda dominado por brincadeiras. No instante em que estico a mão para acariciar o gato, a cena muda.

Agora, estou correndo. Meu peito está apertado, ofegante. Tenho certeza de que há um grande perigo do qual devo escapar. Conforme corro, minha respiração acelera, meu coração dispara, minhas palmas suam. Começo a diminuir a velocidade conforme cada perna precisa fazer ainda mais força para se mover. Cada pulmão precisa se expandir e esvaziar com grande esforço. Atrás de mim, vem a respiração pesada de alguém. Ofegante, áspera. Estranhamente, sinto o cheiro de incenso e almíscar. Eu me esforço para virar a cabeça, para olhar para quem me persegue, mas não posso diminuir o ritmo. Preciso continuar correndo.

Em pânico, eu me obrigo a olhar para cima. Pareço estar em uma igreja, mas não tenho ideia de como cheguei aqui, e não a reconheço. Há um teto abobadado acima de mim. Vejo velas, as chamas se movendo devagar como se encantadas, a cera pingando, lânguida, fumegante.

Um estrondo alto. Percebo que derrubei algo na minha pressa para fugir. Do canto do olho, vejo uma cruz dourada grande caída de lado no chão de pedra. Onde está meu dossel, decorado com estampas bordadas no damasco? Onde está minha cama? Onde está meu quarto? Onde está *Mamãe*?

Assim que as perguntas se formam, percebo que não sou uma menina, sou uma mulher adulta, e me deparei com um obstáculo; um grande altar drapejado em seda brilhante. Sinto que meu perseguidor se aproxima, apesar de eu ainda não conseguir enxergar quem é.

Há um borrão de mantos brancos, o lampejo de um anel dourado. Uma estrela de oito pontas paira sobre seis montanhas. Desaparece. Fumaça sobe em espiral de um incensário. É como estar dentro de um quadro, o carvão borrado, mas há algo que consigo enxergar. O solidéu está preso em sua cabeça, imóvel. É o solidéu papal.

27

GIULIA

É sempre nesse momento que acordo com um susto. Por um instante, estou desorientada.

"Acorde. Mamãe! Há alguém batendo à porta."

Eu me mexo ao ouvir o som da voz de minha filha. Os resquícios do sonho se dissipam. Estou confusa. Percebo que estou sentada em uma poltrona diante de minha lareira. Eu devia estar esperando minha filha voltar de mais uma noite com suas nobres.

"Mamãe!"

Pisco, ergo o olhar para minha filha, que ainda está vestida com elegância, desta vez em um vestido preto que parece sugar toda a luz com seu brilho de penas de corvo.

"Filha?", murmuro. O pesadelo ainda paira. Se eu fechasse os olhos, o encontraria lá, atrás de minhas pálpebras. Passo os dedos pelo cabelo, que desce longo e ondulado por minhas costas. Da Via di Corte Savella, escuto os sons do dia: mascates anunciando seus produtos aos gritos; uma mulher berrando da janela do bordel mais próximo antes de fechar os estores de madeira com força; a resposta de um homem; seus palavrões grosseiros arrancando uma gargalhada; uma cidade despertando.

"Mamãe!" Girolama está impaciente. Ela está de pé, as mãos no quadril, o cabelo escuro batendo na cintura agora, as tranças desfeitas, os olhos pretos determinados. Ela é a imagem do pai. Então, por fim, noto a comoção. BAM. BAM. BAM.

"Senhora, sei que está aí! Me deixe entrar! Preciso de mais do seu remédio! Curou meu casamento, e agora minhas irmãs também querem!" A mulher, cuja voz agora reconheço como a da esposa do açougueiro, gargalha alto com sua declaração espirituosa. Eu e Girolama trocamos um olhar horrorizado. Vou correndo até a frente da loja. Minhas mãos estão desajeitadas enquanto me atrapalho com o trinco, puxando-o com força e escancarando a porta. A mulher quase cai em cima de mim. Seguro seu braço. Antes que ela possa dizer outra palavra, arrasto-a para os fundos.

"Que barulheira é essa? Eu lhe disse para nunca mais me procurar!" Quase engasgo com o medo que cresce dentro de mim, seu gosto amargo.

"Mas, senhora, sua *aqua* funcionou! O tempo passou, e ninguém suspeita de nada! Estou livre daquele animal! Ele nunca mais vai encostar em mim, e foi tão fácil, tão rápido."

"Shhhh, tome cuidado. Metade da rua vai ouvir", digo, mas ela continua.

"A senhora me salvou. A senhora me libertou, e agora quero o mesmo para minhas irmãs. Todas elas estão presas em casamentos ruins e querem liberdade, liberdade que a Igreja não nos permite!"

"Baixe a voz, megera!", diz Girolama. Ela vai até a mulher, cujo nome ainda não sei, nem quero saber. "Baixe a voz e vá embora. Não vamos lhe ajudar de novo. Você foi orientada a não vir aqui. Se não for embora, vou chutar seu traseiro com tanta força que irá parar no meio da rua..."

"Você não ousaria!", responde a mulher, projetando o queixo. "Se fizer isso, vou berrar com todas as minhas forças que sua mãe é a famosa criadora de viúvas, a que negocia com a morte. Vou contar para todo mundo que ela é responsável pelas novas viúvas que vão de luto para a missa todo domingo! Ah, você não ousaria encostar em mim, porque vou garantir que sejam enforcadas pela sua poção mortal."

Minha garganta está seca. Aperto meu pescoço como se a corda já estivesse nele, áspera e pesada contra minha pele. Tento engolir e fico com medo de engasgar. Meu coração dispara no peito. Ela ameaça nos expor, apesar de isso também colocá-la em perigo. Na verdade, talvez ela já tenha feito isso com o escândalo que armou. Caminho pelo cômodo. Precisamos nos livrar dela. Ela sabe demais. Ela sabe de minha empreitada secreta, onde moramos. Ela deve ter me seguido até aqui no dia em que fui entregar a *aqua*. Como posso ter sido tão tola a ponto de não verificar? Na minha pressa para voltar, fui descuidada. Eu a trouxe diretamente até aqui — e, agora, ela quer mais da minha poção.

Apesar de eu ser uma assassina, mesmo que por associação, quaisquer pensamentos de colocar algo em uma taça de vinho quente para acalmar os gritos dela desaparecem assim que surgem. Ela fez barulho suficiente para chamar os *inquisitori*, e eu seria pega com as mãos no frasco, pingando cada gota.

Quando olho para minha filha, para seu rosto furioso, sei que ela não teria o mesmo escrúpulo, e fico feliz por ser eu quem tem a chave do armário. Olho para a prateleira com os frascos de vidro. Atrás deles, fica a chave, a única que tenho, apesar de ela não ser visível daqui. A esposa do açougueiro me observa. Retorno meu olhar, já que os olhos dela percorrem o espaço inteiro agora. Girolama a esganaria com as próprias mãos se achasse que isso a silenciaria, mas precisamos manter a calma. Já arriscamos nos expor demais em um dia sem essa arruaceira se esgoelando. Minha filha bloqueia a saída acortinada, esperando pela minha resposta, mas minha mente está vazia de medo. É a mulher quem fala primeiro.

"Tenho dinheiro. Minhas irmãs vão pagar. Elas têm tudo, menos um jeito de se livrarem dos maridos. Elas sofrem como eu sofria. A senhora as ajudaria. A senhora as livraria desse sofrimento, dessa vida horrível. Seus maridos gastam toda as economias delas em bebida. Gastam tudo em meretrizes baratas e cerveja barata, e então dão surras nelas quando o dinheiro acaba. Isso é vida para qualquer mulher?"

Temi que este momento chegasse, essa descoberta. Refleti sobre o que eu faria se alguém me denunciasse ou falasse demais. Pensei nas possibilidades durante as longas madrugadas esperando minha filha voltar para casa, ou meu círculo voltar, e ainda assim descubro, agora que me deparo com ele, que não consigo agir.

A voz dela, por fim, baixa para um sussurro. Ela vem na minha direção com uma expressão de súplica no rosto. Eu a encaro como se ela estivesse dentro de uma bolha de sabão, fora de alcance, sua boca se movendo, apesar de eu não registrar nenhum som.

Algo me alcança.

Eles dão surras nelas quando o dinheiro acaba.

Isso é vida para qualquer mulher?

Embora a esposa do açougueiro me cause repulsa, eu escuto essas palavras e a raiva aumenta dentro de mim de novo. Apesar disso, sinto um desejo intenso de sair da presença dela, e me lembro de como me senti em seu lar. Será que a Visão estava me avisando deste rompante? Ou me alertando de outra coisa, algo que ainda está por vir? Começo a andar de novo. O movimento me acalma. Cada pé se move, um na frente do outro. Cada junta do quadril oscila e balança. Cada respiração vem rápido.

Então a esposa do açougueiro segura meu pulso. Noto seu vestido preto, a renda que cobre seu cabelo.

"Me dê a *aqua*, Senhora da Morte, e seus segredos ficam comigo."

Noto que alguém puxa o ar. Deve ser eu. Por outro lado, pode ser Girolama, que veio na nossa direção como se fosse arrancar a mulher de cima de mim.

"Se eu sair daqui de mãos abanando..."

Agora, Girolama a interrompe. Minha filha destemida seria páreo até para Satanás, mas encontrou uma oponente formidável na chantagista.

"Se você sair daqui de mãos abanando, o que acontece? Você acha que não os contaríamos sobre você se fôssemos levadas? Você acha que sua cabeça ficaria segura se formos interrogadas? Não pense que a salvaríamos. Eu não sofreria no *strappado* por alguém da sua laia", diz Girolama.

As duas se encaram como dois mastins em uma rinha; dentes à mostra, pelos eriçados. Eu não apostaria na vitória certa de nenhuma das duas, apesar de achar que a viúva está em vantagem, com a carta na manga. Toco a manga de minha filha.

"Não queremos o seu dinheiro. Pegue os frascos e vá embora. Você não seria burra a ponto de se condenar como culpada de assassinato. Nós negaríamos. Você negaria, mas matariam todas nós de qualquer forma. Esta é a última vez que vou ajudá-la. Você pode trazer os cães do inferno à nossa porta, mas não lhe darei mais *aqua*. Vá embora agora. Use aos poucos. Nunca mais volte."

Abro o armário e pego dois frascos pequenos com tampa de cera e o rótulo da imagem do santo. Vejo a expressão da mulher agora: exultante, jubilante, ardilosa.

Sem proferir uma palavra, ela os aceita e os esconde dentro do corpete. Minha filha dá um passo para o lado e gesticula para que a mulher saia.

"Vá, megera", diz ela.

A mulher a fita com um olhar de triunfo ao passar, erguendo a saia como uma dama. Sinto a raiva de Girolama prestes a transbordar, e sei que ela entrará em erupção assim que a mulher for embora.

Tenho razão.

Segundos após minha filha trancar a porta da loja, primeiro espiando do lado de fora para ver se há alguém interessado demais em nossos assuntos, ela volta batendo os pés.

"Filha, sei o que você vai dizer..."

Girolama fala por cima de mim.

"Ela deve ter seguido a senhora até aqui, e a senhora não pensou em verificar se era seguida! A senhora, que nos diz todos os dias que 'precisamos ficar atentas. Precisamos usar nossos instintos para proteger nosso círculo, precisamos ficar longe de problemas'!"

Eu a encaro. Girolama costuma brincar com seus anéis quando fica agitada. Ela pega um e o gira, a pedra desaparecendo, e então reaparecendo. Sinto a vontade repentina de acariciar sua testa, como eu fazia quando ela ficava doente e febril na infância. Ela anda de um lado para o outro, como eu fazia. Sua saia parece absorver a luz.

Estou prestes a interromper, a dizer que essa pode ter sido a última vez que veremos a mulher, que ela conseguiu o que queria e fim da história, mas Girolama continua. Ela cospe as palavras.

"E aqueles foram os últimos frascos de *aqua*. Por que a senhora os entregou com tanta facilidade? Ela não nos denunciaria. Ela tem muito a perder!"

Girolama está irritada com razão. Hesito antes de responder. Minha filha é passional e voluntariosa. Ela vive dentro de suas emoções, passando de um sentimento extremo ao outro. Mas a tempestade passa rápido. Sei que, dentro de uma hora, ela estará calma, porém não posso fazer nada além de concordar com a cabeça até lá, torcendo para ela amolecer.

"Sim, filha. Cometi um erro. Espero que ela agora fique em silêncio, mas você está errada, não confio nela. Ela é uma tola, mas não acredito que arriscaria a própria vida, e a de sua família, apesar de ter mostrado que é linguaruda. Não há nada que possamos fazer agora além de rezar. Rezar para nossos deuses em segredo. Torcer para o vendaval passar. Torcer para isso ter sido concluído."

Olho para meu pequeno altar, na verdade uma prateleira acima da lareira em que ficam minhas oferendas: um ramo grosso e espinhoso de alecrim que quase perdeu o cheiro, uma pena de melro empoeirada pelo tempo, meu *tarocchi*, a concha de Madri e a moeda de prata.

Girolama olha para mim, desconfiada, e compartilho da sua inquietação. Talvez isso também tenha ocorrido à minha filha. Talvez nós duas estejamos pensando a mesma coisa, questionando a mesma coisa. E a questão é: Aquela mulher é uma espiã? Ela foi enviada pelos *inquisitori* para armar uma cilada para nós? Se for o caso, ela sem dúvida já haveria os procurado antes. Ela se compromete ao pedir por mais. Não, ela sabe quem somos, o que oferecemos. Se fosse uma espiã, já estaríamos por trás das grades de Tor di Nona, não estaríamos?

Então olho ao redor, percebendo o que não vi antes. Há um vazio, um espaço que minha amiga deveria ocupar.

"A Giovanna deveria ter voltado hoje cedo. Ela disse que a mulher teve vários filhos antes deste e que seria um parto fácil. Se esse é o caso, onde está ela?" Quando falo, uma névoa cobre minha visão, o chão parece afundar sob meus pés, e, naquele momento, sei que algo está errado.

28

GIULIA

É óbvio que Giovanna não está em casa.

Os estores do alojamento de minha amiga perto de San Salvatore in Lauro estão fechados, e, quando bato, ninguém abre. Um gato magro e comprido mia ao passar. Há roupa lavada pendurada nas janelas, algumas atravessando a viela, o que diminui mais a luz apesar de ainda ser manhã. Estou prestes a ir embora quando uma mulher que usa um vestido que não passa de farrapos abre a porta. Ela me analisa antes de apontar para o apartamento de Giovanna e balançar a cabeça.

"Vieram hoje cedo. Eles usavam mantos bonitos e botas de couro de qualidade. Fiquei espiando por um buraco na minha parede. Vi quando a levaram embora."

"Quem eram eles?", pergunto, sentindo a pontada gélida do pânico.

A mulher me encara de novo.

"Acho que a senhora sabe quem eram. Vou rezar por sua amiga. Ela foi boa comigo. Ela é a única que conseguia acalmar meu menino quando as cólicas eram fortes." Ela concorda com a cabeça como se nos entendêssemos, então fecha a porta de madeira, desaparecendo pelo corredor escuro.

Parada ali, sem saber o que fazer ou aonde ir, sou impactada pelo pouco que sei sobre minha maior amiga, a mulher que amo como uma irmã. Ela não me contou muito sobre seu passado: os três maridos; a morte de dois deles; a traição do terceiro. As decepções e tragédias comuns da vida das mulheres. Mas agora percebo que há uma coisa que nunca lhe perguntei. Por que ela se juntou a mim na produção do veneno? Se ela sabia dos perigos, então por quê?

Nós nos conhecemos em Nápoles. Giovanna era cliente no convento, comprando minhas ervas para seu trabalho como parteira. Ela viu minha condição e me ofereceu seu alojamento, sabendo que as freiras me abandonariam quando descobrissem meu segredo. Quando as dores do parto começaram, foi ela quem acariciou minhas costas, que guiou minha filha para fora entre minhas coxas. Deitada na simples cama de estrado de Giovanna, ela colocou a bebê agitada sobre mim, o cordão ainda pulsando entre minhas pernas sujas de sangue. Eu tinha 14 anos. Eu era mãe, sem família alguma com exceção da minha nova neném e daquela nova amiga.

Naquela noite, chorei pela falta do amor de minha mamãe. Chorei pela agonia da ausência de Mamãe, pela culpa que eu sentia por sua morte. Pela raiva que queimava dentro de mim; profunda, purulenta, potente. Girolama, saída do ar como a criatura sobrenatural que era, jamais a conheceria, mas conheceria sua perda, porque fazia parte de mim. Desde o momento em que ela nasceu, minha filha e minha amiga se tornaram parte do meu voto de buscar vingança; aprendendo os métodos antigos de mulheres astuciosas. Talvez o diabo estivesse dentro de mim naquela noite. Talvez ele também tenha mamado em meu seio enquanto o amor profundo pela mãe que jamais seguraria minha filha ardia dentro de mim.

Era Giovanna quem acalmava Girolama quando eu precisava dormir. Ela a confortava à noite, quando cachorros selvagens rondavam as ruas, latindo e brigando. Ela não nos abandonou quando lhe contei meu maior segredo: quem era minha mãe (pois o nome de Teofania di Adamo tinha sido carregado pelos ventos por toda a Itália e além) — e quem eu era. Contei sobre meu veneno. Então, lhe ensinei a prepará-lo. Nossa amizade foi selada em alquimia conforme misturávamos minha poção mortal. Talvez ela tivesse visto sofrimento demais: mulheres deixadas para criar crianças sozinhas, partos de mães incapazes de esconder seus machucados, esposas encurraladas, filhas negligenciadas, amantes abandonadas. Todas limitadas pelas leis que nos mantêm aprisionadas em nossos papéis. Talvez ela tenha visto meu trabalho como algo divino, como um antídoto natural para as vidas que nós, mulheres, somos obrigadas a levar. Nunca perguntei a ela. Espero que Deus me dê a oportunidade de fazer isso.

Há apenas uma pessoa em quem confio o suficiente para falar sobre minhas preocupações.

"O que a traz de volta tão rápido?", indaga padre Don Antonio.

Os olhos dele analisam meu rosto. Ele abre aquele mesmo sorriso compreensivo, carinhoso, e me inclino na direção dele como se pudesse ser tomada por seus braços. Neste segundo, eu abriria mão de tudo que sou para ir até ele e encontrar abrigo em seu abraço. O momento passa com a mesma rapidez que surgiu. Em vez disso, falo.

"Padre, obrigada por me encontrar."

Eu me benzo e abaixo a cabeça enquanto outro padre passa. Minha mão traceja a cruz: esquerda para a direita, testa para barriga, enquanto meus olhos fitam o chão, um gesto tão familiar, ainda que estranho.

"Minha amiga, Giovanna de Grandis, desapareceu", sussurro. "Sua vizinha diz que ela foi levada... por favor, se puder descobrir alguma coisa sobre ela..."

O padre afasta o olhar por um instante, então vem na minha direção, segura meu braço e me puxa para a lateral da capela. Seu toque parece surpreendentemente íntimo. Quase tropeço enquanto andamos. Há uma sensação ruim em meu estômago. Ele sabe de alguma coisa.

"Há fofocas...", diz ele, confirmando meus instintos.

A nave está em silêncio agora, com exceção de alguns fiéis murmurando orações.

"Que fofocas?" Puxo meu véu para cobrir um pouco mais o cabelo.

"A conversa em círculos nobres gira em torno de um cardeal. Alguém muito próximo de nosso ilustre papa. O cardeal Camillo Maretti viu uma cortesã com quem ele... se diverte... acrescentando um pó a seu vinho. Ele a obrigou a confessar, certo de que era algo sinistro. Ela lhe disse que era uma poção de amor inofensiva, insistindo que fez o elixir para que os dois saíssem satisfeitos de sua cama."

O zumbido recomeça. Há um cheiro de algo queimando, apesar de talvez vir das velas acesas perto de algumas estátuas. Meu coração dispara. Pulsa. Consigo ouvi-lo na minha cabeça enquanto meu corpo inteiro reage à notícia. Um cardeal. Minha amiga amada. Seria esse o cliente santo? Não consigo engolir, porém ainda não entendo a conexão entre os dois. O padre me observa como se conseguisse enxergar dentro de mim; meu coração disparado, meu medo crescente com o desejo de fugir… mas para onde?

"O que isso tem a ver comigo?", me forço a perguntar. A fumaça sulfurosa das velas finas da igreja espirala na escuridão.

"Senhora, boatos de um círculo de envenenadoras ultrapassam estas ruas e vielas e chegam às melhores casas da cidade."

"E quem é a cortesã? Qual é o nome dela?", insisto, sentindo meu corpo balançar. O som lamentoso preenche meus ouvidos, minha cabeça, meus pulmões. Estou enjoada, suada. Vejo uma senhora idosa seguindo a passos pesados para as portas da igreja. Vejo-a se virar e fazer uma mesura para o altar. Ao abaixar, ela deixa cair os conteúdos de seu cesto. As chamas agitadas da vela parecem se intensificar, depois se retrair.

O padre se afasta, porém, em seu encalço, vêm as palavras que eu esperava ouvir.

"Celeste de Luna."

Na loja, Girolama espera por mim. Não preciso explicar nada quando ela vê meu rosto. De fato, não entendo por que esse cardeal Maretti, Giovanna e a famosa meretriz Celeste foram mencionados na mesma frase.

"Os *inquisitori*?", diz ela.

Concordo com a cabeça, desabando sobre minha poltrona antes de voltar a levantar e pegar meu manto.

"Vou falar com a Celeste."

"Celeste de Luna? Por que ela? De toda forma, a senhora sabe como funciona. É ela quem nos chama, nunca o contrário. Ela é praticamente uma princesa."

"Ela é uma vigarista e uma prostituta, e pode ter feito Giovanna perder a liberdade, ou pior, a vida."

Minha filha não hesita.

"Então irei também", fala Girolama, já vestindo o manto sobre o vestido. Balanço a cabeça.

"Pode ser perigoso. Talvez já estejamos sendo observadas..." O que não digo é: *E seu gênio pode transbordar como leite esquecido no fogo, e acabar com nossas chances de conseguir alguma informação.*

Girolama dá de ombros como se o Santo Ofício e seus agentes fossem meros aborrecimentos e meus avisos, inúteis.

"Eu vou", afirma ela. "Conheço Celeste das festas que frequentamos, e é mais provável que ela converse comigo."

Não posso discutir com a lógica de minha filha, e descubro que me sinto grata por sua companhia enquanto seguimos para o norte da cidade, cobertas por nossos mantos.

A Piazza del Popolo está lotada de rapazes em vários estados de embriaguez. Sob a figura agigantada do obelisco, cavalheiros parecem se reunir em grupos, sem se preocupar com o fato de que é quase meio-dia, e não o meio da noite. Em seus braços, as mulheres usam vestidos coloridos, cabelos penteados em picos que parecem chifres, sapatos com saltos de madeira, deixando-as mais altas que seus companheiros.

"O bordel fica por aqui", digo, atravessando a praça. Um jovem nos chama quando passamos, e faço a *fica* com o dedão espreitando entre os dedos do meu punho fechado. Ele cambaleia para trás como se estivesse de coração partido, apertando o peito e rindo.

"Outro dia então, bela senhora. Fico aguardando ao seu bel-prazer."

Ignoramos o tolo e seguimos para uma das construções imponentes na saída da *piazza*. Sua entrada elegante parece mais a de um palácio do que de uma casa de prazer. Do nada, uma mulher que parece ser 10 anos mais velha do que eu, exibindo um penteado elaborado, brilhando com joias e usando um vestido de seda carmim, se aproxima. Ela nos encara como se dois fantasmas tivessem acabado de entrar em seu vestíbulo. Não devem ser muitas as mulheres que entram pela porta da frente.

Ela gesticula para a seguirmos até um cômodo na lateral. Eu tinha esquecido como era a aparência do luxo, como era a sensação. A visão de tapetes da Turquia, de taças de cristal de Murano, do piano construído em madeira marrom adornado com delicadas filigranas douradas; tudo me emudece. Eles me lembram da vila de Francesco, de nossa prisão dourada, e, por um momento, sou silenciada. É Girolama quem quebra o feitiço.

"Viemos tratar com Celeste de Luna. É importante", diz ela, o pescoço esticado, a cabeça erguida, tão arrogante quanto essa madame que inclina a cabeça para o lado como se nos avaliasse. Suas sobrancelhas claras se arqueiam tanto que quase alcançam o cabelo.

"Infelizmente, não será possível. Celeste é nossa estrela mais brilhante e está indisposta nesta hora do dia. Tenho certeza de que as senhoras entendem..." Sua voz é melodiosa e seu sorriso, perfeito, apesar de não alcançar seus olhos.

"Precisamos vê-la", insiste Girolama, mas vejo que não convencemos a madame, então me pronuncio.

"Diga a Celeste de Luna que é *la Signora della Morte*. Diga que precisamos falar com ela. Não podemos esperar."

Minha filha me encara como se eu tivesse me tornado uma lunática. Anunciei para essa mulher, para essa mulher poderosa, importante, bem conectada, que sou aquela que chamam de Senhora da Morte. Algo muda no ar. Sinto que a maré virou e flui em nosso favor. A madame concorda com a cabeça. Um sorrisinho surge em seus lábios. Ela sai da sala enquanto a observamos.

"Ela foi embora!", diz Girolama.

"Ela vai voltar", falo, pegando uma amêndoa açucarada de um prato dourado cheio de doces e a enfiando na boca.

"Mas, Mamãe, o que a senhora fez? A senhora nos expôs!" Minha filha se vira para me encarar.

"Expus, filha, mas estou apostando que esta é uma casa de segredos, e pelo menos este ficará entre estas paredes."

"E se não ficar?" Os olhos de Girolama são ferozes.

Afasto o olhar. Não quero dizer que pode não fazer diferença, que nossos segredos talvez não sejam mais nossos. Giovanna pode ter sido torturada. Ela pode ter contado qualquer coisa aos *inquisitori* a esta altura. Penso em Faustina. Vejo seu corpo destruído se contorcendo, suspenso pela forca.

"Venham por aqui, por favor." Um menino que não parece mais velho do que eu era ao chegar em Nápoles nos chama da porta. Sua pele é escura como a noite. Ele usa um gibão verde bem-ajustado e meia, e carrega uma pequena bandeja dourada.

"Obrigada", digo, e me permito ser guiada por cômodos pelos quais gargalhadas e alegria ressoam, onde velas queimam apesar de ser dia, e a música flutua até os tetos altos. Se eu fechasse os olhos, poderia estar de volta a Madri, rindo das estripulias de um artista no palco do rei, mas não estou na Espanha, na corte tranquila e divertida de Filipe. Esta é Roma. Um lugar de poder e intriga, de vícios e perdições, e não sei o que nos aguarda.

29

GIULIA

Celeste de Luna, concubina dos homens mais ricos da cidade, está deitada em um canapé enquanto seu músico toca harpa.

Quando entramos, ela ergue o rosto, pousando seus olhos castanho-escuros em nós. Ela é uma criatura magnífica, mesmo que pareça entediada. Seu cabelo cor de mel está trançado para trás, enfatizando a testa altiva e a pele macia cor de marfim. Ela veste uma camisola rosa-clara de seda que escorrega de seu ombro branco como leite.

"Por que veio aqui, *Signora della Morte*? E por que se anunciou dessa maneira? A vida é uma brincadeira para você? Não se importa com quem a reconhecer?" Sua voz é sonolenta e arrastada. Agora que meus olhos se ajustaram à meia-luz do quarto, com a cortina fechada para bloquear a claridade do dia, vejo as olheiras que insinuam uma noite atarefada de trabalho.

O músico para de tocar. A nota vai sumindo aos poucos. Os olhos dele seguem para meu rosto, depois para o chão.

"Não se preocupe, Lorenzo é mudo. Ele toca como um anjo do paraíso de Deus, mas não consegue falar. Não é curioso?"

"O curioso é que nossa amiga Giovanna de Grandis foi levada", digo.

Celeste ergue o olhar. A princípio, ela parece confusa, então vejo o nome ser registrado, e sua expressão muda.

"Está dispensado, Lorenzo", informa ela. Sua voz mudou. Agora é ríspida; autoritária.

Esperamos até o músico fazer uma mesura a caminho da saída. Assim que a porta se fecha, Celeste pula do sofá e agarra minhas mãos.

"Quer dizer que o Santo Ofício a prendeu? *Mannaggia a te, Camillo!*", grita ela.

"Quem é Camillo? O que ele tem a ver com Giovanna, que pode estar sendo esticada na roda agora mesmo, ou tendo os braços quebrados, pendurada na corda?"

A mulher perambula pelo quarto agora. O lustroso cabelo trançado que pende comprido por suas costas se move enquanto ela caminha de um lado para o outro sobre os tapetes em seu sapato de seda.

"Camillo, por que você me traiu?", diz ela, antes de parar e nos encarar. "Ele é um cardeal nomeado pelo papa Alexandre, e o mais próximo do Santo Padre. Por um breve período, foi meu amante, e eu torcia para que continuasse comigo. Ele é um homem charmoso, ou pelo menos eu achava.

"Foi para ele que comprei as poções de amor com Maria e a velha pedinte, mas é claro que conheço Giovanna muito bem. Ela me salvou da maternidade — muitas garotas que trabalham aqui já precisaram desses serviços específicos. Quando Camillo me pegou colocando a poção em sua taça, entrei em pânico e falei o nome de Giovanna. Ele me garantiu que nada diria."

A fúria cresce em mim. Sinto ela subindo, tornando-se angústia ao alcançar meu coração.

"Então ele mentiu para você."

Minha filha se manteve em silêncio até então.

"O que farão com ela?", pergunta Girolama. Escuto a voz de uma criança em vez da de uma mulher adulta. Esqueço que minha filha impetuosa ama Giovanna tanto e tão profundamente quanto eu.

De um cômodo próximo, vem o som de uma risada alegre. Uma mulher canta uma melodia lasciva, os homens bradando em resposta.

"Se ela segurar a língua e se mantiver firme, talvez nada", tento tranquilizar Girolama.

"Por um simples encantamento de amor, podem tentar assustá-la, porém sem provas..." Celeste dá de ombros, como se isso se tratasse de uma brincadeira.

Vejo que Girolama é reconfortada por essa frase. Ela me fita com olhos marejados, porém sorri.

"Viu, Mamãe? Eles não têm provas. Ficará tudo bem."

Tento sorrir de volta. Ela não sabe o que entreguei para minha amiga ontem à noite. Giovanna carregava um frasco do veneno destinado à esposa do padeiro, Laura. Apesar de termos discordado, Giovanna cedeu e me disse que a morte dele ficaria na minha consciência, ao que dei de ombros. A morte dele e de mil outros, talvez. Todos merecedores. Todos culpados dos crimes de que apenas maridos, pais e amantes são capazes: crueldade, abuso, negligência. Meu ato condenou minha amada Giovanna? Se eu pudesse abrir as portas da prisão e trocar de lugar com ela, faria isso sem hesitar. Rezo para que nossa amiga tenha completado sua tarefa antes dos abutres do Santo Ofício terem-na encontrado, sabendo no meu coração que não foi o caso.

O tempo corre devagar.

As horas passam. Às vezes, me pego dando voltas no pequeno cômodo nos fundos da minha loja, passando pelas prateleiras de unguentos e remédios, andando sob os ramos de flores cheirosas deixadas para secar, então pela lareira, então pela cortina, então de volta pelas prateleiras. No canto, está meu armário, no qual guardo os itens perigosos, os remédios proibidos. Tento não olhar nessa direção, apesar de ele permanecer ali, teimoso. Quando sinto que não consigo mais andar, descubro que desmoronei na minha poltrona, a saia afundando como um pudim de ovos. Uma grande escuridão me domina, e sinto que estou afundando, assim como minha saia, e não consigo imaginar como eu fui capaz de me mover. Durante tudo isso, Girolama demonstra uma calma atípica. Ela prepara um ensopado, já que não comemos há muitas horas.

"Quando Graziosa vai voltar da sua peregrinação?", pergunta ela enquanto salpica tomilho e sal no caldeirão. "Venha, me ajude, Mamãe. Mexa isto enquanto corto o alho."

Sem entender como cheguei lá, vejo meu braço direito se movendo em círculos. No fim dele, uma colher de pau é empunhada por minha mão. Conforme meu braço se move, percebo que estou murmurando uma prece — ou talvez seja um feitiço — para trazer Giovanna de volta para nós. É um pedido por proteção, por segurança, por redenção.

"Quem sabe onde ela está, ou quando voltará?", me escuto dizer enquanto Girolama pica o alho. Quando ela termina, se aproxima, enfia um dedo na refeição de feijões e legumes e prova a mistura.

"Sem dúvida precisa de mais sal", declara ela, colocando os dentes de alho no ensopado e pegando o prato de cristais brancos sobre a mesa. Nela, estão minhas facas boas, meu pilão e almofariz, e ingredientes simples de cozinha: o sal, limões, uma tigela com ovos, um jarro com leite de cabra.

"Nossa beata pedinte com frequência passa semanas desaparecida e volta cheia de colares novos no pescoço, mais mal-humorada do que nunca", zomba Girolama.

Lanço um olhar exasperado para ela e percebo que estou voltando a mim. Sinto como se eu tivesse partido em uma longa jornada. Minhas costas doem, meu pescoço está tenso, e sinto a exaustão de uma nova mãe: ampla e infinita como o mar.

"Traga as tigelas", digo agora, mas minha filha não entende o sinal indicando que deve parar de maldade.

"Quem sabe qualquer coisa sobre a bruxa velha?"

"Quieta! Chamá-la de bruxa é condená-la — e não sabemos quem pode estar ouvindo!", alerto, queimando a mão no caldeirão enquanto sirvo o ensopado grosso na tigela de Girolama. Não consigo imaginar como irei comer; levar a colher até minha boca, mover o ensopado na língua, mastigar, então engolir. Parece uma tarefa muito além do que sou capaz.

"Dizem que ela teve mais maridos do que todas nós juntas, apesar de eu não entender como. Ela é tão mirrada quanto ranzinza, mas quem entende os desejos de um homem?", conclui minha filha, arqueando as sobrancelhas pretas.

É então que vejo as cartas, abandonadas ali. Como não as notei antes? Devo tê-las tirado do altar mais cedo, mas não lembro. O dia se tornou um borrão de espera salpicado com suposições temerosas. Os versos do *tarocchi* são decorados com riqueza, as bordas douradas contrastando com um fundo azul-escuro. O sol, cercado por seus raios irregulares, brilha atrás de cada uma. Esse é meu único tesouro de verdade — e parece também estar me *esperando*, como se cartas fossem capazes disso. Girolama, como se sentisse o mesmo, leva a mão a uma delas.

"O que você está fazendo, *mi amore*? Vamos deixar as cartas quietas por hoje, elas não trarão Giovanna para casa", digo, sentindo-me estranhamente nervosa ao vê-las.

Em vez disso, Girolama vira a carta.

O ar parece se tornar imóvel, o cômodo desaparece. É a mesma carta, é sempre a mesma carta.

Il Papa.

Deixo a tigela cair. O ensopado entorna. Um rato pula assustado do esconderijo. Ele foge, seu longo rabo desaparecendo em um buraco pequeno e escuro na parede.

30

ALEXANDRE

Minha mais nobre e amada mãe,

Como sempre, lhe escrevo com meu amor e com o conhecimento de que perdi a melhor das mulheres. Como sempre, escrevo com o vazio que sinto ao saber que não a tenho mais a meu lado. Faz vinte anos desde que me deixou e ascendeu ao Paraíso. Vinte anos de luto, no qual meu único consolo tem sido o ato de pegar minha pena todas as noites para enfim ficar sozinho com meus pensamentos sobre a senhora.

Vivemos tempos perversos, mãe. Nossos inimigos são internos e externos. São como cobras na grama alta, à espreita; presas expostas, cuspindo veneno. Os inquisitori *me dizem que homens estão morrendo, embora* la peste *dê sinais de diminuição. Meu irmão, Mario, que elevei ao cargo de comandante do Exército Papal, me diz que um número cada vez menor de pessoas é levado para os* lazarettos *toda semana.*

Homens bem-nascidos e comuns padecem em uma quantidade cada vez maior. Cavalheiros, padres, clérigos, mercadores, comerciantes, estalajadeiros — seus cadáveres formam pilhas, e os sepulcros da cidade estão a ponto de transbordar. Não sabemos a causa, e meus clérigos me dizem que as ruas e igrejas de Roma estão lotados de jovens viúvas, flertando e sorrindo, seu luto escondido como se nunca tivesse existido.

Bracchi pediu por outra audiência, que concedi de bom grado. Seus espiões vasculham a cidade dentro das muralhas, fazendo rondas em cada beco escuro, em lugares que a senhora nem imaginaria que existem — lugares de degradação, de miséria e pobreza. Lugares em que a prostituição reina, em que crianças chafurdam na imundície e sujeira, em que ladrões e gatunos circulam suas vítimas como abutres no deserto. Aqui, segundo me informam, existem boatos. Boatos estes que se espalharam de cortiços para os salões de baile dos nobres da cidade e além. Há falatório sobre uma empreitada de carnificina e massacre. A ruas de distância de onde estou sentado agora, em meus aposentos particulares na ala mais elegante do palácio, em cômodos adequados à minha posição, a perversidade impera.

Ele me conta sobre um círculo de envenenadoras que trabalha em algum lugar nesta que é a cidade mais sagrada — um fato revelado por uma pecadora arrependida para seu confessor. Essa mulher, essa Dalila, conversou com seu padre, que se apresentou diretamente a Bracchi. Ela disse que obteve um veneno capaz de matar um homem com quatro gotas, porém não o utilizou. Essa mulher, que não deu seu nome, disse que o havia recebido daquelas que se declaram salvadoras do sexo feminino. Sem mais informações além disso, estamos cegos, como falei a meu inquisidor. Insisti que Bracchi a procurasse e a levasse a seus aposentos para ser interrogada. Ele se recusou. Ele não quer que as responsáveis saibam que estamos em seu encalço. Deixei que ele faça como prefere, mas o tempo urge. Homens estão morrendo. Aqueles que se destacam de pessoas de baixo nascimento por gênero, por classe, por dignidade.

Meu grande amigo Camillo Maretti me conta que é comum que o sexo frágil se aventure com poções e elixires, por amor ou ciúme, para curar abandonos e ódio. Ele sabe de uma mulher chamada Giovanna de Grandis que está envolvida com esses métodos sórdidos. Informei Bracchi, que a trouxe para minhas masmorras, apesar de ter sido em vão. Ela não carregava nada consigo além de um frasco de água benta, não confessou nada e não conhecia nenhuma envenenadora. Uma revista completa por seu apartamento não revelou nada, e, sendo assim, ela foi liberada, porém Bracchi está no caminho certo, disso tenho certeza.

É minha missão declarada, talvez a mais importante de meu reinado, revelar essas bruxas hereges, trazê-las para a luz da honradez, despi-las de seus poderes anormais e mostrar a elas o poder de Roma, a glória de Deus e a justiça que devem encarar, como todos nós devemos, aos pés do Senhor Todo-Poderoso.

Vou encontrá-las, mãe. Prometo que vou encontrá-las.

*Seu filho amado,
Sua Santidade Alexandre VII*

Olho para minha carta, sabendo que há muito que não disse. A tinta seca no pergaminho grosso, a pena ainda em minha mão, mas sei que as palavras permanecerão não escritas. Tenho uma ânsia, uma ânsia pecaminosa. Tenho pensamentos luxuriosos. Quero compartilhar esses distúrbios, pois é isso que são, com alguém, porém ninguém mais além de mamãe poderia ouvi-los, e ela está morta. Quero escrever e descarregar minha alma das ânsias do meu corpo, das terríveis luxúrias da carne que começaram quando vi aquela mulher na praça. Ela se escondeu rapidamente, mas não antes de eu ver seu cabelo, da cor dos campos de trigo que ocupam os arredores da cidade onde nasci. Ele pendia em cachos. Ele se ondulava por suas costas. Seus olhos verde-mar, quando os avistei, pareciam inundar seu olhar sobre o meu. Esse vislumbre, essa incerteza, não faz nada além de atormentar, de seduzir. Ela me olhou, e era como se tivesse enxergado dentro da minha alma e visto algo precioso, algo primitivo. Quem dera eu pudesse contar à minha mãe sobre essa obsessão estranha, impossível, improvável; talvez então ela desaparecesse. Talvez os sonhos que tenho com ela, noite após noite, acabassem.

Como posso ter sonhos tão vívidos com uma mulher que não conheço? Que fogo ela acendeu dentro de mim? Que bruxaria ela lançou sobre minha pessoa? Quando guardo minhas cartas para mamãe em minha gaveta escondida, tranco meus segredos. É então que ela surge em minha mente. Aquele olhar. Aquele olhar direto. Então, sou dominado por uma ânsia que não consigo saciar.

Imagino como seria acariciar seu cabelo, e estremeço. *Como posso dizer essas palavras para a senhora, mamãe? Como posso ansiar por seu carinho maternal enquanto minha pele arde por uma mulher de carne e osso com olhos da cor do mar?*

Devolvo minha pena à mesa. Talvez eu esteja com febre.

31

GIULIA

"Giovanna, você está em casa, sã e salva! Eles a soltaram", digo, jogando meus braços ao redor de minha amiga, inalando seu calor familiar, o cheiro da boticaria, apesar de haver outro odor. Algo bestial. Algo sórdido e sujo. O que fizeram com minha amiga em sua prisão fedida?

Faz quase uma semana desde que a levaram. Uma semana na qual sofri e tive crises de fúria, chorei e torci por este momento, pensando que jamais chegaria. Curiosamente, no momento exato em que eu queria controlar a Visão para que me mostrasse se ela estava viva ou morta, eu sentia nada: nenhum sinal, nenhuma dica, nenhum aviso. Não ousei abrir as cartas. Em vez disso, rezei com o fervor de uma criança. Rezei para nossos deuses, nossas divindades: as montanhas, o mar, o céu arqueado sobre nossas cabeças, o rio que brilha na luz do sol. Não temos nomes para nossos deuses, não temos rituais nem livros de oração. Não temos Bíblia. Cultuamos o poder que faz a semente crescer no solo, que abre as pétalas de flores, que faz uma criança crescer no útero da mãe, que respira morte tanto quanto vida. Cultuamos com uma reverência que é simples e alegre — e herética por natureza. Fui ensinada por minha mãe, e ela pela dela, e assim por diante ao longo da história. As propriedades de plantas, os momentos de colheita, os momentos de plantio, tudo foi sussurrado para mim por uma longa linhagem de mulheres, e com elas vieram nossa religião simples, o prazer no voo de um corvo, na lua e em seu brilho prateado.

Eu me afasto para olhar Giovanna. "Você está pálida! Não deve comer há dias. Mas deixaram mesmo que fosse embora?".

Minha filha, Maria e Graziosa, que voltou de sua peregrinação tão truculenta como sempre, nos cercam. Somos como abelhas ao redor de uma flor, todas zumbindo de alívio e felicidade.

"Sente-se, *mi amore*. Girolama, prepare um tônico para Giovanna. Graziosa, traga a cadeira. Maria, pegue pão e um pouco daquele queijo de cabra do mercado", digo.

Giovanna apoia a cabeça no meu ombro. Eu seria capaz de chorar de alegria, e descubro que, de fato, as lágrimas já escorrem.

"O que fizeram com você?', pergunta Girolama enquanto mistura as ervas florais suaves que trarão conforto à nossa amiga.

"Muito pouco", responde Giovanna, sorrindo. "Sim, estou com fome, mas não me torturaram. Eles me soltaram. Não encontraram provas de bruxaria."

Com isso, Giovanna ergue o olhar para mim de onde está sentada. Ela adivinha que as outras não sabem sobre o frasco que estava escondido em seu vestido desbotado de viúva.

"Coma agora, *mi amore*. Reúna suas forças e agradeça aos deuses pelos *inquisitori* não terem visto o que está bem debaixo de seus narizes", digo, sabendo que conversaremos mais tarde, quando as outras saírem para distribuir remédios.

Quando as outras seguem seus caminhos — para a missa, para lavar roupa no rio, para o mercado —, sento ao lado de minha amiga.

"Por que a soltaram?", murmuro.

Giovanna me encara. Ela suspira e dá de ombros.

"Vai saber. Eles não tinham provas, então me libertaram. É a lei."

Concordo com a cabeça.

Tirando que a lei não se aplica a pessoas como nós.

"Encontraram o frasco de *aqua*?"

Giovanna se vira para mim.

"Encontraram. Eu pretendia entregá-lo para a mulher do padeiro naquela manhã, apesar de você saber a minha opinião sobre isso. Eu passaria lá antes de ele acordar para preparar a massa para deixá-la crescer, mas fui levada antes do galo cantar. Fui ordenada a acompanhá-los até a prisão nas margens do Tibre. Eu me tremia toda. Revistaram minhas roupas e encontraram o frasco. Falei que era um frasco de água benta, como sempre planejamos. Não pensaram em testar ou provar."

"Onde está o frasco?", pergunto.

Giovanna dá de ombros. "Ficou com ele. Sem dúvida, jogaram fora. Caso contrário, eu estaria pendurada com todos os infelizes do outro lado da cidade."

Estremeço. Minha amiga conseguiu mesmo escapar do escrutínio deles com tanta facilidade?

"Giulia, não se preocupe. Estou livre. Acreditaram em mim e não encontraram nada que reconhecessem como veneno ou bruxaria."

As palavras fazem sentido, mas, por baixo delas, sinto algo pulsar. Será mesmo que os *inquisitori* foram despistados com tanta facilidade? Decantar o veneno em garrafas com a imagem do santo parece ter dado certo, como sempre planejamos. Mas ainda assim...

"Eles perguntaram sobre Celeste de Luna?"

Meu questionamento faz Giovanna dar um pulo.

"Como você sabia?", diz ela.

"Padre Don Antonio me contou que o amante cardeal dela a viu colocar alguma coisa em seu vinho. Fomos falar com a Celeste. Perguntei o que tinha acontecido, e ela disse que entrou em pânico quando foi ordenada a dar um nome..."

"E deu o meu", conclui Giovanna.

"Sim", respondo, franzindo a testa.

"Já está feito, Giulia", afirma Giovanna, e é como se ela me consolasse. "Estou viva. Estou aqui. Isso é tudo que importa."

Eu deveria me contentar com essa fuga miraculosa. Eu deveria agradecer pela liberdade de minha amiga, pela rapidez com que a tempestade passou, mas não consigo. Não confio nessa paz. Talvez eu não confie mais em nada.

As olheiras fundas no rosto de Giovanna me dizem que devo parar com minhas perguntas.

"*Mi amore*, vá dormir. Vou preparar sua cama e cuidar de você. Você fez muito bem em não dizer nada." O que eu não digo é: *Vamos rezar para isso ter sido suficiente.*

* * *

Na manhã seguinte, nosso círculo se reúne. Um conventículo, de fato.

"Não podemos presumir que estamos seguras", digo. "Apesar de terem liberado nossa amiga", aqui, sorrio para Giovanna, que continua pálida, "devemos interromper todos os negócios com exceção de ervas medicinais e cosméticos. É perigoso demais distribuir minha *aqua*."

"Mamãe, a senhora se preocupa demais!", minimiza Girolama. "Os *inquisitori* não sabem de nada. Caso contrário, por que a soltariam?"

"Não sei, filha. É isso que me assusta", rebato. Sei que minha próxima frase despertará sua fúria. "E você não pode ir para suas nobres nem para suas festas, não agora. É arriscado demais..."

Girolama explode antes mesmo que eu termine.

"Não! Não vou ficar aqui dia e noite, presa à sua lareira e à boticaria! Tenho clientes que dependem de mim. Tenho..." Então ela se interrompe.

"Você tem...?", questiono. Minha filha impetuosa está ruborizada?

"Nada, Mamãe. Não tenho nada", diz ela, mas vejo que está abalada.

"Você conheceu alguém", digo em um tom calmo agora.

Uma emoção que não sei nomear passa por mim. É como ternura, e é como se cada parte de ser mãe tivesse sido destilada neste momento. Girolama, minha única filha e uma mulher crescida, está apaixonada. Ela seguiu sua própria vida, e apesar de eu esperar que isso acontecesse, descubro que não me preparei. Meu coração dói. Há um espaço em que tudo que não é dito paira, e é nele que minhas palavras permanecem; elas não vêm.

"Ele tem um nome?", digo após um tempo. "*Mi amore*, você sabe que não pode vê-lo, pelo menos não até o tempo passar e descobrirmos mais..."

"Mais? Não há nada mais, Mamãe! Giovanna foi solta sem ser acusada de nada e sem intromissões. Estamos livres para seguir em frente. E, sim, Mamãe, conheci alguém. Estamos apaixonados, e ele quer se casar comigo."

Há um silêncio chocado enquanto essas palavras se acomodam no ar entre todas nós. Maria está murmurando para si mesma, mas seus olhos brilham. Graziosa se senta diante da parede de prateleiras. Uma serpente se enrosca em seu frasco. Um feto abortado flutua por perto, e gavinhas de plantas esticam seus braços lânguidos no óleo em que estão suspensas. Giovanna se levanta e vem para meu lado.

"A Giulia tem razão. Não podemos arriscar chamar mais atenção. Eles conhecem o meu nome. Um homem inteligente não demoraria muito para associá-lo ao seu, e ao de todas vocês. Vou continuar com o trabalho de parteira. Graziosa vai distribuir remédios para dores de dente e gota. Maria fará o mesmo. Giulia atenderá as clientes na frente da loja. Todo o resto será interrompido. Nada de adivinhar o futuro, nada de ler sortes, nada de *aqua* — nada a que o Santo Ofício se oporia."

"Eles sempre vão se opor", murmura Girolama, mas vejo que foi convencida.

"Então, quem é esse homem que deseja casar com minha filha?", pergunto a Girolama depois que as outras foram embora.

Mais uma vez, minha filha fica ruborizada.

"O nome dele é Paolo..."

"Prossiga", digo, acrescentando erva-santa em pó a um emplastro, com canela, noz-moscada e cravos. O ar está aquecido pelo aroma de temperos doces e amargos.

"Ele é bonito. Ele é espirituoso e bem-relacionado, e me ama..."

Sinto que há algo mais, algo afiado como a lâmina fria de minha faca.

"Prossiga", repito, esperando.

Outra pausa.

"Ele é nobre..."

"Um nobre", repito. Minhas palavras são suspensas entre nós enquanto refletimos sobre essa notícia impossível.

"Mamãe, ele me ama, de verdade. Estamos casados mentalmente. Ele prometeu que casará comigo quando sua família concordar." Nunca vi essa expressão antes no rosto de Girolama. Ela parece inebriada. Ela se permite um sorriso, enquanto seus olhos escuros brilham. Ela brinca com uma esmeralda em seu dedo. É uma pedra nova, sobre a qual não pensei em perguntar. Agora, é claro, percebo de onde ela veio.

Estou dividida entre o desejo de sacudir Girolama e o desejo de consolá-la. Preciso explicar a ela que isso jamais vai acontecer? Ela é uma jovem inteligente, mas parece ter sido cegada pelo afeto — e pelas promessas dele.

"E quando isso vai acontecer?", prefiro dizer.

Nós nos olhamos. Minha filha balança a cabeça como se quisesse dispersar minhas palavras.

"Ele me prometeu", afirma ela. Descubro que não tenho coragem de contrariá-la. Um nobre jamais se casará com uma vidente, mesmo que ela seja *La Strologa*. Sua família jamais permitirá. No seu coração, acho que ela também sabe disso.

Como se lesse minha mente, Girolama diz: "A senhora está errada, Mamãe. Todas as noites, Paolo me diz que logo estaremos juntos. Ele fala que sou uma deusa que veio a este mundo para salvá-lo de um casamento terrível com uma condessa feia de Gênova".

"Tome cuidado, Girolama", respondo. "Apesar de termos escapulido das garras da Inquisição desta vez, precisamos ficar atentas. Você não sabe quem esse homem é de verdade e para quem a família dele trabalha, seja para o governo ou para a Igreja. Não sabemos se podemos confiar nele. Sinto muito, filha."

Se Girolama me xinga baixinho, não presto atenção. Finjo não escutar. Eu teria feito o mesmo.

32

GIULIA

As injustiças não param.

Há meses, todos os dias, mulheres vêm à loja, ou procuram alguém do meu círculo enquanto elas seguem com suas rotinas. Todo dia, sou procurada por mais uma esposa agredida, ou amante entediada, ou mulher com raiva, ou meretriz negligenciada, todas me implorando por uma cura para seus problemas. Toda noite, eu me sento diante do meu armário depois que as outras partem, com a chave na mão, refletindo.

Os *inquisitori* não vieram. Parece que deslizamos para fora de suas garras como enguias escapando de um caldeirão emborcado. E ainda assim, há uma nota grave, uma vibração. Ela me fala de coisas não ditas, de conhecimento adquirido, apesar de ser uma sensação trêmula. Ainda assim, fico esperando, minha loja vendendo apenas medicamentos para os males que assolam o corpo. Não confio no silêncio, na espera, mas por quê? Decerto, se tivessem testado a "água benta" no frasco de Giovanna, já teriam vindo. Talvez seja apenas uma questão de ainda não terem nos encontrado.

Neste vazio entre o passado e o que ainda pode ser, penso em minha mãe. Penso no cuidado dela e em como parou de distribuir a *aqua* quando Faustina foi levada. Penso no quanto ela se importava com as mulheres que ajudava, e também penso no veneno. De um jeito que não consigo explicar, sei que o veneno me *escolheu*. Ele me reivindicou como sua própria criatura naquela primeira noite em que minha mãe me ensinou a prepará-lo. Mamãe nunca tocou no assunto nos meses seguintes. Ela o usava para ajudar mulheres, por se compadecer com seus casamentos ruins e homens cruéis. Ela não vingava nada nem ninguém.

    Como é diferente para mim. Para mim, é mais profundo. Sempre foi. Sinto *falta* do meu veneno. Sinto *falta* de pensar em sua jornada, pingando em uma jarra de vinho tinto da cor do sangue. Sendo colocado gota a gota na sopa que borbulha na fornalha da cozinha de um cavalheiro. Sinto falta de ouvir seu suspiro enquanto desce por uma garganta, passando pelo *pomo d'Adamo*, a mordida do fruto proibido de Eva que para sempre está entalada na garganta dos homens, descendo para o estômago onde se torna ácido; invisível, silencioso, mortal. Admito que vivo sob seu domínio, mas também há culpa. Parei de distribuí-lo, e as mulheres a quem eu poderia ter ajudado agora estão sem proteção. Eu me pergunto o que minha mãe pensaria. Afinal, Giovanna foi solta. Faustina, não. O perigo era diferente, ou parece ser. Mesmo disso não posso ter certeza.

    Fico me perguntando quantas mulheres morreram desde que paramos de distribuir a *aqua*, quantas poderiam ter sido salvas, mesmo que os homens paguem o preço. Talvez isso não importe. Não para Deus, de toda forma. O que é a morte de um pecador em comparação com a de outro? Mas importa para *mim*. Todo pedido sussurrado, toda visão de um pulso machucado ou de um olho roxo, toda mulher usada, entediada, abandonada permanece comigo. O veneno também permanece comigo. Por que ele me escolheu? Que escuridão dentro de mim clama por ele?

    Sei que devemos continuar sendo cautelosas. Esse veneno, essa *aqua* foi a maldição de minha mãe — como é minha agora.

Abrir o armário pesa menos sobre minha consciência do que imaginei.

    É preciso apenas um mero deslize da chave dentro do buraquinho, virá-la e abrir a porta de novo. Lá dentro, há uma boa quantidade de balas de chumbo e frascos, uma fileira de imagens do santo em uma pose de benção permanente, mas nenhum arsênico. O ingrediente principal. O rei dos venenos.

Leva um mísero instante para que eu perceba o que estou prestes a fazer. Infringindo minha própria regra, visto o manto, saio para a *piazza* e chamo uma criança com um gorro tão enterrado na cabeça que não consigo ver seus olhos. Ele aceita minha moeda, escuta minhas instruções sussurradas e, com um aceno de cabeça, sai correndo. Para entregar uma mensagem. Avisando ao padre que estou a caminho. Se os rumores forem verdadeiros, ele não estará em San Pietro in Vincoli hoje à noite. Não. Esse meu padre, esse clérigo renegado, estará envolvido em outros serviços, em outro lugar além das muralhas da cidade, longe do olhar atento de seus colegas de sacerdócio. Tenho uma longa caminhada pela frente.

Quando o céu escurece, a cidade muda de um lugar de mercadores e comerciantes para um de rufiões e ladrões.

Giovanna e Graziosa estão cuidando de um parto em que a criança está invertida e podem demorar muitas horas, enquanto Maria vende pequenos encantos na forma de pedaços de pergaminho escritos com letras minúsculas, parecendo marcas de pássaros, em uma linguagem completamente inventada por ela, em troca de *baiocchi* nas tavernas. Girolama deve estar emburrada em uma estalagem ou um salão em algum lugar.

Meu destino é o nordeste da cidade. É um trajeto perigoso, incerto, pois sigo para uma igreja fora das muralhas, Sant'Agnese fuori le mura. Lá, atravessarei a Porta Nomentana para encontrar o padre Don Antonio. Atravessarei a noite para ir e voltar. Enquanto saio, envio invocações para os deuses que cuidam de nós, mulheres astuciosas, e pedirei pela proteção de Mamãe. Por sua graça, não serei vítima dos degenerados e gatunos que perambulam e se misturam com os bons cidadãos de Roma. Carrego uma bolsa pesada com ouro, então devo ficar atenta. Também levo uma pequena faca, que carrego comigo desde jovem; afiada, embainhada, guardada dentro do meu corpete, seu cabo com o formato de um crucifixo.

As ruas estão agitadas e atravesso o centro da cidade sem problemas. Chego ao lugar em que três ruas convergem na fonte alimentada pelo aqueduto da Virgem. Entremeando-me por vielas estreitas, chego ao Panteão, suas colunas enevoadas como se cobertas por um véu cinza de séculos passados. Prostitutas chamam clientes. Bêbados cambaleiam. Estalajadeiros berram. Soldados andam empertigados. Uma mulher carregando um fardo de roupa olha na minha direção e caminha atrás de mim antes de desaparecer pelas ruas noturnas.

 Continuo andando até alcançar ruas menos familiares. Aperto a bolsa pendurada em minha cintura e sigo em frente, cada passo hesitante, desconfiada de todos os sons. As construções se dispersam para revelar um terreno aberto. Minhas botas tropeçam na estrada desnivelada. Passo por portões de conventos, trancados durante a noite. O caminho adiante é escuro, iluminado apenas pelas chamas de uma tocha ocasional em sua arandela. Sinto que estou perto, e em uma questão de segundos me deparo com as muralhas da cidade emergindo na escuridão. Dois guardas estão sentados diante de uma pequena fogueira, rindo, bebendo direto das garrafas. Paro, hesitante. Então, saindo das sombras, vejo um monge com uma batina marrom tecida em casa; sua cabeça é tonsurada, seus olhos buscam por mim.

 Dou um passo à frente, e ele me vê. Ele concorda com a cabeça, e sei que estou segura. Juntos, nos aproximamos dos guardas, que erguem o olhar, despreocupados e sem interesse em nós. Ofereço dois *giuli*. O ouro brilha sob a luz da fogueira. Eles concordam com a cabeça, e jogo as moedas no chão enquanto eu e o monge passamos pelo portão que um deles segura aberto. Do outro lado, percebo que estou prendendo a respiração.

Não demora para alcançarmos a basílica.

 Ela é discreta do lado de fora, com uma fachada simples, apesar de ser difícil determinar isso na escuridão da noite. Em algum lugar, os sinos soam. Em algum lugar, um bebê chora, apesar de o som ser fraco. Um cachorro gane.

 "Por aqui, mas faça silêncio. O padre está conduzindo uma cerimônia especial."

 Porém o monge se afasta da igreja e passa por um pequeno arco. Ele me guia para o lado de fora, rumo a uma pequena construção abobadada que parece um mausoléu. Ele empurra a porta e sinaliza para que eu o siga. Com o coração disparado, entro. O espaço circular abaulado está quase todo escuro, com exceção de duas pequenas chamas que parecem pairar acima de um único altar sob o ponto mais alto do domo. Conforme meus olhos se ajustam à escuridão, vejo que elas não estão flutuando, mas sim estão nas mãos de alguém, de uma mulher. Ela está nua sob a luz das duas velas pretas que segura nas mãos esticadas. Seu corpo é surpreendentemente branco. Meu primeiro pensamento é que ela deve estar com frio, já que a baixa temperatura do inverno continua, mesmo sendo primavera. Seus olhos estão fechados, e suas pernas abertas revelam o pelo preto espesso entre elas. Sombras se aproximam e se afastam conforme o padre, em uma batina preta, é revelado por seu movimento. Ele caminha até a mulher prostrada e coloca um cálice sobre sua barriga.

Este é o cálice do meu sangue.

Padre Don Antonio está celebrando uma Missa Negra, um ato que pode levar todos nós à forca. A voz do padre agora se eleva pelo ar úmido, e sinto a vontade súbita de fugir. O monge, notando meu nervosismo, leva uma das mãos a meu braço. Seu toque é surpreendentemente gentil.

"Espere, senhora, ele já vai terminar. Está tudo bem."

Mordendo o lábio e sentindo o gosto metálico de meu próprio sangue, dou um passo para trás e sinto as paredes frias de pedra que cercam este lugar, mas obedeço. Ah, não sou ingênua. Sei que essas missas ocorrem em igrejas afastadas do centro de Roma, longe de olhos bisbilhoteiros e dos espiões dos *inquisitori*. Sei que Don Antonio é um exorcista, um padre renegado que, pelo preço certo, executará uma série de cerimônias ilícitas, oferecerá toda sorte de serviços ilegais, incluindo o motivo para eu estar presente hoje. Esta é a primeira vez que a vejo sendo celebrada. Há uma pontada de algo na minha barriga enquanto observo, algo parecido com ciúme, apesar de ser um momento estranho para me sentir assim.

Faz muitos anos que o conheço. Um encontro ao acaso em uma taverna, pouco depois de Giovanna, Girolama e eu chegarmos a esta cidade efervescente e fétida, e um acordo foi firmado, um pacto foi feito — alguns diriam que com o diabo. Sem Don Antonio, talvez nunca tivéssemos começado nossa empreitada. Sem esse padre, poderíamos ter sido lavadeiras, esfregando meias sujas em troca de algumas moedas na beira do rio. Algumas pessoas teriam achado essa uma vida melhor. Uma vida decente, honesta, apesar de árdua e de pouco dinheiro, de sopas ralas na janta e uma cama de palha dura, infestada de pulgas, para deitarmos a cabeça todas as noites.

Por que um homem nascido em meio à riqueza e ao poder se rebaixaria em fazer o trabalho do diabo por dinheiro? Por que um homem nascido em posição de privilégio cogitaria negociar veneno com uma mulher como eu? Ele pode vir de um bom berço, mas passa suas noites se misturando a nós, que vivemos na sujeira e nas sarjetas da Roma Antiga. Em outra vida, eu poderia desejar conhecê-lo, eu poderia querer respostas; porém nesta, não penso em nada, não busco nada, ou pelo menos me esforço para isso. É mais seguro assim. Não faço perguntas. Ignorância é proteção, mesmo que parca.

Esse sacrilégio — essa profanação — é um pecado grave. É o primo profano do ato mais sagrado de Deus; transformar o pão em carne, o sangue em vinho. Observo agora como se enfeitiçada. A mulher está imóvel, imóvel demais. Por um instante — o intervalo entre as batidas do meu coração —, me convenço de que ela está morta e que estou testemunhando um sacrifício. Mas então ela mexe o braço, a luz bruxuleia, e entendo minha estupidez. Como ela poderia manter as velas de pé se de fato tivesse sido assassinada? Minha mente me prega peças. Puxo o ar com força, tentando me acalmar, apesar de me sentir trêmula e nervosa. Mas não vou embora.

33

GIULIA

A missa termina.

Escuto uma carruagem chegar lá fora e percebo que deve ser para a mulher. É claro, para bancar essa cerimônia, ela deve ser rica, até nobre. Talvez ela anseie por uma criança e não consiga engravidar de outra maneira. Talvez reze para o diabo pelo amor de um homem que a rejeita. Talvez reze para sair dessa vida, para escapar de sua prisão dourada. Só posso imaginar seus motivos.

Dou um pulo quando uma silhueta escura surge na minha frente. Ela afasta o capuz e se revela como o sacerdote.

"Padre", murmuro, sem saber quem pode estar escutando.

"Senhora", responde ele, sorrindo, como se tivéssemos nos encontrado por acaso.

"O senhor tem o que vim buscar?", pergunto.

"É claro, senhora. Como sempre, tenho seu pedido, apesar de ter lhe pedido para tomar cuidado. Estes são tempos difíceis..."

Por um instante, nenhum de nós fala. Não desvio o olhar do seu. É um olhar franco, direto, desafiador, porém sem hostilidade. Esta noite, ele parece mais homem do que padre. Ele seca o suor da testa, e as mangas da batina deslizam. Seu braço é forte, apesar de sujo de sangue agora. Dou um passo na sua direção. Quase aproximo meu rosto. Ninguém além do monge saberia. Seria outro de nossos segredos. Mas, quando me movo, escuto o som de cavalos relinchando e o barulho das rodas da carruagem virando. A voz do cocheiro grita uma ordem. Uma forma se move, entra correndo na carruagem, e então eles partem. A dama está segura lá dentro, voltando para seja lá o que falta em sua vida. Volto a encarar Don Antonio. Ele me observa com um olhar estranho. Como um homem faz com uma mulher que deseja.

É minha vez de sorrir.

"Meus pacotes?"

"Seus pacotes, é claro." Ele continua a me analisar como se fosse um artista desenhando meu retrato. Continuo a sorrir. Então, ele pega algo que o monge lhe oferece. Eu mal tinha notado a presença do outro homem.

Ele me entrega dois pacotes, o dobro da minha quantidade habitual. Não preciso lhe dizer que sou procurada por mais mulheres do que eu seria capaz de ajudar, sobretudo desde que encerramos essa parte de nossos serviços. De algum jeito, sinto que ele me entende, apesar de, mais uma vez, ser inconcebível como isso seria possível.

Em troca, lhe entrego a bolsa, retirando de dentro de minha saia. Quando estou prestes a sair, a mão dele toca meu braço. Eu paro. Viro para o encarar de novo. O que foi agora? Há alguma pendência em nosso acordo?

"Senhora, há alguém que deseja conhecê-la."

Não era isso que eu esperava.

"Muitas procuram meus serviços, padre."

"Mas é claro, senhora", diz ele, afastando o olhar por um instante. "Sou confessor de uma jovem dama."

"O que tenho a ver com isso?", indago, dando um passo para longe. Ele não retira a mão de minha manga.

"Talvez ela não tenha importância para a senhora. Talvez, por outro lado, a senhora possa ajudá-la como já ajudou tantas outras. Ela pagará o que pedir…"

Olho mais uma vez para o padre e me pergunto o que isso significa. Ele me pede para tomar cuidado, e então, isto.

"Uma nobre? Como eu poderia ajudá-la?"

Ele sorri de novo, se aproxima até eu conseguir sentir seu cheiro por baixo do incenso. É um aroma levemente amargo; suor misturado com uma masculinidade indescritível.

Desta vez, hesito, incerta de repente. Ele me solta, e sinto a marca de seu toque em minha pele.

"Encontre-se com ela", diz ele, sua voz um mero sopro de ar. "Escute o que ela tem a dizer. Talvez, depois, consiga enxergá-la como uma mulher, igual à senhora, igual à sua família e às suas vizinhas, apesar de a dela ser uma das mais importantes destas terras."

"Ela não será como minha família e minhas vizinhas. Ela jamais saberia como somos, nem adivinharia como são nossas vidas", afirmo. Meus lábios estão frios. O ar parece sugar a umidade e o orvalho dos túmulos sob nossos pés. É como se Roma tivesse desaparecido, deixando-nos aqui, travando nossa negociação, cercados pelos mortos.

"Não me peça isso. Meu círculo..."

"Diga a elas que esse é o preço dos meus serviços à senhora, se precisar falar alguma coisa. Não posso abandoná-la. Ela não é uma mulher que pode escolher o próprio destino."

"Alguma de nós pode?"

"Por favor, ajude-a por mim."

Faço uma pausa. Respiro. O ar noturno preenche meus pulmões e escapa com um chiado.

"Seria um risco absurdo", digo.

"Mas peço a você", responde ele.

Então esta é uma negociação, por assim dizer.

Concordo com a cabeça, apesar de uma coisa ser certa: não contarei sobre nada disso para minha irmandade.

"Diga a ela para ir à minha loja. Diga para ela pedir por uma cura para um mal feminino. Conversaremos então."

O padre acena agora. Há um leve suspiro das sombras; uma mudança no ar. Olho, mas nada vejo. Talvez um rato. Provavelmente o monge. Não perco tempo. Todo segundo que permanecemos aqui é preenchido pelo perigo de sermos descobertos, apesar de a noite estar no seu momento mais escuro. Quando me viro para ir embora, sei que ele permanece me encarando.

* * *

Quando começo a longa jornada para casa, tento desemaranhar os eventos da noite. Para o padre me pedir algo assim, a primeira vez que o faz nos muitos anos de nosso convívio estranho, compreendo que muito deve estar em jogo, muito que desconheço.

No meu caminho de volta, o céu vai clareando para tons alaranjados, a noite já desaparecendo no dia conforme atravesso as muralhas da cidade. Desta vez, os guardas levantam a cabeça. Seus olhos me acompanham enquanto caminho rápido. Tenho pressa como se cães estivessem em meu encalço. Uma sensação cresce dentro de mim: de que preciso correr, permanecer na frente daquilo que me persegue; dentes rangendo; mandíbulas babando. Ajudar uma mulher de família e nascimento nobres é um risco maior do que todos que já corri. A pessoa para quem ela deseja oferecer minha cura, seja lá quem for, também será alguém de nascimento semelhante, que terá posição social, família, riqueza. Mantive meu círculo seguro lidando com mulheres comuns, mulheres sem essas coisas, mulheres invisíveis para todos além de nós. Esse é um terreno desconhecido. O caminho adiante é perigoso. Fico me perguntando por que não recusei o pedido do padre. O ar noturno me deixou tonta? Ou me tornou tola o suficiente para concordar? Os pacotes, escondidos nos bolsos secretos de minha saia, batem em minhas pernas enquanto ando, me lembrando de que não existe segurança para mulheres como nós. Pensar o contrário seria tolice. O risco pode ser maior, porém ele sempre existiu.

Minha mãe vem até mim conforme me aproximo de ruas conhecidas. Ela paira a meu lado enquanto, bocejando, procuro minha chave. Ela suspira contra minha pele quando sento em minha poltrona, sabendo que não dormirei, sabendo que não falarei sobre nada disso com meu círculo. Deixarei que elas durmam e tenham sonhos melhores. Deixarei que sigam com a vida sem medo, ou com menos medo. Deixarei que permaneçam ignorantes, pois, assim, não saberão nada disso se forem levadas. Os pensamentos pairam como poeira do mausoléu conforme o novo dia raia, agora santificado pelo clamor dos sinos que ressoam pela cidade.

34

GIULIA

O ar se move, reorganizando-se ao redor da figura que agora ocupa a porta da minha loja.

É como se o barulho da rua emudecesse. Até os cavalos parados na *piazza*, presos à carruagem dourada, ficam silenciosos. Por um instante, a luz parece resplandecer, mas talvez seja apenas a vivacidade da saia de seda vermelho vibrante da mulher. As mangas são compridas, sua *camicia* é feita de seda, seu véu cai sobre o suntuoso cabelo castanho. Ou talvez sejam os diamantes em seu pescoço, os rubis e os cordões de pérolas que parecem piscar quando ela entra, junto da grande cruz ornamentada pendurada em seu pescoço elegante. Seu cheiro preenche o espaço. É uma mistura intensa de almíscar e bergamota; forte, impetuoso, prolongado.

"*Nobildonna*, como posso ajudar?", falo, ofegante.

Só sua capa custa mais dinheiro do que terei em uma vida inteira. Essa criatura dá outro passo, apertando uma bolsa de veludo contra o peito. Ela é a única cliente na loja, e agradeço aos deuses por trazê-la apenas quando o negócio está devagar, pouco antes de eu fechar no intervalo entre as orações do meio-dia e a missa da tarde, quando o calor do começo do verão começa a se dissipar.

"Obrigada. Vim comprar cremes para minha pele. Me disseram para solicitar a siciliana que é habilidosa com as ervas", diz ela, olhando ao redor. Ela analisa as fileiras de potes de barro nas prateleiras, os pacotes de misturas de ervas, os frascos de tônicos e xaropes.

"Disponha, *nobildonna*..."

"*Duchessa*", corrige ela, sorrindo.

"*Duchessa*", repito, inclinando a cabeça. "Tenho loções e cremes para pele que solucionarão qualquer problema."

Ela é rechonchuda, graciosa e jovial. Sua voz é doce e suave; seu rosto, emoldurado por cachos. Um rubor delicado tinge suas bochechas, e, quando ela se move, o material elegante de seu vestido sussurra — *shhh, shhh*. Entendo por que minha filha Girolama sente tanto fascínio pelas clientes nobres, apesar de eu de fato não conseguir explicar um motivo por trás de minha curiosidade, além de sua riqueza impressionante.

Ela se move devagar, como se hesitasse, mas para diante de mim e da mesa de madeira em que divido misturas e embalo produtos. É impossível não comparar sua elegância com minha veste de trabalho feito de linho da cor de ferrugem, uma sobreveste marrom atada com fita azul, e um avental para cobrir minha saia. Meu pescoço não exibe joias, e me lembro, da época em que estive sob a tutela de um homem rico, de como elas são pesadas, de como são opressivas e frias. O perfume dela é inebriante, e seu porte, altivo, régio.

Ela não está sozinha. Uma mulher permanece próxima à porta, atenta.

"Espere aí, Lucia."

Essa é uma mulher acostumada a dar ordens. Estou prestes a reclamar, dizendo que Lucia pode impedir que outros entrem se ficar bloqueando a passagem, porém, é claro, esta precisa ser uma transação confidencial.

"Meu confessor me conta que a senhora é a única pessoa nesta cidade que pode me oferecer o remédio que desejo."

Não consigo evitar — olho ao redor como se um inquisidor e seus demônios pudessem estar escondidos nas sombras. Porém não há nada aqui.

Concordo com a cabeça.

"É melhor vir por aqui, *duchessa*."

Afasto as cortinas e gesticulo para que ela me siga. Ela vem sozinha. Sua criada permanece onde está, bloqueando a entrada.

A saia da mulher roça meus móveis; um banco de três pés; uma cadeira entalhada, seu forro de veludo gasto nas extremidades; uma mesa longa de madeira, manchada de tinturas, sobre a qual está meu pilão e almofariz. Ramos picados e pétalas de flores secas estão espalhados. Uma faca suja e pronta para ser limpa, um pano úmido e um toco de vela.

Apesar disso, noto que não tenho vergonha de receber essa mulher no meu mundo. Este espaço é meu e apenas meu. Criei um comércio bem-sucedido de cosméticos e ervas, uma tarefa quase impossível para uma mulher, e fiz isso sem a ajuda de um pai ou marido. Percebo que estou confortável com essa criatura se sentando em minha mobília gasta, passando tempo diante de minha pequena lareira.

Ela não parece notar a qualidade dos móveis. Senta-se de forma elegante em minha cadeira e remove o véu fino de seu rosto. Ela é linda, com olhos escuros, testa grande, a sobrancelha limpa e arqueada como dita a moda. Linda, exceto pelas marcas leves de varíola que, apesar de fracas, ainda mancham sua pele. Seus olhos são suplicantes, e, por um instante, fico fascinada. Essa mulher, essa mulher rica e poderosa, precisa de mim — e a sensação é cativante.

Eu me recomponho. Não sou uma moça jovem que se deixa impressionar pelo desequilíbrio de poder entre nós, pela possibilidade de cair nas graças de uma dama. Imagino que ela viva em palácios e vilas luxuosas. São ambientes muito diferentes do mundo que habito, longe de olhares curiosos, sentindo-me segura apenas na escuridão de ruas estreitas e tortas, apesar de eu ainda me lembrar dos dias em que não era assim, quando eu também usava saias que sussurravam e joias que brilhavam. Esses dias se foram há muito tempo. Agora, sou irreconhecível para a sociedade que deixei para trás — e sou grata por isso. Descubro que o que importa é que me reconheço mais agora do que na época em que eu era a enteada sufocada, presa, de um homem rico.

Limpo as mãos no avental, tirando-o — pelo menos, posso remover esse símbolo de minha posição inferior — e olho para o espelho sobre a lareira. Uma mulher que se aproxima dos 40 anos me encara de volta. Ela ainda é belíssima. Meu cabelo permanece ondulado e comprido, minha pele ainda é clara, meus lábios continuam rosados e carnudos, mas minha expressão mudou. O luto permanece; ainda o vejo espreitando nos confins do meu olhar. Porém há força também, e coragem. Vejo na minha mandíbula elevada, no meu pescoço esticado e nos olhos que me encaram, na rebeldia que exibem.

Percebo que me distraí. A mulher me observa.

"Como posso ajudá-la?", pergunto. Os olhos dela são como de uma moça inocente com, talvez, cerca de 20 anos. Ainda assim, ela está aqui — e já sei que pedirá pela minha *aqua*. Talvez sua inocência não passe de um enfeite, como as joias.

Quando ela fala, descubro que minha avaliação foi equivocada. Ela é direta, concisa, sincera — fica claro que conversamos como iguais, apesar de não ser um tipo de igualdade reconhecida fora destes cômodos.

"Meu nome é Anna Maria Aldobrandini", diz ela, "e preciso da sua ajuda. Posso falar com franqueza?"

"Fale, *duchessa*", respondo.

Anna Maria Aldobrandini, uma mulher de uma das famílias mais nobres de Roma, talvez de toda a Itália, olha ao redor de minha boticaria, concordando com a cabeça como se gostasse do que vê. Até a pele de cobra secando, pendurada na parede, não parece incomodá-la.

Ela se ajeita um pouco; a seda farfalha.

Espero, me perguntando se isto é um sonho e acordarei com o som das cabras de minha vizinha e dos sinos de oração.

Seus lábios tremem um pouco quando ela enfim se pronuncia.

Hesitante, ela fala: "Minha história não tem nada de novo. Casei aos 13 anos com um homem trinta anos mais velho. Meu futuro e meu destino estavam nas mãos dos meus pais, de minha família e de seus interesses. Nisso, não sou em nada diferente de qualquer mulher na minha posição".

Agora, ela para.

Faz uma pausa.

Há um som baixo, como uma fita roçando na pele exposta. Ninguém mais está aqui, mas olho para a porta.

"Não tenho pena de mim mesma, senhora. Pelo menos nunca tive, até agora."

"Então o que mudou, *duchessa*?"

Quando ela ergue o olhar para mim, seu rosto está corado, e seus olhos cheios de lágrimas.

"A senhora precisa entender, fiz tudo que pediram de mim, que *ele* pediu de mim. Eu me deitei com ele, apesar de ele ser velho e feio e seu hálito feder. Cuidei dele durante as febres de inverno. Obedeci a ele em tudo... porém não posso mais."

"Perdoe-me, *duchessa*, mas por que isso é da minha conta?", pergunto. Meu coração está disparado agora. Uma palavra ao ouvido de seu ilustre marido e serei arrastada para as masmorras papais. Posso confiar nela? *Mamãe, posso confiar nela?*

"Isso é absolutamente da sua conta. Esse é o seu trabalho, tanto quanto ser casada com um velho é o meu. Preciso da minha liberdade. Preciso da minha vida, senhora. É a única que pode me oferecer isso. A senhora me negaria a única felicidade que já conheci? Encontrei o homem para quem desejo me entregar, de corpo e alma. Sem ele, minha vida não tem sentido."

Quando ela termina, coloca a bolsa que estava segurando na mesa a meu lado. O som é pesado, sólido. É o som de uma fortuna.

Olho de volta para ela, presa em sua teia de filigrana, as palavras que elabora, as moedas que oferece, e me pergunto de novo por que ela confia em mim. Talvez, entre nós duas, ela tenha mais a perder. De repente, ela levanta e começa a perambular pelo pequeno cômodo.

"Não posso, *não vou* permanecer casada com o duque."

O ar se torna pesado. Olho para minhas mãos, tão semelhantes às de Mamãe, manchadas do óleo das plantas, com pequenos cortes e arranhões das facas que uso para cortá-las e fatiá-las. Sei que a família dela nunca permitirá um divórcio. A ideia é inconcebível.

"Preciso me libertar deste casamento, deste sofrimento, senhora", arfa ela. "Preciso ser livre para amar o homem por quem eu morreria."

Há um breve silêncio; um momento de cálculo, em que nós duas avaliamos a possibilidade que se apresenta. Ela, *la duchessa*, pensa: *Não tenho a quem mais recorrer.* Eu, Giulia, penso: *Será isto uma armadilha?*

Talvez agora seja o momento ao qual fomos guiadas por tudo que já aconteceu. Esta cena estranha, duas mulheres, semelhantes em pensamento e comportamento, e tão diferentes em posição social e riqueza, é o culminar. Como chegamos aqui? Como todas as decisões, todos os pequenos atos, todos os passos à frente trouxeram nós duas a este lugar, a este instante? Para mim, é espantoso. O destino está trabalhando, porém o que isso significa para nós? Não sei dizer. Por mais improvável que seja este encontro, ele acontece mesmo assim. Neste segundo, a riqueza e o esplendor dela desaparecem, e vejo uma mulher com um coração que anseia pela liberdade. Vejo uma mulher como eu.

"Vou ajudá-la", murmuro. "Mas há uma pergunta que desejo fazer."

"Pergunte-me qualquer coisa, senhora", responde a duquesa.

"Por que veio aqui? Quer dizer, por que não enviou uma criada ou sua dama de companhia? Por que arriscar ser vista?"

Com um sorriso, seu rosto se transforma, fazendo-a voltar a ser jovem e bonita.

"Eu queria ter certeza sobre a sua pessoa, senhora. Queria conhecê-la e vê-la com meus próprios olhos. Há muitos em quem não confio, mesmo em minha casa. Não posso ter certeza de quem passa informações para meu marido", continua Anna Maria.

"A *duchessa* sofreu muito", digo. Minhas mãos tremem.

Ela se aproxima e as segura. Noto os seis anéis que usa, sinais de seu noivado e casamento; pérolas, rubis, ouro. Lágrimas escorrem por suas bochechas macias. Seus lábios vermelhos carnudos se abrem, e ela cai de joelhos, a seda se misturando com as ervas espalhadas pelo meu chão.

"A senhora precisa me ajudar. Precisa me libertar desta tirania. Permita-me amar outro, senhora. Ajude-me a casar com o homem do meu coração, ou padecerei de tristeza se eu não puder ficar com ele." Com isso, ela estremece, apoia a testa em minhas mãos esticadas. Arde como se estivesse com febre.

"O padre Don Antonio diz que posso confiar na senhora e apenas na senhora. Minha família me matará se descobrir por que vim aqui. Eu me matarei se tiver que ficar com o duque. Minha vida, meu destino, está nas suas mãos, senhora", sussurra ela.

Faço uma prece silenciosa para Mamãe: *Mostre-me o que fazer... o perigo é grande, maior do que nunca, mas ela precisa de mim... mamãe, fale comigo, o que devo fazer?*

Não há resposta, ou nenhuma que eu consiga determinar. Olho para esta criança mimada e adorada que agora encara as duras verdades da feminilidade. Vejo uma esposa negligenciada, uma menina forçada a se tornar mulher. Bom, sei como é a sensação. Segurando sua cabeça, ergo seu rosto com delicadeza. Seus olhos são poças de um marrom profundo. Seus cílios são compridos e grossos. Nossos corações batem. Nosso sangue corre e faz redemoinhos, atravessando nossos corpos que pulsam com vida, com vitalidade. Nossa respiração acelera, e somos, por um breve instante, cúmplices.

"Como sei que não vai me denunciar? Que garantia pode me dar sobre minha segurança? Seu pedido é excessivo, *duchessa*."

"Por favor, deixe de lado nossas diferenças. Falo com a senhora como uma mulher que está encurralada e desesperada. Se houvesse outra forma, eu a aceitaria, mas não há. Acredite. Por que eu contaria para qualquer um quando isso também me incriminaria? Vim aqui para implorar à senhora."

Enquanto ela fala, o som retorna como se nunca tivesse parado, como se sempre estivesse presente.

Minha cabeça é tomada pela nota aguda.

"Mandarei notícias pelo padre. Faça tudo da maneira como eu instruir."

Por um instante, me pergunto se ela me ouviu, mas então ela coloca a bochecha contra minhas palmas, molhando minha pele com suas lágrimas. Anna Maria (nobre, duquesa, assassina?) se afasta de mim (envenenadora, feiticeira, bruxa), sussurrando uma prece.

"Deus lhe salve", diz ela, e estremeço.

Talvez sejam os detritos humanos e animais jogados nas ruas e vielas, mas, de repente, surge o aroma doce e familiar de decomposição. Olho, horrorizada, para essa mulher de berço nobre que se ajoelhou diante de mim na sala dos fundos. Ela me encara de volta, sem entender. No momento em que penso que não suportarei outra lufada do ar fétido, o cheiro desaparece, se dissipa até voltarem os odores normais das ruas secundárias de Roma. No momento em que minha cabeça se torna incapaz de suportar outro segundo do barulho, ele também recua como as águas do Tibre a cada primavera. A cada movimento, o cheiro e o som me assolam. Entendo que são avisos, mas sei que preciso ajudar essa mulher de nascimento nobre, porque ela sou eu. Todas elas são eu. Talvez o destino me envie essas imaginações estranhas, esses presságios e sinais, sabendo que posso apenas ignorá-los, porque fazer o contrário seria ir contra quem sou. Sou imprudente. Sou abandonada pela honradez. Sou sombria e vingativa e poderosa. Também estou viva, e se não livre, tão livre quanto qualquer mulher pode almejar. E talvez seja esta última característica a mais perigosa.

Maio de 1657 (na caligrafia de Giulia)

Anna Maria Aldobrandini — Um frasco de aqua (Giulia)

25 scudi

10 frascos para mulheres na missa (Giulia)

Sem cobrança

Junho de 1657

11 frascos distribuídos na loja (Giulia)

Sem cobrança

35

ALEXANDRE

"O duque de Ceri faleceu, Vossa Santidade. Uma doença repentina, uma tragédia inesperada."

Bracchi, agora governador de Roma, caminha dois passos atrás de mim enquanto seguimos pelos corredores rumo à basílica, onde celebrarei a missa.

"Já há boatos..."

Paro de andar, assim como todos na comitiva.

"Deixem-nos, por favor", digo, e os clérigos vão embora, murmurando.

"A viúva, a duquesa Anna Maria Aldobrandini, insistiu que um exame fosse executado para aplacar as fofocas que circulam pela cidade", conta Bracchi, um pouco ofegante. "Há boatos de que ele foi envenenado pelas mãos dela. Os cirurgiões-barbeiros que fizeram o exame post mortem confirmaram que não encontraram causa de morte natural, mas também nenhum sinal de veneno."

Ele faz uma pausa. O silêncio entre nós aumenta, então diminui.

"Seus órgãos estavam intactos, sua pele corada de vitalidade. É igual aos outros. Sempre homens. Sempre com aparência vigorosa — exceto..."

"Exceto pelo fato de que estão mortos", concluo.

Bracchi, para variar, parece sem palavras.

"Porém não foram encontrados indícios de veneno ou crime?"

"Nenhum", admite ele.

"E a viúva?"

"Tomada pelo luto. Todos os relatos afirmam que ela está inconsolável, apesar de não ser apenas isso que dizem."

Espero que Bracchi fale. Ele se aproxima de mim.

"Vossa Santidade, meus espiões afirmam que ela tem um amante, um tratante muito inferior a ela, chamado Santinelli. Dizem que ela pretende se casar com esse nobre desimportante. Ela tem motivo, mas, sem interrogá-la..."

Chegamos à parte que importa.

A mulher em questão é uma das mais nobres da cidade. Prendê-la, acusá-la de interagir com bruxas e envenenadoras, seria um insulto à sua ilustre família.

"Devemos agir com cuidado", digo.

Na verdade, estou preocupado. Horrorizado. Uma duquesa e uma bruxa. Se existir um grão sequer de veracidade nos sussurros, isso significa uma rebelião. Faço uma pausa. Bracchi me encara, cada um de nós incapaz de falar.

"Se for necessário, ela obviamente receberá imunidade papal", afirmo, pensando em voz alta. Não consigo me forçar a ordenar o interrogatório. Isso vai além de qualquer coisa imaginável. Eu perderia o apoio de sua família poderosa, e não tenho provas para mostrar.

Bracchi concorda com a cabeça.

Nós nos entendemos. Ela não pode ser culpabilizada, mas, ao mesmo tempo, precisamos descobrir com quem tratou.

"Deixe-me pensar", falo, dispensando-o.

Há uma leve hesitação quando meu inquisidor, o governador de Roma, me encara como se tivesse algo a dizer. Ele muda de ideia e, em vez disso, faz uma mesura. Ele se vira e vai embora, o passo de suas botas ecoando conforme se afasta.

A duquesa trabalhando com envenenadoras? Que *audácia*. É intolerável. É impossível. É uma afronta à sociedade e à Igreja. É uma abominação, se for verdade.

Mal noto os braços e mãos ao meu redor, vestindo-me em mantos cerimoniais. Vozes falam. "Por aqui, Vossa Santidade". "Para o lado,

Vossa Santidade". A *falda* fica sob a alva e é tirada do chão pelos pajens. Estou drapeado, adornado, transformado na criatura de Deus. Porém minha mente está longe daqui. Ela está escrevendo a carta que alertará a família Aldobrandini. Está formando as palavras que convidarão sua filha a meus aposentos para ser interrogada. Fico me perguntando se conseguirei colocá-las no papel.

Mais tarde, após a missa, me recolho em meus aposentos particulares para me encontrar com o cardeal Camillo Maretti, meu grande amigo. Desejo mostrar-lhe os planos que Gian Bernini preparou para mim, apresentando a nova *piazza* que ele criará na frente desta basílica.

Quando Camillo chega, noto seu desânimo e sua aparência de quem está com dor. A pele está acinzentada, e o rosto parece murcho.

"Camillo, o que lhe aflige?", pergunto, voltando a enrolar o pergaminho, meus pensamentos sobre a colunata e o emblema de minha família encrustado na pedra desaparecendo.

"Não é nada, Santo Padre. Por favor, perdoe-me, são apenas dores estomacais, uma cólica", diz ele, fazendo uma careta.

"Você sofre, meu amigo. Permita-me ajudar. Chamarei ajuda. Traga vinho. Traga água com limão", solicito, e um dos meus muitos criados sai do cômodo.

"É muita gentileza da sua parte", agradece Camillo, e se encolhe quando pego seu braço.

"A ajuda já chegará. Tudo ficará bem", respondo, e sinto meu estômago se retorcer quando percebo que não acredito em minhas próprias palavras.

Há uma batida à porta, e duas freiras surgem, uma com um jarro de água, outra que se aproxima de Camillo, cuja respiração se tornou ofegante.

"Leve-o aos aposentos", ordeno. "Chame meu médico imediatamente."

Observo enquanto ele se afasta arrastando os pés, com uma das mãos apertando a barriga, e percebo que estou tremendo.

* * *

No dia seguinte, meu médico aparece enquanto me preparo para assistir à missa. Meu amigo está revigorado e sairá para tomar ar.

"Que notícia feliz", digo conforme os clérigos chegam, minha comitiva se formando.

O caminho até a basílica passa em um borrão. Vejo o topo da cabeça das pessoas enquanto elas se curvam. O movimento dos incensários. A luz do sol que ofusca, depois a escuridão da nave. Ao jogar os braços para o alto, rezo por Camillo. Uma sensação inquietante cresce dentro de mim.

36

GIULIA

O duque de Ceri está imóvel.

O rosto do seu cadáver apresenta um rubor cor-de-rosa. Cobrindo sua pele, um resplendor orvalhado. Um semblante que se tornou avermelhado por cavalgadas e caçadas. Apesar de se aproximar de 50 invernos, ele parece vigoroso, como se estivesse apenas dormindo, parecendo capaz de levantar, montar em um cavalo e voltar para a caça. Ele jaz em um caixão aberto sob os céus dourados de Santa Maria sopra Minerva, enquanto toda Roma faz fila para prestar condolências.

"Meu Deus..."

Faço o sinal da cruz.

"O que foi, Giulia?", diz Giovanna.

"Devemos partir", respondo.

"Mas eu quero ver o tal duque." Minha amiga se impulsiona para a frente. Há uma multidão. Rostos se viram. Alguém dá uma cotovelada.

"Giovanna, por favor, devemos ir", sibilo.

Ela se vira para mim e fica imóvel. Ela olha de novo para o caixão, para o defunto cheio de joias em seu interior. Sua expressão muda. Ela agarra meu cotovelo, tenta me puxar para o lado, mas não há espaço.

"O que você fez?", sussurra ela.

Eu a encaro de volta, mas não posso dizer as palavras.

"Giulia! O que houve? O que você fez?"

"Apenas o que era certo..." Eu me atrapalho com os sons. Nenhuma das palavras faz sentido.

"Meu Deus", é tudo que ela diz antes de voltar a olhar para aquele homem poderoso e importante. Um homem que jaz morto por minhas mãos. "Muitos já disseram que a sua água abençoa os mortos com a aparência de beleza, juventude e vitalidade. Eu não acreditava, até agora." Giovanna balança a cabeça. "Como você pôde fazer uma coisa dessas? Escondida de nós?"

Não há nada que eu possa dizer.

Minha testa está quente. Meu coração dispara. Eu andaria de um lado para o outro, mas não há espaço.

O que eu fiz?

"Desculpe." Quero dizer mais, porém há uma nova movimentação. Uma mulher drapeada em renda preta caminha entre a multidão, abrindo-a como Moisés comandando o mar. A seu lado, há um homem em quem ela está apoiada.

"A viúva!", diz uma voz.

"Vejam como ela chora. Como uma atriz no palco!"

"Uma falsa", fala outra.

Anna Maria Aldobrandini ergue o véu e leva um lenço aos olhos.

Eu me encolho. Giovanna me encara como se não me conhecesse, seu rosto estampado pelo pavor.

Ah, a performance é deveras convincente. Mesmo daqui, consigo ver que a *duchessa* é uma atriz habilidosa. Seu choro demorado ecoa até o teto abobadado. Ela cambaleia, quase caindo nos braços do homem a seu lado. Ele usa um gibão pretíssimo, com pérolas costuradas nas mangas grossas de veludo. Seus dedos estão cobertos de anéis, e ele apoia Anna Maria, segura seu braço, a conduz para a frente, mantendo a cabeça erguida.

"Quem é essa? Giulia, que relação você tem com ela?"

Emudecida, olho de volta para minha amiga, sem conseguir falar.

Somos assassinas, e essa é nossa prova. Mais do que isso, nós interferimos — *eu interferi* — em questões do Estado. Giovanna me encara, pálida. Seu rosto reflete o meu; o choque, o reconhecimento, a verdade sobre nossa empreitada. Uma dinastia foi alterada. Um futuro, reimaginado. O equilíbrio entre poder e Estado, alterado. Tudo por causa de um pequeno frasco de líquido incolor, inodoro. Eu o preparei sozinha. Distribuí muitos outros em segredo desde que entreguei o dela ao padre. Quantas outras viúvas criei?

A duquesa é a personificação do luto; as lágrimas delicadas, os gestos pesarosos. Não aguento mais a visão. A ostentação, a ousadia da morte dele, o completo teatro do sofrimento dela. É tudo muito óbvio, muito exposto.

"Vamos. Agora", digo, incentivando Giovanna.

Quando me viro para sair, há uma mulher bloqueando meu caminho. Ela tem cerca de dez anos a mais do que eu, e um rosto do qual me recordo vagamente, mas não consigo determinar por quê. Ela sorri quando tento passar, mas não se move.

"Posso ajudá-la, senhora?", indago.

"Talvez possa." Ela me olha de cima a baixo. Já me deparei com muitas mulheres que me encararam dessa forma, como se eu fosse roubar seus maridos magricelas, submissos. Eu a encaro de volta, apesar de começar a sentir o salão girando a meu redor.

"Há quem lhe chame de *la Signora della Morte*, a que comercializa certo líquido..." Seu dialeto não me é familiar. Ela olha para o cadáver antes de voltar a me fitar.

"Então estão enganados", consigo responder.

Tento andar para a frente, antes de o zumbido começar, apesar de sentir a vibração murmurando dentro de mim. A mulher leva uma das mãos a meu braço quando passo.

"Estão, *bella*? Estão errados? Acho que não, e a senhora?" Ela carrega um odor que não me agrada. É o fedor ácido de uma comadre. Afasto sua mão com mais rispidez do que eu pretendia.

"Não conheço ninguém que atenda por esse nome." Minha voz é cáustica agora. Se ela não sair da minha frente, vou avançar no espaço entre nós. Vou rugir e derrubá-la como os gigantes antigos que perambulavam pelas colinas de Palermo.

"Leve suas fofocas de volta para a latrina de onde saíram", ladra Giovanna para ela, agarrando minha mão. Seu toque é quente contra minha pele gelada. Ela me puxa abrindo caminho para fora da basílica. Nenhuma de nós olha para trás. Sinto o calor do olhar dela, a curiosidade ardilosa. Quando saímos, não paramos de andar. Seguimos para longe de nosso bairro, para longe das vielas e dos becos que levam à minha loja ou a nossos alojamentos, e damos a volta na cidade. Não paramos até chegarmos aos arcos de pedra do Coliseu, que se agigantam eternamente para o céu.

"Ela não nos seguiu", arfa Giovanna.

"Não", digo. "Não desta vez."

37

GIULIA

A escuridão caiu.

Eu e Giovanna fazemos o caminho de volta, desviando de pessoas e cavalos e carroças e carruagens. Por todo canto, há pessoas. Uma mãe acalmando seu bebê choroso. Dois homens brigando na rua. Mulheres em lados opostos de uma ruela conversando enquanto penduram as roupas lavadas na janela. Seria de se imaginar que a peste teria levado todos para o túmulo.

A cada cinco passos, Giovanna olha para trás, mas algo aconteceu comigo. O horror que senti ao ver o falecido e a viúva enlutada evaporou. O duque está morto. Uma dinastia mudou; uma mulher foi libertada. Enxergo o poder do veneno de Mamãe, sua abrangência. O medo se dissipou, transformando-se em fascínio e algo semelhante a orgulho. Fui eu quem alterou o caminho dessa casa nobre. Eu. Uma ninguém.

Na minha mente, vejo o rosto de Francesco. Ele é surpreendente de tão branco, os olhos vítreos encarando o nada. Para sempre abertos, sem nada ver. Apesar de nunca ter visto o cadáver de meu padrasto, eu o imagino vestido em seu veludo preto, deitado naquele caixão, e sou tomada por uma onda de alegria. Não sinto remorso. Eu me sinto alegre, poderosa, livre.

É perceptível que Giovanna não compartilha do sentimento.

Seu rosto está abatido, mas não tão pálido quanto o da minha imagem de Francesco. Ela fica olhando ao redor. Está nervosa e insegura, enquanto eu estou empolgada. Ela se esconde nas sombras, e eu quero saltitar. Vejam o que eu fiz! Vejam o poder do meu veneno! Eu seria capaz de cantar dos telhados, mas não o faço. Caminho pela cidade com Giovanna, nos esgueirando feito ratos até chegarmos à *piazza* diante de minha loja. Há crianças chutando terra e brigando sobre os paralelepípedos. Há sempre crianças aqui. Uma delas — um menino — ergue o olhar. A luz está fraca, as chamas de velas por trás de janelas fechadas emitindo um brilho maldoso, e não consigo ver seu rosto.

"A senhora fez o quê?"

Girolama bate o pé de raiva.

Graziosa solta um assobio. Ela sorri, mostrando os dentes pretos. Ela balança a cabeça e solta um grito de algo parecido com alegria quando dou a notícia.

"Meu Deus, no que a senhora estava pensando? Ela é uma duquesa. Ele é um duque!", exclama Girolama, andando de um lado para o outro em um redemoinho de fúria.

"Ele *era* um duque", diz minha amiga Giovanna baixinho.

Minha filha perambula pelo cômodo. De um lado para o outro. De um lado para o outro. Sua saia farfalha. Suas joias brilham com o movimento. Sua expressão exibe pavor absoluto. Por fim, ela se vira para mim.

"A senhora nos proibiu de distribuir a *aqua*. A senhora ordenou que todas nós parássemos! A senhora me mandou de volta para casa, para longe dos meus amigos, para longe do meu prometido!"

"Você matou o duque de Ceri", assobia Graziosa de novo.

"Eu vendi meu veneno para Anna Maria", começo a dizer.

"Ah, agora ela é Anna Maria? Ela também vem para o jantar?", brada Girolama.

"Por favor, se acalme", diz Giovanna, esticando as mãos, implorando ao gênio de minha filha.

Girolama ignora nossa amiga.

"Por que a senhora fez isso? Foi pelo dinheiro? Ela pagou caro pela sua traição? A senhora ficou fascinada, como me acusa de ficar? Vamos, Mamãe, explique-se."

"Não há o que explicar. A duquesa me procurou. O padre queria que eu a ajudasse. Eu queria contar para vocês todas, porém achei que seria mais seguro assim."

"Mais seguro?" Girolama está transtornada. Ela cospe as palavras para mim. Dou um passo para trás.

"Sinto muito. Eu tinha de ajudá-la, é... é..."

"O que, Mamãe?" Sua voz é incrédula.

"É quem eu sou. Eu ajudo mulheres a matar homens — e, *mi amore*, você também." As palavras preenchem o espaço entre nós. São palavras pontiagudas, acusadoras.

"Não é isso que eu faço!", rebate Girolama. "O meu trabalho vai muito além do seu veneno herdado! A senhora é a criadora de viúvas, mas eu sou *La Strologa*. Consigo ler os céus e interpretar a sorte. A senhora faz pouco além de tirar vidas."

"Então nos diga, *La Strologa*, o que acontece agora? Estamos seguras? Vão descobrir que fui eu quem deu minha *aqua* para a viúva?"

Girolama faz uma pausa. Ela me encara.

Com frequência me pergunto se Girolama ensinará a receita às suas filhas, transmitindo-a de mãe para filha ao longo dos anos. Neste instante, percebo que ela não fará. Ela foi cegada, deslumbrada por aquelas pessoas em posições superiores a quem chama de amigos. Meu veneno é algo sombrio, sutil. Ele se infunde; silencioso e oculto. Ele rouba vidas. Não é algo que cative Girolama, que pavoneie seus charmes e habilidades. Talvez seja melhor assim, apesar de o conhecimento me deixar estranhamente triste. Quanto ao talento dela para compreender os planetas? Faz tempo que percebi que se trata de entretenimento, não de conhecimento.

Todas me observam agora: Giovanna, Girolama, Graziosa e Maria. Meu conventículo, minha irmandade, minhas amadas. Sinto o laço invisível que nos une se engrossando e apertando. Eu confiaria minha vida a todas elas — como elas fazem comigo. Ainda assim, menti. Eu as traí ao distribuir minha *aqua* em segredo.

Vou até minha filha imponente e a puxo para meus braços. Ela se encolhe contra mim, relutante no começo. Sinto sua rigidez amolecer, e, como uma criança pequena, ela apoia a cabeça no meu ombro. O calor de seu cabelo preto, a desaceleração de sua respiração, me lembra de uma época distante em que ela dormia escorada em mim; as batidas lentas, firmes, do meu coração chamando-a em seus sonhos. Giovanna vem por trás, e sinto seus braços envolvendo a nós duas. Graziosa se move com hesitação, em algum lugar do cômodo. Fechando os olhos, imagino uma corda que nos prende juntas, suas fibras trançadas e retorcidas em fios, as extremidades se esfarrapando. A raiva entre nós se desfaz, e, por um breve instante, há harmonia.

Envio as mulheres de volta para suas casas, sentindo que estamos mais seguras separadas até o falatório diminuir. Naquela noite, preparo uma nova leva de *aqua* sozinha.

Converso com minha mãe enquanto enrolo um pano sobre o rosto, sentindo que uso uma mortalha. *Mamãe, por que me ensinou isto? Por que me deu esta herança perigosa? Não era suficiente que corrêssemos riscos terríveis pelas esposas e filhas de Palermo? Por que me dar o poder de escolher entre a vida e a morte?*

Repito as mesmas perguntas enquanto a noite se alonga, porém elas se dissipam conforme trabalho. Este é o meu lugar, na sala de alquimia, com metais, ervas, plantas e remédios que esperam para ser distribuídos, para males serem diagnosticados e tratados. Para a injustiça ser reconhecida e vingada.

Aumento o fogo. Coloco água no caldeirão de barro e espero ferver. Acrescento o primeiro ingrediente: a bala de chumbo, e a alquimia começa. Quando o arsênico se dissolve e as gotas de beladona são acrescentadas, a nota longa e aguda do líquido soa. Ela fala com meu coração, que ainda sofre pelo luto. O cômodo está quente. Seco a testa. Há luz de duas velas posicionadas nas extremidades da mesa. O caldeirão, agora tampado com massa, está esfriando, seu conteúdo se assentando. Eu poderia acabar com tudo agora. Eu poderia jogar fora a solução, devolver o arsênico para o irmão boticário do padre, descartar o antimônio, porém sei que não farei isso. Esse momento de clareza é repentino, como um facho de luz solar que se alonga entre uma brecha no céu nublado. A verdade é que não faço isso pelas mulheres, e talvez nunca tenha feito.

Ah, eu me convenci disso — e a todas as outras —, mas, parada aqui, sozinha com meu remédio, todas as justificativas caem por terra. Faço o que faço porque o veneno é parte de mim. É o mais perto que consigo chegar de minha mãe, porém vai além de tudo que me falta. Ele é como uma parte do meu corpo, ou um pensamento, ou uma sensação. É como uma extensão da minha capacidade de respirar. É minha raiva materializada, meu ódio liquefeito. É a chama que nunca se apaga. Se um dia eu esquecer, só preciso fechar os olhos, e as imagens surgem: minha mãe ajoelhada, grandes mãos vermelhas ao redor de seu pescoço fino, meu padrasto me encarando enquanto minha mãe permanece a seu lado, Francesco desabotoando o gibão. Entendo que jamais descansarei até que todos os homens merecedores provem do meu elixir, não importa o preço, não importa o perigo.

Nos meses seguintes, distribuo mais e mais da minha *aqua*. É como se o tempo estivesse acabando e eu precisasse agir — e continuar agindo — para manter a chama da minha raiva queimando.

38

ALEXANDRE

É perceptível que algo está em andamento. Há uma agitação. As pessoas falam ao mesmo tempo, parecendo ansiosas.

"O que foi?", digo para o rebanho de cardeais que pairam por perto. "E onde está Camillo?"

Estou me debruçando sobre um texto que se aproxima perigosamente de heresia, fazendo pequenas marcações organizadas enquanto leio.

Levo um instante para notar que ninguém responde.

"Ora, digam-me, o que perturba a paz?" Olho para cima e vejo os rostos dos clérigos me encarando. Sua Eminência, o cardeal Bandinelli, um homem nomeado por mim, dá um passo à frente, de cabeça baixa, e fala em tom calmo.

"Vossa Santidade, é com muito pesar que sou o portador da notícia. Camillo Maretti... o cardeal..."

"O cardeal?", hesito, relutante em me afastar das anotações feitas por minha pena.

"O cardeal Maretti faleceu. Ele se foi na madrugada. O médico foi chamado, mas nada pôde salvá-lo."

Encaro Bandinelli, sem entender.

"Ele morreu?", digo. "Nada pôde salvá-lo?", repito.

"Sim, Vossa Santidade, e lamento muitíssimo informar..."

Há murmúrios às costas dele. A mão espectral de minha mãe se apoia em meu ombro, seu toque frio das catacumbas. *Camillo morreu*, penso, e as palavras não fazem sentido algum.

Porém há mais. Consigo sentir a informação ganhando forma no ar ao redor de minha mesa. A peste terminou. Celebrei uma cerimônia para agradecer a Deus por nos poupar, e mesmo assim homens continuam morrendo em grandes quantidades.

"Diga", ordeno, piscando. "Fale."

Bandinelli, seu bigode e a pequena barba aparados habilmente, as rugas fundas em sua testa, olha de volta para os cardeais antes de voltar a falar. Ele pigarreia. Olho para ele e então para os outros, como se as palavras que ele reluta em dizer fossem se revelar.

"Vossa Santidade, há boatos de veneno..."

Levanto-me. As folhas se espalham. Pergaminhos caem no chão. O cômodo parece novo, como se eu jamais tivesse colocado os olhos nos vasos ornamentais, na cruz dourada, nas cortinas de veludo vermelho, nas cadeiras de nogueira brilhante. É como se eu nunca tivesse visto este espaço antes. Há vozes agora. Cardeais e emissários murmuram a meu redor, porém as palavras são indistintas. Na minha mente, imagino o corpo de Camillo como se eu estivesse em seu aposento; o brilho encerado de sua pele esticada sobre ossos e músculos, a boca levemente aberta, a terrível imobilidade.

"Vossa Santidade?"

"Chame o Bracchi", é tudo que consigo dizer.

O governador vem na minha direção com uma expressão séria no rosto. Ele se ajoelha e lhe estendo a mão, apesar de ela tremer. Sua boca roça o anel. Ele não veio de imediato. Horas se passaram, mas parecem ter desaparecido em um instante.

"Por favor, aceite minhas condolências. Sei que o cardeal Maretti era um grande amigo de Vossa Santidade", diz Bracchi, baixando os olhos.

Ainda assim, as palavras não parecem me atingir. *Camillo. Onde está você? Aonde você foi?* Talvez eu, dentre todos os homens neste mundo, devesse saber a resposta. Ocorre-me que o governador falou antes de mim, o papa, mas percebo que consigo desconsiderar essa atitude. Não me importo. É uma sensação familiar e indesejada. Ela se infla e entala em minha garganta, minha mente, meu coração.

Bracchi concorda com a cabeça, como se entendesse tudo.

"É meu dever informar que uma investigação foi iniciada sobre a morte do cardeal Maretti. Eu estava com o cirurgião enquanto a... autopsia foi conduzida hoje."

Bracchi se remexe como se estivesse desconfortável. Encaro a janela, vendo o sol sumir do céu.

Meu governador de Roma tosse. Ele continua:

"O corpo parecia completamente preservado. Não havia tumores, nada que sugerisse uma causa natural."

No silêncio que segue, algo cresce, uma compreensão de algo ainda não dito.

"E uma causa não natural?" Agora, descubro que consigo dizer as palavras, e o calor resplandecente da raiva me atravessa. Ele me pega de surpresa, e fico feliz por estar sentado; o forro de veludo contra minhas costas, o trono dourado que apoia meus braços, o assento que me impede de desmaiar.

Bracchi ergue o olhar como se adivinhasse, apesar de eu saber que pareço perfeitamente plácido, as mãos dobradas sobre meu colo, sentado em minha elegância papal, com os murmúrios dos clérigos às nossas costas.

"Não havia corrupção dos órgãos, nenhum escurecimento das membranas, mas observamos algo..."

"Algo?", digo, inclinando-me para a frente.

"O cardeal parecia estar no ápice da saúde, uma visão muito extraordinária e estranha."

"Como pode ser?", pergunto. É como se eu tivesse despertado de um encanto. Meu coração bate disparado. Anestesiado pelas ondas de tristeza, mal consigo falar. Perdi meu maior amigo. Meu único amigo.

"Bruxaria", responde Bracchi.

39

GIULIA

Algo mudou.

Sinto isso no ar, no bater das asas de um passarinho, no rosnado do cachorro do vizinho. Escuto no ressoar dos sinos que chamam para as orações. Cheiro nas brisas que chegam do Tibre. De alguma forma, durante todo este tempo, permaneci segura, permaneci escondida, mas essa proteção foi perdida agora. Como sei disso?

Vi no sinal da *corna* feito pela vendedora de azeite no Campo de' Fiori quando me aproximei de sua barraca. Vi nos sussurros e nos olhares penetrantes de mães e filhas na missa. Vi no rosto de minha filha na chegada de um bilhete escrito em pergaminho grosso, anunciando que sua presença não era necessária na vila de sua patrona. Algo mudou.

Apesar disso, mulheres vêm todos os dias. Notícias do meu veneno decolaram durante a peste e, agora, saíram de controle. Conforme o perigo aumenta, me descubro fervorosa em vez de temerosa. A cada dia, eu me torno ainda mais determinada a consertar os males causados pelos homens contra mulheres, não menos. Há consolo em matar. Há verdade entre as mentiras. Seja lá o que acontecer, apesar de tudo, continuarei.

Agosto de 1658

15 frascos distribuídos no riacho onde se lava roupa (Giulia, Giovanna)

Sem cobrança

Setembro de 1658

Isabetta, esposa do barqueiro — Um frasco de aqua (Giulia)

Sem cobrança

16 frascos distribuídos na missa (Giulia)

Sem cobrança

Novembro de 1658

Isabetta, esposa do barqueiro, em nome da irmã — Um frasco de aqua (Graziosa)

Sem cobrança

6 frascos distribuídos nos bordéis da Roma Antiga (Maria, Girolama)

Sem cobrança

40

GIULIA

Há uma batida forte na porta da loja.

Ficamos paralisadas.

"Vieram nos buscar", diz minha filha.

Eu a calo, gesticulo para que continue comendo, aja com naturalidade, quando me levanto da mesa com pernas trêmulas.

"Espere aqui. Fique nos fundos", peço, afastando o cabelo do rosto. Minhas pernas caminham. Meus braços se esticam para a cortina, afastando e voltando a uni-las. Meu corpo se move até a porta, então escuto minha voz, apesar de ela parecer sair de outra fonte.

"Que comoção é essa?", pergunto, como se fosse uma comerciante normal.

"Abra! É a Graziosa!"

O alívio me inunda.

"Fique quieta! Tenha paciência", respondo com rispidez ao abrir a porta. Antes de eu conseguir falar, a velha que nos ajuda desaba ao entrar na loja. Ela chora.

"Roma inteira está falando da esposa do açougueiro e das irmãs dela!", balbucia Graziosa. Ela torce as mãos, chorando e olhando ao redor do cômodo sem enxergar nada.

"Roma inteira está falando do quê?" Girolama, que veio dos fundos, a guia até minha poltrona diante da lareira.

"Você precisa se acalmar. Conte tudo", digo, tentando esconder minha preocupação. "O que a esposa do açougueiro fez agora?"

É então que Giovanna entra. Ela para e nos observa.

"O que houve?", pergunta ela. Só de vê-la, já me acalmo. Ela está na minha vida há mais tempo do que minha mãe esteve.

Graziosa puxa o ar, então fala.

"Há novos rumores em cada *piazza*, em cada mercado, em cada taverna, devido às ações daquela megera! Eu não sei por que está acontecendo agora, tanto tempo depois de você ter tratado com ela, Giulia. Talvez ela seja linguaruda? Talvez ela tenha se vangloriado para as amigas e vizinhas? Eu não sei, mas todo mundo está falando abertamente que existe um círculo de envenenadoras agindo na cidade, e que a esposa do açougueiro usou nossa poção. Muitas que escutam os boatos sabem que é verdade. Talvez agora não neguem! Houve rumores quando o duque de Ceri morreu, é claro — mas falar abertamente, com franqueza, olhar para mim como se eu fosse uma ameaça a *elas*. Isso é novo, Giulia. Tudo isso é novo. Se nosso círculo é de conhecimento geral, então isso só pode indicar uma coisa..."

"Estamos expostas", concluo.

"Negar para quem?", interrompe Girolama antes que eu possa falar mais. Desde que recebeu a carta de sua patrona, ela tem andado desanimada, mas, a cada dia que passa, vejo pequenos indícios de que seu gênio está voltando; quando ela xinga o padeiro por queimar nosso pão, quando ela bufa durante a risada diante de uma lembrança compartilhada. "Nenhuma das nossas clientes ousaria falar. Se fizerem isso, se incriminam. Essa sempre foi nossa salvação."

Eu e Giovanna trocamos um olhar demorado. Talvez tenha sido assim antes. Mas agora?

Deve ser por isso que os convites para festas pararam de chegar para Girolama, derretendo como manteiga deixada no peitoril por tempo demais. Deve ser por isso que a vendedora de azeite fez a *corna* ao me ver.

"Elas ficarão quietas, precisam ficar", acrescento, fingindo uma calma que não sinto. Há uma agitação silenciosa no meu medo. Sou como um rato paralisado sob o olhar de um gavião. Se as mulheres a quem servimos têm medo de *nós*, então estamos mesmo em perigo.

"Vocês se preocupam demais!" Girolama ergue uma sobrancelha. "Não há o que temer. A velha fala sobre boatos, nada além disso. E daí se a esposa do açougueiro e suas irmãs se vangloriaram? Quem pode provar que foi veneno? Quem pode provar que foi qualquer coisa além de uma febre? Meus amigos nos protegerão caso isso seja mais do que uma fofoca de mercado. Paolo virá a meu auxílio. Assim que ele ficar sabendo que pode haver perigo, ele nos levará embora, e vamos nos casar."

Sinto minha irritação aumentando, junto ao meu choque, mas é Giovanna quem fala.

"Você está enganada, Girolama. Se há boatos, então há *inquisitori* escutando. Qualquer fofoca pode trazê-los até aqui, até nós", diz ela. "Não pense nem por um instante que seus amigos ilustres vão nos resgatar de qualquer coisa. Significamos menos para eles do que porcos chafurdando na lama, pois porcos pelo menos podem ser abatidos para se tornar toucinho!"

"Paz, Giovanna", imploro. Mas por que outro motivo teriam mandado o bilhete dourado e perfumado dispensando os serviços de minha filha?

Por um instante, todas caímos em silêncio. O pavor é como uma névoa que atravessa o mar. Ele preenche todos os cantos do cômodo.

"Há outros boatos."

Nós nos viramos para fitar nossa velha encarquilhada.

Pela primeira vez, ela parece não gostar da atenção.

"O cardeal foi envenenado. É o que todos dizem." Graziosa olha para nós, de rosto em rosto, suas medalhas se movendo conforme seu pescoço magro vira.

"O cardeal Maretti era o amante distanciado de Celeste de Luna", acrescenta ela.

"Sabemos disso", digo.

"Mas sabiam que as poções de amor não funcionaram? Elas foram descobertas pelo cardeal, que causou um inferno na vida da Celeste, dizendo que ela tentava envenená-lo. Ou é isso que dizem as meretrizes do bordel do outro lado da rua. Converso com elas. Elas sabem de tudo que acontece nesta cidade. Celeste temia pela própria vida — então esperou o falatório diminuir e o envenenou com a sua *aqua*, Giulia. Os sinais são inconfundíveis. O cadáver nunca demonstra sinais de decomposição. Se muito, ele parece mais saudável, com bochechas rosadas e um brilho na pele. Segundo as meretrizes, os criados do cardeal contaram que ele parecia melhor quando estava morto do que era em vida...", explica Graziosa.

"Mas quem deu meu veneno a ela?", pergunto à velha, aborrecida, o pânico crescendo como mofo em um pão de centeio de uma semana.

"Não sei, mas imagino que foi nossa Maria. Ela trabalha no mesmo bordel quando tem vontade. Ela deve ter ficado sabendo dos problemas da Celeste. Ele passou semanas sentindo dores de estômago, e uma queimação terrível. A Celeste deve ter acrescentado as doses no vinho dele aos poucos, com a ajuda da Maria."

Começo a andar pela loja, indo de um lado para o outro.

"Precisamos tomar cuidado. Devemos agir com mais discrição. Devemos nos certificar de sempre seguirmos caminhos diferentes pela cidade. Devemos permanecer mais alertas do que nunca, devemos andar nas sombras e atravessar a cidade apenas na proteção da noite. Não podemos correr o risco de sermos reconhecidas."

"Seja lá o que Maria fez, já somos caçadas", diz Giovanna.

"Mamãe! Giovanna! As duas estão erradas. Não há provas de que fomos nós — nem que foi a *aqua*", insiste Girolama.

Levo uma das mãos ao corpete, tentando respirar enquanto minha mente corre. Como Maria roubou a *aqua* debaixo do meu nariz? Os frascos sempre ficam trancados, mas também deixo a chave por perto. Olho para o jarro no qual o feto abortado boia, atrás do qual fica a chave. Não seria difícil a encontrar e abrir o armário.

De repente, há outro barulho na entrada da loja. Passos se aproximam, e a cortina se abre para revelar Maria, como se o diabo em pessoa a tivesse enviado. Seu sorriso desaparece quando ela nota nossos olhares.

"Você deu a *aqua* para Celeste de Luna?" Girolama é a primeira a falar. Sua voz é ríspida.

Maria parece confusa, e então vejo.

"Pare, filha", digo e me aproximo.

Há um machucado, lívido e amarelado, na bochecha direita de Maria. Há um corte em seu braço e sangue seco em seu cabelo.

"Seu marido, ele voltou, não foi?", pergunto baixinho, e ela concorda com a cabeça, lágrimas escorrendo por sua bochecha.

Minha filha abre a boca para falar.

"Chega de perguntas. O que está feito, feito está. Pegue os bálsamos, filha. Giovanna, prepare uma poção calmante para Maria. Você ficará aqui hoje à noite, *mi amore*", entoa para nossa amiga.

Ela pega minha mão como uma criança sendo guiada para o calor de minha lareira. Não pela primeira vez, me pergunto por que Maria não usa nosso remédio para acabar com seu problema, apesar de saber que seu coração ama esse homem — um homem que merece muito menos e que não lhe oferece nada além de sofrimento.

"A culpa é minha", declaro. "Eu devia ter prestado mais atenção no meu remédio. Não culpem a Maria, ela adora a Celeste e faria tudo que ela pedisse."

"Mas o que vamos fazer?", pergunta Giovanna enquanto acaricia o cabelo de Maria e lhe entrega uma pequena taça de vinho aquecida no fogo, adoçada com especiarias e mel. "Decerto está na hora de parar com a distribuição do veneno, não? Há muitas coisas dando errado, muitos boatos. Se as mulheres da cidade se voltarem contra nós, estaremos em grande perigo. Com certeza, agora é o momento de parar de vez."

Girolama passa o emplastro sobre os cortes de Maria. Graziosa afasta o olhar. Não digo nada.

"Giulia, você é imprudente. Cada frasco que oferece é mais uma chance de sermos capturadas." Giovanna olha para mim.

"Minha mãe não parou! Ela nunca abandonou aquelas que precisavam. Por sua memória, preciso fazer o mesmo." Eu me perdoo pela mentira enquanto as palavras ainda saem de minha boca.

"Mas ela morreu por causa disso, Giulia", lembra Giovanna "E sempre que você distribui o veneno, nos aproxima de uma sentença de morte."

O clima é tenso. Giovanna está de frente, me encarando.

"Sim, ela morreu", respondo. "Não nego."

"Então por que, Giulia? Por que continuar correndo esses riscos?"

Por um breve instante, me faço a mesma pergunta. Por que não consigo parar? Ainda que a raiva me impulsione, a culpa também o faz. Minha mãe morreu, e fui incapaz de salvá-la. Deixei que a tirassem de mim, e assisti sem falar nada enquanto ela era morta para vingar o homem que trouxe para nossas vidas com seus desejos desnaturados. A culpa é minha. É tudo culpa minha, então devo compensá-la — e não sei de que outra forma fazer isso além de oferecer justiça às mulheres agredidas e morte a seus homens.

"Porque não posso parar. Porque devo isso à minha mãe", falo depois de um tempo. Sinto a comichão úmida das lágrimas conforme escorrem pelo meu rosto. "Estou com medo, Giovanna, admito. Estou assustada, mas não vou parar. Não me peça isso."

Eu me aproximo de minha amiga, seguro suas mãos calejadas pelo trabalho, seus dedos tão manchados de tintura quanto os meus. Da sua pele, vem o aroma adstringente de alecrim e tomilho. Ela se solta de mim. Enxuga minhas lágrimas com um gesto de ternura infinita. Sinto minha força voltando, minha alma se fortalecendo.

"Se minha vida já significou alguma coisa, só pode ter sido esse trabalho que faço. Não há liberdade nem justiça para as mulheres além da que vem pelas minhas mãos. Nós vimos como a *aqua* é poderosa. Vimos o duque. Ela matou um cardeal..."

"Você não pode gostar de negociar com a morte, Giulia! Isso é necessidade, ou justiça, ou seja lá qual for o nome que você quiser dar. Não deveria se tratar de poder!" Giovanna se afasta de mim. Há uma distância entre nós que nunca senti antes.

Por um instante, há silêncio.

Minha voz, quando falo, é mais ríspida do que pretendia.

"Continuarei com o trabalho de minha mãe e oferecerei liberdade e vingança para as mulheres de nossa cidade. Darei a elas o veneno de que precisam para encerrar seus casamentos, casar com seus amantes ou causar dor e sofrimento para aqueles que as maltrataram. Não vacilarei agora. Não me abalarei. Esse é o meu direito de nascença — e o de vocês também. É o nosso dever com as mulheres fora deste pequeno círculo. Quem dentre nós daria as costas para qualquer mulher? Quem dentre nós não faria o mesmo na situação delas?"

Olho ao redor, determinada.

"Nós vamos continuar."

Data desconhecida (na caligrafia de Giulia)
Celeste de Luna — Agua — Quantidade desconhecida (Maria?)
Pagamento desconhecido

41

ALEXANDRE

Está tarde.

Por um instante, fico desorientado. Ao olhar para o alto, sinto o espaço abrangente, a extensão do ar acima de mim. O luar entra pálido pelas janelas do domo. Uma luz difusa suavizando a escuridão. Sou lembrado da pedra vulcânica usada para construir esta maravilha da fé católica; o mundo subjugado a Cristo. Em outros lugares, a noite é penetrada pela luz de velas. Sei que há quatro medalhões acima de mim — Mateus com o boi, Marcos com o leão, Lucas com o anjo e João com a águia — apesar de não conseguir enxergá-los. Acima deles, o céu noturno é ilustrado em azul-celeste com estrelas douradas, mas elas pairam e brilham fora de alcance. Minha mente corre e gira. Hoje, sou desconhecido para mim mesmo.

Passos no grande piso de mármore. São meus. Volto a caminhar e o som ecoa, espalhando-se e desaparecendo. Talvez ninguém além de mim esteja aqui, mas então me recordo de um olhar preocupado, de outro; a testa franzida, alguém correndo atrás de mim, pedindo-me para descansar. Mas não posso descansar. Meu amado amigo morreu. Não posso parar, porque, quando o faço, a terra sob meus pés parece girar, e tenho medo de cair, de continuar caindo pela escuridão lá embaixo.

"Vossa Santidade está doente?", questiona uma voz.

Olho na sua direção. Um criado sai do escuro. Há outro a seu lado.

Quando não respondo, eles trocam um olhar, um sinal. Um deles se vira e sai correndo, as botas batendo na pedra.

"Vossa Santidade?"

Não entendo por que estão aqui. Gesticulo, torcendo para que também vá embora, porém ele não se mexe. De repente, meus joelhos estão frios. Estou ajoelhado, mas não me lembro de cair no chão do local mais sagrado de toda a cristandade. Meu rosto está molhado. Quando levo as mãos aos olhos, descubro que choro.

Mãe.

Eu queria falar com Camillo, seja lá onde ele estiver no Reino de Deus.

Mamãe.

Porém a imagem que me vem à mente não é a de meu querido amigo, o cardeal, nem de minha mãe. Em vez disso, vejo aquela que me atormenta, aquela que acende um fogo desprezível dentro de mim. Ela. A mulher na praça. Ela se vira, porém seus traços estão cobertos por um capuz. Procuro por ela repetidas vezes. A cada missa que frequento, a cada cerimônia que celebro, procuro por ela. Ela nunca está lá.

O tempo deve estar passando, porque agora estou deitado no chão da basílica. Desta vez, não escuto o som de alguém se aproximando.

"Vossa Santidade? É o governador Bracchi. O Santo Padre está indisposto. Permita-me levá-lo aos seus aposentos."

Alguém me estende a mão. No começo, não a aceito. Estou rezando agora. Estou rogando para que o Senhor Deus me escute, que leve embora esta confusão de sofrimento e desejo.

"Vossa Santidade precisa ser movido. Não pode ficar aqui."

"Não posso ficar aqui", repito, e olho para o rosto inteligente de Bracchi, para seus olhos astutos que parecem enxergar dentro de mim.

Então, tudo volta ao lugar. De repente, fico horrorizado. O que estou fazendo aqui?

"Ajude-me", digo, esticando a mão para ele.

Nos meus aposentos, agora caminho de um lado para o outro enquanto Bracchi me observa. Ele me entrega um cálice de vidro veneziano, mas olho para o líquido vermelho em seu interior e hesito em levá-lo aos lábios.

"Nunca mais tocaremos neste assunto."

Bracchi faz uma mesura em resposta. Ele não fala.

Baixo o cálice, tomando cuidado para não deixar o conteúdo tocar minha pele. Estremeço e penso: Camillo estaria vivo se tivesse tido a mesma cautela?

"Esta é uma questão grave, um crime terrível. A morte do cardeal é inconcebível. Se você estiver certo — se bruxaria estiver sendo usada — então a situação é pior do que eu pensava, chegando até o coração da nossa Igreja, do nosso Estado. Quem será o próximo, Bracchi? Será você? Serei eu?"

Bracchi permanece em silêncio. Sinto a raiva aumentando agora. Meu governador fracassou comigo. Ele fracassou com Camillo.

"Devemos tomar uma atitude; uma atitude rápida, decisiva. O número de mortos aumenta a cada dia. Não podemos deixar que isso fique impune." Minha cabeça lateja, e minhas bochechas coçam com o sal das lágrimas que sequei.

"Santo Padre, o que devo fazer?"

Volto a andar, mas minha respiração ofegante se acalma, minha cabeça entra em foco. Seja lá qual foi a loucura temporária do luto que me assolou, ela agora se transforma em uma fúria gélida. Como uma Medusa, eu o encaro de volta, desejando que este inquisidor presunçoso se transforme em pedra. Porém ele não é a doença. O remédio que busco deve ser brusco, e deve ser rígido.

"Cubra a cidade com cartazes. Esta agora é minha ordem para o povo de Roma. Ordeno que confessem. Qualquer um que seja descoberto protegendo hereges ou bruxas será punido. Nosso tempo trabalhando nas sombras ficou para trás. Traga a busca para a luz, Bracchi. Mostre à população que se esconder é impossível. Assim, vamos revelá-las — e qualquer um que me desafiar sofrerá as consequências... e, Bracchi?"

"Sim, Vossa Santidade?"

"Quando você descobrir quem são as bruxas, monte uma armadilha. Pegue-as no flagra com essa poção demoníaca. Capture-as e permita que Camillo descanse em paz."

Estou ofegante quando termino. Agora estou de pé, em minha majestade, minha perturbação esquecida, meu luto subjugado. Sou *Il Papa*. Sou o mais próximo de Deus neste mundo. Terei ordem em meus territórios, do qual o centro é Roma. Desta vez, usaremos meus métodos de extração.

42

GIULIA

O sol do inverno está quente em meu pescoço conforme caminho rumo a Trastevere. Uma carruagem sacoleja até a *piazza* guiada por quatro cavalos pretos; suas narinas se expandido, as cabeças balançando. Não presto atenção e sigo meu caminho. Todo dia, escolho um trajeto diferente, frequentando a missa em uma igreja diferente. Sei que estão me procurando, como um cervo sabe que é caçado na floresta. À espreita atrás de mim, sinto os observadores, os olhares protegidos por capuzes, os passos apressados, mas nunca vejo ninguém em meu encalço. Eles são habilidosos, discretos, escondidos, mas sei que estão ali. Meu coração se expande a meu redor, e sei que estão ali.

Sigo pelas ruas de pedra serpenteantes conforme estores são abertos, pássaros pousam nos telhados, pessoas penduram a roupa lavada e fofocam, gesticulam ou brigam. Estou a caminho da basílica de Santa Maria. Os sinos chamam os fiéis para rezar. Um bando de gaivotas sobe pelo azul do céu.

É então que vejo as mulheres, vestidas como corvos.

Viúvas surgem de portas, de carruagens, de esquinas. Um mar de véus pretos e vestidos de luto. Talvez as viúvas da cidade passassem despercebidas entre as tragédias diárias de *la peste*, mas agora? Agora é diferente. Agora, nosso trabalho está à vista de todos. É como se eu as visse pela primeira vez, e sinto meu coração disparar.

Não é apenas isso.

Quando atravesso o rio, que brilha ao correr sob a ponte, eu os vejo. É a primeira vez que vejo os cartazes.

Eles foram grudados nas paredes de pedra, um ao lado do outro. Diante de mim, com um canto já soltando, está a proclamação.

Paro. Pisco. Fico me perguntando como não os notei antes. Talvez tenham sido grudados nesta manhã, antes do alvorecer. Talvez estejam aqui há dias, ou até semanas. Não me distanciei muito de minha loja nos últimos tempos.

Observo cada ruela, e eles cobrem as paredes delas também, garantindo que ninguém — nem eu — os ignore. Agora vem o som, por fim. Eu o aguardava. Ele atravessa minha cabeça, aumentando de uma vibração baixa para um estrondo agudo. Aperto as orelhas, eu as cubro, grito. As pessoas me lançam olhares confusos. Uma mulher grisalha sem dentes ri, olhando diretamente para mim como se lesse meus pensamentos. Um homem me encara, falando um palavrão ao passar me empurrando, enquanto empaco feito um boi que lavra a terra.

NOTIFICAZIONE
à publica utilità

Para a saúde e a libertação do povo de Roma do veneno.

Um massacre grotesco tem afligido os homens desta grande cidade. Um círculo de envenenadoras, feiticeiras e bruxas liderado por la siciliana *sujeita suas vítimas a um veneno tão maléfico que centenas podem ter sido abatidos.*

Sem sabor ou odor, a poção diabólica é preparada e distribuída, afligindo-os com tamanha agonia que a morte é um alívio bem-vindo. A descoberta da ingestão da poção dessa bruxa ocorre apenas com fortes cólicas estomacais e vômitos. O veneno de ação lenta pode ser administrado por Dalila a Sansão em sopas, vinho ou cerveja.

> Acautelem-se, bons cidadãos, e saibam que estão sendo convocados a delatar às autoridades quaisquer e todas as bruxas e hereges, e quem quer que saibam serem culpadas de cometer prejuízos contra homens e o Estado!
>
> A cidade de Roma oferece ao mundo um exemplo de extrema religiosidade e devoção ao nosso Senhor Deus. Essas bruxas serão levadas à justiça divina!

Meus pés começam a afundar de novo; cada passo parece mais pesado, mais traiçoeiro que o anterior. Estou submergindo na lama do Tibre, com a água verde-cinza espumando, o leito do rio se fechando sobre meu rosto, me sufocando. Respiro, e noto que quase consigo sentir a aspereza da areia e dos detritos trazidos das montanhas.

Cambaleio para trás, e agora saio correndo. Corro sem parar até atravessar de volta a ponte Sisto. A sensação de afogamento passa, saindo de mim. O som desaparece como pedrinhas nas margens do Tibre, afundando na água revolta, retornando para sua profundeza, sendo carregadas para o mar.

La siciliana.

A siciliana.

Eles sabem que existo. Quanto tempo levará até que descubram meu nome?

Ubi multae feminae, multae veneficae.
Onde há muitas mulheres, há muitas bruxas.

(*Malleus Maleficarum*, Kramer e Sprenger, 1484)

43

GIULIA

Meu primeiro fôlego foi arfante, sugando a própria vida, ou pelo menos era o que Mamãe me dizia quando tinha certeza de que ninguém estava ouvindo.

Esse pensamento surge enquanto corro dos cartazes, fugindo do choque de encontrar a proclamação. Deslizei para fora dela, suas coxas molhadas de sangue e suor; enrugada, determinada. Não chorei. Não estremeci nem gritei. Não houve necessidade para o trabalho habilidoso da parteira. Eu mesma me empurrei para fora, grudenta e marcada pelo parto, pronta para assumir meu lugar no mundo.

A inalação reivindicou meu espaço, minha herança, apesar de eu não passar da filha bastarda de uma cortesã notória; uma menina que jamais teria espaço na sociedade. Minha mãe agachava no banco de parto, apoiada pelas mulheres com quem trabalhava; as meretrizes que brigavam feito gatos selvagens pela atenção dos homens dos quais seu sustento dependia. Párias que agora secavam sua testa com água de lavanda, o aroma oleoso se sobrepondo ao fedor animalesco do cômodo, as lareiras acesas, o calor sufocante. Elas seguraram suas mãos. Elas rezaram. Por mais que fossem rivais, aquela era sua arena particular. Longe dos sorrisos falsos, dos olhares de esguelha, do teatro lascivo de seu trabalho, um laço havia se formado entre elas. Conforme Mamãe gemia ao longo da dor lancinante, conforme suas pernas tremiam e seu quadril se impulsionava para baixo, essas mulheres a acalmavam e incentivavam;

elas lhe trouxeram água com limão e derramaram lágrimas quando minha cabeça apareceu. Mamãe dizia que chorou de alegria quando nasci, forte e robusta. Será que se ela soubesse o que estaria por vir, quem eu me tornaria, as lágrimas seriam de tristeza?

Sem saber para onde ir, mudo de direção pelas ruas, escolhendo as mais estreitas e perigosas, como se elas pudessem me proteger. Por fim, paro, ofegante. Cheguei à Piazza Farnese, então descanso por um instante, torcendo para estar escondida entre a movimentação interminável de pessoas indo para todos os cantos. As areias do tempo estão se esgotando para mim. Sei disso, e talvez seja por esse motivo que reflito sobre meu nascimento. Quero me agarrar ao tempo, puxá-lo de volta como os fios de lã no meu novelo.

Os atores chegam sem anúncio, sua carroça chacoalhando pelas pedras da rua. Eles saltam em uma confusão de criaturas pintadas, fantasiadas, de peruca. São jovens e parecerem famintos, seus rostos esvaziados pelos anos de vida difícil durante o contágio. Seus rostos pintados já estão manchados, suas fantasias antes coloridas agora se mostram desbotadas e empoeiradas da estrada que os trouxe até aqui.

A peça é iniciada, como sempre, com saudações à plateia. A *Scaramuccia* fala, sua voz ecoando pela praça.

"Para seu prazer e deleite, apresentamos os atores da mais famosa e louvável companhia, *I Corvi*, os Corvos..."

Então, uma figura pequena, uma criança vestida toda de preto com farrapos costurados nas mangas para fazer as vezes de asas, surge e começa a abanar os braços, grasnar e bicar. A plateia emite um som de surpresa, apesar de ser uma fantasia medíocre e, como descobrimos, uma apresentação apática. Eu deveria ir embora. Estou exposta demais aqui entre as pessoas, sob a luz do sol, porém meu corpo não se move. Não obedece a meu comando de fugir. Puxo o ar, solto. Há pessoas a meu redor, mas não consigo compreendê-las; sua animação, sua barulheira. Mal noto a peça continuar.

Então eu o vejo. Ele olha diretamente para mim. Um grito vem da multidão. Uma criança berra. Um homem cospe. Outro xinga o amigo, gesticulando. Ainda assim, o homem não desvia o olhar. Não há qualquer tentativa de esconder seu... o quê? Escrutínio? Interesse? Ele tem um rosto do qual não consigo desgostar; um rosto forte, uma expressão sincera. Seus olhos brilham, mas não de forma desagradável. Ele tem ombros largos e está oculto, usa um manto simples, apesar de eu notar o brilho de pedras no broche que o prende. Ele me encara, e sinto que não posso me virar de novo, mesmo sabendo que é isso que deveria fazer. Seu olhar me desmascara — tanto para ele quanto para mim. Ele me conhece?

O *Arlecchino* pula e rodopia, e me dou conta de que preciso partir. Preciso encontrar as outras e alertá-las, se ainda não viram os cartazes. Como posso ter me demorado tanto? Foi tolice achar que eu poderia fugir do meu pânico. Levanto enquanto o *Rugantino* clama por aplausos desanimados. A *Colombina* de alguma forma conjura energia para bater palmas e rir. Os atores jogam flores que colheram pela estrada. A cena começa a se dissipar. Minha cabeça parece estranha, confusa. Rezo para não desmaiar na praça e ter minha bolsa cortada da saia.

Um corvo passa no céu como se seus movimentos estivessem lentos, como se o mundo tivesse parado, como se o tempo tivesse congelado por um instante. Asas pretas oleosas batem. Um grande bico proeminente abre. CUÁ! CUÁ! O pássaro do mau agouro veio até mim, e, conforme ele se aproxima, olho para cima e vejo o brilho preto de seu olhar. Apesar de o dia estar quente, sinto um calafrio.

De repente, como se o momento nunca tivesse acontecido, como se o corvo e seu aviso houvessem evaporado dos céus azuis, cor e vida voltam com um estrondo a meus ouvidos, à minha visão. A plateia grita de alegria e joga moedas. Os atores limpam o rosto. A pressão de corpos contra mim é avassaladora. Olho para o homem, mas ele desapareceu. Olho para o céu, e o corvo desapareceu. Preciso ir embora antes que seja tarde demais — ou talvez já tenhamos passado desse momento.

Respirar é difícil, mas começo a abrir caminho. Uma senhora idosa vira para me dar uma bronca, sua boca aberta revelando um único dente podre. Uma jovem com bochechas redondas e que carrega uma criança chorosa estala a língua quando a empurro para passar, pedindo desculpas.

Então, vem a compreensão. A mensagem do corvo já foi entregue. A notícia chega a mim na forma do padre Don Antonio, que bloqueia meu caminho. Sua batina está banhada de branco sob a luz do sol. Seu rosto, parcialmente coberto pelo manto.

Você não pode voltar. Pegaram todas elas.

No começo, as palavras não fazem sentido. CUÁ. CUÁ.

Você não pode voltar.

Pegaram todas elas.

Sou transportada de volta a um passado distante, quando os inquisidores levaram minha mãe. Desta vez, é minha filha e meu círculo de párias e curandeiras que foram levadas. Não tão sábias. Não tão astuciosas. O padre me explica que elas foram capturadas e levadas para Tor di Nona. Minha cabeça gira, assim como aconteceu quando Valentina me contou que Mamãe havia partido. Minha garganta aperta, e fico com medo de desmaiar, assim como antes. Aquelas que amo foram tiradas de mim, assim como antes.

Minha filha. Levaram minha filha.

O padre me procurou por todo canto. Ele pega meu braço, me puxa pela multidão. Na lateral da *piazza*, uma mulher vende pão. Como uma tola, eu paro. Digo ao padre que preciso comprar um para o jantar. Ele me encara como se eu fosse estúpida. Insisto que precisamos de pão, mas, quase como se ele tivesse planejado aquilo, a mulher grita algo para mim. Desta vez, não tenho dificuldade em entender o significado das palavras.

"*Strega*! Vá embora, *strega*! Não farei negócios com você, bruxa!"

As pessoas olham ao redor, procurando a fonte da comoção. Encaro a mulher que recusa minha moeda, sem enxergá-la. Um impacto repentino e perco o equilíbrio, caindo de lado. É apenas a velocidade da reação de padre Don Antonio, agarrando meu braço de novo, que me impede de cair. Olho para cima, confusa. Um menino, sua pele inflamada, seus trapos sujos, me encara de volta. Eu o reconheço. É o pivete que vi na rua quando fui à loja da esposa do açougueiro, com meu frasco de *aqua* chacoalhando em meu cesto. Esse é o moleque que levou mensagens para mim, que brinca na *piazza* diante de minha loja. Seu rosto é incisivo; seu olhar, impenitente. Ele me empurrou, e não sei por quê. Ele me encara, e não consigo desviar o olhar. Ele é meu adversário, mas não o conheço.

Não tenho tempo para refletir sobre o significado disso, de tudo isso. Atrás de mim, escuto os atores balançando os chapéus, fazendo as poucas moedas recebidas tilintarem.

"Giulia, precisamos ir embora. Estamos em perigo — em grave perigo. Você precisa encontrar um abrigo. Os *inquisitori* estão à sua procura."

Encaro o padre. As palavras não fazem sentido. Não respondo. Não consigo.

"Escute, senhora. Fui informado de que homens estão à sua busca nas tavernas e mercados. Meu irmão me conta que quatro feiticeiras foram capturadas nesta manhã, duas em suas casas e duas no palacete de uma nobre que foi usada como isca para atraí-las a uma cilada. Foi tudo armado. Eles sabem para que serve seu veneno e convenceram uma mulher rica a se passar por cliente. As mulheres foram capturadas quando tentaram entregar seu remédio."

Penso na carruagem chegando à *piazza*, nos quatro cavalos pretos, e me pergunto se a isca se encontrava lá dentro. Onde estava a Visão? Onde estava meu aviso?

Se um dia me esqueci de que este homem perante mim, este padre, tem origens nobres, então sou lembrada agora. Há muito que ele sabe, e só posso imaginar quem sussurrou a seu ouvido. Talvez sua família soubesse que deveria alertá-lo. Talvez ele interprete os sinais e saiba que também estão em seu encalço.

"Vou me esconder", fala ele, como se lesse meus pensamentos. "Meu sobrenome e meus contatos tornam isso uma necessidade."

"Mas por que veio me alertar? Por que correr o risco de ser descoberto, padre?", pergunto, confusa, minha cabeça girando.

"Não há tempo para explicar, exceto para dizer que eu a observei, sabendo o que faz e por quê. Há muitas crueldades neste mundo, e nós compartilhamos uma ânsia por consertá-las, até por vingá-las. Mas preciso que me escute. Eles pegaram todas as participantes do seu círculo, todas. Giulia, você precisa ir agora, não há tempo a perder."

Olho para o clérigo como uma tola. Minha mente está cheia de perguntas. Quem nos traiu? Como eles sabiam aonde ir, quem encontrar? Como descobriram meu nome? Não há tempo para pensar; em vez disso, preciso agir. Enfim, as palavras dele causam um impacto. Percebo que o padre me chama pelo meu nome pela primeira vez, e, estranhamente, isso é o que mais me apavora. Puxo meu braço.

"Giulia, eles sabem sobre você. Sabem sobre o seu trabalho. Presuma que saibam de tudo. Estão dizendo que você é uma bruxa e uma feiticeira, que lança feitiços maléficos. A sua reputação se alastrou como fogo na grama seca."

Minha reputação.

Bruxa.

Feiticeira.

Talvez eu sempre tenha sabido que, um dia, as mulheres de Roma me trairiam. É claro que elas falariam se ordenadas pelo pai, pelo marido ou inquisidor, ou se fossem ameaçadas com a possibilidade de prisão. Elas afastam o olhar de mim e de minha irmandade nas ruas e nos mercados. Muitas não querem ser lembradas de seus atos, do conhecimento que possuímos. Talvez nem sempre tenha sido assim, mas então o papa colocou seus *inquisitori* em ação. Mesmo assim, meu coração dói com essa traição. Os riscos que corremos para ajudar tantas, e para quê?

"Minha reputação", repito.

"Sempre há alguém que fala com língua de serpente", diz o padre. "Sempre há alguém capaz de vender seu nome por uma moeda ou para fugir da tortura. Decerto você, entre todas as pessoas, sabe disso. Por favor, me escute agora." Ele agarra minhas mãos, me surpreendendo. Suas mãos são grandes. Desta vez, não me afasto.

"Não sei dos detalhes e não há tempo para suposições. Talvez uma de suas clientes tenha lhe traído. Ou a morte do marido de nossa nobre benfeitora tenha estimulado uma investigação mais minuciosa. Talvez os boatos tenham saído destas ruas e chegado aos ouvidos dos cardeais, talvez até do papa. Pode ter sido qualquer uma dessas coisas — ou nenhuma delas. Não há tempo para encontrar respostas. Você precisa ir!" A voz dele é baixa agora. A vendedora de pão ainda me observa.

Olho de volta para o padre e me pergunto mais uma vez por que ele veio me procurar. Não conheço este homem além de nossas negociações secretas, mas ele pode ter salvado minha vida hoje.

"Mas aonde irei?"

"Vá ao convento em Trinità dei Monti. Diga à madre superiora, Innocenza, que mandei você. Ela vai acolhê-la. Nossas famílias são conectadas pelos laços do matrimônio. Ela não a recusará. Mas vá, Giulia. Vá agora."

"Sim, vá, *strega*!", diz a vendedora. Ela cospe para dar ênfase. Não espero para escutar mais. As pessoas já olham de soslaio na minha direção. Não posso ficar aqui e correr o risco de ser linchada por uma multidão animada pelo teatro maltrapilho. Eu me viro e vou embora, levantando a saia para andar mais rápido. Assim que saio da *piazza*, começo a correr e não paro. Passo pela fonte na Piazza di Spagna, subindo a colina íngreme sob a sombra de árvores, minhas coxas ardendo. Essa é uma das igrejas mais imponentes da cidade; rica, influente, construída por Luís xi da França há mais de um século. Mal consigo falar quando paro diante dos dois campanários que se agigantam em esplendor ornamental diante de mim.

Ofegante, com os xingamentos da vendedora de pão ainda ecoando em meus ouvidos, os mesmos lançados contra minha mãe, bato com força à porta de madeira.

44

ALEXANDRE

É errado querer você?
A corda cheia de nós flagela minha pele.
É errado desejar você?
O sangue escorre por minhas costas. Tento abafar meus gritos ao puxar o *flagellum*, o azorrague; goivando, dilacerando, cortando.
Mamãe, me ajude. Faz anos desde que a vi na piazza, *olhando para mim, porém meu desejo apenas aumenta...*
Outra chicotada, outro golpe de disciplina, as sete cordas despertando mais agonia — a mortificação da carne concretizada. Minha penitência particular por meus anseios pecaminosos, o anseio que nunca desaparece, o anseio pelo cabelo ensolarado e os olhos da cor da água.

É o meio da madrugada.
Os soldados do exército papal estão a postos lá fora, imóveis. Eles guardam o palácio, iluminados por tochas que tremeluzem e dançam, apesar de não haver brisa. As andorinhas estão silenciosas em seus ninhos no telhado. Os sinos permanecem imóveis nas horas entre as Completas e as Matinas, o momento em que tudo no mundo de Deus para, quando até as árvores e estrelas e oceanos silenciam para honrá-Lo.
Estou sozinho em meus aposentos particulares, sem conseguir dormir, lutando contra meus desejos desnaturados. Imploro a Deus que me liberte do meu sofrimento espiritual ao materializá-lo no reino físico

— com um chicote sangrento e um corpo com cicatrizes. Sou pecador, subjugado. Não consigo encontrar paz tão logo as lareiras são acesas e o dia se encerra. É então que meus desejos me consomem, e, ultimamente, tenho buscado uma forma de arrancá-los de mim.

A corda cheia de nós emite um baque ao aterrissar. Obrigo meu braço, agora trêmulo, a lançar outro golpe em minhas costas sujas de sangue. Desta vez, a dor me faz cair de joelhos. De novo, de novo. As cordas atravessam o ar, cada uma representando um dos pecados capitais: *lussuria*, luxúria; *gola*, gula; *avarizia*, avareza; *accidia*, preguiça; *ira*, fúria; *invidia*, inveja; e *superbia*, soberba. Senti todos eles. Um acima de todos domina minhas noites insones. Um, talvez o mais poderoso de todos os pecados mortais, corre por minhas veias e preenche minha mente, meu coração, minhas entranhas. O pecado que carrego em meu peito é como uma chama ardendo. Ele me inflama, me queima, me carboniza.

Ah, Deus, em noites como esta, sei que o Senhor virou as costas para mim, Seu vigário nesta terra, Seu escolhido. Como pode ser que o Senhor tenha me elevado tanto, mas me assole com uma luxúria tão profunda? Esse é meu castigo por subir tão alto? Esse é o grande desafio que o Senhor determinou para minha vida? Se for um desafio, estou fracassando, Senhor. Estou fracassando.

Desabo para a frente, o alívio do piso frio de mármore encontrando meu rosto. Não sei por quanto tempo permaneço ali. Toda noite, antes de me recolher, ordeno que uma tigela de água e um pano limpo sejam levados a meus aposentos. Não explico por que preciso deles. Nenhum criado jamais me questionou, jamais cogitaria me questionar. Da mesma forma, quando são removidos no dia seguinte, cheios de sangue e suor, nenhuma pergunta é feita, apesar de eu notar seus olhares rápidos na minha direção, a confusão seguida pelo entendimento. Toda manhã, acordo em lençóis manchados de cor-de-rosa, com uma camisola ensanguentada, e ninguém questiona o motivo. Talvez prefiram não enxergar.

Levanto do chão, exultado agora, sem pecado, aliviado do fardo de minha fome. Sinto as feridas, expostas e sangrando. Sinto a monstruosidade de meus atos, mas sei que voltarei aqui, passarei por essa terrível penitência de novo, se não amanhã à noite, em um futuro próximo.

A seguir, o disciplinador deve ser guardado. Limpando o sangue agora coagulado, agora secando, seguro as cordas com reverência, com carinho. Elas me libertam do pecado. Elas me recordam do sofrimento de Cristo. Elas me levam de volta para Deus, para a honradez, apesar de o preço desse poder, muitas vezes, ser quase alto demais para que consiga suportar. Elas me lembram das sete virtudes; cada uma acompanha o pecado que é seu oposto. Para a luxúria, existe a *castità*, a castidade; para a gula, *temperanza*, a temperança; para a avareza, *generosità*, a generosidade; para a preguiça, *diligenza*, a diligência; para a ira, *pazienza*, a paciência; para a inveja, *gratitudine*, a gratidão; para o orgulho, *umiltà*, a humildade. Faça de mim um homem humilde, Senhor. Faça de mim um homem à Sua imagem. Faça-me esquecer, Virgem Santa.

Há espaço suficiente para depositar o flagelo em minha gaveta secreta, a que guarda minhas cartas para Mamãe e seu lenço, que roubei de seu quarto na noite em que ela morreu. Eu a abro devagar, com um estremecimento. Aqui, ele fica escondido de todos os olhos além dos meus. Ele precisa ser mantido em segredo. Não somos espanhóis. Não nos regozijamos com demonstrações de penitências sangrentas. Em Roma, aqui no Vaticano, mantemos uma reverência silenciosa, digna. Então, esse deve ser meu segredo. Conforme empurro a gaveta, escondendo minha vergonha, noto meu reflexo em um espelho entalhado. Tenho olheiras, meu rosto está pálido e abatido. Arrumo meu bigode, minha única vaidade, e vejo que minha mão está salpicada de sangue. Vejo um homem derrotado. Um servo de Deus subjugado, apesar de meu olhar me encarar de volta com firmeza. Vejo um homem que conhece seus pontos fortes e seus pontos fracos, que carrega o peso do mundo católico em seus ombros. Vejo um homem bem-nascido, que ocupou seu lugar na sociedade, e ainda assim, vejo a sombra de seu passado se alongando.

45

GIULIA

Sou aceita pelo convento na colina.

O nome do padre parece me garantir certa liberdade — por enquanto. A madre superiora Innocenza me escolta pelo claustro até seus aposentos, fecha a porta e se vira para mim. Seu rosto é enrugado, mas ela usa o véu preto com dignidade e autoridade.

"Sei quem é a senhora", diz ela.

Minha cabeça vibra como uma colmeia antes de sua rainha ir embora e o enxameamento começar. Fico sem fala, sem palavras nem pensamentos enquanto o medo me acerta em ondas enormes como as que testemunhei ao cruzar o mar, tantos anos antes. A arfagem e o cume do passado ondulam e se avolumam sob meus pés. Ele me alcançou e está me afogando. Talvez eu sempre tenha tido o conhecimento de que terminaria assim. Desde o instante em que nasci, uma sombra foi projetada sobre mim. Pária. Meretriz. Bruxa. Envenenadora. Também sou Filha. Mãe. Sobrevivente. Curandeira. Embora essas partes de minha história jamais serão escritas, disso tenho certeza. Mas agora só consigo pensar — só consigo conceber — que pegaram Girolama. Que pegaram meu círculo.

"Quem sou eu, reverenda madre?", indago baixinho.

O que quero dizer é: *Onde está Girolama? Onde ela está?*

Preciso encontrar minha filha. Preciso encontrar minhas amigas. Preciso fugir dos demônios santos que me desejam mal. Não sei como nem por onde começar.

Onde está ela?

"Sente-se, minha filha, e lhe direi quem é", responde ela, sem ser indelicada. Ao afundar na cadeira, descubro que estou tremendo, o rosto da vendedora de pão ainda me fitando com malícia em minha mente.

Strega.

Bruxa.

O mesmo xingamento escolhido para mim e para Mamãe, assim como para Faustina. Nesta noite, desejo esse poder, e vejo que tudo que tenho são as roupas do corpo. Não há nada aqui com que preparar uma poção de bruxa, nada para oferecer ao demônio em troca da realização de meus desejos. Vejo que não tenho nada. Não tenho casa. Não tenho amigos além da freira sentada diante de mim.

"A senhora é a mulher que chamam de *la Siciliana*. Roma inteira fala da senhora. Veja, até eu, uma serva de Cristo, escuto as fofocas do mercado e das esposas dos pescadores. Por outro lado, freiras são invisíveis. Temos ouvidos para escutar e línguas que permanecem caladas.

"Dizem que a senhora ainda é linda e tem madeixas que ondulam como as espigas nos trigais. E falam a verdade. Dizem que a senhora veio de Palermo para executar uma vingança mortal contra os homens, cujo motivo desconhecem. Dizem que a senhora é filha de Teofania di Adamo, a envenenadora. Eles a chamam de *la Signora della Morte*, a criadora de viúvas."

Concordo com a cabeça. Não posso negar. Ouvi todos esses nomes, e muitos outros, apesar de poucos serem aqueles que ousaram dizê-los na minha cara — até agora.

"Quando cobriram os muros da cidade com cartazes comunicando sobre seu veneno que age em silêncio, todos os cidadãos deste lugar começaram a pensar. Sabe o que eles perceberam, minha filha?"

Faço que não com a cabeça. Estou emudecida.

"Eles ficaram com medo", continua a madre superiora, apesar de eu mal estar escutando. Prestes a desmaiar, me concentro em minha respiração enquanto o pânico me domina.

Onde ela está?

"Eles entenderam por fim que poderiam sofrer o mesmo destino que o duque de Ceri. Eles começaram a questionar 'Por que não eu?'. Eles perceberam que qualquer um com dinheiro, ou talvez até sem nada, poderia obter suas mercadorias e fazer o trabalho que apenas Deus, em Sua infinita sabedoria, pode executar."

Ela fala, e tento desemaranhar as palavras, porém nada disso é o que desejo escutar. Ela não conta nada que me interesse ou que me sirva. *Eles estão com a minha filha*, quero gritar. *Escute. Me escute. Eles estão com ela, e não sei se ela está viva ou morta.*

"Apenas o Senhor pode decidir nossos destinos, Senhora da Morte", continua a freira. "Apenas Ele pode decidir se vivemos ou morremos, e o momento de nossa entrada no abençoado estado do paraíso ou nas profundezas ardentes do inferno. Eles viram que não poderiam controlá-la, menina. Começaram a imaginar a própria morte por suas mãos, e foi então que a maré virou. A senhora pode ter sido protegida pelo silêncio daquelas que serviu, porém isso chegou ao fim."

A freira fala em um tom suave, apesar de a mensagem ser clara e contundente como a água de um poço. Não há lugar onde eu possa me esconder. Estou sozinha e quase completamente sem amigos. Ergo o olhar para ela. Nossos olhos se encontram como iguais. Sou a primeira a afastar o olhar.

"O que acontecerá comigo?", pergunto. Parece uma pergunta que ela deseja ouvir.

A freira sorri.

"Não podem tocar na senhora aqui. Estamos em solo consagrado. Estamos em um santuário. Não entrarão aqui. Não permitirei. Seja grata, minha menina. Deus enxerga todos os nossos pecados. Ninguém pode atirar a primeira pedra."

Olho para o piso de lajota e entendo que não tenho futuro. Estou presa, aqui no convento, em um lugar sagrado de mulheres santas, mas presa assim como estaria em uma das masmorras de *Il Papa*.

Sou levada a meu pequeno aposento por uma noviça que não me olha nos olhos e não fala. Percebo que não me importo com seu desdém, ou será medo? A cela é desprovida de tudo com exceção de uma cruz de madeira na parede, com o corpo de Jesus pregado a ela em sofrimento eterno, e uma cama estreita e dura.

Apesar de eu estar cansada até a alma, não consigo dormir. Em vez disso, perambulo pelo quarto, pensando apenas em meu desamparo, na agonia de imaginar o que fazem com Girolama, com Giovanna, com Maria e Graziosa.

Mas é por minha filha que rezo com mais fervor. Desta vez, rezo para o Deus deles, não para os nossos. Rezo para o Deus da madre superiora, para o Deus dos inquisidores, para o Deus do papa. Desta vez, imploro por perdão, como deveria, já que é tudo minha culpa. Fui eu quem continuou com o legado de minha mãe, e eu quem ensinou meu círculo a prepará-lo. Posso muito bem tê-las matado, e, hoje à noite, não consigo fazer as pazes com esse pensamento pela consciência de que há menos homens ruins neste mundo. Minha imprudência colocou todas que amo em perigo. Todas. Meu coração parece dividido em dois: a parte que se arrepende de tudo, e a parte que se arrepende de nada, que se regozija com todas as mortes. Como podem partes tão distintas comporem um mesmo todo? Pergunto ao Deus deles: "Fui abandonada à minha própria sorte?". Não há resposta, ou nenhuma que eu seja capaz de decifrar. Pergunto a Ele: "Minha filha e minha irmandade foram abandonadas à própria sorte?". Mais uma vez, não sinto nada, não escuto nada. Continuo rezando até raiar o dia, quando caio, por fim, em um sono conturbado.

46

ALEXANDRE

Minha mãe diz que meu primeiro fôlego quase não aconteceu.

Fui puxado de seu corpo nobre pelo médico da família, que anunciou minha morte assim que me viu. Minha pele estava azul, meu corpo, frio. O silêncio reinou entre os cirurgiões de manto preto presentes para testemunhar meu ilustríssimo nascimento. Parados nos aposentos de minha mãe, com o rosto iluminado pela chama das velas de cera de abelha, o choque foi palpável, mesmo que não inesperado. Talvez eles tenham se benzido, mantendo as expressões cuidadosamente neutras, os corações batendo apressados sob a roupa de veludo. Talvez eles soubessem que sofreriam a fúria de meu pai, Flavio, um homem formidável e chefe de nossa dinastia. Talvez tenham prendido a respiração, como eu prendia a minha.

Então, o choro. Despertado como se por Deus. Não sei o que me impediu de assumir minha vida, minha herança de imediato. Herdeiro de um nome ilustre, de um dos impérios bancários mais proeminentes da Itália, se não da riqueza, que então estava em declínio, apesar de ninguém jamais ter tocado nesse assunto diante de mim. Minha mãe, chorando, primeiro de tristeza e então de felicidade, me segurou junto a seu corpo, me declarou seu favorito, seu milagre, e beijou minha pequena testa, ou pelo menos foi o que me contou muitos anos depois, quando estávamos sozinhos, sentados sob a loggia enquanto o sol se punha sobre o campo da Toscana e o céu era rajado de laranja. Ela sorriu para mim, seu cabelo grisalho, o brilho de sua pele enfraquecido, mas ainda linda, ainda orgulhosa, altiva, régia.

Sorri de volta, sabendo que eu era o predileto. Sabendo que seu amor era meu, verdadeiramente meu, acima de todos os outros, enquanto erguia meu cálice para ela; uma rainha entre as mulheres.

Nada nunca era bom demais para mim.

Quantos podem alegar, como eu posso, que foram levados à fonte de batismo por um artista celebrado? Chorando nos braços de Francesco Vanni enquanto o choque da água benta fria escorria por minha testa, levando-me a Deus quase como se eu fosse um dos querubins nos desenhos dele.

Agora, eu aliso meu manto grosso. Está cedo, e caminho pelos jardins do Vaticano, aproveitando o ar fresco da manhã. Minha mente se acalmou. As feridas em minhas costas estão sarando, e não sinto a necessidade de usar o flagelo há dias.

"Perdoe a intromissão, Vossa Santidade, mas o governador de Roma solicita uma audiência sobre um assunto de suma importância. Ele diz que precisa conversar com Vossa Santidade hoje."

O cardeal Ottobeni se ajoelha ao se aproximar. Abafo meu desejo de que fosse Camillo se aproximando, trazendo-me notícias.

Meus pensamentos estão calmos desde que a última correspondência chegou hoje cedo de mensageiros cansados da Espanha. A carta, seu selo miraculosamente ainda intacto, não tinha natureza política. De fato, fiquei surpreso com seu questionamento religioso. Uma delegação de bispos escreveu pedindo permissão para vir à minha presença e oferecer seus argumentos em defesa de um processo mais extenso, mais severo, para a perseguição da heresia. Eles escrevem da terra que criou o *auto-da-fé*, o ato de queimar hereges na fogueira.

Refleti sobre o conteúdo da carta durante o passeio por meu Éden. Plantas exóticas lutam por minha atenção. De algum lugar próximo, vem o som da água caindo em cascata. Aromas emanam do *viridarium novum*, a horta medicinal. Aqui, os poderes curativos das plantas de Deus são estudados. A botânica se torna uma nova ciência enquanto homens médicos aprendem sobre o mundo de nosso Criador e tudo que o engloba.

Ofereço meu anel para Ottobeni. Ele baixa a cabeça para beijá-lo.

"Por favor, cardeal, sente-se comigo. Você parece cansado. Deve estar calmo, tranquilo neste lugar", murmuro, acenando para que ele se acomode no assento mais próximo. Sentamo-nos como dois velhos tomando ar. Viramos o rosto para o domo da basílica de São Pedro, e, por um instante, ficamos hipnotizados, como dois diáconos recém-ordenados testemunhando a verdadeira beleza de Deus pela primeira vez.

"É magnífico", digo.

"Sim, Santo Padre", responde Ottobeni.

Nós dois caímos em silêncio como se pretendêssemos ficar sentados ali. Os cortes e feridas que infligi em minha pele ardem enquanto se curam. Respiro fundo e sinto o frescor do ar longe do calor da cidade. A luz radiante preenche minha visão. Uma abundância de verde. Arquitetura primorosa. Ainda assim, no meu coração, não encontro muita paz verdadeira.

Após alguns instantes se passarem, me pronuncio.

"Diga ao governador Bracchi que lhe concederei uma audiência hoje. Pode ir."

Ottobeni se levanta e alisa a batina. Ele faz uma mesura antes de se retirar da minha presença. Eu observo enquanto ele se afasta, caminhando de volta para o Vaticano, sabendo que Bracchi estará esperando por mim. Ele deve esperar. Somos todos sujeitos ao tempo de Deus, a Seu plano. Meu governador deve aprender a ter paciência, assim como todos nós. Sou como um professor para meu pupilo. Permaneço sentado. Fico ali e penso na carta. Talvez tenhamos sido lenientes demais, e Roma corre o risco de parecer fraca para o mundo exterior. Se isso for verdade, como os bispos afirmam enfaticamente que é, não podemos continuar assim. Talvez esses clérigos tenham razão e devamos aplicar nova severidade contra crimes heréticos, contra bruxaria e pecadores. Há muito mal e escuridão sobre os quais refletir neste paraíso na terra.

O tempo passa. Levanto-me com dificuldade. Um criado oferece o braço, mas recuso, afastando-o. Caminho devagar rumo à basílica, mandando o homem na frente para avisar Bracchi da minha chegada, para orientar que me encontre sob o domo que acabamos de admirar, exaltando nosso encontro e nos colocando no coração da Santa Sé. Se eu me lembro de ficar deitado lá, prostrado, implorando pela ajuda de Deus, prefiro esquecer.

Meus passos ecoam pelo piso de mármore estampado. A mera dimensão da basílica, com sua nave, domo, capelas, altares e túmulos, apequena todo e qualquer homem. Até mesmo eu.

Mais passos. Bracchi se aproxima. Se ele também se lembra daquela noite, não dá indícios.

"Santo Padre, agradeço por me conceder uma audiência." O governador é um homem impaciente. Ele fala rápido, com uma mente enérgica. Ele dobra um joelho, como deve fazer ao se aproximar do pontífice. Estico minha mão, e ele a segura, beija o anel papal, começa a falar de novo. Eu o interrompo.

"Governador Bracchi, que notícias poderiam ser tão importantes para interferir com as questões do meu dia?"

Vejo que ele se condói, mas abaixa a cabeça. Sua voz é mais lenta, mais calma. Por dentro, me regozijo por domá-lo, apesar de não demonstrar minha satisfação. Nenhum homem pode exigir a atenção de um papa. Ele deve esperar até Deus desejar que eu o procure. Meu pupilo está aprendendo, apesar de eu ainda notar algo pouco desenvolvido em seu interior. Será que eu deveria me preocupar? Eu já me fiz essa pergunta antes, mas verificações foram feitas, relatórios foram escritos. Ele é um homem devoto, um homem correto e sensato, sem máculas. Ainda assim, há alguma coisa.

Ele pede minha permissão para falar. Concedo.

"Vossa Santidade, nós as capturamos", diz ele, sua voz quase incapaz de esconder seu triunfo. "Capturamos todas, com exceção de uma."

"Quem vocês capturaram?", respondo. Ali perto, uma abelha paira, uma folha se enrola.

Bracchi permanece ajoelhado.

"Capturamos quatro das bruxas que colocaram em perigo os homens de nossa cidade por tanto tempo. Nós as encontramos, e elas nos deram o nome de sua senhora. Elas estão nas masmorras, esperando a próxima fase do interrogatório. Elas responderão por seus crimes, Santo Padre."

Por um instante, sou tomado por um desejo estranho de exclamar meu prazer, de agarrar esse homem e abraçá-lo. Eu me viro, brevemente, para recuperar a compostura. Quando me movo, me retraio e torço para que ele não tenha visto.

"Você prendeu aquelas que são a fonte desse massacre vil? Se isso for verdade, devemos dar glória a Deus. Ainda assim, afirma que uma está solta. Por que veio até mim? Certamente, você precisa caçar e capturar essa Jezebel." Quase cuspo a palavra.

"A Jezebel é uma siciliana chamada Giulia. Sua mãe era uma envenenadora, e temos conhecimento de sua localização", conta Bracchi.

O governador se remexe. Vejo que está desconfortável. Talvez seu joelho esteja doendo. Talvez suas costas também. Eu o deixo onde está, sem dar sinais de que ele pode se levantar para aliviar o desconforto. Deus pede a todos nós para aprendermos o que é sofrer. Ele nos pede para suportar, para abdicar dos prazeres da carne, do corpo e da mente, para que nossos espíritos cresçam e nossos corações encontrem coragem. Disso, eu sei. Está marcado em minha pele pelo chicote. Mais uma vez, sou o professor desse homem. Mais uma vez, vejo que ele luta contra o aprendizado.

"Meus espiões a seguiram. Ela se refugiou no convento da Santissima Trinità dei Monti. Meus homens e agentes do Santo Ofício me dizem que ela permanece lá e está sob a proteção da madre superiora. Ela lhe ofereceu santuário. Enviei oficiais para ordenar que a madre superiora Innocenza a entregue, mas ela se recusa. Venho ao senhor porque não tenho outra forma de retirar a ratazana de sua toca."

Nossos olhos se encontram. Gesticulo para que ele se levante.

Por um instante, hesito.

Senhor, como podemos capturar essa vilã? Deus Todo-Poderoso, escute minhas preces e guie meus passos. Faço minha prece e olho para a vastidão agigantada sobre nós, que parece ser tão elevada quando o próprio céu. Ele paira como se não pesasse nada. Sou lembrado do Tibre em um dia como o de hoje, quando o sol reluz conforme ele alcança o cume por Roma, saindo do alto da cordilheira dos Apeninos e seguindo para o mar Tirreno. Uma sede me assola, e então a ideia se forma, como se canalizada diretamente de nosso Senhor e Salvador. Eu me viro para Bracchi e sorrio. Gesticulo para que ele se aproxime, para que chegue mais perto, de forma que minhas palavras não sejam carregadas por toda a extensão da basílica.

"Seus oficiais espalharão boatos nas tavernas, nos mercados, nos portos, nas lojas e nas *piazzas*. Eles atravessarão a Roma Antiga dando a notícia de que a envenenadora Giulia Siciliana ameaça contaminar as águas da cidade e se vingar de todos os homens. Eles dirão que ela enlouqueceu com sua ânsia por matar e que pouco se importa com quem destruirá. Eles dirão que todos nós devemos lutar para libertar essa demônia dos muros do santuário e impedi-la antes que ela possa fazer o trabalho ordenado por Satanás.

"Vá e diga aos seus homens para não deixarem nenhum canto da cidade intocado por essas histórias. Ela envenenará a água. Todos encararemos a morte se não conseguirmos invadir o convento. As pessoas vão se reunir. Elas ficarão com medo e derrubarão os portões de madeira. Junto a elas, estará meu exército a cavalo, que deverá permanecer fora da igreja. Não posso ser visto violando um santuário."

Bracchi me fita como se me visse pela primeira vez.

"Mas tome nota", digo. "Ninguém deve machucá-la. Ela deve chegar intocada ao seu cuidado. Ela deve ser interrogada corretamente. Ela deve confessar tudo por vontade própria. Assim, evitaremos que o povo a transforme em santa. Não vamos permitir que ninguém diga que ela foi linchada e que seja feita mártir pelas mulheres de Roma. Devemos destruí-la com cuidado, com precisão." Vejo que o governador está chocado com minhas palavras. Não me dou ao trabalho de explicar mais. Dei minhas ordens, e espero que sejam obedecidas. Juntos, derrotaremos essa desgraçada terrível. O tempo dela chegou, seu reinado de violência foi encerrado. Os bons homens desta cidade não mais sentirão medo ao tomarem um gole de vinho ou uma colherada de sopa. Nenhum homem deverá temer aquelas que Deus posicionou abaixo dele; suas esposas, filhas, criadas. Juntos, capturaremos essa Jezebel e a mataremos por sua perversidade.

Mesmo assim, ordeno que uma legião de novos degustadores prove meu jantar. Deixo guardas papais posicionados à porta de todos os cômodos. Observo os criados com ainda mais atenção.

47

GIULIA

Perambulo e então choro.

Passo horas deitada, encarando as paredes caiadas, então caio em um sono agitado. Repito o nome de Girolama para invocar seu espírito, porém nada surge; nenhum sinal, nenhum portento, absolutamente nada. Então sinto como se fosse impossível continuar vivendo, preferindo a morte de uma herege a esta espera.

Sigo as horas da liturgia, escutando as freiras entoarem suas orações, participando das missas, à espreita. Ninguém fala comigo, exceto para avisar quando é hora de comer, rezar ou dormir. Ninguém me encara diretamente. Seus olhares estão sempre focados em um lugar próximo; no pé da cruz, na bainha do meu vestido, no arco de uma porta. Prefiro assim. Já sou uma pária. Já estou condenada. Sua recusa em me tornar visível parece a verdade. Talvez eu já esteja morta, e este é o purgatório de que falam.

Apenas a madre superiora Innocenza me convida a seu escritório para compartilhar um cálice de vinho após as preces da Noa. Talvez tivéssemos pouco a dizer uma para outra em uma vida diferente, porém, nesta, encontramos pontos em comum.

"Como a senhora aguenta?", pergunto poucas noites após minha chegada.

Estou fora de mim agora, impotente; alternando entre ataques de choro e de terror absoluto por minha filha e meu círculo, e desespero diante do pensamento de nunca mais ver a luz do sol fora dos domínios do convento. Os muros me lembram os da nossa vila em Palermo, a gaiola dourada que prendia eu e Mamãe. O convento é igual. Após três dias, eu queria gritar e esmurrar as portas, correr tão rápido e tão longe quanto fosse possível, devorar a liberdade, ir até a prisão que prende minhas amadas e destruí-la.

Não consigo imaginar como é possível ficar satisfeita, da forma como todas as freiras parecem estar, em um local como este, com tantas restrições. Sinto falta de minhas plantas, de meus remédios, de minhas poções e tinturas. Aqui, a porta da boticaria permanece bem trancada, e apesar de os aromas que conheço tão bem — o pungente cheiro floral da lavanda, cravo, camomila — se espalharem por passagens e corredores, se misturando ao travo do álcool que os conserva para unguentos e tônicos, isso só serve para aumentar a distância entre esta vida e a minha. Uma vida que agora perdi.

Tenho tempo para refletir sobre essa vida, para observá-la sob todos os ângulos, para dissecá-la e esmiuçá-la. Eu me arrependo de tudo e me arrependo de nada. Sempre soube que o preço da liberdade seria alto, e foi isso que ofereci às minhas envenenadoras. Para elas, não havia muitas opções; sem um marido, pai, família, posição social, nome ou riqueza para protegê-las. Não havia possibilidade de uma vida respeitável para nenhuma de nós, e elas me seguiram, aprenderam meu trabalho de bom grado. Ainda assim, sou culpada. Com essa empreitada eu as coloquei em perigo, e nossas clientes também. Também dei a elas uma vida, por mais arriscada e sombria que fosse, longe das restrições do leito matrimonial ou dos votos de castidade. Fomos corajosas ou tolas? Somos condenáveis, como os homens santos afirmarão? Mesmo após despojar minha vida, como uma carne que vai à panela, não sei dizer. Não há como ganhar a vida, além de como meretrizes ou curandeiras — e ambas são perigosas, escandalosas, desprotegidas. Ainda assim, tudo volta ao mesmo ponto: sou culpada. Todas somos culpadas — e minhas amigas morrerão por minha causa.

"Madre superiora, como aguenta isso?", repito, gesticulando com uma das mãos para seu escritório mobiliado com sofisticação: uma mesa encerada e duas cadeiras ornamentadas, uma lareira e prateleiras cheias de manuscritos. São os livros que me impressionam. Eles são sua única posse verdadeira além da grande cruz de ouro na qual Jesus chora lágrimas de rubis, opulento. Os livros cobrem as prateleiras em montes e pilhas. A vida no convento é um dos poucos lugares em que uma mulher bem instruída pode ser livre para buscar a sabedoria que deseja.

"Nunca pretendi me tornar uma freira enclausurada, Giulia", diz Innocenza, pois lhe informei meu nome. É tudo que me resta. Ela me encara com seu olhar direto, e me sinto lisonjeada. Essa mulher de berço nobre parece interessada em mim, parece me tratar como uma igual, apesar de a sociedade nos separar.

"Minha família, apesar de abastada, precisava casar minha irmã, precisava enriquecê-la com dotes e terras. Para o restante de nós, o futuro estava atrás dos muros. É muito menos dispendioso enviar uma garota para a Igreja do que comprar um marido nobre. Implorei por um casamento. Pedi a Papai que me permitisse ter um marido respeitável, sem fortuna ou posição social, apenas para que eu pudesse escapar das limitações de minha vida. Eu estava tão desesperada para ter um gostinho de outros lugares, outras paisagens e sons. Eu queria ser mãe um dia, ter meus próprios filhos. Meu pedido foi ignorado. Foi decidido que, quando eu completasse 11 anos, iria para um convento.

"Meu desejo foi concedido de certa forma. Cerca de um ano depois, a abadessa de um convento a muitos quilômetros de distância me convocou, e fui em sagrada obediência. Por muitos anos, o claustro foi minha prisão, e me ressenti dele. Porém o tempo passou, e a raiva se dissipou. Aos poucos, as joias da fé católica se revelaram para mim. Elas me foram apresentadas pelas mulheres que me antecederam. Sua força silenciosa, sua sabedoria e coragem, sua fé resplandecente me mostraram como eu permanecia infantil. Foi apenas por meio da minha rendição que consegui me tornar quem sou hoje. Venci minha raiva. Crucifiquei minha imagem como a filha de uma casa nobre, e essa crucificação fez minha alma renascer. Precisei morrer e renascer, assim como Jesus Cristo morreu por nós, para carregar nossos pecados. Fui redimida, mas foram necessários muitos anos."

A freira cai em silêncio de repente. Ela me observa agora sob a luz da vela. Um gato sibila em algum lugar. O rosto dela parece estranho, mas talvez seja a luz bruxuleante.

"Talvez o mesmo destino esteja reservado para você?"

Eu a encaro. Ela beberica seu vinho e se recosta, deixando que eu assimile essa simples frase.

Talvez o mesmo destino esteja reservado para mim.

O mesmo destino.

Penso que ela quer dizer que eu possa, talvez, um dia, fazer os votos. Talvez eu possa me crucificar na cruz da obediência e submissão. Mesmo no momento em que o pensamento surge, algo dentro de mim o estraçalha. Eu me conheço. Sei que jamais serei capaz de fazer o que ela fez. Nunca cederei meus desejos para seu Deus que nos olha lá de cima, que vê tudo, pelo menos segundo os padres.

Há um breve silêncio antes de eu encontrar as palavras para responder de um jeito que ela possa entender.

"Meu destino foi determinado no dia que nasci, é nisso que acredito, Santa Madre", digo, passando os dedos por meu cabelo comprido. Ele bate pesado contra minhas costas, apesar de o convento estar fresco.

"Sei que vão me matar, assim como sei que vão matar minha filha e minhas amigas. Nossos destinos são diferentes dos de mulheres como a senhora." Agora, dou de ombros, fazendo Innocenza franzir o cenho.

"Não acredito nisso, Giulia. Nosso Senhor diz que tudo pode ser perdoado. Todos podemos entrar no reino dos céus se nos submetermos à vontade Dele, se tivermos fé."

Eu quase rio.

"Madre superiora, estou além da redenção! A senhora sabe o que fiz. Se Ele sabe das mortes que causei por associação — centenas, talvez milhares delas —, então seu Deus não me deixará entrar nesse céu de que a senhora fala."

Um pássaro preto canta sua oração rouca de Vésperas, apesar de estarmos nos últimos dias do inverno e no começo da primavera.

La merla, suas penas brancas para sempre escurecidas por fuligem, ou pelo menos é o que reza a lenda de *i giorni della merla*. Nós duas olhamos para a janela e temos um vislumbre de asas pretas quando a ave salta ao céu. Por um breve instante, a paisagem é preenchida por movimento, penas, garras e um bico amarelo. E o pássaro desaparece.

Nenhuma de nós fala. O ar parece estranho, inquieto. Então, a abadessa olha para mim como se visse a sombra de meus pensamentos.

"Não acredito na sua profecia para a sua própria vida, Giulia", afirma ela, levantando e seguindo até a janela. "Deus tem o poder de perdoá-la, mesmo que você seja incapaz de perdoar a si mesma."

"Mas, Santa Madre, não busco o perdão. Eu busco a verdade! Toda mulher que ajudei não tinha outra opção, e se tivessem?" Dou de ombros de novo. "Se tivessem, então isso era uma questão para a consciência delas, não para a minha! Nenhum dos homens jamais pediu perdão. Nenhum dos que causaram injustiças tampouco o fez, então por que eu deveria? Meu único arrependimento é não ter sido esperta o suficiente para impedir que nos descobrissem. Meu único arrependimento é terem capturado minha filha e minhas amigas."

De repente, tudo fica claro. Minha vida me foi apresentada em uma bandeja de prata. Meu coração está confiante, e meus atos são sondáveis, compreensíveis. Percebo, sentada neste lugar sagrado com uma abadessa, que eu faria tudo de novo, apesar dos riscos.

"Sou incapaz de continuar aqui por mais um instante sequer, sem poder salvar minha própria filha. Vão torturá-la. Provavelmente vão matá-la — e não há nada que eu possa fazer para mudar o destino dela. É disso que me arrependo, e apenas disso, Reverenda Madre."

Lágrimas escorrem por meu rosto. O luto me inunda. Arrasada, me inclino para a frente e acabo de quatro no chão frio. A madre superiora nada faz. Ela não tenta me consolar. Ela não tenta me contar mentiras fáceis, falar que Deus me ama, que isso é tudo parte de Seu plano. Ela não se move. Ela me observa como se curiosa, apesar de eu sentir que atua como testemunha do meu sofrimento; e, ao fazer isso, o eleva. Sou uma discípula da dor neste momento. Por mais que seja estranho, fico deveras comovida por sua imobilidade enquanto as lágrimas escorrem e aperto minha cintura em uma tentativa de respirar.

Quando termino, seco o rosto com a manga do vestido e me arrasto de volta para a cadeira. Ainda assim, a freira permanece em silêncio. Não me sinto julgada, como talvez tenha sentido no dia em que nos conhecemos. Ela não se move. É como uma mulher santa em um afresco;

imóvel, calma e paciente. Sou o oposto, como parece ser meu destino. Meu rosto está dolorido, meus olhos ainda choram lágrimas grossas, meu nariz escorre e meu coração se parte outra vez a cada respiração.

"Eles pegaram a minha filha. Eu poderia muito bem estar morta."

Innocenza concorda com a cabeça como se compreendesse completamente, mas como poderia? Como ela pode saber qualquer coisa da minha vida, do que sou capaz, de como é ter parido uma criança, ter sido mãe de verdade?

"Rezarei por você, Giulia", é tudo que ela diz, como se, mais uma vez, tivesse lido meus pensamentos e os julgado insuficientes.

Não vou à capela para as Vésperas nem para as Completas. Deito em minha cama dura e penso pensamentos duros. Eu me lembro de cada briga que tive com minha filha e me arrependo de todas. Eu a imagino, e as outras, e sou tomada pelo medo.

Sei que elas estão em grande perigo, isso eu consigo sentir, apesar de a Visão ser uma aliada incerta nestes dias e ter praticamente me abandonado. Sei que continuam vivas, apesar de não conseguir sentir mais do que isso. Quando fecho os olhos, enxergo apenas a escuridão interminável do vazio. Há uma única coisa que tenho comigo, uma coisa que escondi dentro do convento, atrás de uma pedra solta no jardim murado. Meu *tarocchi*. Eu tinha começado a carregá-lo comigo, talvez como um amuleto de sorte, talvez como uma forma de consolo. Quem sabe dizer?

As imagens dos sóis estão desbotadas, as bordas pintadas de azul-noite, arranhadas e rasgadas, porém as cartas ainda vibram com um conhecimento secreto.

Quando os sinos soam para anunciar as Completas, espero as orações começarem, o som de vozes femininas aumentando e diminuindo em devoção. Então saio escondida. Encontro a pedra e, olhando para trás para garantir que ninguém me observa, puxo a parte que cobre minhas cartas. Enroladas em linho, eu as escondo sob meu véu. Elas me chamam. Elas me levam de volta para os costumes antigos, para a sabedoria antiga.

Apesar de eu estar quebrando todas as regras, todos os códigos deste lugar sagrado, me sinto tão confortável com os costumes antigos como nunca. Minha linhagem, formada por mulheres astuciosas, parteiras e herboristas, vai longe: de mulher para mulher, de curandeira para curandeira. Tiro o baralho de sua proteção, deixando de lado a velha pena de melro, o alecrim, a concha e a moeda, as bugigangas que me acompanharam ao longo da vida até aqui, e coloco as cartas sobre a cama. Verifico de novo para garantir que ninguém me seguiu, mas o corredor diante do quarto está vazio. As orações se elevam. A noite se aproxima.

Sento, tracejando os dedos sobre os símbolos amados. Aqui, em *L'Amore*, os Enamorados estão de pé, o Cupido acima deles, lançando flechas. Aqui, em *Il Mundo*, o Mundo, a última carta dos arcanos maiores, uma mulher nua flutua, suspensa entre céu e terra, cercada por uma coroa. Ela é observada de todos os cantos pelos quatro evangelistas: anjo, águia, leão, touro. Um sinal do fim das coisas. Um sinal de sabedoria e completude. Aqui, em *La Morte*, o esqueleto do ceifador empunha uma foice, nos lembrando da impermanência, de fins, de fracasso. Elas sussurram para mim. Não sei quanto tempo tenho antes de as freiras perceberem que não estou lá e virem me procurar. Decido abrir uma carta, apenas uma.

Uma leve hesitação, então a puxo. A carta permanece virada para baixo sobre o lençol. Minha mão treme enquanto a viro. A imagem é inconfundível, apesar de estar envelhecida e rasgada. A figura usa a tiara tripla. Sua mão direita está erguida em um sinal de benção, seu domínio espiritual absoluto, impenetrável, eterno. Em seu rosto, uma expressão de autoridade rígida. Na mão esquerda, uma cruz tripla dourada. Esse é o hierofante. *Il Papa*.

Ele vem atrás de mim.

48

GIULIA

O som de zombarias chega primeiro. Então os gritos: vozes masculinas.

O barulho nos alcança dentro das paredes da igreja enquanto nos preparamos para as Completas. Estou parada no fundo da capela. Os sinos noturnos soam, baixos e suaves. Então, as orações. Elas ecoam e oscilam, cercando cada uma de nós, elevando-se até as vigas.

... pequei muitas vezes por pensamentos, palavras e ações, por minha culpa, minha culpa, minha tão grande culpa...

Então, batidas, golpes. Alguém, algumas pessoas, estão batendo nas portas, as arrebentando. Leva um instante para entendermos que tentam entrar. Várias freiras olham ao redor, porém nossa madre superiora não se move. Ela mantém a cabeça erguida. Sua voz se eleva, tornando-se mais alta, e as freiras, ovelhas diante de uma pastora, seguem seu exemplo.

... que o Senhor Todo-Poderoso e misericordioso nos conceda perdão, absolvição e remissão de todos os nossos pecados...

BAM. BAM. BAM.

Então, o retinido de objetos metálicos acertando as portas da igreja. Seguido de palavrões.

"Entreguem a bruxa! Entreguem a envenenadora que contamina nossas águas. Entreguem-na para nós!"

... Quem habita na proteção do Altíssimo pernoita à sombra de Shaddai, dizendo a Iahweh: Meu abrigo, minha fortaleza, meu Deus, em quem confio! É Ele quem te livra do laço do caçador que se ocupa em destruir...

"Entreguem a feiticeira. Entreguem a noiva de Satanás, pois ela pagará por seus crimes! Se ela não vier, nós a buscaremos!"

TUM. TUM. TUM.

Então outra voz. Uma voz autoritária.

"Ordeno em nome do Santo Padre, o papa Alexandre VII, que abram as portas!"

Por um instante, uma mera batida do meu coração, uma respiração, vejo nervosismo. Os rostos pálidos das freiras cobertos por véus pretos sobre seus hábitos de linho, com a cruz pendurada nos pescoços, se viram para mim. Olho nos olhos de Innocenza. Ela não se move. Ela permanece tão imóvel quanto uma estátua da Virgem Santa. Sem hesitar, ela recomeça o salmo do ponto onde parou. Algumas freiras se juntam a ela, porém não todas.

... Ele te esconde com suas penas, sob suas asas encontras um abrigo. Sua fidelidade é escudo e couraça. Não temerás o terror da noite...

Há um rugido. Este terror da noite é real e está entre nós. Consigo sentir a presença da multidão como um animal prestes a atacar; os pelos eriçados, o hálito quente em minha pele. O som agudo vem, como imaginei que viria, então um cheiro de queimado tão intenso que olho ao redor para ver qual das velas causa um incêndio, mesmo sabendo que isso ocorre porque a Visão voltou para mim. Ela chega com o medo.

A madre superiora Innocenza interrompe os cânticos agora. As vozes das freiras emudecem no mesmo instante, e elas se levantam, todas nós nos levantamos, olhando ao redor, sem saber o que fazer agora.

Innocenza é a primeira a se mover. Ela sai andando e, sem pensar por que, eu a sigo. Eu deveria sair correndo na direção oposta. Eu deveria ter me escondido nas criptas, no porão ou na latrina. Em vez disso, me viro e sigo em seu encalço, sabendo, com tanta clareza quanto se a mensagem tivesse sido escrita, que devo encarar o que está acontecendo, pois a Visão me orienta a fazer isso. Ela me impulsiona para a frente, o som na minha cabeça tão alto que eu seria capaz de vomitar, o cheiro de queimado sufocando meus pulmões.

A madre superiora marcha na direção da grande porta da igreja. Quando percebem o que está acontecendo, as freiras se espalham como galinhas pretas. Ela para, então respira fundo.

"Ninguém entrará nesta capela! Quem ousa profanar o santuário? Afastem-se da porta!"

Um silêncio repentino toma o lado de fora. Murmúrios. Uma calmaria.

"Por Deus Todo-Poderoso, afastem-se desta porta!" Ela lança a voz para fora deste lugar sagrado, na direção da multidão que aguarda fora da segurança de nossas defesas. Sua plateia fica tão chocada que emudece. Ela teria sido uma rainha incrível, portando-se como uma regente faria: altiva e forte. Então, em meio ao silêncio, ela age. Segurando o trinco de ferro, ela o puxa para o lado. Ele vai se arrastando até a nova posição, até parar com um arranhão, e a madre superiora Innocenza, abadessa e freira, escancara um lado da porta e sai. Ela está sozinha. Destemida.

"O que significa essa baderna? É o Ofício Divino das Completas. As irmãs da basílica da Santissima Trinità dei Monti estão rezando. Quem atrapalha suas orações? Quem explicará por que estão perturbando a paz da casa de Deus esta noite?" Ela é impressionante, irrefutável, poderosa.

Fico nas sombras atrás dela, mas vejo as chamas das tochas. Vejo o brilho de metal — facas, estacas, forcados. Vejo rostos de homens — e de algumas mulheres também. Muitos homens, muitas tochas, muitas armas. Não consigo evitar. Como uma mariposa ziguezagueia rumo às chamas, queimando suas asas delicadas, dou um passo à frente, puxando o véu por cima do cabelo.

No começo, ninguém fala. Então a multidão se abre desajeitada, e perante nós surge um homem de armadura que reflete o fogo laranja que bruxuleia nas tochas. O crepúsculo caiu. Talvez seja por isso que eu demore a notar. Talvez minha mente esteja mais lenta que meus sentidos, porém os vejo agora. Atrás desse homem, desse capitão, há muitos homens fardados. Eles exibem as cores da guarda papal — vermelho, amarelo e azul — sob suas armaduras polidas. Cada um carrega uma alabarda.

"O papa Alexandre VII ordena que a senhora entregue a mulher que atende por Giulia Siciliana para nós. Não iremos embora antes de ela se render."

Então sabem meu nome. Eles torturaram minhas amadas para obter essa informação?

Os lábios do capitão se curvam ao falar. Ele cospe no chão e sorri. Vários membros da turba soltam gritos baixos de alegria, balançam punhos fechados, fazem caretas e abrem carrancas, muitas sendo mulheres. O ódio delas me surpreende, mas o que eu esperava? Eu, que estou acostumada com a proteção de mulheres. Eu, que estou acostumada a ser protegida por seu silêncio. Perdi essa proteção. Perdi a confiança frágil delas.

"Não violarei o santuário de Deus."

A madre superiora permanece firme, mas noto seu tremor. O tempo parece parar, e, nesse momento, sinto meu pulso latejar, a vida batendo dentro de mim, e sei o que estou prestes a fazer.

"Meus homens podem ter recebido instruções de *Il Papa* para não violarem o santuário, porém há muitos aqui que arriscariam a condenação eterna para acabar com as mortes. A senhora a entregará, pois, caso contrário, eles vão capturá-la."

Por um instante, me pergunto se vou desmaiar, rir ou vomitar. Minhas pernas começam a tremer. Antes que Innocenza consiga responder, cedo ao som agudo que parece oscilar agora. Ele me atravessa, passa por cada partícula do meu corpo, me impulsionando para a frente, rumo a meu destino. A Visão retorna, dizendo o que preciso fazer — e mesmo sem ela, eu não colocaria em perigo a vida das freiras que me acolheram.

Dou um passo à frente.

Retiro o véu.

Meu cabelo é iluminado pelo fogo e brilha dourado sob sua luz.

Digo as palavras sabendo que podem ser minhas últimas.

"Eu sou Giulia Siciliana."

Há um som de surpresa, seguido por novos palavrões, gritos, cuspes, punhos balançados. Seria uma visão cômica em uma peça, mas isto não é um teatro. Essa parte ainda está por vir. Sei o que acontecerá. Serei confinada. Serei torturada. Serei interrogada e levada a julgamento. Serei morta em praça pública por tudo que fiz, e, com esse conhecimento, descubro que não me arrependo de nada. Fico me perguntando, enfim, se essa é a sensação da liberdade.

Olho para a madre superiora, que retorna meu olhar sem hesitar. Nós duas concordamos com a cabeça. Sabemos que é aqui que a peça termina, quando o último ato se inicia. Sempre foi uma questão de tempo, de espera. Sabemos que minha morte é uma certeza, então deixe que ela comece.

Desço os degraus, pisando na terra, e a multidão se afasta de novo. Dois guardas me recebem, suas estacas em riste, seus rostos sérios. Tudo que sei é que verei minha filha, minhas amigas, meu círculo, apesar de este ser, sem dúvida, o fim.

49

ALEXANDRE

Minha mais nobre e amada Mãe,
  Capturamos todas elas.
  Cinco feiticeiras. Cinco envenenadoras que, com uma malícia impiedosa, assassinaram seus superiores com sua mistura mortal. Elas podem não ter ministrado o veneno, mas o prepararam e o distribuíram. Elas facilitaram a morte tão desejada por esposas e filhas pela cidade e além. Elas torceram para la peste *esconder seus atos maléficos, porém, pela graça de Deus, isso não aconteceu, e agora pagarão por seus pecados, que são muitos.*
  Sei que a senhora sorri no céu, Mamãe. Sei que olha para mim, seu filho, e vê o que alcancei para a glória de Deus e de Roma, e talvez de toda a Itália. Essas serpentes no ninho não eram apenas assassinas, querida mãe. Elas eram víboras no seio da Igreja e do Estado; espalhando esperanças falsas e ideias perigosas para aquelas inferiores a seus maridos, pais, confessores e irmãos. Elas plantaram as sementes da discórdia, da rebelião, de desavenças amarguradas e, pior ainda, de pensamentos e atos independentes. Pois o venerável trabalho dos reverendos Kramer e Sprenger, o Malleus Maleficarum, *o Martelo das Bruxas, não diz que, quando uma mulher pensa sozinha, ela pensa maldades? O texto não revela que os desejos carnais de mulheres como essas as levam à união com o Diabo?*

Quantas grandes mentes nobres podem ter sido perdidas pela malevolência das mulheres? Revelaremos os detalhes. Descobriremos suas redes de apoio, suas cúmplices. Encontraremos todas elas em nome de Deus Todo-Poderoso. Usaremos todos os métodos necessários para alcançar a pureza da verdade.

Essas bruxas roubaram os homens da Itália de seu descanso merecido, de sua paz de espírito, nos lugares em que eles deveriam ser reconfortados, reverenciados, obedecidos. Como elas ousam, Mamãe? Será que entendem o que fizeram? Elas abriram um buraco na estrutura da sociedade — e essa é a essência de seu crime. Quanta arrogância! Como essas sereias do pecado de coração sombrio são ardilosas!

Tive uma audiência com o governador Bracchi hoje para oferecer nossos agradecimentos, para lhe dar os louvores que sei que homens de sua posição podem desejar receber de alguém como eu, seu vigário de Roma, seu canal para Deus Todo-Poderoso.

Não há palavras para expressar meu desgosto, nem minha felicidade, por saber que hoje à noite, quando eu acender uma vela e pensar na senhora, as cinco feiticeiras que caçamos por tanto tempo estarão encontrando seu destino. Elas definharão juntas em Tor di Nona. Que tenham seus últimos momentos. Que sofram e se enraiveçam. Que estremeçam e desabem, pois amanhã, ah, amanhã, elas começarão a responder por sua corrupção sem pena nem misericórdia. O interrogatório começa ao amanhecer. Ordenei que Bracchi me apresente relatórios diários. Por que todas as mulheres não podem ser como a senhora, Mãe? Por que precisam nos atacar e nos ferir, torcendo para se elevarem dessa maneira, torcendo para derrubar os homens?

A senhora foi o exemplo superior do seu sexo, Mamãe. Apesar de assolada pela fraqueza e fragilidade de corpo e espírito, a senhora se elevou acima do estado que Deus lhe impingiu e se tornou um farol de piedade e força para todas as mulheres emularem, apesar de ser impossível para elas alcançarem sua dignidade, sua inteligência, sua sabedoria pura. Despeço-me agora. Talvez hoje eu consiga descansar sem a ajuda do flagelo. Talvez hoje meus desejos desnaturados pela mulher que me capturou em sua rede feminina enfraqueçam e eu durma. Terei paz.

    Talvez.

*Seu amado e leal filho,
Sua Santidade, papa Alexandre VII*

50

GIULIA

Eles me tratam com brutalidade.

Sou arrastada, puxada, alvo de cusparadas. Sou empurrada, chutada, observada com malícia. Meu manto é rasgado, e eles riem. Meus carcereiros acham graça em meu sofrimento, mas tudo que me importa é ver o rosto de minha filha.

Água fétida pinga das paredes de pedra. As lajotas que compõem o piso desnivelado estão cobertas por palha imunda. Ratos correm. Prisioneiros gritam e gemem. O fedor das latrinas improvisadas, um balde em cada cela, se mistura com a catinga de corpos sujos e cheios de piolhos. Barras de ferro balançam quando passo. Uma mulher chia, talvez tendo se tornado meio animalesca a esta altura. Outra fala um palavrão, mas sigo caminhando, meus sapatos escorregando nas pedras manchadas por mijo, um guarda gordo me empurrando para a frente.

Ali está. Eu a vejo por fim. Seu cabelo comprido é inconfundível. Ainda preto e lambido, caindo por suas costas. Então ela se vira ao som dos meus passos.

Tor di Nona faz jus à sua reputação. As paredes exalam infelicidade e medo. As celas decerto são uma imitação do purgatório; um local intermediário, onde já estamos quase mortas. Elas são escuras, esquálidas, sujas. Algumas das mulheres tiveram o cabelo arrancado, o sangue ainda pingando de seus crânios. Outras já foram torturadas. Elas permanecem deitadas sem enxergar nada, perdidas em sua própria arena de sofrimento. Tochas ladeiam o corredor e bruxuleiam, lançando sombras escuras nos confins deste buraco. O cheiro é o odor de pobreza e pavor, uma mistura de suor humano, sujeira e fezes.

Por um instante, me lembro das clientes que Mamãe atendia comigo em seu encalço; as habitações que mal seriam adequadas para animais, onde o fedor de suor velho se misturava a sopas e excrementos que estavam ali há dias. Em algum lugar em meio à mistura de cheiros estava o odor azedo do medo. Que outras calamidades poderiam assolá-las? Que última dignidade poderia ser perdida? Que novo sofrimento ou desastre poderia surgir? A diferença aqui é que estas mulheres sabem o que vai acontecer. Elas sabem que serão levadas para salas de tortura, onde cederão e serão destruídas. Elas sabem que só sairão daqui nas carroças que as levarão pelas ruas até o local de sua execução. Elas sabem seu destino — como eu sei o meu.

"Mamãe!" Girolama cai em meus braços como a garotinha que ela foi um dia. Eu a aperto tanto quanto fazia naquela época. A porta da prisão fecha com estardalhaço atrás de mim. Acaricio seu cabelo, sussurro falsas promessas a seu ouvido, como antes. Ficamos de pé, balançando juntas.

Com o tempo, abro os olhos e vejo Giovanna. A seu lado, Graziosa está agachada no canto, com um olhar selvagem, e ali está Maria também. Ela tece uma linha etérea em suas mãos, os olhos vazios, seu comportamento parecendo o de uma criança confusa, sonhadora.

"Estamos felizes em ver você, Giulia. Achamos que estivesse morta", diz Giovanna ao se aproximar, passando os braços a nosso redor. Girolama continua chorando, e me vejo a consolando como faria com um bebê.

"O guarda, aquele bastardo, nos disse que a senhora tinha sido morta por uma multidão no centro de Roma. Disseram que seu corpo foi destroçado, seus peitos escapando do vestido, sua periquita exposta para todos verem", explica minha filha, cuspindo nas barras de metal e no guarda gordo que nos observa com malícia atrás delas.

"Bom, pelo menos ele tem imaginação", respondo. "E fico feliz em constatar que seu gênio permanece intacto, filha. Como podem ver, estou inteira. Estou viva, mas por quanto tempo...?"

"Mas onde a senhora estava, Mamãe? Como escapou deles por tanto tempo?", pergunta Girolama. Vejo que ela toca as mãos, como se tentasse brincar com os anéis que não estão mais lá.

"*Mi amore*, quase me tornei uma freira. Eles sabiam onde eu estava. O Santo Ofício enviou uma delegação de homens para falar com a madre superiora do convento que me abrigava, porém ela se recusou a me entregar. Então vieram com uma turba, sob ordens diretas de *Il Papa*. Foi então que me entreguei. Sangue sagrado teria sido derramado naquela noite caso contrário. Ela foi corajosa, mas não era páreo para um exército."

"Mas, Mamãe, como a senhora sabia que precisava se esconder? Quem lhe contou sobre nossa situação?" Girolama apoia a cabeça em meu ombro, e a beijo de novo.

"O padre Don Antonio, que fornecia o arsênico, me procurou. Ele arriscou sua posição, talvez até sua vida, para me encontrar e me avisar para fugir."

"Um salvador inesperado", afirma Giovanna.

Compartilhamos um sorriso triste, uma compreensão sobre tudo que não é dito, que nunca será dito.

"Você consegue ver o que vai acontecer?", pergunta Maria, por fim me reconhecendo e se aproximando. Seu cabelo está emaranhado com pedaços de palha. Ela exibe um olhar estranho, quase louco. Ela cantarola após terminar de falar, como se tentasse fazer isso pela primeira vez. Eu e Giovanna trocamos outro olhar, então balanço a cabeça.

"Não, Maria, não vejo nada. Há apenas escuridão à nossa frente. Não consigo ver nenhum futuro."

Por um instante, todas ficamos em silêncio. Nossos pensamentos são interrompidos por Graziosa, que de repente grita antes de voltar a se calar. Maria se afasta como se desnorteada.

"Então, me contem o que aconteceu. Como pegaram todas vocês?", indago, ainda abraçando Girolama como se nunca mais fosse soltá-la.

"Eles sabiam de tudo, Giulia", diz Giovanna. "Devem ter passado semanas, talvez meses nos observando. Alguém contou sobre nós, ou talvez muitas tenham contado, como saber? Uma nova cliente chegou à loja pouco depois de você sair naquela manhã. Ela disse que era criada de uma dama nobre que vivia em uma vila no limiar da cidade. Ela disse que sua patroa tinha levado uma surra do marido sádico, que a obrigava a se deitar com seus amigos da nobreza em lascívia e pecado. Ela disse que os homens a machucavam — e que ela precisava de um remédio urgente para sua situação. Acreditamos nela."

"Achei que você não quisesse mais distribuir a *aqua*", pontuo.

"Eu não queria...", responde Giovanna. "Mas você não estava lá. Eu não sabia o que fazer. Acreditamos em cada palavra que a garota disse, então eu e Girolama entramos na bela carruagem em que ela chegou. Graziosa e Maria ainda não tinham chegado. A criada disse que não havia muito tempo antes de o marido voltar e que precisávamos nos apressar. Foi minha culpa termos sido capturadas. Sinto muito, Giulia. Fracassei com todas nós." Lágrimas escorrem pelo rosto amado de Giovanna. Estou dividida entre a vontade de abraçá-la e de sacudi-la.

"Não culpe a si mesma. Fui eu quem obrigou todas nós a continuar, mesmo sabendo quanto perigo corríamos! Imaginei que estivessem nos seguindo, mas eu não conseguia parar", falo. "Se não fosse uma armadilha, outra teria sido armada. Não havia nada que alguma de nós pudesse fazer além de sair de Roma e ir para muito longe, porém é tarde demais para isso, e, de toda forma, eles teriam nos encontrado um dia."

"Levaram minhas coisas, me arrastaram pelo cabelo." A voz de Maria é como a de uma criança. Solto minha filha e vou até ela, acaricio suas madeixas emaranhadas e sussurro palavras tranquilizadoras a seu ouvido. Eu me viro de volta para Giovanna.

"Na verdade, estou cansada dessa vida, vivendo como fugitiva, vivendo na escuridão das ruas noturnas, em becos. Encontraremos nossas mortes sabendo que tentamos ajudar. Que há muitas mulheres nesta cidade que estão melhores por causa disso. Que há muitas mulheres que não estariam vivas sem o remédio de minha mãe."

Giovanna concorda com a cabeça. A expressão de Girolama é difícil de interpretar.

"Sempre fomos marcadas, meus amores, desde o começo. Nosso único poder estava na evasão, na nossa própria existência e no fato de fazermos o que fazíamos. No convento, tive tempo para pensar.

Não havia mais nada a fazer além de rezar! Ah, corri mais riscos do que deveria. Fui imprudente com nossas vidas, mas havia outra forma de viver?

"Quando fiz a *aqua* de Mamãe pela primeira vez, em Nápoles, eu sabia que tinha seguido um caminho perigoso e que colocaria em risco qualquer uma que trabalhasse comigo. Eu sabia disso e, mesmo assim, escolhi seguir em frente. Dei o veneno para uma mulher que poderia ter morrido sem ele. Mas não achem que sou nobre. Também tenho meus próprios motivos. Não consigo explicar, mas o veneno é parte de mim, e eu sirvo a ele, sua força e poder. Significou também que eu poderia viver com independência, porque, a princípio, eu cobrava pela *aqua*. Eu teria passado fome sem o veneno.

Ele me deu uma vida que muitas mulheres não podem ter; sem um marido ou pai para determinar cada ação, cada pensamento e façanha. Eu vi como era a vida dessa forma. Minha mãe viveu sob o controle do meu padrasto, e, antes disso, ela era um brinquedo para cavalheiros e até para um rei, mas nada disso lhe trouxe felicidade ou liberdade. A *aqua* foi minha oportunidade de ter isso, e eu aproveitei. E, sim, fui responsável pela morte de muitos homens, talvez até milhares desde então. No entanto, esse não é o único crime. Nosso crime foi existir à margem. Nossos destinos estavam selados desde o início".

Há um silêncio quando, enfim, paro de falar. Olho ao redor. Lágrimas escorrem pelo rosto de Girolama, mas seu olhar é direto, aberto, enquanto me encara.

"Amo vocês, minhas amigas. Foi a honra da minha vida estar ao seu lado, fazendo o que fizemos. É um milagre termos sobrevivido até aqui."

Maria fala consigo mesma, baixinho, enquanto a abraço. É então que percebo que seu vestido está rasgado em vários pontos. Consigo sentir sua pele através da roupa. Está pegajosa e fria, apesar da prisão ser quente como as profundezas do inferno.

"O que houve?", pergunto.

Maria me olha com uma expressão perdida, e percebo que ela está perdida para nós. Ela mergulhou dentro de si, em um lugar que não consigo alcançar.

"O guarda a levou e a usou ao seu bel-prazer", responde Girolama. Ela cospe no chão. "Ele sabia que ela trabalhava nos bordéis — deve ser um frequentador assíduo. Eles se comportam como animais aqui. São piores que as feras selvagens."

Graziosa permanece onde está, agachada. Seu cabelo tingido agora está úmido, as raízes grisalhas murchas e sem vida, a cor forte desbotada. Seus olhos percorrem a cela, parecendo enxergar tudo, mas me pergunto se ela vê qualquer coisa que seja. Ela não parece me reconhecer, e me pergunto se também perdeu a cabeça. Chamam esse lugar de "o buraco", e entendo por quê. Migalhas de pão emboloradas estão espalhadas pelo chão, e um jarro de água vazio ocupa um canto; os restos de uma refeição, se é que pode ser chamada disso.

"Coragem, irmãs. Podem bater em nós e nos forçar a confessar, mas não podem mudar nossos corações e mentes. Nunca se esqueçam de que a liberdade nos aguarda em outro lugar, nos pensamentos que temos, nas ações que escondemos, no amor que sentimos. A Igreja pode mutilar e humilhar nossos corpos, mas não pode tocar nossas almas, e é isso que os assusta. Nós temos nossos próprios deuses. Temos nossos próprios costumes. Nossa única segurança sempre existiu dentro de nós mesmas. Não podem roubá-la de nós."

"Mas podem nos machucar de muitas formas", diz Giovanna baixinho.

"Se um inquisidor ousar tocar em mim, arrancarei suas bolas com os dentes", ameaça Girolama com um prazer inesperado.

Há um instante de silêncio antes de, subitamente, nós três começarmos a rir. Talvez seja a imagem de minha filha atacando um homem devoto. Talvez seja a pura impotência que sabemos assolar nossa situação atual e que tornaria tal ato impossível. Ou talvez seja a alegria de odiar, a beleza característica da raiva e da fúria gélida e da morte. Rimos juntas, segurando as laterais do corpo, chorando lágrimas de diversão desesperada, enquanto outras prisioneiras e os guardas nos encaram como se tivéssemos enlouquecido. E talvez tenhamos. Talvez tenhamos.

51

GIULIA

Meu nome é chamado na manhã seguinte.

Eu estava esperando isso acontecer. Querem me derrotar primeiro, como a líder do meu círculo, como a mulher que começou tudo.

Mal dormi durante a noite enquanto nos deitávamos no chão, Girolama em meus braços, entre o som de ratos correndo, pulgas pulando e mulheres chorando. O guarda se empertiga, rindo, as chaves de ferro tilintando em uma corrente presa à sua cintura flácida. Ele me chama, apontando um dedo grosso para mim, e me levanto, espanando a palha e a sujeira, como se isso ainda importasse. Não comi nada nem bebi uma gota de água desde que cheguei. Minha cabeça parece zonza.

Com as mãos acorrentadas, cambaleio atrás do guarda enquanto ele sobe os degraus, seguindo para um cômodo nos fundos da construção, coçando o traseiro e assobiando. Conforme subimos, a torre se torna menos parecida com uma prisão e mais com um conjunto de aposentos cheios de livros e fileiras de pergaminhos brancos como leite. Para mim, é incrível pensar que o ramo do sofrimento e castigo aconteça abaixo deste local calmo, eficiente. Sou direcionada à sala do querelante. Há uma porta que se abre para uma varanda, sob a qual está o Tibre. Um fogo queima na lareira.

Uma porta à minha direita foi deixada aberta, talvez para que eu veja a corda grossa do *strappado* pendurada em um gancho, a uma polia, no teto. Ele é conhecido por outro nome, chamado de "tormento". Fico parada, inquieta, rebelde, tentando não olhar.

Então vejo.

É ele.

É o homem que me observava de forma tão intensa na Piazza Farnese, no dia em que fugi para o santuário. É o homem cujo olhar encontrei na carruagem, no dia em que a Visão retornou para mim.

Ele está sentado diante de mim em uma mesa imensa, sobre a qual há pilhas de papéis, documentos e uma grande Bíblia encadernada com couro. Quando ergue o olhar, me encara diretamente, sem hesitar.

"*La Siciliana*", é tudo que diz.

Não sei como responder, então permaneço em silêncio. Estou determinada a ser sagaz, a me esquivar de suas perguntas, a defender a mim e à minha irmandade desta *inquisitio*. Mas, por dentro, estou assustada até o tutano dos ossos.

Na verdade, a dor me assusta. Quando pari minha filha, e apesar das habilidades de Giovanna como parteira, tive a experiência de ser engolida pela agonia. Mesmo agora, me lembro das dores latejantes, as ondas de contrações intermináveis. No momento em que a cabeça dela coroou, senti como se meu corpo se partisse ao meio. Tudo isso é nada quando comparado à ameaça da corda.

"Quem sou eu para o senhor?", é o que respondo.

Eu o encaro de volta apesar de estar tremendo, incapaz de me controlar. Sei que ele percebe, mas há algo em seu olhar que me atrai. Não é o olhar de um homem cruel, penso, apesar de que o tempo dirá se tenho razão ou não. Há certa inteligência nele, até curiosidade. Sei que seu objetivo é me fazer confessar. Não é suficiente saber uma coisa para iniciar um julgamento. Pela lei, eles precisam de uma confissão assinada para me executar. Nisso, pelo menos, tenho certo controle, apesar de saber que é apenas um atraso — encontrarão uma forma de me matar, quer eu fale ou não.

"Meu nome é Stefano Bracchi, governador de Roma, e a senhora está aqui a convite do Santo Ofício da Inquisição."

A convite.

Ele continua: "A senhora está sendo detida nas prisões papais porque há tempos desconfio que seja a mulher que chamam de *la Signora della Morte*, a que produz certo veneno, que foi comercializado por toda a Roma, e talvez em outros locais da Itália, por muitos anos".

Ele faz uma pausa enquanto suas palavras são assimiladas. É como se ele conseguisse ler minha mente, enxergar meu pavor. Não há ninguém em toda cristandade que não temeria ser convidado da Inquisição.

Escuto um barulho às minhas costas. Um homem vestido todo de preto entra, carregando um grande livro com capa de couro. Suas páginas são mantidas fechadas por um fecho ornamentado.

Sem olhar na minha direção, ele senta no fundo do cômodo. Ele abre o livro, tosse e então começa a passar as páginas até parar, encontrar o que estava buscando, e olhar para cima; esperando que isso comece.

Deve ser o notário, o homem que registrará esta conversa. Ela será arquivada como um registro desta *inquisitio*, um dentre todos que serão lidos daqui a muitos anos, talvez, quando tudo isto estiver reduzido a algumas palavras rabiscadas e manchas de tinta, e nossas vidas não significarem nada mais para seu leitor do que qualquer outra história escrita. Quase desmorono diante desse pensamento. Por algum motivo, esse desaparecimento de vida e esperança e paixão em um pergaminho amarelado e manchado de tinta parece uma tragédia.

Penso em minhas amigas, nas mulheres que me procuraram. Penso no sangue quente em suas veias, no suor em sua pele, na risada e na tristeza que escapam de seus lábios. Toda essa vida, essa esperança e ânsia por viver. Elas também ocuparão este lugar? Serão seguidas, capturadas, torturadas, expostas, e então assassinadas? Ah, eu sei como esta história termina. Eu quase poderia agarrar a pena e escrevê-la por conta própria no calhamaço do notário. Então, quando começo a me perguntar por onde eu começaria, me lembro de outro livro, um de registros, onde todos os meus segredos estão escondidos, onde todos os nossos nomes foram anotados ao lado de nossos remédios. Foi tolice mantê-lo, nos incriminando dessa forma. Não sei por que não o queimei quando saí de Palermo. Era a única conexão tangível que eu tinha com Mamãe, então talvez isso não surpreenda. Apesar disso, percebo que, se eles o encontraram, não posso proteger meu círculo com meu silêncio.

Quase como se o tal Bracchi conseguisse ler minha mente, ele pega algo atrás de uma pilha de livros. Sinto o cômodo oscilar diante de meus olhos. Os sons são estranhos. Conforme ele se aproxima, é como se seus passos viessem de muito longe. O espaço escurece.

Não sei por quanto tempo fico caída no chão. Quando desperto do desmaio, nada mudou. Tudo permanece igual. Stefano Bracchi, esse homem que representa a instituição mais temida em toda Europa, está diante de mim, me fitando do alto, não com crueldade. Em sua mão está meu caderno — meu livro de segredos. Ele oferece a mão livre para me ajudar a levantar, mas a recuso e me arrasto para levantar do chão sozinha. Não há qualquer som além de um rugido em meus ouvidos, como o mar revolto.

"A senhora colocará a mão sobre a Bíblia e prometerá contar a verdade. Se mentir, colocará em perigo sua alma imortal. Entendeu?"

Concordo com a cabeça.

Coloco minhas palmas acorrentadas sobre uma Bíblia, agora estendida por esse homem. O metal ao redor de meus punhos é surpreendentemente pesado, e é um esforço levantá-los. Ele segura a Bíblia em uma das mãos e meu livro na outra.

Digo as palavras. Juro para seu Deus que falo a verdade. As palavras não significam nada para mim, porém ele parece satisfeito. Ele assente com a cabeça para o notário.

"Temos esta prova de seus crimes", acrescenta Bracchi quase como se por descargo de consciência.

Concordo de novo com a cabeça.

Ele coloca a Bíblia sobre a mesa e abre o livro de registros. Uma página é exibida e vejo a caligrafia infantil de Girolama, suas primeiras tentativas de formar letras, soletrando o nome de uma cliente e o preço pago. Eu seria capaz de chorar diante dessa visão, mas me controlo, esperando pelo próximo golpe. Ele não demora.

"Temos este livro, e é um livro muito útil. Ele contém o nome de todas as suas clientes, o que pagaram ou não pagaram, o que compraram e quem vendeu o produto. Ele contém a palavra *aqua*, que, se fui informado corretamente, é o nome do seu veneno. Estou certo?"

Então fomos logo para o cerne da questão.

Não digo nada. Não reconheço isso. Não pisco. Eu me lembro de continuar respirando.

O inquisidor concorda com a cabeça.

Ele se aproxima. Sinto seu cheiro — couro, incenso, almíscar. Seus olhos são de um castanho-escuro, seu rosto é forte. Não nesta vida, mas talvez em outra.

"Giulia." Ele sorri ao dizer meu nome, e, de repente, penso no padre. Fico me perguntando onde ele está, se conseguiu se esconder atrás de sua família ilustre. Vejo o cacho de cabelo preto na nuca deste homem.

"Giulia, não pode lutar contra isso. Você lutou por tanto tempo. Sei que lutou. A sua vida é sobrevivência. Ela é difícil, mas também há momentos de alegria e paz. Porém é preciso que entenda que sua estrada chegou ao fim, Giulia Siciliana. Ela acabou aqui, comigo. Você encontrará paz de novo em outra vida, se confiar em Deus Todo-Poderoso, como eu confio, como todos nós confiamos."

Sua voz é como melaço líquido, doce e intensa. Sei que não posso confiar nesse homem. Não sou uma garota tola que se deixa impressionar por uma mandíbula bonita, um porte masculino, porém, neste momento, eu queria ser.

"Confesse, receba a absolvição. Então poderá receber os sacramentos e entregar sua alma a Deus."

Não me mexo. Não digo uma palavra. Meus pensamentos não serão revelados a ele. Engulo com certa dificuldade, mas fico quieta.

"Por favor, Giulia, me ajude. Não quero machucá-la, mas preciso ordenar que me conte a verdade. Precisamos da sua confissão, a lei exige." Suas palavras parecem uma carícia agora. Ele fala baixinho enquanto segura meu livro — o caderno de Mamãe. É tudo que tenho dela. É tudo que eu tinha dela.

"Não tenho nada a dizer a você, inquisidor", respondo, minha voz pequena, apesar de minha cabeça permanecer erguida, minhas costas, eretas. Não haverá mais desmaios. Sinto a força voltando a me inundar. Eu me lembro de quem ele é, o que representa, a quem serve, e me recomponho. Se esse homem nota minha nova determinação, não comenta.

"Pedirei mais uma vez. Por favor, não quero machucá-la. Eu observei sua amiga Giovanna desde que a libertamos. Sabe por que eu a libertei, apesar de ter adivinhado desde o começo que o líquido que ela carregava era seu veneno infame?"

Afasto o olhar. Não digo nada.

"Vou lhe contar. Porque eu queria ter certeza de que você era a mulher que caçávamos. Meus agentes seguiram você — e as outras — por meses, mas não tínhamos provas reais; isto é, até Giovanna de Grandis ser presa. Eu a soltei. Relatei a *Il Papa* que aquilo era um maná dos ossos de São Nicolau de Mira, como você pretendia que acreditássemos. Eu queria ganhar tempo para compreender você, para saber o que motiva uma assassina a cometer esses graves pecados. Eu queria que sua amiga nos levasse até você, mesmo que eu arriscasse a vida de outros homens. Mas não encontramos novas evidências, não por muitos meses. Vocês pararam de distribuir o veneno, acredito? Você passou tanto tempo um passo à nossa frente, Giulia, até agora."

Ainda assim, não digo nada.

"Giulia, eu conheço você. Sei o que a motiva, o que a faz seguir em frente. Sei que sua mãe morreu em Palermo, nas mãos da Inquisição espanhola. Sei qual foi o legado dela, e sua promessa de vingar sua morte. Como eu sei? Tenho um cérebro para juntar os pontos. Observei você, e admito que estou fascinado. Por favor, me conte tudo que sabe, me conte os nomes de todas as mulheres que a procuraram e onde moram, e talvez eu possa lhe ajudar."

Suas palavras adocicadas vêm e vão, mas agora me sinto tão leve quanto o ar. Não haverá informações oferecidas por mim. Não haverá palavras gentis capazes de me tentar. Estou aqui pelas mulheres de Roma, e levarei seus segredos — ou, pelo menos, todos aqueles que não estão anotados no livro — para meu túmulo inevitável.

"Não contarei nada", respondo.

52

GIULIA

Ele vem na minha direção, agora empunhando uma faca.

A lâmina está limpa, afiada. Quando inalo o ar, ele chega mais perto até estar parado à minha frente. A mesa na sala permanece empilhada com feixes de pergaminho cobertos por filas e mais filas de palavras e letras escritas em uma caligrafia elegante feita com tinta ferrogálica preta. O fogo permanece aceso. Quando ele se move, eu me encolho, mas ele apenas caminha atrás de mim, devagar, com cuidado. Sinto sua respiração na minha nuca. Ele acaricia meu cabelo, seu toque quase inexistente, em um gesto de intimidade inimaginável. Então, ele segura uma mecha com firmeza. Puxa meu pescoço para trás, porém só um pouco. E corta.

Cachos grossos de cabelo caem no chão enquanto ele gentilmente, gentilmente, corta minhas longas madeixas. Elas caem em uma nuvem loura a meus pés. Exalo, e ele acaricia meu pescoço, meus ombros, espanando o cabelo para longe de mim enquanto continua seu trabalho até a lâmina estar fria, ardida, contra meu couro cabeludo. Não olho para o chão agora. Não consigo me mover. Estou hipnotizada com minha transformação pelas mãos desse homem que faz de mim uma mulher condenada.

O notário parou de escrever. O som do rio se dissipa. Existe apenas este momento, a remoção lenta do meu cabelo cor de trigo, meu maior tesouro, ou talvez não. Talvez esse título devesse ir para minha filha, que será retirada de mim como meu cabelo, deixando absolutamente nada de mim para trás. Esse pensamento paira pela sala e se acomoda, esperando para ser examinado enquanto o inquisidor trabalha. Nunca antes pensei no que eu deixaria para trás, ou mesmo que pudesse ter algo precioso o suficiente. A compreensão de que é tarde demais chega e também se acomoda. Não haverá nada além das anotações cuidadosas do escriba. Não haverá registro da vida que levei exceto pelos documentos que me levarão a julgamento. Não percebo que estou chorando até meus últimos fios de cabelo serem removidos e eu estar tosquiada.

O governador dá a volta para me encarar. Sua expressão é sombria.

"Sinto muito pelo que devo fazer, senhora Giulia", diz ele. Ele olha para o escriba, e a pena trêmula é removida do pergaminho, impedida de registrar esta conversa tão estranha. O inquisidor me pede desculpas, e ainda assim parece um ato natural, como se nós dois tivéssemos nascido para esta cena carinhosa, como os *Innamorati* na praça.

Não respondo. Não consigo. Estou pairando em um lugar além do alcance das palavras. Minha cabeça está zonza, e sinto a coceira salgada das lágrimas enquanto elas escorrem por minhas bochechas.

"Sinto muito, senhora", repete ele.

Desta vez, ele guarda a faca. Ele segura as rendas do meu corpete, puxa para soltar os primeiros nós e então começa a desatá-los. Minha respiração agora é ofegante. Meu coração bate baixo e rápido. Há uma dança vagarosa enquanto ele me despe. São necessários alguns puxões antes de o corpete ser removido. Sou convidada a sair das minhas vestes, e, segurando a mão do inquisidor, deixo o tecido cair em uma poça no chão. Fico apenas em minha *camicia*, sustentando seu olhar.

Ele empurra minha camisola para o chão com delicadeza, me deixando nua nesta sala, neste lugar. Há um suspiro no ar, talvez um lamento ou um filete de desejo. O silêncio é interrompido pelo som de Bracci pegando sua faca e voltando até mim. Ele traceja as cicatrizes que ainda percorrem minhas costas.

"Fique imóvel, Giulia, ou acabarei lhe cortando", adverte ele.

Fico me perguntando o que isso quer dizer, mas então me recordo de que não é apenas o cabelo de minha cabeça que será removido. Ele se ajoelha diante de mim, seu rosto próximo a meu corpo. Sei como é desejar um homem. Depois de Francesco, declarei que jamais amaria ninguém, mas, com o passar dos anos, amantes vieram e partiram, apesar de nenhum ter me deixado tão ofegante quanto estou neste momento. A lâmina está gelada contra meu local secreto. Ela desliza, cortando os pelos que apenas um amante poderia ver. Ele se move devagar, e o escuto respirando, sinto o ar quente na minha pele. A faca escorrega, e eu me retraio.

"Desculpe", diz ele, limpando o sangue.

Olhando para baixo, vejo que ele usa o próprio lenço de linho branco para estancar o corte vermelho irritado. Ele o seca e prossegue, agora um pouco mais devagar. Minha respiração volta ao normal, e descubro que não sinto vergonha alguma por estar nua diante de dois homens que não conheço. Há poder nesta posição, o poder da terra e das árvores, de oceanos e rios em que o coração do mundo natural bate. Nasci nos aposentos de uma cortesã. Cresci no harém de um palácio. Não sou uma donzela tímida, temente a Deus. Sou de carne e osso, de nervo e cartilagem. Sou o céu e os campos, os cumes de montanha e as curvas da baía. Estou viva e, neste momento, nada temo.

Como se soubesse disso, o notário desvia o olhar, mas o vejo espiar de novo, de vez em quando, nos momentos que pensa que não vejo.

"Olhe o quanto quiser, escriba", falo. Minha voz soa firme.

Ele ergue o olhar, surpreso, subitamente desconfortável. Percebo que conquistei uma vitória quando ele se vira — e não volta a olhar.

O inquisidor observa meu corpo como um amante, e ainda assim está me preparando, mas para o quê? Já ouvi falar que os *inquisitori* despem suas vítimas antes de iniciarem a tortura. Que tosquiam pelos do corpo para preparar os *affliti*, os condenados, para enfrentar os anjinhos, a corda, as surras e a inanição. Fico me perguntando qual será o método de sua escolha. Não faz diferença.

De volta à cela, minhas amadas me cercam.

Maria parece melhor, mais como seu normal. Ela se remexe e puxa o cabelo, mas está aqui agora, não distante, em um reino imaginário de fadas. Ela fica chocada ao me ver: careca, coberta por um vestido de estopa, trêmula, minhas mãos agora soltas da corrente. Os olhos de Girolama estão arregalados de choque, imagino que pela compreensão do que o futuro reserva para ela, para todas. É Giovanna que vem direto até mim e passa um braço por meu ombro.

"O que fizeram com você, *mi amore*?", diz ela. Seus olhos estão arregalados, analisando meu rosto, minha cabeça tosquiada.

Balanço a cabeça.

"Nada, minha velha amiga. Não me torturaram, apesar de terem deixado a porta da câmara aberta para que eu visse suas ferramentas. Não, *mi amore*, não fizeram nada além de me tosquiar e me vestir nisto..."

Eu poderia rir do absurdo da situação quando seguro a estopa como se fosse um belo vestido e faço uma mesura.

Giovanna e minha filha trocam um olhar preocupado.

"Estou bem, juro. Não perdi a cabeça, pelo menos não por enquanto", falo e sorrio. Meu coração está leve, não posso negar, conforme um novo caminho surge e percebo, aliviada, que estou feliz em seguir por ele.

"Ela está delirante", murmura Girolama em um tom sombrio. "Sente-se, Mamãe, descanse."

"Mas e a Graziosa?", respondo, ignorando-a.

Vejo que nossa amiga está sofrendo. Ela se tornou uma anciã curvada nos dias e semanas desde que veio para cá. O medo lhe roubou algo vital, apesar de eu não saber ao certo o quê. Ela arranha a terra como se procurasse por migalhas imaginárias. Ela sussurra para ratos, para as pedras e aranhas, dizendo que deve ser libertada. Só posso sentir pena dela agora. Talvez ela esteja em um lugar além da dor, além do plano físico, e, se for o caso, fico grata. Ela é a mais velha entre nós. Se alguém deveria ser poupada do suplício, espero do fundo do coração que seja ela.

Agora há uma sensação constante e palpável de pavor. Também há preocupações mais terrenas. O balde da latrina está transbordando, e preciso respirar pela boca para não vomitar com seu cheiro. Há os guinchos de nossos prisioneiros roedores, aqueles que adoram habitar lugares escuros, sujos. Talvez sejamos como eles, no fim das contas.

"O que acontece agora?", pergunta Giovanna. Seu cabelo pende sujo e oleoso pelas costas. Suas roupas estão encardidas, sua pele, imunda. Ela perdeu peso, todas perderam, nas semanas detidas aqui. Consigo sentir as costelas de Girolama quando a abraço.

"Agora que capturaram a senhora, vão interrogar todas nós", conclui minha filha. "Estavam esperando pela senhora, ou pelo menos era o que diziam." Ela se vira para me encarar.

Não há nada que eu possa falar além da verdade.

"Sim, vão."

Há uma pausa. De algum lugar da prisão, vem o som de uma mulher chorando.

"Disseram que iriam matar a senhora, e, quando a senhora estivesse morta, nos matariam também. Disseram que nosso reinado de terror chegou ao fim e que pagaremos por nossos crimes agora. Disseram que vão arrastar nossos corpos pela rua..."

Sinto um aperto na garganta e não consigo encontrar palavras para responder. É Girolama quem interrompe nosso abraço.

"A senhora devia ter saído de Roma", diz ela. "A senhora devia ter fugido para longe de tudo isto. Agora, terá a morte de uma assassina com todas nós. A senhora deveria ter se salvado."

Seguro seu rosto orgulhoso em minhas mãos.

"Eu jamais as deixaria. Esta é nossa hora mais sombria, porém a enfrentaremos juntas."

"Então seu coração é grande demais, Mamãe, e a senhora é uma tola", afirma minha filha, e, juntas, compartilhamos um sorriso demorado.

Posso ser uma tola. Posso ser muitas coisas, mas também sou uma mentirosa.

Não conto a meu círculo destruído, a minha filha e minhas amigas, que o inquisidor tem meu livro de registros. Deixo que descansem esta noite ignorantes do fato de que as provas necessárias para nos incriminar estão na mesa do inquisidor, e que elas nos levarão para a forca.

53

ALEXANDRE

Minha ilustríssima e amada Mãe,
 Como eu gostaria de poder trazê-la do Paraíso para sentar--se comigo esta noite. Testemunhei um conto deveras impressionante de feitiçaria e assassinato. Ouvi da boca da duquesa a confissão mais atroz e grotesca.
 No dia de hoje, finalmente, concedi imunidade papal à duquesa de Ceri, Anna Maria Aldobrandini, uma jovem viúva com caráter e reputação repulsivos. A supremacia de seu nascimento como bisneta do papa Clemente VIII a protegeu de escândalos desde a morte repentina e inesperada do duque e seu novo casamento apressado com Santinelli. Se não fosse pelo fato de sua família ser uma das mais antigas, ricas e poderosas deste reino, ela agora estaria definhando nas masmorras papais com suas cúmplices. Ocorre, Mamãe, que questionamentos foram feitos sobre a morte do duque antes mesmo do novo casamento escandaloso dela. Os boatos percorreram a cidade, sussurrando que a duquesa usara uma poção de bruxa para matar o marido que detestava. Os boatos aumentaram quando ela se casou com seu jovem amante, e então, por fim, fui obrigado a agir. Esperei meses para interrogá-la. Bracchi insistiu para que eu o fizesse por sua congregação em crimes

— *o julgamento que escandalizará toda a cristandade. Seria impossível! Ela pode ser uma tola. Ela pode ser uma assassina, mas é poderosa e protegida. Tive de agir com cautela.*

Com muito cuidado e delicadeza, abordei a família Aldobrandini. Naturalmente, prometi que a dama não seria condenada por seu crime, se de fato tivesse cometido algum. Fizemos preparativos para a duquesa me visitar em particular. Ela veio, penitente e envergonhada, como deveria. Ah, Mamãe, se a senhora tivesse visto o rosto da jovem, escondido por um véu preto como se pudesse ocultar sua culpa! Vestida com elegância, os dedos cheios de joias, o pescoço carregado de pérolas, ela implorou por meu perdão pelo que estava prestes a me contar. Ela se jogou no piso de mármore. Ofereci minha mão para que ela beijasse o anel papal, e, ao fazer isso, ela ergueu os olhos para encontrar os meus.

Para um homem mortal, ela tem tudo calculado para seduzir e ludibriar os sentidos. Seus olhos são grandes, e seus cílios, grossos. Seu cabelo é escuro e brilhante, seu pescoço é branco e comprido. Suas bochechas são coradas com um tom delicado de cor-de-rosa, e seus lábios são carnudos e sensuais. Até as marcas deixadas pela varíola em nada abalam sua beleza. Qualquer homem cairia pelos encantos dessa sedutora, dessa Dalila infiel, mas, para mim, ela é apenas a silhueta da feminilidade parada contra o brilho do seu sol, de sua majestade, Mamãe. Ela seria incapaz de me encantar ou me enganar, pois meu coração pertence à maior das mulheres, apesar de eu ser atormentado pela imagem, pelas memórias da mulher com cabelo ondulado e olhos verde-mar.

Deixei que ela se prostrasse perante a mim. Deixei que ela sentisse o frio do chão, o frio da minha atenção. Entretanto, com o tempo, permiti que se levantasse. Notei que ela foi rebaixada, mas seu gênio abominável parecia inabalado por seus atos intoleráveis.

Depois que lhe garanti que não seria punida, a verdade saiu de seus lábios, e a natureza de sua alma degradada foi revelada para mim. Ela insistiu que desejava se libertar do fardo da verdade. Ela me contou que desabafou com seu confessor sobre seus problemas matrimoniais. Ela me contou que o ilustre duque não a encantava nem a agradava. Ela disse que ele era velho, feio, impotente. Ela me contou que se apaixonou por Santinelli e que, como mulher, seu chamado era se dedicar a esse homem, esse nobre interesseiro. A duquesa, cansada do casamento com o estimado duque, procurou os serviços da envenenadora siciliana. Mas como ela fez isso, Mamãe? Como os cidadãos mais elevados desta terra se encontram com os mais inferiores?

Um certo padre Don Antonio era seu confessor. Há tempos escuto sussurros sobre esse sacerdote e suas práticas desnaturadas. Há tempos ordenei que suas missas negras sejam escondidas de vista. Ele pode se surpreender ao descobrir que eu sempre soube que ele executa rituais satânicos para aqueles com dinheiro suficiente para lhe pagar. Naturalmente, eu não poderia expor o padre, uma vez que os clientes que se submetem a essas cerimônias celebradas em sua honra são nobres. Eles estão desorientados, mas também são ricos e poderosos. Também devem ser protegidos.

A bela duquesa me contou que seu confessor lhe garantiu que poderia ajudá-la a solucionar seu "problema". Essa sedutora fingiu ter hesitado. Ela disse que teve medo, mas que o padre garantiu que ninguém descobriria seu crime, que seu marido teria uma boa morte, com tempo para se confessar e ser absolvido. Pelas lágrimas que escorriam pelo rosto da duquesa, mesmo que parcialmente escondidas pelo véu, talvez alguém acreditasse que ela se arrependeu. Por sua expressão, pelo lamento em sua voz, talvez alguém acreditasse que ela estava tomada pelo pesar. Mas, Mamãe, não consegui enxergar qualquer tristeza pelo falecido duque. Não consegui enxergar nela a devoção e a modéstia tão apreciadas nas mulheres.

Ela me contou que o padre conseguiu o veneno com la Signora della Morte, a siciliana. Ela disse que não sabia onde a mulher morava nem onde o veneno era fabricado. Talvez eu tenha acreditado, talvez não. Se ela estava mentindo, pouco importava. Talvez tentasse proteger a siciliana em uma conspiração feminina, de mulheres tomadas pelo amargor e o ódio contra seus superiores. Bracchi sabia onde a envenenadora estava. Suas fontes o guiaram até ela. Seus espiões a seguiram. Ele encontrou o rastro dessa bruxa e testemunhou suas negociações. E então, uma mulher se apresentou, a esposa de um açougueiro. Ela confirmou o local onde o veneno era produzido e seus ingredientes, de forma que tudo se encaixou — e uma armadilha foi armada. Nossas leis ditam que devemos ter provas para condenar criminosos e hereges. Não estamos na Espanha. Não presumimos culpa e as amarramos à fogueira, abanando as chamas sob seus pés.

Perdi o fio da meada, Mamãe, porém minhas emoções estão exaltadas. Perdi um amigo, um cardeal, para essa bruxaria, apesar de os médicos garantirem que a idade foi responsável pela morte de Camillo. No meu coração, eu sei a verdade.

Anna Maria Aldobrandini ficou agitada. Ela repuxava os panos de seu vestido de seda. Ela torcia as mãos enquanto confessava tudo para mim, o canal para Deus Todo-Poderoso. Ela confirmou todas as teorias do governador Bracchi. Durante a confissão, o veneno transparente, sem gosto, contido em um pequeno frasco de vidro, foi colocado nas mãos da duquesa pelo padre. Ela me contou que então foi fácil ministrar a aqua, longe dos criados que provavam todas as refeições do duque. É claro, a duquesa sabia como sua casa funcionava, estaria em uma ótima posição para envenenar o vinho do duque. Ela disse que sua criada Lucia agiu sob suas instruções, acrescentando duas gotas à bebida do duque quando eles se sentaram para jantar em uma noite, em uma refeição íntima. A criada, obviamente, será responsabilizada. Ela disse que isso foi o suficiente para induzir as primeiras crises de vômito e febre. Então, conforme a condição do duque piorava, ela se recusou a deixar que os médicos se aproximassem. Foi enquanto fingia cuidar do marido, como toda boa mulher deve fazer, enquanto ele estava doente, que as últimas doses fatais foram administradas. Dentro de uma semana, o duque estava morto.

A família implorou que eu deixasse o nome da duquesa fora da investigação pública. Por meses, deixei que os Aldobrandini suplicassem para que eu salvasse a duquesa do escândalo e de punições. Deixei que implorassem e, quando achei que já o tinham feito por tempo suficiente, concordei, com a condição de que sua filha de grande posição social e riqueza faça os votos sagrados. Essa mulher, que assassinou o marido a sangue-frio, sairá impune e passará o restante da vida se arrependendo de seus pecados nos braços da Igreja assim que seu novo casamento for dissolvido. É uma conclusão adequada e digna a tudo isso, o escândalo que deixará toda Roma chocada.

Quando a duquesa terminou, secou as lágrimas. Eu lhe agradeci e só então lhe informei sobre seu destino, sobre seu futuro, que já havia sido decidido por mim com a aprovação de sua família. Ela ficou em silêncio por um instante antes de levantar de forma abrupta. Ela fez uma mesura, me deu as costas e foi embora. A cabeça dela estava erguida, Mamãe, em nada parecida com a de uma mulher rebaixada e envergonhada. Não recebi qualquer agradecimento por sua salvação.

Hoje à noite, enquanto termino esta longa carta, enquanto me preparo para secá-la e guardá-la com cuidado na gaveta que abriga todas as minhas cartas à senhora, pego seu lenço. Levo-o à minha bochecha. Inalo-o, sabendo que há poucos vestígios da senhora nele, mas torcendo, sempre torcendo, para seu cheiro retornar. Dormirei com ele, com a senhora, ao lado de meu travesseiro.

Seu criado mais humilde e obediente,
Sua Santidade Alexandre VII

54

GIULIA

Dizem que ninguém aguenta o *strappado* por muito tempo.

Presa por cordas, com os braços puxados para trás e suspensa por uma corda amarrada aos pulsos, a vítima é atormentada por seu próprio peso, que puxa seus braços para fora das juntas. É um instrumento de tortura intensa, e foi usado contra Giovanna.

Minha amiga mais querida está deitada na palha, seus braços inertes e imóveis. Qualquer movimento a faz se retrair e gemer. Acaricio sua testa, ainda sangrando por ter sido tosquiada, a raiva transbordando de mim como a lava do Etna, mas não posso fazer nada. Bracchi, por fim, se revelou. Ele não é o inquiridor terno e relutante que conheci. Ele é um ator no palco deste teatro, um supervilão que se esconde por trás das cortinas. Ele espera até o último instante para dar o bote, resplandecente de crueldade e mau agouro maligno.

Giovanna choraminga. Cada respiração lhe causa uma agonia que não posso aplacar, e ainda assim ela consegue falar um pouco. Ela me diz que Bracchi sabe de tudo. Ele sabe sobre a duquesa. Ele sabe sobre padre Don Antonio. Ele sabe todos os nossos segredos, mas a lei afirma que precisa ouvi-los de nossa própria boca. Meu silêncio é o único poder que tenho agora, meu único refúgio deste horror. Ele serve apenas para obstruir a justiça deles. Não posso salvar meu círculo, porque eles têm o livro de registros, e as obrigarão a confessar. Ainda assim, não falarei. Eles não terão essa vitória sobre mim.

Imagino o notário anotando cada palavra arrancada da boca de Giovanna enquanto ela gritava. Ele registrou o sofrimento? Ele descreveu os gritos dela em suas transcrições?

"Falei para ele que compramos o arsênico para preparar cosméticos, para fazer cremes para clarear a pele..." Giovanna tosse e cai em silêncio como se essas palavras exigissem um esforço excessivo.

"Shhhh. Guarde suas forças para suportar este tormento, minha amiga", digo por lábios frios, sabendo o preço de suas mentiras. "Ele é um monstro. Bracchi é um demônio. Vou matá-lo com minhas próprias mãos por machucá-la." Enquanto falo as palavras, estou tremendo de raiva. "Eu queria ter sido castigada no seu lugar. É tudo culpa minha. É a *minha aqua*. Devia ter sido eu."

Então me ocorre que talvez este *seja* meu castigo. Talvez Bracchi me entenda tanto quanto afirma. Talvez ele tenha visto meu coração e compreenda que eu preferiria encarar a tortura sozinha do que assistir a meu círculo amado sofrendo. Vejo que ele é um homem esperto, talvez mais esperto do que eu imaginava. Subestimei o Santo Ofício da Inquisição.

"A culpa não é sua." Giovanna vira a cabeça para mim. Ela também lê meus pensamentos. Lágrimas escorrem por seu rosto.

"É sim, *mi amore*, é sim! Fui eu quem lhe ensinou a receita. Fui eu quem lhe disse que jamais seríamos descobertas contanto que nossas clientes ficassem quietas! Fui eu quem lhe mostrei como preparar o líquido. A culpa é toda minha. Nunca lhe perguntei, Giovanna. Por que você se juntou a mim nessa empreitada? Por que veio comigo para Roma? Você podia ter continuado em Nápoles, trabalhando como parteira e levando uma vida boa."

"Eu escolhi ficar ao seu lado quando você partiu", conta Giovanna, rouca. "Naquela época, você e Girolama eram minha única família. Quanto ao veneno... eu estava cansada da tristeza que via, das mulheres destruídas e de seus filhos empobrecidos. Eu estava cansada de tentar ajudar sabendo que não poderia fazer nada. Não foi um grande passo, entrar no seu mundo, aprender seu ofício. Eu já conhecia as ervas, esse lado delas era uma parte natural do conhecimento. Além do mais, eu sabia como era ter sido traída por um homem, ter seu coração e suas esperanças espatifados. Tive três maridos antes de completar 19 anos, e apenas um deles foi por minha escolha. Ele partiu meu coração, me traiu e levou tudo que eu tinha. A *aqua* também era o meu bálsamo..."

Giovanna respira com dificuldade. Seu rosto está contorcido de dor, enquanto seus braços pendem inertes dos ombros deslocados na sujeira do chão. Não ouso tocá-los nem tentar consertá-la; em vez disso, tracejo uma única lágrima, com delicadeza, pelo rosto de minha amiga. Seus olhos estão vítreos, seu cabelo, sujo, sua pele, machucada, e, para mim, ela continua sendo linda, mesmo agora.

"Fique quieta, *mi amore*. Fique quieta e guarde suas forças. Não sabemos o que ainda teremos de enfrentar."

"Giulia, não fique tão triste. Eu não era livre para seguir meu próprio caminho antes de lhe conhecer. Viu? Eu sabia o que estava fazendo e, assim como você, vejo que de pouco me arrependo, apesar de darmos falsas esperanças para as mulheres que ajudamos. Nós dissemos para elas que um mundo melhor era possível. Ajudamos mulheres a matar seus maridos ou amantes para que elas encontrassem a liberdade pela qual ansiamos. Nós lhe demos esperanças, e essa é a parte mais cruel de todas, pois não há esperança para mulheres. Nós lutamos por nossa dignidade, imploramos por nosso orgulho, e ninguém... ninguém nunca escuta."

Observo minha amiga voltar a baixar a cabeça para o chão, exausta. Girolama está agachada a nosso lado, mas permaneceu em silêncio até agora.

"Quando a marquesa ficar sabendo de nossa captura, eles vão pagar por isto", diz ela.

"A marquesa?", indago, a princípio confusa, e então entendendo do que ela está falando. "Ah, você quer dizer seus amigos da nobreza? *Mi amore*, eles se foram! Eles não a salvarão, nem a nenhuma de nós. Ninguém tem amigos depois de entrar nas masmorras da Inquisição." Lembro dessas palavras sendo ditas por Valentina tantos anos antes. Meu coração se aperta no peito. Ele endurece.

"Eles virão! Quando perceberem o que aconteceu, virão nos resgatar! Avisei aos guardas para tomarem cuidado."

"E o que os guardas disseram?", pergunto.

Agora, o olhar determinado de minha filha desaparece.

"Eles riram. Eles são idiotas e vão pagar pela forma como nos maltrataram. Quando Paolo vier..."

Girolama para. É como se ela enfim tivesse escutado as próprias palavras.

"*Mi amore...*", começo a dizer.

Ela me interrompe.

"Não, não diga nada." Ela responde, vai até a parede, seu rosto é a imagem da angústia. "Eles virão", afirma Girolama após um tempo, mas sua voz é trêmula.

Olho para o canto em que Graziosa cavou a terra. Eles a levaram hoje cedo e ainda não a trouxeram de volta do interrogatório.

"Devemos rezar para nossa amiga permanecer viva, ou, caso contrário, ter seguido para um lugar melhor", digo.

Girolama volta a me encarar, e trocamos um olhar estranho, percebendo que desejei a morte de uma amiga. Este lugar se infiltra em nossas almas como a água fétida de um rio que corre pelas pedras no inverno. Ele exibe cada gota de infelicidade e medo em nosso interior. Ele tem personalidade própria. Ele é mais do que o palco que atravessamos e adentramos, é o mundo inteiro, e, como uma criatura das profundezas do mar, nos circula, puxando-nos para ainda mais fundo em suas águas.

Ao entardecer, Graziosa retorna. Ela é carregada até a cela por dois guardas que resmungam e falam palavrões enquanto a jogam no chão. Girolama, Maria e eu vamos correndo até ela. O que restou de seu corpo jaz torto e destruído.

"Ela foi colocada no cavalete", diz Girolama, sua voz refletindo o pavor que sentimos.

A respiração de Graziosa é rasa; suas pálpebras tremem e então se fecham. Ela já está quase morta.

"Talvez ela não consiga sentir nada. Talvez ela, que Deus a tenha, esteja além da dor", fala minha filha nada religiosa.

"Fizeram isso com uma mulher velha, indefesa, como um aviso para nós. Estão nos enviando uma mensagem. Querem nos mostrar o que farão conosco se não falarmos — ou talvez mesmo se falarmos."

A luz entra inclinada pela pequena janela no alto das paredes de nossa prisão, preenchida por grades. Do exterior, vem a comoção do rio — barqueiros gritando, passageiros xingando, as batidas da água contra as paredes grossas de pedra.

55

GIULIA

No dia seguinte, é minha vez de novo.

"Não importa o que fizer comigo", digo como se conversássemos como amigos no mercado ou na taverna. "Jamais confessarei. Você pode quebrar todos os ossos no meu corpo. Pode arrancar todas as unhas de meus dedos. Pode tirar minha roupa, me surrar, me chicotear, mas jamais lhe darei o que deseja. Vou morrer antes de falar qualquer coisa."

Meu olhar encontra o dele. Ele tem a decência de ruborizar um pouco e se virar. Ele é um homem bonito. Tem uma aura que não consigo achar repulsiva, e ainda assim torturou minhas amigas, então é natural que eu o odeie. Estranhamente — e talvez isto seja um eco de minha antiga perspicácia — também sinto sua humanidade. Nós o intrigamos. Imagino que ele poderia ter nos matado há muito tempo, porém não o fez.

"Por que você não nos prendeu meses ou anos antes, quando seus espiões nos encontraram? Imagino que o menino, o pivete mensageiro, fizesse parte da sua rede? Sou tola o suficiente para ter tentado ajudá-lo. E houve a mulher que se aproximou de mim no velório do duque. Reconheci o fedor. Foi mijo o que ela usou para umedecer os panos sujos. Ela também me seguia, não era?"

Mais uma vez, esta parece uma conversa íntima, não um interrogatório.

Ele sorri, e vejo que seus dentes são brancos em contraste com sua pele oliva.

"Giulia Siciliana, admito que eu sabia sobre você — ou, pelo menos, sobre seu veneno — por muito tempo. A peste escondeu bem os seus negócios, mas não bem o suficiente. Mulheres começaram a falar nos confessionários sobre um líquido capaz de matar um homem com quatro gotas. Cirurgiões me relataram mortes estranhas em que homens, sempre homens, pareciam radiantemente vivos, apesar de jazerem mortos nas mesas mortuárias. Foi então que eu soube que tínhamos um novo adversário. Silencioso e de ação rápida, sem deixar rastros. Por muitos meses, não encontramos respostas, buscando pelo assassino, pelo fabricante do veneno. Enquanto isso, meus espiões encontraram uma pista.

"Suspeitei que você tivesse participado da morte do duque de Ceri, mas ainda não possuía provas além do único frasco da sua *aqua* encontrado com a abortista Giovanna de Grandis. Tive a mesma desconfiança sobre o cardeal Maretti. Porém, quando meus agentes foram questionar a prostituta que atende por Celeste de Luna, descobriram que ela havia desaparecido. Fugido, levando seus segredos embora."

"O que isso tem a ver comigo?", pergunto.

Ele me fita. E continua como se isto não passasse de um intermédio agradável.

"Mais e mais padres me procuravam com histórias de mulheres que compravam veneno. Mais e mais cirurgiões me escreviam sobre mortes estranhas. Sempre homens. Sempre parecendo mais saudáveis do que em vida. Eu sabia que, se encontrássemos você, encontraríamos o cerne dessa questão.

"Quando o papa ordenou que seu povo oferecesse informações sobre você, a maré virou a nosso favor. Suas clientes eram leais, Giulia, até, por fim, deixarem de ser. É claro, você nos levou a muitas delas, e prenderemos todas no momento certo, mas admito que eu queria ver o que você ousaria fazer, o que ousaria almejar. Eu era um gato estrategista, esperando o momento certo, e você era o rato, correndo pelo chão de terra batida..."

Ele faz uma pausa, respira fundo.

Eu me sinto prestes a desmaiar. Minha cabeça gira.

"Talvez devêssemos tê-la capturado antes, mas admito que gostava de observá-la, Giulia. Você é diferente de todas as mulheres que já conheci."

Olho para ele.

Estamos de volta à mesma sala de antes. Desta vez, a lareira está vazia. A porta está aberta para que eu possa ver a corda, a polia, a possibilidade de tudo que está por vir. Há pilhas sobre a mesa. O notário escrevinha. Meu livro de registros está em cima da mesa, exposto, aberto. Não reconheço a página, mas vejo minha caligrafia. Preciso apertar os olhos já que a luz, apesar de não muito forte aqui, nos fundos da prisão, é intensa após a escuridão lá de baixo.

"Por que você fazia aquilo?"

As palavras enfim se desembolam. Sinto algo novo, a sensação de que nada disto está de fato acontecendo. Talvez seja o contraste entre o calor e a luz do sol com o frio escuro das masmorras.

Se eu pudesse, diria que foi porque escolhi a liberdade, mas isso constituiria uma confissão, então não falo nada. Permaneço em silêncio.

Ele ergue uma sobrancelha.

Ele se levanta, apoiando as costas na mesa. Estou do lado oposto, sozinha, também de pé. Um passo à frente, e eu estaria perto o suficiente para sentir seu hálito em minha pele; outro passo, e eu poderia tocá-lo. O notário tosse. A pena arranha, então fica silenciosa, a frase completa.

O que acontece agora?

Será que ele vai me arrastar para a câmara de tortura, ou ordenar que outros façam isso em seu lugar? Como ele fez com Giovanna e Graziosa? Será que ele faz seu próprio trabalho sujo?

Por fim, Bracchi passa as mãos pelo espesso cabelo preto. Ele parece um homem desafiado, se não atormentado. Imagino o motivo. Ele precisa me interrogar. Ele precisa instruir seus oficiais a obrigar que eu confesse, mas não consegue. Talvez ele me veja como mulher, não como bruxa. Não posso ter certeza disso. Ele não diz nada, mas encaro isso como uma pequena vitória para mim. Porém quanto tempo ela vai durar?

"Você é uma mulher inteligente. Sabe que sua empreitada não permaneceria impune para sempre. A sua própria mãe foi executada como bruxa e envenenadora. A sua própria mãe matou o marido com a mesma mistura! Você estava tão desesperada assim para seguir os passos dela?"

O inquisidor se move de repente, e, por um instante, acho que ele vem me bater. Em vez disso, ele dá a volta na mesa e segura o encosto da cadeira.

O rosto de Mamãe surge diante de meus olhos. Então, a vejo ajoelhada diante do carrasco; mãos grandes e vermelhas ao redor do pescoço pequeno dela.

Eu me sinto tonta. Partículas de poeira giram no ar entre nós.

"Não lhe darei uma confissão, inquisidor. Há muitos motivos pelos quais uma mulher pode fazer as coisas de que me acusa, mas não os compartilharei com você. Meus segredos permanecerão meus. Eles não são da sua conta."

Eu o encaro de volta, rebelde.

Ele pisca. Então, suspira, e me pergunto se a hora chegou.

Ele olha para a porta às minhas costas e grita: "Podem trazê-la".

56

GIULIA

Por um instante, não a reconheço, mas, quando ela abre uma carranca, o rosto da esposa do açougueiro me é revelado. Ela entra marchando, parecendo inabalada com o convite de comparecer perante o Santo Ofício da Inquisição.

"Vocês se conhecem." Não é uma pergunta.

Eu me viro para encará-la. Ela parece contida, apesar de eu também detectar uma empolgação. Viro para o outro lado.

"Não conheço essa mulher", digo.

"Mentira. Essa é a feiticeira que chamam de Senhora da Morte, a mãe da bruxa Girolama. Ela fornece a *aqua*."

Volto a encará-la. Seus olhos brilham.

"*Madonna*, está enganada", falo, e olho para baixo. Minha cabeça lateja. A sede intensa faz com que seja difícil engolir.

"Isso é uma mentira deslavada!", acusa a mulher, cujo nome ainda me foge. "Eu a vi muitas vezes na missa em Santa Maria sopra Minerva. Minhas amigas me avisaram para não me aproximar, porque ela é uma *strega* e uma envenenadora! Eu a vi negociar sua poção malévola com muitas mulheres. Nunca a comprei, apesar de ela ter tentado vendê-la para mim. Mas o medo me impedia de contar a verdade."

Olho para o inquisidor. Ele sabe tão bem quanto eu que há uma anotação em meu livro, apesar de não citar o nome dela. Ele sabe tão bem quanto eu que ela está mentindo e torce para que eu o ajude a prendê-la ao contar sobre nossas negociações. Mas não farei isso. Não passei a vida protegendo as mulheres que me procuram, por mais desagradáveis que sejam, apenas para denunciá-las agora. Não digo nada. Não direi nada até o momento em que meu pescoço encontrar a forca.

"Não tenho nada a dizer sobre essa mulher. Nunca a vi antes."

Eu me pergunto o que a esposa do açougueiro tem a ganhar ao tentar me incriminar. Ela espera que possam tratá-la de forma leniente por ter oferecido a informação? Não sei. Não me importo. Exaustão, medo e fome me deixaram vazia, como uma árvore oca e moribunda.

O inquisidor fala. Sua voz é lânguida, confiante, completamente calma.

"Ainda assim, esta mulher perante nós, que você afirma ser uma desconhecida, sabia onde o seu veneno era guardado. Ela nos informou onde a chave do seu armário secreto estava escondida e o que era mantido lá. Foi essa mulher que nos levou aos frascos de *aqua*. Ainda assim, você nega conhecê-la."

Então, a Visão não falhou comigo. Ela surgiu quando conheci essa mulher, e agora sei por quê. Ela estava destinada a nos trair. Quando Giovanna foi presa pela primeira vez, Bracchi pode ter obtido minha poção e suspeitado que se tratava do veneno que estava procurando, mas ele não tinha nenhuma maneira de ligá-la a mim, a nós. A esposa do açougueiro se tornou essa ligação. Ela guiou os inquisidores à minha loja, a meu santuário, e, ao fazer isso, quebrou os laços da feminilidade. Ela traiu todas nós — e é por isso que fui avisada para ficar longe dela.

Balanço a cabeça, apesar de tudo estar claro. Mesmo sabendo disso. Mesmo sabendo como ignorei a Visão para a ajudar, percebo que não guardo raiva dela. Não tenho nem um desejo de a incriminar e contar a verdade. Basta que tenhamos sido capturadas. Que aquelas que consigam escapar, o façam, sendo culpadas ou não.

"Não direi nada, inquisidor."

Agora, ergo meu olhar para o dele. A megera fala, sem notar esta dança entre nós.

"Eu era uma esposa respeitável, e agora sou uma viúva enlutada. Ele era um homem virtuoso, um homem bom. Ele me tratava bem. Eu não tinha o que reclamar dele, e foi por isso que não abordei essa mulher em busca de seus serviços."

As mentiras fluem de seus lábios. Ela matou o marido e deu minha poção para as irmãs fazerem o mesmo com os delas. E, agora, parece que não consegue parar de tagarelar.

"Muitos pediram minha mão desde que ele faleceu, mas a tristeza do meu luto me impede de retomar o laço sagrado do matrimônio tão cedo."

Ela parece satisfeita. Talvez feliz com sua atuação. Eu me lembro da *Colombina* sorrindo por trás de sua mão enquanto mentiras saíam de sua boca. Balanço a cabeça e encaro o inquisidor, como se dissesse: *Escute, governador, todos sabemos por que estamos aqui. Você quer que eu termine a cena com uma confissão, com drama e caos. Você quer que essa mulher seja arrastada para as celas para se juntar a mim e à minha irmandade. Bom, saiba, inquisidor, que não o farei. Contarei mentiras para você registrar em seu livro, e nada além de mentiras.*

Vejo que nos entendemos. Ele compreende meus pensamentos da mesma forma como começo a compreender os seus. Ele terá que dispensar essa mentirosa maldita, e sua prisão terá menos uma residente esta noite.

Stefano Bracchi suspira. Ele franze o cenho. Acaricia o queixo. Por fim, ele chama um guarda, e a mulher é guiada para fora. Ela me lança um olhar maldoso ao sair, ainda resmungando.

Porém o inquisidor ainda não terminou comigo. Sinto o auge da peça se aproximando. As cortinas estão erguidas e prestes a cair. Ele bate palmas e um homem entra. Desta vez, ele traz um cachorro morto em seus braços. O animal deve ter morrido há dias; já consigo sentir o cheiro de decomposição.

Como se este fosse o ato final, Bracchi pega um frasco. Reconheço como um dos meus. O santo está lá, com o líquido incolor dentro, apesar de esse frasco estar vazio. Talvez seja o que foi confiscado de Giovanna quando a libertaram, ou pode ter sido o que pegaram quando ela foi presa na armadilha. Também pode ser um dos que acharam em meu armário. Mais uma vez, os detalhes do meu caso pouco me importam. Ele o tinha escondido atrás de sua pilha de papéis. A pilha interminável de confissões, de provas, de vidas que serão encerradas por ordem do papa.

"Você sabe o que é isto. Não me darei ao trabalho de explicar a não ser para dizer que o encontramos com a mulher conhecida como Giovanna de Grandis, quando a atraímos para a vila de uma dama e a prendemos no flagra enquanto o vendia."

Então ele esperou até a armadilha estar armada para testar meu veneno. Um lapso de julgamento curioso. Mais uma vez, não me importo, além de perceber que esse lapso nos deu tempo, provavelmente nos manteve vivas por mais tempo do que me importo de recordar.

"De Grandis nos disse que o líquido servia para remover manchas. Ela nos disse que ele embranquecia a pele. Não acreditamos nela. Ministrei várias gotas na carne que serviu de alimento para este cachorro. Ele foi mantido em uma de nossas celas para o experimento. No dia seguinte, o cachorro respirava com dificuldade e vomitou a comida. Então acrescentei mais veneno a outra tigela de carne. Sempre que a cela era aberta, o sofrimento do cão tinha aumentado. Eu mesmo abri a porta da cela e encontrei seu corpo caído diante da tigela intocada. Prova de que sua *aqua* é fatal. Prova de que sua mistura é letal para animais e humanos. O que a senhora diz?"

Com dificuldade, viro a cabeça para longe da criatura abatida, meu coração pesado de tristeza pelos tormentos que lhe foram infligidos. Mas isso não me faz mudar de ideia.

"Não digo nada, inquisidor."

57

ALEXANDRE

Minha mais nobre e amada Mãe,
    A interrogatio *foi iniciada.*
    A rede foi lançada. O navio foi arrastado para o porto, lutando contra a maré. Aquelas presas em seu interior enfim encaram a justiça divina. Há uma doçura neste dia; uma vitória que emerge. Apesar de elas se contorcerem e se esquivarem, as envenenadoras e suas clientes começam a falar. As evidências são reunidas. O momento de seu acerto de contas se aproxima.

Interrompo a carta, baixo a pena por um instante. Respiro o ar de Roma como se ele fosse todo meu.

Hoje, irei à prisão para ver com meus próprios olhos as bruxas que aterrorizaram Roma, para ouvir sua confissão. Esconderei minha identidade. Eu as verei como um homem encara a maldade das mulheres. Eu me regozijarei no trabalho do Senhor.
    Mamãe, escreverei mais à noite, depois que, assim como Daniel, eu entrar na cova dos leões. Espero o anjo de Deus, fechando a boca das feras, oferecendo proteção divina a todos nós.

* * *

O odor da prisão é a primeira coisa a me atingir. Dejetos humanos, sangue, suor; uma mistura inimaginável de aromas malévolos. Pressiono um elegante lenço de seda contra minhas narinas como se isso impedisse o fedor de alcançá-las. Então, a visão das condenadas bradando e ladrando como as feras que são, esticando as mãos entre as grades nas portas de suas celas, como demônios nas chamas do inferno. O ar é azedo. O som de seus grunhidos e choros ecoa pelas câmaras.

"Mantenha distância, Vossa Santidade", alerta o governador Bracchi, andando na minha frente. As lajotas são escorregadias. Tomo cuidado a cada passo, então me demoro. O inquisidor precisa parar e esperar por mim, meu manto emprestado se arrastando na imundice.

Então, chegamos ao covil dos monstros, a cela que abriga nossas bruxas. Há guardas diante da porta. Há grades nas janelas, mas me pergunto se são suficientes para segurá-las e sua diabrura.

Como se lesse meus pensamentos, Bracchi diz: "Não há escapatória para uma mulher mortal ou para uma que recorra à bruxaria. Não existe outra saída além desta porta, que é vigiada dia e noite. Vossa Santidade ainda deseja vê-las?".

Ele me observa como se sentisse o pavor que tomou conta de mim. É uma sensação tão profunda, tão intensa, que quase me viro e saio correndo. Mas não posso. Sou o representante de Deus na Terra. Devo encontrar coragem para prosseguir.

"Vossa Santidade?"

"Estou muito bem, me leve até elas", respondo, apesar de minha garganta se contrair. Puxo o manto que me cobre, escondendo minhas vestes e, dessa forma, minha posição social e estatura. Não tenho medo de me reconhecerem. Sou uma figura distante quando celebro a missa ou observo as multidões que se reúnem a cada sábado da varanda de meus apartamentos. Sem os símbolos do papado, as vestes litúrgicas, o solidéu e a cruz, sou minimizado. Sem eles, sou apenas um homem.

Bracchi abre a porta da cela. Há uma velha deitada na palha, a boca aberta, os olhos vítreos, e, por um instante, me pergunto se está morta. Outra jaz ali perto, encostada na parede de pedra por onde umidade escorre. Ela respira, mas seu rosto está petrificado em uma expressão de dor. É a mesma que vi no rosto da minha mãe quando ela se aproximava da morte.

Conforme me pergunto como Bracchi tolera a proximidade com aquelas que interroga, um guincho vem do canto. Vejo uma criatura estranha, decerto uma mensageira de Satanás. Ela balbucia e se remexe, puxando o cabelo, que parece decorado com conchas e outros ornamentos estranhos. Dou um passo para trás, tomado pela repulsa. Um rato corre pelo chão.

Há duas mulheres de pé. Uma foi tosquiada, a outra tem cabelo preto comprido. Por um instante, elas não se movem. Estou arfando agora com o calor de meu manto e o medo que me domina. Nunca antes estive tão perto do mal. Nunca antes estive tão perto das garras do diabo. A que tem cabelo escuro cospe na palha imunda. Então, a outra se vira.

Apesar de seu cabelo ter sido arrancado e seu couro cabeludo estar manchado de sangue seco, eu a reconheceria em qualquer lugar.

É ela.

É a mulher que me fitou nos arredores da basílica. Apesar de estar escuro e terrível aqui, a cor de seus olhos resplandece em seu rosto. Eles são da cor do mar. Eles são verdes e cristalinos como água.

Cambaleio para trás, meu coração disparado.

Minhas noites foram atormentadas por pensamentos sobre ela, com pensamentos pecaminosos, lascivos, sobre essa mulher, sobre o cabelo que ela costumava ter, sobre os olhos que me encaram agora. Fui enfeitiçado. Fui seduzido e usado por uma bruxa. O cômodo começa a girar enquanto me encolho.

Vejo o governador Bracchi se virar para mim.

Ele segura meu braço, gesticula para outro oficial, e, juntos, eles me retiram do antro de pecado. Talvez eu esteja delirante, mas me escuto gritar.

Bracchi berra uma ordem.

"O Santo Padre não passa bem. Chamem um médico!"

58

GIULIA

O homem de manto preto me era familiar.

Ele veio com Bracchi, um clérigo para tomar nossa confissão, ou pelo menos essa foi a justificativa do inquisidor. O rosto magro e anguloso, o bigode, a pequena barba bem-aparada eram visíveis na escuridão da cela. Nossos olhos se encontraram, e eu soube que ele significava algo para mim; talvez fosse um inimigo.

O zumbido surgiu com força. Uma picada de mil abelhas. Uma vibração que dominou minha mente, e, ainda assim, eu tinha certeza de que nunca nos vimos antes. Ele caiu para trás, impactado pela imundice e algo mais. Vi em seus olhos, apesar de nosso contato ter sido brevíssimo. Vi um homem que havia alcançado grandes alturas. Vi uma águia cortando o ar, as asas batendo enquanto suas garras se esticavam para capturar seu jantar na grama. Mas quem era a águia, e quem era a presa?

Quando ele cambaleou, esticou a mão e vi o anel. Um anel pesado de ouro, valioso demais para a maioria dos sacerdotes, com uma insígnia que só encontrei uma vez no passado: seis montanhas e, acima delas, uma estrela.

Eu me virei quando Bracchi e o clérigo foram embora, sabendo quais serão os próximos acontecimentos. Senti no ar. Senti as penas que formavam minhas asas, inclinando e esticando enquanto eu subia no ar. Eu sabia quem era ele. Afinal, o *tarocchi* havia me alertado o tempo todo. As cartas o viram chegando.

59

ALEXANDRE

Mamãe,
Não consigo comer. Não consigo dormir. Sou assolado por terrores de suma crueldade. Seu rosto — ou será o dela? — surge quando tento descansar. Seus olhos — exceto que, agora, são os dela — me encaram de volta no espelho.
Essa mulher desafia minha autoridade, e a da Igreja e do Estado. Ela não fala. Todos os dias em que permanece viva e se recusando a confessar é mais um dia em que essa bruxa vaga por esta terra, trazendo terror mortal. Bracchi insiste que deve continuar, agora usando os métodos já aplicados em seu conventículo, mas ordenei que ele organize a execução. O feitiço deve ser quebrado. A morte dela é a única maneira de me libertar.
Deus me deu forças para agir como papa porque não as possuo como homem. Ela roubou meu bom senso e minha coragem. Ela usou bruxaria e feitiçaria contra mim. Por que outro motivo eu estaria em tamanha agonia? Por que outro motivo eu sofreria esses desejos?
O governador veio até mim após os médicos anunciarem que estou saudável de corpo e mente, declarando que o ar vil da prisão foi o motivo da minha queda. Eu os dispensei e me virei para o homem cuja missão é aplicar a lei divina. Isto foi o que ele disse:

"Giulia Siciliana se recusa a falar. É o desejo de Vossa Santidade que eu avance para métodos diferentes, mais persuasivos?" Bracchi vacilou. Senti uma hesitação. "Temos confissões de três das mulheres: Maria Spinola, Graziosa Farina e Giovanna de Grandis. Há provas suficientes para enforcá-las, porém a siciliana não fala, então interrogaremos sua filha a seguir", falou Bracchi ajoelhado a meus pés, sua cabeça curvada de forma que eu não enxergasse sua expressão. "Vossa Santidade, segundo a lei romana, não pode haver julgamento sem confissão, a menos que seja aberta uma exceção..."

Concordei com a cabeça. Estou ciente de nossas leis. Também estou ciente de que posso anulá-las com um decreto papal.

Eu levantei. Fui até a janela do apartamento. Olhei para as colinas de Roma, para as basílicas, para os sinos, para os telhados e as árvores, para o Tibre resplandecente entrando e saindo de vista. Eu sabia que não seria capaz de instruir Bracchi a destroçá-la com seus aparelhos de tortura, e isso me surpreendeu. Eu a cacei. Eu pensei nesse momento, de sua captura e julgamento, com uma ânsia contida. Agora que esse momento chegou, descubro que não tenho estômago para ordená-lo. Quero que ela morra, e quero que isso aconteça rápido. Porém essa fraqueza me surpreende. Se a senhora estivesse a meu lado, Mamãe, não hesitaria em ordenar que a língua delas fosse obrigada a falar. A senhora sempre foi uma mulher de virtude, de uma convicção que não poderia ser abalada por meros impulsos humanos. Ainda assim, a senhora não está aqui. A senhora nunca mais estará a meu lado, e eu, sozinho, devo decidir o que acontecerá.

Há ocasiões em que me pergunto se eu conseguiria fugir, encontrar a beira do rio, encher meus bolsos com pedras. Cada passo para dentro da água me levando mais perto da senhora. Cada passo rumo ao leito ondulante, afundando no lodo grosso, me levaria à senhora. Um pecado mortal. Um crime imperdoável contra Deus. Uma criança que anseia pela mãe.

Mantive o rosto virado para a janela para que Bracchi não visse minha indecisão e disse: "As envenenadoras demonstram uma determinação abominável, descaso pela honradez, um desdém desprezível por tudo que é sagrado". Vi o rosto dela ao se virar para mim na cela; as bochechas sujas emaciadas pela fome, os olhos verdes que penetraram minha carne e minha alma, a recusa em se curvar às minhas ordens, a pureza do vestido de estopa e dos pés descalços em meio ao frio, à sujeira, à imundice.

Respirei fundo. Rezei, e foi então que as palavras vieram a mim.

"Essa Giulia Siciliana exibe uma obstinação e uma petulância que mostram que seria capaz de resistir ao strappado e tornar o método motivo de escárnio. Creio que sua filha demonstrará a mesma resistência a confessar, embora deva ser questionada, se achar necessário.

"Considerando a gravidade dos crimes, emitirei um decreto papal que as exponha ao castigo habitual da forca, mesmo sem confissão. O que é certo é que todas morrerão."

Foi tudo que consegui dizer. Fui enfeitiçado, e, sendo assim, ela deve morrer. Por que então foi tão difícil dizer essas palavras?

Mamãe, há momentos em que odeio a senhora por me deixar.

60

GIULIA

Quando levam Girolama, pego as cartas que trouxe escondida para a prisão na bolsa secreta em minhas saias.

Sabendo que as tirariam de mim, as escondi sob a palha fétida antes de me desnudarem e trocarem meu manto pela estopa. Espero os palavrões de minha filha — seus gritos por Paolo, que nunca virá; por seus amigos nobres, que também a abandonaram; seus tapas e suas mordidas — emudecerem, então as pego. O baralho fala comigo como se nossa conversa nunca tivesse parado, apenas desviada até este momento. Eu as disponho de cabeça para baixo no chão úmido de pedra. Acaricio as superfícies velhas e esfarrapadas, e, como uma brisa vindo dos laranjais de Palermo, elas suspiram, elas me chamam.

Quando viro a carta escolhida, me surpreendo.

Eu esperava a figura de esqueleto de *La Morte*, as silhuetas pretas de corvos circulando, grasnando no céu.

Em vez disso, encontro uma mulher com cabelo comprido cor de trigo, adornada apenas por um vestido azul. Na mão esquerda, apontada para cima, ela segura uma estrela.

La Stella.

Eu me pergunto se os espíritos que dançam e pulam ao redor destas mensageiras estão rindo de mim. Eu me pergunto se as cartas em si enlouqueceram, seus poderes também sendo sugados por este lugar.

La Stella.

Uma carta otimista. Uma carta de profecia, de segredos e fascínio. Uma carta de luz vencendo a escuridão, de alcançar os céus, de superar grandes problemas e enxergar esperança e brilho no fim da estrada. É uma carta de alinhamento de corpo e alma, uma carta de esperança, fé e confiança. Não entendo. Não consigo enxergar um futuro, um ciclo de vida nesta banalidade inútil. Ainda assim, esta é uma carta que fala sobre intuição e mágica, que confirma que a divindade está por trás de tudo que ocorre, e de tudo que ocorrerá.

A Estrela.

Por que ela me visita agora, nas minhas últimas horas?

Confusa, reúno as cartas depressa quando um guarda se aproxima com o pão do dia e as doses de vinho, apesar de nada ser para mim. Descobri que o castigo do inquisidor é a fome — isso e as crueldades que ele inflige às minhas amadas amigas. Mal percebo a fome agora. Minha cabeça foi tomada por uma sensação leve, vazia, que não é desagradável, e me sinto reconfortada — curiosamente — pela leitura.

Muitas horas depois, Girolama volta. Vejo que não a machucaram. Ela mantém a cabeça tosquiada erguida, apesar de agora também usar estopa em vez da saia de seda, e estar descalça.

"Bastardo! Que Deus o castigue!" Minha filha tem uma bela voz. Ela xinga o guarda, que exibe uma carranca, mas não faz nada além disso. Até ele, ao que parece, é intimidado pela raiva de Girolama. "Você é um demônio, um cachorro vagabundo!"

Não consigo evitar levantar as sobrancelhas. Não criei minha filha para distribuir xingamentos como um marinheiro, apesar de isso me divertir agora.

"Não a torturaram", digo, levando um copo de água à boca de Graziosa, segurando sua cabeça com delicadeza enquanto ela permanece deitada, babando e murmurando. Parto um pedaço do pão velho e o molho no líquido até transformá-lo em uma pasta, para tentar alimentá-la.

"Graziosa, você precisa comer. Consegue me ouvir, velha amiga? Você precisa comer..."

"Deixe-a", fala Giovanna, que pelo menos recuperou os sentidos, mesmo que não os movimentos. "Não há mais o que fazer por ela."

Até Girolama para enquanto fitamos a mulher caída na sujeira, com a pele oliva pálida e machucada, sua respiração fraca. Lá fora, um rato de rio guincha, um gato ataca.

De repente, meu gênio desperta. Ninguém nos salvará. Nós ajudamos tantas mulheres ao longo dos anos, e ninguém virá. Eu me sinto desesperadamente triste por minha filha, por todas nós. As humilhações, a sujeira, a impotência e o pavor cobram seu preço. Quero morrer, e rápido, isso fica claro agora. Vivi com segredos demais por tempo demais, e estou cansada de tudo. Não há nada exceto o vazio, como a Visão me mostrou. Dessa vez, eu a escuto.

"Você confessou?" É Giovanna quem fala. Sua voz é fina, rouca.

Minha filha se vira para ela e vai correndo acariciar o rosto de nossa amada amiga.

"Não, Giovanna. Cuspi neles enquanto cortavam meu cabelo. Xinguei e lutei com eles. Precisaram de três homens para me segurar", conta ela, e não posso evitar um sorriso. "Seria necessário mais do que o *strappado* para abrir minha boca, e falei isso para eles."

"Então você tem sorte por terem acreditado", responde nossa amiga.

Girolama parece envergonhada ao perceber o que disse. Graziosa tosse e geme. Seus olhos se agitam como se ela conseguisse nos escutar.

"Shh, guarde suas forças", digo. Posiciono a cabeça de Graziosa de volta na palha.

"Bem, então não confessamos", diz minha filha, agora revigorada. "Isso significa que não seremos enforcadas. A lei exige uma confissão!"

Eu e Giovanna trocamos um olhar, como se ainda estivéssemos discordando dos comentários ou dos atos disparatados de minha filha na boticaria. Mas esta não é a boticaria. Estamos muito longe de nossos temperos, de nossas ervas e plantas, de nossos remédios, tinturas e essências. Estamos muito longe de nossa casa, de nosso santuário, de nossa segurança.

Desta vez, falo com delicadeza.

"Eles enforcarão todas nós, filha. Encontrarão um jeito. Você precisa se acostumar com isso. Você precisa aceitar, como todas nós precisamos."

Girolama abre a boca como se fosse me dar uma resposta atravessada, mas então a fecha de novo. Talvez ela tenha percebido que não há nada a ser dito.

Caímos em silêncio. Alguém geme perto de nós. Outra bate algo metálico contra as barras da cela. Há uma agitação no rio, talvez convidados a caminho de um casamento. Gritos de alegria e assobios ecoam pelas águas. Enquanto isso, nos tornamos estátuas conforme a grandeza de nossa situação chega para se aconchegar no seu ninho, conforme desliza até o ponto em que a aceitação aguarda, em que a Morte aguarda.

61

GIULIA

Naquela noite, eu sonho.

Tenho 14 anos de idade e estou sentada nos jardins perfumados de lavanda da vila de Francesco em Palermo. O sol queima. Minha Bíblia permanece ignorada, murchando no calor.

Vejo minha mãe se aproximar devagar, cantando baixinho. Sua beleza me surpreende, como sempre faz, como sempre fez. Ela pega uma rosa, removendo as pétalas conforme chega mais perto, a canção se tornando mais alta, as pétalas cor-de-rosa claro flutuando languidamente até o chão enquanto ela esmaga o cascalho sob seus pés.

Antes de eu conseguir falar, a cena muda. Um navio está zarpando do porto, e corro a toda velocidade na direção dele. Sou tomada pelo conhecimento de que eu deveria estar naquele barco, seguindo para o horizonte. Sei que estarei em grande perigo se não subir a bordo, porém minhas pernas se tornam mais e mais pesadas a cada passo; minha saia molhada me puxa para baixo, mais resistente a cada movimento. Sei que não chegarei a tempo na margem do porto. Tenho certeza de que grito e aceno, embora ninguém me enxergue. O capitão vira de costas; os mastros, as velas, as cordas, tudo está ajustado para mover o barco para frente e avante, me deixando para trás, na mureta do porto. O borrifo do mar é como uma névoa fina; o vento sopra meus cabelos.

Então, estou na boticaria do convento, e Mamãe está comigo. A expressão emburrada de irmã Clara desaparece como se ela fosse um fantasma. Há uma briga. Estou gritando de novo, e agora estou correndo, correndo, ofegante.

O rosto de Francesco surge, e sou capturada. O flagelo aparece, assim como Mamãe, e há sangue, tanto sangue. Sei que estou gemendo, porém não há mais ninguém para me ajudar.

O sonho se transforma em algo diferente; talvez uma visita, uma memória do que aconteceu muitos anos antes. Ele ganha forma — nasce de um redemoinho —, e me vejo entrando de fininho no quarto de Francesco. Está escuro, a casa é tomada pelo silêncio. Um cachorro late na rua. Caminho devagar, minha saia roçando o piso de mármore conforme entro nos aposentos de meu padrasto, mesmo me retraindo com a dor de minhas feridas. A porta range quando a abro. Fico paralisada, mas ninguém vem. Dentro do vestido, tenho um bolso, e nesse lugar escondido está um pequeno frasco de vidro. O frasco contém um líquido incolor, e, quando a tampa é removida, não há cheiro. São apenas algumas gotas, porém minha mão está trêmula. Olho para a porta às minhas costas, esperando que ele entre de supetão, mas, ainda assim, ninguém aparece.

A dose que sirvo é grande demais. O vinho absorve todo o líquido, e não há nada que eu possa fazer para remediar o problema. Tremendo, guardo o frasco com cuidado em um pedaço de pano e o enterro nas dobras de seda da saia, tomando cuidado para o líquido não tocar minha pele. Está feito. Sem quase conseguir respirar, me afasto do vinho e do cálice dele, dispostos para seu deleite amanhã. Cada passo me afasta do meu crime. Fecho a porta do meu quarto e reviro meu grande baú, envolvendo o frasco em outro pano, um manto, creio, e o escondendo lá no fundo. Com os dentes batendo, o coração disparado, afasto meu lençol de linho e me deito, sem me importar com o fato de que ainda estou vestida.

Então, de volta ao sonho, vejo o rosto do pivete, o que tinha feridas na pele. Ele sorri. Seus dentes são brancos, seu rosto, sujo, e me pergunto se eu sempre soube que ele era o espião do inquisidor. Desta vez, ele me deixa aplicar um emplastro, apesar de ainda sorrir, apesar de ainda sibilar: "*Strega*".

O cheiro podre que vem do rio me desperta desse pesadelo, dessas visões. Então, o grito repentino de um pássaro noturno. Fico acordada, lembrando de como minha mãe morreu por mim, pelo meu crime, lembrando de que sou uma assassina em todos os sentidos da palavra.

62

ALEXANDRE

Mãe, elas morrem hoje.

Mãe, essas mulheres maléficas pagarão por seus crimes, e todos testemunharão a glória da Igreja e do Estado. Eu respirarei o ar da cidade, do coração do império de Deus, sabendo que ele é meu, todo meu.

Ordenei que um palco seja construído em Campo de' Fiori, onde ficarão as forcas, para que todos possam assistir, como em um teatro, como a cena final de uma grande peça. Ordenei que as transcrições da investigação sejam trancafiadas nas masmorras papais do castelo Sant'Angelo, proibidas de serem abertas sem minha aprovação por escrito, para que ninguém descubra como preparar essa poção venenosa. A receita permanecerá um segredo, enterrada no passado.

Ordenei que as páginas do depoimento de la duchessa não sejam numeradas para que possam ser removidas das transcrições do notário, de forma que não fiquem rastros na história de seu envolvimento com feitiçaria e veneno. O mesmo foi feito com o padre Don Antonio. Seu papel nesta tragédia não será registrado. Fui informado por seus familiares de que ele morreu de uma febre e foi enterrado no mausoléu da família, então permanecerá intocado pelas marés e enchentes da história. Ninguém pode saber que a Igreja Católica abriga ocultistas e criminosos.

Mãe, seguro seu lenço e espero pelo seu cheiro, pela névoa almiscarada floral que cerca as lembranças que carrego da senhora, que sempre a trará para minha memória. Há poucos vestígios além do odor do tempo e da poeira, mas nunca desistirei de tentar encontrá-la. Um dia, quando Deus quiser me libertar deste corpo mortal, serei erguido aos portões do Paraíso e a encontrarei.

Com amor e reverência, me despeço agora. A vela está acesa. A chama tremeluz. O calor está abafado conforme permaneço sentado aqui, sozinho, conforme penso na senhora, conforme meu coração clama pelo seu. Toda noite, rezo para nos reencontrarmos. Deito no caixão que espera sob minha cama e imploro a Deus para me levar a seu encontro.

Mamãe, rezarei pelas almas delas. Rezarei pela minha. Rezarei para que o tormento da sua ausência seja aliviado por Deus Todo-Poderoso, pois não consigo continuar, não consigo. Os pensamentos sobre a senhora permanecem, apesar de ser ela quem me atormenta, a demônia que roubou minha paz, que quase destruiu meu reinado.

Faz muitos dias desde que expurguei o desejo que sinto por ela de meu corpo e de minha alma com o chicote, mas sei que me sujeitarei à sua misericórdia cruel hoje à noite. O flagelo me aguarda na gaveta. O sangue nele, seco e marrom, se misturará a meu sangue vivo — ainda assim, ele não cura. Ele não regenera. Apenas aquieta o chamado, a ânsia, o amor pecaminoso que ainda guardo por ela.

Alexandre

63

GIULIA

5 de julho de 1659

Eles vêm nos buscar antes do amanhecer. Estou acordada, apesar de as outras ainda estarem perdidas em sonhos agitados.

Os guardas nos ordenam a levantar, depois nos vestir, então andar. Girolama quase carrega Graziosa, enquanto eu ajudo Giovanna. Maria cambaleia atrás de nós, murmurando. Eles a pouparam dos piores métodos de tortura, com exceção da *sibila*, uma corda apertada ao redor de seus dedos até ela admitir o que fosse necessário. A mente de Maria vaga por outro caminho, longe deste lugar. Tentamos perguntar sobre Celeste de Luna, se ela roubou a *aqua*, se ela a entregou para a cortesã, porém nenhuma de suas palavras faz sentido, exceto pelo nome de sua filha falecida há tanto tempo. Ela garganteia e canta como um pássaro, então a deixamos com sua loucura. Nenhuma de nós sabe o que ela murmurou nos ouvidos dos inquisidores; quem incriminou, que segredos pode ter revelado, mas, por outro lado, não importa. Sempre acabaria desta forma.

Somos levadas para a capela da prisão. Está escuro, apesar de uma vela estar acesa sobre o altar. Passos ecoam no piso de pedra quando chegamos, e nos viramos para encontrar uma fila de homens encapuzados andando em nossa direção. Cada um empunha uma vela que parece pairar na escuridão. Emitem uma luz fantasmagórica, projetando as sombras dos rostos deles para cima. Suas cabeças estão baixas, e, quando eles param, um dá um passo à frente para falar.

"Somos uma confraria de nobres. Nós, como uma fraternidade, estamos aqui para ajudá-las a se arrepender de seus pecados e se preparar para uma boa morte. Estamos aqui para ajudá-las a aceitar o desígnio de Deus. Somos todos pecadores. Que Deus nos perdoe."

Percebo que o guarda que nos acompanha sorri quando essas palavras selam nosso destino.

"Nos prepararmos para uma boa morte?", repete minha filha.

Antes que alguém consiga responder, uma comoção súbita chama nossa atenção. É o estrépito de cascos de cavalo. Um cavaleiro surge com o que parece ser um pergaminho enrolado. Com uma pressa peculiar, o mensageiro desmonta e o entrega para o homem encapuzado, o líder dessa confraria. Ele pega a carta. O lacre de cera se parte quando é rompido, ele abre a carta e lê. Quando repete as palavras em voz alta, já as conheço como se tivesse conjurado as letras por conta própria. É um decreto assinado por Vossa Santidade, o papa Alexandre VII.

As palavras dizem que estamos condenadas.

As palavras dizem que seremos abatidas no Campo de' Fiori hoje.

O breve silêncio que se segue é interrompido por um barulho que explode de minha filha.

Girolama começa a gritar. Ela xinga *Il Papa* a plenos pulmões. Ela lança insultos contra os tribunais romanos, os eclesiásticos, os bastardos e as vagabundas que nos traíram. Ela marcha até esse homem, um nobre. Ela vocifera contra ele.

"Vocês não têm autoridade legal para me enforcar! Eu não confessei nada! Vocês não podem matar nem a mim nem à minha mãe, é contra a lei!" Se alguém nota que ela não defende nossas amigas, então, sabiamente, não falam nada. Ela continua esbravejando contra o homem que, com uma paciência sublime, fica parado ali, sem dizer nada.

Estou impressionada, mas também atordoada. Não é uma surpresa, mas a noção de estar viva em um minuto, depois subindo a escada do cadafalso e dando meu último suspiro é, de repente, deveras chocante. Para onde vai nosso ar, nosso espírito, nossa vivacidade depois que o ato tiver sido concluído? Ah, eles podem fazer o que quiserem com nossos corpos depois, e com certeza o farão, mas o que acontece com nosso caráter, nossa natureza, nossa *essência*? O momento de meu acerto de contas é quando me pego refletindo sobre a grande questão da vida, apesar de ter tido muitas noites longas para iniciar esse questionamento. Enquanto esperava por notícias do meu destino, não desejei confrontá-lo, mas, agora, não tenho opção. Eu riria pela minha escolha do momento para fazer isso, mas não tem graça. Eu choraria, mas não tenho forças. Estou, portanto, em um estado de existência em suspensão, uma pausa demorada, por assim dizer. Estou aqui, mas fui informada do momento exato de minha morte. Quantos têm a sorte de saber disso?

Giovanna está apoiada em mim agora, chorando. Talvez o fim venha como um alívio para ela; acabando com suas dores e agonias. Graziosa está caída no chão enquanto Girolama continua a gritar, lançando uma ampla variedade de profanidades para os homens encapuzados em mantos pretos. Como eles estão calmos. Como estão imóveis. Observo minha filha como se ela existisse a muitos quilômetros de distância. Sinto um resquício de curiosidade, porém nada mais. Sei que se trata do choque. Sei que, quando o impacto dele passar, posso gritar palavrões e me debater, mas, por enquanto, testemunho a cena.

E Maria? Ela parece entender. Ela treme e geme, então deixo Giovanna e vou a seu encontro. Tento acalmá-la, mas seu lamento só ganha força. Ela chora como uma criança, com lágrimas grossas que parecem estremecer por sua bochecha.

"Onde estão meus amigos? Onde está meu amado, Paolo? Por que ele não veio me libertar?", se queixa Girolama agora.

O homem que parece liderar a confraria a observa com uma expressão pesarosa. Ele é um homem mais velho, com um rosto distinto, um largo nariz romano e um porte alto.

"Onde está a marquesa que prometeu sua proteção? Onde estão todas as nobres que disseram que me ajudariam? Onde estão? Que vão para o inferno! Que todos vão para o inferno! Eu fui apenas uma diversão para esposas entediadas e nobres? Eu fui um animal de estimação que recebia um carinho na cabeça e um petisco?"

Ninguém fala.

Ninguém ousa.

Girolama olha para mim, e vejo a garotinha que franzia o rosto e gritava quando queria algo que não podia ter. Meu coração vai ao encontro dela. Eu a envolvo em meu abraço. Cheiro seu cabelo, sua pele, e o luto se desenrola dentro de mim. Não me importa se vou viver ou não, porém sou incapaz de conceber um mundo sem minha filha. Minha filha teimosa, determinada, voluntariosa. Meu orgulho e minha alegria: minha vida. O horror dos eventos inimagináveis deste dia agora parece mais nítido, mais visível. Eles matarão minha amada Girolama, e me dou conta de que não suporto essa verdade.

"Mas é lua crescente, um sinal de boa sorte...", diz ela chorando, e não tenho como oferecer uma resposta.

Lá do alto, os céus zombam de nós, como costumam fazer, e a Roda da Fortuna gira de novo, nos jogando para baixo, para as profundezas.

Demora alguns momentos para eu entender que estou chorando. Girolama ergue o rosto manchado de lágrimas para o meu, então olha para baixo. O que ela vê é que, em minha mão, carrego a adaga com formato de crucifixo, a que roubei do convento tantos anos antes. Eu a escondi com as cartas de tarô, sob a imundice da palha. Ela ainda é uma arma linda, o cabo coberto de couro. A lâmina é fina — levaria um mero instante para cortar uma artéria, ou um pescoço, e liberar o sangue grosso pulsante, terminando aquilo que a Inquisição e seus agentes começaram.

"Como a senhora tem isso? Como escondeu deles?", pergunta ela. Trocamos um sorriso.

"Da mesma forma que escondi as cartas, filha." Eu sorrio, pensando nelas na sujeira do chão da cela. Saber que nunca mais verei o *tarocchi* me reconforta. As cartas disseram tudo que precisavam dizer. E, enfim, eu escutei.

Então, um dos homens, que ainda não falou, dá um pulo.

"Ela tem uma faca!", anuncia ele.

Uma breve pausa, então o caos reina.

Um dos homens se adianta e tenta pegar a arma. Graziosa grita, como se entendesse. Maria volta a cantar, sua voz soando vacilante por cima do barulho, o volume aumentando, ficando mais e mais alto. Girolama sorri para mim, e me pergunto se terei coragem. E, se tiver, quem será o primeiro? Devo perfurar o peito do homem, ver seu olhar de surpresa seguido pela compreensão, e então pelo pavor? Devo atacar minha filha e poupá-la da forca do carrasco? Ou devo usar o instrumento contra mim mesma, um ato violento de vingança, fugindo da lei que tanto ridicularizamos, privando a Santa Sé do prazer de ver meus belos tornozelos balançando acima da multidão? Acho que nem eu sei. Há possibilidades e perigo. Há esperança e uma raiva intensa. Há retaliação, fúria e vingança. Tudo presente. Tudo contido neste lugar, com o tempo passando.

Hesito, então dou um passo para trás. Os olhos de Girolama brilham pretos sob a meia-luz das chamas bruxuleantes. Levanto as duas mãos e solto a faca no chão. O som parece reverberar pela prisão, saindo para as ruas estreitas, atravessando as margens do Tibre, seguindo para praças e palácios, para as igrejas, criptas e conventos. Atravessa a cidade, sem deixar qualquer cômodo, qualquer taverna, qualquer doca ou curtume, qualquer riacho de lavar roupa ou aposentos de criados, qualquer monastério ou açougue intocado por sua ressonância.

Então, nada acontece.

Ninguém se mexe.

Eu e Girolama permanecemos de pé, olhando nos olhos uma da outra, e me pergunto: fiz a coisa certa? Não sei a resposta.

Maria interrompe sua canção. Graziosa fica quieta. Giovanna olha entre nós e, estranhamente, começa a rir, baixinho no começo, porém o som vai aumentando, e nos viramos para ela. Sua reação vai contra tudo, mas também a sinto borbulhando dentro de mim. É uma peste de alegria, um contágio que se espalha entre nós. Maria é infectada a seguir. Ela começa a rir, gargalhando com selvageria. Graziosa balbucia algo, mas sua fala é abafada. Girolama solta uma risada escandalosa. Ela se curva ao meio enquanto rimos sem parar. De soslaio, vejo os homens da confraria trocando olhares, incertos sobre o que fazer agora, incertos sobre como nos curar dessa doença.

Nós rimos porque este é o começo do fim. Está na hora de nossa história terminar. A cortina está baixando, a plateia caiu em silêncio, esperando o ato final. A adaga é chutada, e a observo girar para longe.

Um guarda me segura. Tento morder sua mão, mas ele é forte demais e me agarra pelo pescoço. Ainda assim, mesmo enquanto tudo acontece, continuamos rindo, como se os portões do inferno que se abrem diante de nós fossem apenas uma distração momentânea, um mero objeto de divertimento ao fim de uma longa jornada. Os portões pretos estalam e resmungam ao serem escancarados. Dentro das chamas sulfurosas, os gritos e berros dos pecadores queimando, do seu sofrimento, são abafados por nossa risada.

Eles levam cada uma de nós para escrever nossas confissões. Nenhuma de nós permanece tímida. Não há sentido em esconder a natureza terrível das atividades que executamos no fervedouro de Roma. Na verdade, somos bem meticulosas ao detalhar nossos muitos crimes: os envenenamentos, os abortos, as adivinhações, as leituras de sorte, nossas maldições e feitiços.

Nenhum nome é oferecido. Eles terão que se dar ao trabalho de procurar por conta própria. Isso, pelo menos, pode proteger algumas mulheres.

A história se lembrará de nós como um bando de bruxas malévolas, mas somos mulheres que vivem e respiram e amam. Isso não é registrado em pergaminho pelos nobres que usam roupas de monge e cheiram a suor de cavalo, almíscar e couro caro. Nossos pensamentos, sonhos, esperanças e opiniões também não constam naquele papel. Agora, existimos apenas como evidência, como um conjunto de detalhes grotescos, cada um mais nefasto do que o outro. Eles não escrevem sobre as mulheres que salvamos, as surras que impedimos, os bebês a quem demos vida. Eles não falam sobre a paz que nossos remédios ofereceram, o alívio e a gratidão daquelas a quem servimos. Não, nossos atos são julgados por homens encapuzados que representam uma Igreja que nos reconhece apenas como mulheres pecadoras e satânicas. Mas nós sabemos. Sabemos que nossos deuses sussurram a nossos ouvidos que tudo é visto, que tudo está bem, que a morte é algo pequeno, um passo delicado para outro reino, e somos reconfortadas.

Quando minha confissão, feita a meu modo, é terminada, pedem que eu a assine. Hesito, com a pena em minha mão, a tinta se acumulando na ponta, e percebo que não tenho um sobrenome. Como meu pai verdadeiro era um mistério para mim, e para Mamãe também, nunca recebi um. Minha mãe usava o de Francesco, di Adamo, porém eu jamais conseguiria fazer isso.

"Senhora, se não assinar, será condenada ao inferno. Insisto que escreva seu nome, se puder."

O notário não está sendo maldoso. Muitas mulheres de minha classe e posição social são incapazes de escrever. Ele não sabe que fui criada em uma corte dedicada à arte e cultura, ao aprendizado e à literatura. Antes dos 4 anos, eu já sabia ler, e aprendi a escrever antes dos 6 anos. Mas o que assino sob as linhas das letras pequenas e elegantes dele?

Então me ocorre.

Nascida sem pai, tenho apenas o nome de minha mãe; tenho Teofania.

Para facilitar, para simplificar, levo a pena ao pergaminho e escrevo: *Giulia Tofana.*

O notário concorda com a cabeça, e lhe devolvo sua ferramenta de escrita, uma pena de corvo, afiada.

A manhã já está no fim quando cada uma de nós recebe o sacramento. Então, nossas vestes são levadas e substituídas por estopa com o desenho de grandes cruzes pretas. Encaramos umas às outras conforme nos transformamos em condenadas.

A risada se dissipou. Foi apenas um momento de histeria, e já passou. Não consigo tirar os olhos de minha filha.

Separadas, não podemos nos tocar. Não posso sentir a pele macia da mão de minha filha, a aspereza da de Giovanna. Maria geme agora, balançando a cabeça. Graziosa baba e fala palavrões, apesar de suas palavras serem, em grande parte, ininteligíveis. Eu e Girolama mantemos nosso olhar firme. Nós nos encaramos, para juntar forças talvez, reconhecendo o amor que compartilhamos e tudo que fomos uma para a outra. Lágrimas escorrem, e não as contenho. Não as seco de minhas bochechas sujas, os cortes no meu couro cabeludo ainda sangrando.

Mal percebo a chegada do carrasco. Ele traja preto. Seu rosto está coberto. É Graziosa quem o vê primeiro e começa a gritar. Não posso ir abraçá-la. Um guarda aperta meu braço, então sou obrigada a testemunhar a agonia dela. Minha filha cospe e fala um palavrão. Com certa cerimônia, e um pouco de esforço, já que seus apetrechos são pesados, ele para diante de cada uma de nós e se prepara para passar um laço em nossas cabeças. Graziosa se debate, mas a seguram. Maria aceita o laço como se fosse uma guirlanda de flores, o colar de um amante. Giovanna aceita a corda pesada com seus lindos olhos mirando o chão, apesar de gritar de dor quando ela é solta sobre seu pescoço. Dentre todas nós, ela é a que encara a morte de forma mais digna e tranquila. Ela aceitou o que está por vir, morrer de forma pública. Meu amor por ela, que conheço há tantos anos, infla dentro de mim, e fico com medo de me engasgar com sua força.

Então, chega minha vez.

O carrasco assente, e baixo a cabeça. Meus pés estão descalços e ensanguentados. Minhas mãos, ainda manchadas de tinturas, estão engelhadas; minhas unhas, rotas e sujas. A corda é grossa, áspera, surpreendentemente pesada. Eu me pergunto como carregarei seu peso. Todas nós estamos famintas, fracas, trêmulas.

Somos guiadas, carregadas, empurradas para o lado de fora e para a *piazza* diante da prisão. Lá, esperando por nossa entrada, estão as carroças e os bois que serão nossas belas carruagens. De repente, vejo o rosto de Mamãe, pálido e franzido ao chegar em Piano della Marina para sua execução, tantos anos antes. Ela morreu para me salvar. Ela morreu por minha causa, e esse é o segredo que carrego desde que eu era uma criança grávida aos 14 anos. Minha mãe saberia quem envenenou o vinho de Francesco naquela noite. Ela foi para o cadafalso como uma mulher inocente — pelo menos daquele crime.

Eu estava assustada demais para contar aos *inquisitori*. Minha mãe foi corajosa demais para confessar, seu amor por mim era forte demais. Ela me protegeu e, por um breve período, escondemos o segredo mais sombrio de todos. Mas dizem que nós, pecadores, nunca escapamos do castigo por nossos pecados, apesar de o crime nem sempre se adequar à punição. Nunca me arrependi de matá-lo. Só me arrependi de perder minha mãe. Eu a observei sendo estrangulada, sabendo que havia sido eu quem matara Francesco. Carreguei esse momento por toda minha vida, e agora, enfim, me libertarei dele.

Cambaleio na direção da carroça de madeira e subo ao assento. Aqui, nesta carroça, para minha última jornada, serei xingada. Receberei grita, serei condenada. Enquanto fazemos o trajeto lento pelas ruas de Roma até o local de nossas mortes, sei que sou uma mulher odiada, uma mulher temida. A carroça avança aos solavancos. Eu me seguro de lado, mas não antes de sentir o primeiro glóbulo de saliva pousar em meu braço. A multidão se reúne. Está turbulenta. As pessoas soam animadas e ultrajadas na mesma medida. Conforme partimos, com as rodas da carroça balançando nas estradas de pedra, somos atingidas por torrões de fezes e cascas de legume que fedem a podridão. O sol bate em nossos rostos recém-vendados, nossas cabeças expostas, como se também lançasse seus raios contra nós. Apesar disso, percebo que estou sorrindo. *Não vai demorar muito agora, Mamãe. Logo estarei ao seu lado, e a senhora conhecerá minha filha, sua neta. Logo vou poder pedir perdão, expressar minha gratidão pela senhora ter me dado a vida ao sacrificar a sua, apesar de tudo ter terminado da mesma maneira.* Esse pensamento me reconforta, ele aproxima meu coração de minha mãe.

Um grande crucifixo coberto por pano preto balança conforme avançamos; eu o vi antes de as vendas serem amarradas ao redor de nossas cabeças tosquiadas. É o estandarte da confraria que nos acompanha nesta nossa última jornada. Eles entoam as orações ditas nestes momentos. Em vários pontos do percurso, as carroças param de repente e um trompete soa. Nossos crimes são anunciados. Somos mulheres que vendiam um veneno que matou quinhentos, talvez até mil maridos! Ou é o que dizem. Eles disseram tantas coisas que não escuto mais. O tempo se arrasta. O calor se intensifica. O barulho das multidões crescentes aumenta. Enfim, enfim, paramos, e o silêncio cai. Percebo que chegamos a nosso destino, apesar de eu não saber onde ele se localiza.

64

ALEXANDRE

O calor é sufocante, mas quase passa despercebido por mim.

A multidão é imunda, fedendo a suor e odores animais, mas vejo que isso não me assusta. O sol ardente esquenta o manto no qual me envolvi, mas estou determinado a vê-la, a mulher cuja ordem de execução assinei.

Sou empurrado e manobrado até quase chegar aos pés do cadafalso. Há antecipação e animação. Vendedores de nozes gritam suas ofertas, os panfleteiros de *avvisi* também. Esta pode ser a primeira vez na vida que entro em uma arena da população comum, mas percebo que não tenho qualquer preocupação com minha segurança.

O rufo dos tambores começa a ecoar de ruas distantes. Há uma agitação e eu tropeço. Olhando para cima, vejo o grande crucifixo oscilando sobre a cabeça da multidão. Ele se aproxima mais e mais, e luto contra a vontade súbita de virar de costas e fugir para a calmaria do Vaticano. Saí pela porta dos criados no aglomerado de salas e corredores que compõe meus apartamentos. Minha ausência decerto já foi notada e podem estar procurando por mim. Curiosamente, não me importo. Eu voltarei, mas, primeiro, devo assistir àquilo pelo qual tanto rezei.

Agora, as carroças param. Há gritos e palavrões, orações e invocações. Permaneço em silêncio, esperando.

Vejo a cabeça tosquiada dela, a estopa, a corda, os olhos cobertos por uma venda. Lágrimas escorrem por meu rosto quando ela levanta na carroça, pronta para ser levada ao cadafalso. Elas escorrem em silêncio, incontroláveis. Carregarei essa imagem comigo até o fim da minha vida, sabendo que fui eu quem a matei.

Quando eu escrever para Mamãe hoje à noite, será pela última vez.

65

GIULIA

Minha respiração entala na garganta.

A mão de um homem segura a minha, e me ajuda a descer. Fico me perguntando se vou desmaiar quando alguém berra em meu ouvido. A multidão grita de alegria e vaia.

Seguimos para a frente, em meio à turba. A venda cobre meus olhos, mas, quando subo na plataforma, no cadafalso sobre o qual minha irmandade e eu morreremos, olho para cima. Quando faço isso, o tecido preto escorrega. Meu estômago tensiona, mas não vejo o carrasco. Em vez disso, algo brilha no céu. Sem ar, encaro a estrela que resplandece acima de mim, acima de minhas amadas envenenadoras. Talvez seja um truque da mente, um delírio brilhante, mas eu vejo, eu *a* vejo. Há uma mulher com cabelo ondulado, com olhos verdes intensos, da cor do mar após uma tempestade. Ela segura *La Stella*, a estrela de oito pontas.

Mamãe está me levando para casa.

EPÍLOGO

*"Ella esortando il popolo a pregare,
Dio per li falli suoi, Sali la scala.
Non sò se allor potesse astrologare,
Se havea sorte benigna, o Stella mala?
Arte o modo non ha d'indovinare."*

"Incentivando as pessoas ao Senhor rezar,
por seus pecados, ela subiu ao topo da escada.
Será que conseguiu sua recompensa divina adivinhar,
seria um destino benigno ou uma estrela maleficiada?
Não nos cabe mais o futuro tentar desvendar."
— Francesco Ascione —

Literatura impressa sobre execuções, 6 de julho de 1659

**O conto da envenenadora monstruosa
de Palermo e sua perversa irmandade!**

Neste sexto dia de julho do ano de 1659, é impresso um conto deveras Sórdido de Traição, Bruxaria e Feitiçaria! Cinco mulheres, acusadas e julgadas por Assassinato e Heresia, foram consideradas culpadas e condenadas pelo assassinato a Sangue-Frio dos homens da Cidade Eterna de Roma por intermédio de sua Água Amaldiçoada sem gosto nem cheiro.

Aqui, no coração da Igreja Católica, na cidade mais sagrada, onde Sua Santidade, o papa Alexandre VII, reside, uma teia de aranha de Engodo e Magia foi armada, por meio da qual essa Poção Mortal era produzida e distribuída para esposas e concubinas assassinarem e lesionarem seus cônjuges e aqueles posicionados acima delas por Deus. Sepulcros romanos ficaram lotados de vítimas dessa Bebida Venenosa. Eles morriam sem febre, permanecendo corados e com toda a aparência de uma boa saúde, como se permanecessem vivos.

Saibam que a Bruxa Monstruosa, Giulia Tofana, cuja mãe foi executada pelo mesmo crime no ano de 1633, em Palermo, pela graça do Santo Ofício da Inquisição, não estava sozinha em suas negociações com o Diabo e sua aliança de anjos sombrios, espíritos e demônios. Cúmplices subiram com ela ao palco: o último ato em uma peça que testemunhou o assassinato de muitos homens Corretos e ilustres, incluindo um duque. As bruxas: a Feiticeira Asquerosa, Giovanna de Grandis; a Bruxa Traiçoeira, Graziosa Farin; a Vil e Sedutora, Maria Spinola; e a Meretriz do Diabo, Girolama, La Strologa, que conjurava muitas criaturas sombrias, prevendo até a morte de Il Papa em pessoa. Todas as cinco ofereceram os pescoços à forca para que seu desprezível Círculo de Envenenadoras recebesse a Justiça merecida, e toda a Itália foi salva do Terror que assolou o coração de homens tementes a Deus.

Os terríveis crimes de la Siciliana terminaram como começaram: com o Cadafalso. Um antídoto foi encontrado: água de limão e vinagre, derrotando o veneno e destruindo seu rastro de Assassinatos. Sob ordem de Sua Santidade, Il Papa, o corpo dela não foi enterrado com as outras bruxas Satânicas no sepulcro, mas levado ao convento onde ela tentou escapar da justiça divina.

Alexandre VII instruiu que os guardas se ocupassem do dever sagrado de levar o corpo da mais temida Bruxa Tofana ao local que ousou lhe oferecer Santuário. A Feiticeira, envolvida em panos sangrentos e manuseada com grande seriedade por aqueles que temiam que o Diabo ainda pudesse estar em ação, foi ali depositada. Como prova da Bruxaria, os panos caíram de seu rosto e revelaram a todos que o cadáver sorria.

Este é o relato fiável daqueles que testemunharam esse Grande e Terrível evento. Que elas queimem no Inferno. Roma foi salva, e a ordem sagrada de Deus, restaurada.

NOTA DA AUTORA

Este livro se baseia na lenda de Giulia Tofana, mulher que supostamente envenenou mil homens em Palermo, Nápoles e Roma no século XVII. Apesar de alguns personagens serem inspirados em figuras históricas, estas são representações fictícias, assim como muitos dos eventos que os cercam.

    A seguir, listarei os livros que me ajudaram na pesquisa. Sou grata aos autores que pesquisaram com cuidado esse período da história e alguns dos eventos e das pessoas em que este livro se baseia. Em específico, o trabalho do acadêmico Craig A. Monson, que escreveu *The Black Widows of the Eternal City*, um recurso excelente sobre a documentação dos julgamentos da infame inquisição espanhola, que compõe o coração sombrio deste livro. O trabalho "Aqua Tofana: Slow Poisoning and Husband-Killing in 17th Century Italy", do acadêmico e historiador Mike Dash, da Universidade de Cambridge, foi essencial para minha pesquisa, oferecendo uma visão geral da lenda de Tofana e do veneno imperceptível que se tornaria a base desse mito sobretudo italiano. O ensaio "Cursing, Poisoning and Feminine Morality. The Case of the 'Vinegar Hag' in Late Eighteenth-Century Palermo", da historiadora Giovanna Fiume, baseada em Palermo, inspirou a personagem Graziosa Farina, enquanto Maria Pia Di Bella criou um retrato forense detalhado da execução de assassinos, envenenadores e criminosos em seu artigo "Palermo's Past Public Executions and their Lingering Memory", publicado no livro *The Hurt(ful) Body: Performing and Beholding Pain, 1600-1800*.

Estou em dívida com Ketta Grazia, de Palermo, por seu trabalho na tradução de textos antigos obscuros, e com a equipe dos Arquivos Estaduais e da Biblioteca Comunitária de Palermo.

A existência de Giulia Tofana ainda é centro de debates, mas, como acontece com todas as boas histórias, sua lenda permanece viva. Esta é minha releitura de Giulia, uma mulher que viveu, amou e morreu em uma época em que mulheres recebiam ordens sobre o que fazer e como ser. Ela seguiu seu próprio caminho, e, neste livro, ofereço uma versão da história dela que celebra seu poder e independência tanto quanto expõe sua opressão e sujeição.

GLOSSÁRIO

Aqua: água — mas, neste caso, usado como o nome do veneno (a documentação do julgamento sugere que ele também era chamado de "acquetta", ou "aguinha", pelo círculo de envenenadoras e suas clientes). (Siciliano)

Afflito/a: afligido. A pessoa sentenciada à morte.

Alambicco: alambique. Usado no processo de destilação.

Avvisi: panfletos de forca.

Baiocchi: moedas de menor valor. Cada *baiocco* equivale a um centésimo de *scudo*.

Bianchi: os nobres da Companhia do Santissimo Crocifisso, ou Bianchi (os Brancos), cuja tarefa era consolar e preparar os condenados à morte entre a prisão e o cadafalso. (Siciliano)

Buttana: meretriz. (Siciliano)

Camicia: uma roupa íntima longa com caimento solto no ombro.

Cannolo: um doce tradicional da Sicília, feito com massa folhada e recheio de ricota.

Chopines: tipo de sapato de plataforma usado por mulheres, sobretudo por cortesãs de Veneza.

Corna: chifres. Fazer o sinal da *corna* afastava o azar e infortúnios.

Decollati: criminosos executados.

Falda: a longa saia papal usada abaixo da alva.

Fica: gíria para as partes íntimas da mulher (derivado do termo que significa "figo").

Giuli: moedas de menor valor. Cada *giuli* equivale a um décimo de *scudo*.

Inquisitori: inquisidores do Santo Ofício da Inquisição (*Suprema Congregatio Sanctae Romanae et Universalis Inquisitionis*, a Congregação da Sacra, Romana e Universal Inquisição do Santo Ofício).

Lazaretto: um espaço de quarentena ou uma casa para abrigar pessoas que contraíram uma doença contagiosa.

Malocchio: mau-olhado.

Physick: prática da medicina.

Rota: roda.

Saggia: mulher astuciosa ou sagaz.

Santu diavuluni: demônio sagrado. (Siciliano).

Scudi: grandes moedas de prata, dinheiro do Estado Pontifício até ser substituído pela lira.

Seminaria: sementes da peste — acreditava-se que flutuavam no ar como um miasma de partículas minúsculas, causando a peste (*seminaria contagionis*).

Sfortuna: desgraça ou infortúnio.

Sibila: método de tortura em que a corda era amarrada ao redor dos dedos e apertada. Geralmente, era usado em mulheres e crianças.

Strappado: uma ferramenta da tortura que usava cordas e uma polia. A vítima era pendurada pelos pulsos, que ficavam amarrados às suas costas.

Strega/streghe: bruxa/bruxas.

Tarocchi: cartas de tarô, originalmente usadas como um jogo e não para práticas de ocultismo.

Trinzale: véu ou gorro de rede usado na parte posterior da cabeça, preso pela *lenza* (uma faixa incrustada de joias amarrada ao redor da testa), e frequentemente decorado com joias.

Vicolo: ruela.

BIBLIOGRAFIA

Addington Symonds, John. *A Short History of the Renaissance in Italy*. Cidade do México: Lecturable, 2013.

Ademollo, Alessandro. *I Misteri dell'Aqua Tofana*. Roma: Tipografia dell'Opinione, 1881.

Alessi, Gaetano. *Notizie piacevoli e curiose ossia aneddoti (Aqua Tufania)*. (Consultei os dois volumes na Biblioteca Comunale, em Palermo, mas não tenho registro da data em que foram escritos.)

Aretino, Pietro. *Pornólogos I: Ragionamenti, diálogo das cortesãs*. São Paulo: Editora Degustar, 2023.

Assini, Adriana. *Giulia Tofana: Gli amori, i veleni*. Nápoles: Scrittura & Scritture, 2017.

Baronti, Giancarlo. "Donne e veleni: Conflitti di genere nella letteratura di piazza". In: _____. *Studi di tradizioni popolari: passato e presente*. Perúgia: Morlacchi Editore, 2012. pp. 41–77.

Browning, Robert. *The Ring and the Book: The Works of Robert Browning*. Boston: Houghton Mifflin, 1899.

Celati, Alessandra. "Contra Medicos: Physicians Facing the Inquisition in Sixteenth-Century Venice". *Early Science and Medicine*, Leiden: Stanford University/Università degli studi di Verona, v. 23, n. 1/2, pp. 72–91, 2018.

Coby, Michael. *The Poison Path Herbal: Baneful Herbs, Medicinal Nightshades & Ritual Entheogens*. Vermont: Park Street Press, 2021.

Culpeper, Nicholas. *Culpeper's Complete Herbal*. Londres: Wordsworth Editions Ltd, 1995.

Dash, Mike. "Aqua Tofana". In: Wexler, Philip. *Toxicology in the Middle Ages and Renaissance*. Londres: Academic Press, 2017. pp. 63–69.

Dash, Mike. "Aqua Tofana: slow poisoning and husband-killing in 17th century Italy". Disponível em: <https://

mikedashhistory.com/2015/04/06/aqua-tofana-slow-poisoning-and-husband-killing-in-17th-century-italy/>.

Davis, Natalie Z. *Storie d'archivio: Racconti di omicidio e domande di grazia nella Francia del Cinquecentro*. Einaudi, 1992.

Defoe, Daniel. *Um diário do ano da peste*. Porto Alegre: Artes e Ofícios, 2002.

Fiume, Giovanna. "Cursing, Poisoning and feminine morality. The case of the 'Vinegar Hag' in late eighteenth century Palermo". *Social Anthropology*, v. 4, n. 2, pp. 117-32, jun. 1996.

Fosi, Irene Polverini. *Papal Justice: Subjects and Courts in the Papal State, 1500-1750*. Washington: Catholic University of America Press, 2011.

Frieda, Leonie. *The Deadly Sisterhood: A Story of Women, Power and Intrigue in the Italian Renaissance*. Londres: Weidenfeld & Nicolson, 2012.

Gentilcore, David. "Charlatans, Mountebanks and Other Similar People: The Regulation and Role of Itinerant Practitioners in Early Modern Italy". *Social History*, v. 20, n. 3, pp. 297-314, 1995.

Harper, Elizabeth. "The Cult of the Beheaded". *Image Journal*, n. 102, Centre for Religious Humanism, 2019.

Hartland, Edwin Sidney. "The Cult of Executed Criminals at Palermo". *Folk-Lore: A Quarterly Review of Myth, Tradition, Institution and Custom*, v. 21, n. 2. Londres: Taylor & Francis, pp. 168-79, 1910.

Herman, Eleanor. *The Royal Art of Poison*. Nova York: Duckworth, 2019.

Hubbard, Ben, *Poison: The History of Potions, Powders and Murderous Practitioners*. Londres: Welbeck Publishing, 2019.

Kramer, Heinrich; Sprenger, James. *O martelo das feiticeiras: Malleus maleficarum*. São Paulo: Rosa dos Tempos, 2020.

Masson, Georgina. *Courtesans of the Italian Renaissance*. Londres: Martin Secker & Warburg Ltd, 1975.

Masson, Georgina. *The Companion Guide to Rome*. Companion Guides, 2009.

Monson, Craig A. *The Black Widows of the Eternal City*. Ann Arbor: University of Michigan Press, 2020.

Monson, Craig A. *Nuns Behaving Badly: Tales of Music, Magic, Art & Arson in the Convents of Italy*. Chicago: University of Chicago Press, 2010.

Pallavicino, Pietro Sforza. *"Libri Cinque"*. In: Giordani, Pietro (Orgs.). *Della Vita di Alessandro VII.*, v. 2. Milão: Prato Giachetti, 1840.

Parascandola, John. *The King of Poisons: A History of Arsenic*. Washington: Potomac Books, 2012.

Park, Katharine. "Managing Childbirth and Fertility in Medieval Europe". In: Hopwood, Nick; Flemming, Rebecca; Kassell, Lauren. *Reproduction: Antiquity to the Present Day*. Cambridge University Press, 2020. pp. 153-66.

Park, Katharine "Country medicine in the city marketplace: snakehandlers as itinerant healers". *Renaissance Studies*, v. 15, n. 2, pp. 104-120, 2001.

Pia Di Bella, Maria. "Palermo's past public executions and their lingering memory". In: Macsotay, Tomas; Van Der Haven, Cornelis; Vanhaesebrouck, Karel. *The hurt(ful) body: Performing and beholding pain, 1600-1800*, Manchester: Manchester University Press, 2017, pp. 248-72.

Plague Broadsides: *Ordini diligenze e ripari fatti con universal benficio dalla paterna Pietra di N.S PP Alessandro VII. et emin.mi SS. cardi li della S. congr. me dlla sanita per liberare la citta di Roma del contagion*. Giovanni Giacomo de Rossi, 1657.

Ray, Meredith K. *Daughters of Alchemy: Women and Scientific Culture in Early Modern Italy*. Harvard University Press, 2015.

Rogers, Mary; Tinagli, Paola. *Women in Italy 1350-1650: Ideals and Realities: A Sourcebook*. Manchester: Manchester University Press, 2006.

Salomone-Marino, Salvatore. "L'Aqua Tofana". In: di Giovanni, V.; Pitre, G.;

Salomene-Marino, S. *Nuove effemeridi siciliane studi storici, letterari, bibliografici in appendice alla biblioteca storica e letteraria di Sicilia*, v. 12. Palermo: L. Pedone Lauriel, 1881. pp. 285-94.

Slack, Paul. *Plague: A Very Short Introduction*. Oxford University Press, 2012.

Somerset, Anne. *The Affair of the Poisons: Murder, Infanticide and Satanism at the Court of Louis XIV*. Londres: Weidenfeld & Nicolson, 2003.

Strocchia, Sharon T. "The nun apothecaries of Renaissance Florence: marketing medicines in the convent". *Renaissance Studies*, v. 25, n. 5, pp. 627-47, 2011.

Strocchia, Sharon T. "Forgotten Healers: Women and the Pursuit of Health in Late Renaissance Italy". Cambridge: Harvard University Press, 2020.

Stuart, David. *Dangerous Garden: The Quest for Plants to Change our Lives*. Cambridge: Harvard University Press, 2004.

"Tofana, The Italian Poisoner". *The Chambers Journal*, pp. 246-8, 12 abr. 1890.

Wood Mollenaeur, Lynn. *Strange Revelations: Magic, Poison, and Sacrilege in Louis XIV's France*. University Park: University of Pennsylvania Press, 2006.

Zamparrone, Baldassare. *Compendio di diversi successi in Palermo dall'anno*. 1632.

AGRADECIMENTOS

Este livro é dedicado a todas as mulheres que conhecem a sensação de ouvir a chave dele no trinco da porta.

Ele é dedicado à raiva e à resiliência feminina, à nossa força e às nossas fragilidades. É uma ode à coragem, à perda e à liberdade.

Para minha agente, Jane, da Graham Maw Christie, que me incentivou a escrever desde que eu tinha apenas uma semente de uma ideia, até aos desdobramentos da história que eu queria contar: obrigada.

Para minhas editoras Alice Rodgers, Olamide Olatunji-Bello e Imogen Nelson na Transworld, Penguin Random House, por sua dedicação, inspiração, por me desafiarem como escritora e por reconhecerem Giulia como uma mulher da nossa era tanto quanto uma sombra se alongando pela história.

Para toda a equipe da Transworld, incluindo a gerente de publicidade Chloë Rose, a gerente de marketing Melissa Kelly, a diretora de direitos autorais Catherine Wood, a gerente de direitos autorais Beth Wood, a tradutora-chefe Lucy Beresford-Knox, a gerente sênior de direitos autorais Rachael Sharples e os designers de capa Andrew Davis e Marianne Issa El-Khoury, obrigada por colocarem minha história no mundo.

Estou em dívida com a Society of Authors, que teve a bondade de patrocinar minha pesquisa ao me premiar com o Authors' Foundation Award. Como uma mãe solo com problemas de saúde, esta foi uma ajuda transformadora, me permitindo viajar para os arquivos e bibliotecas de Palermo e Roma.

Para todos que ajudaram com a pesquisa, tradução e a busca por textos antigos, só posso mencionar algumas pessoas, porém muitas apoiaram o desenvolvimento deste livro. Agradeço a todas, em especial Ketta Grazia e Pema Sanders; dr. Andrew King, professor de literatura inglesa e estudos literários, da Universidade de Greenwich; Giovanna Fiume, historiadora e escritora, da Universidade de Palermo; Jayne Francis; Fanny de Sant'Agostino, em Palermo; e a equipe dos arquivos e da biblioteca comunitária de Palermo. Para o guia de Roma Rob Miller por me contar histórias tarde da noite, e para o envenenador Michael Coby por suas instruções (até então inofensivas). Para Josie Humber do The Novelry, que leu cada rascunho, obrigada por iluminar as partes mais sombrias deste livro.

Para Sabrina Broadbent, que me ensinou a "escrever em cenas" no curso Writing a Novel da Faber Academy. Para Miriam Nevill, Emma Zacharia, Joanna Miller, Vicki Ashman, Megan Cunningham, Conor Joseph, Hester Mannion, Beena Nadeem, Lyndsey Pilling, Alison Stenlake, Clara Strunck, Carina Leigh Thomson e Jude Whiley, obrigada por suas críticas e sabedoria como escritores, que continuam sendo de uma ajuda inestimável.

Para Elena, pelo café italiano forte de verdade, por seus incentivos incansáveis e por suas traduções improvisadas.

Para meus pais, companheiro e filho, por tudo.

CATHRYN KEMP é uma autora best-seller do *Sunday Times* como ghost-writer, além de ter uma carreira prolífica como jornalista, escrevendo sobre celebridades, true crime e artigos de cunho motivacional e nostálgico. Sua autobiografia *Coming Clean* (2017) venceu o Big Red Read Prize de não ficção. *Aqua Tofana* é sua primeira incursão na ficção histórica. Quando não está pesquisando as mulheres sombrias, perigosas e sedutoras da história, Cathryn pode ser encontrada na Costa Sul com seu filho e seu espírito familiar, um gato laranja chamado Gingey.

CRIME SCENE
F I C T I O N

Me, I've got a poisoned heart
I've had it from the start, I have deceived you
And you, you've got an angel's eyes
Under the devil's sky, I'll tempt and take you
— "POISONED HEART", CREEPER —

DARKSIDEBOOKS.COM

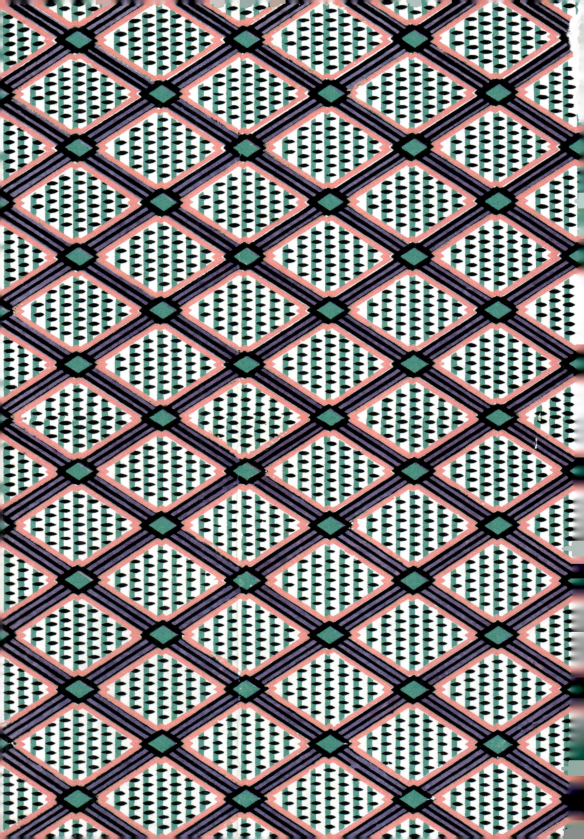